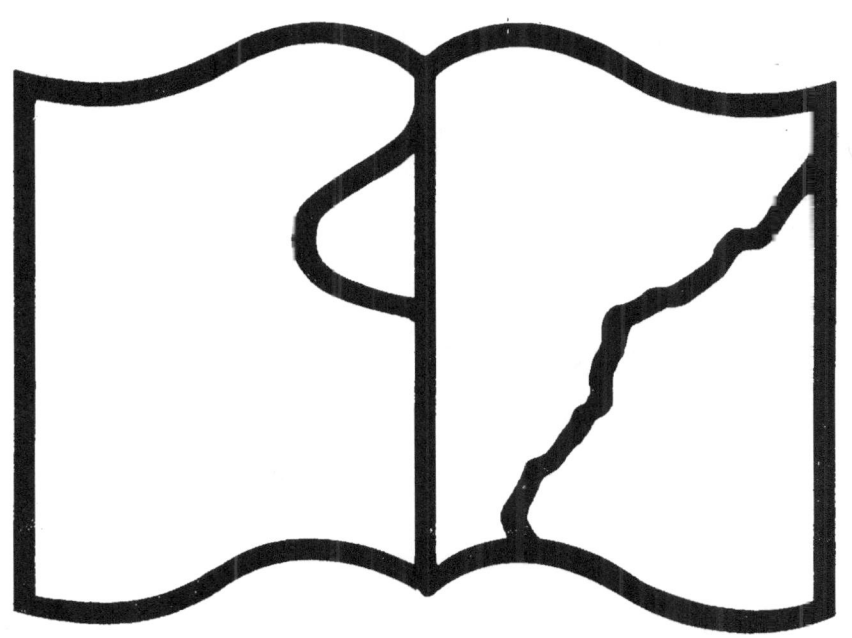

Texte détérioré — reliure défectueuse

**NF Z 43**-120-11

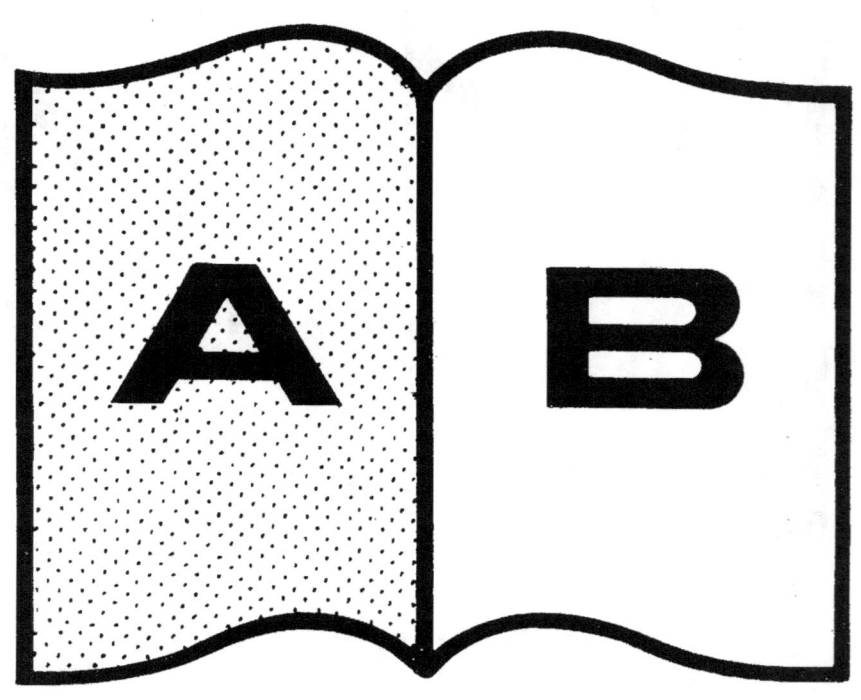

Contraste insuffisant

**NF Z 43**-120-14

# BLANCHE DE PALUSSAC

2° SÉRIE IN-4°.

6²
-90

# BLANCHE

# DE PALUSSAC

DRAME A LA COUR SOUS LOUIS XIII

PAR

Noémi BALLEYGUIER

QUINZE GRAVURES.

## LIMOGES

### EUGÈNE ARDANT ET Cⁱᵉ

ÉDITEURS.

C.

# BLANCHE

# DE PALUSSAC

## DRAME A LA COUR

#### SOUS LOUIS XIII

---

### I. — Comme quoi le baron de Palussac ne fit pas à Paris une entrée aussi brillante qu'il pouvait l'espérer.

Si dans la matinée du 9 mai 1610, quelque bon bourgeois de la
bonne ville de Paris se fût hasardé, malgré la pluie torrentielle qui
tombait, vers quatre heures du matin, dans les rues qui avoisinaient
la barrière du faubourg Saint-Jacques, il aurait été étonné, et, nous
l'espérons, fort ému, à la vue du groupe déplorable qui s'avançait
sous les rafales de pluie et de vent. Ces étrangers, qui avaient dû
voyager toute la nuit, malgré l'orage et la tempête, venaient sans
doute de fort loin, car leurs vêtements étaient tachés et défraîchis,
leurs chevaux fourbus et leurs visages tristes et fatigués.

— Sommes-nous enfin arrivés? dit une femme tellement encapu-
chonnée dans un capulet montagnard qu'on ne lui voyait pas le visage
et qui, montée sur un petit cheval bai, tenait dans ses bras un enfant
de six ans environ, ma pauvre Blanche tremble de fièvre et j'ai peine
à la garantir de cette pluie glacée.

— Ne voyez-vous pas, répondit un homme de trente-cinq ans environ, dont l'immense rapière dépassait de deux pieds au moins le
grand manteau trempé, ne voyez-vous pas que nous venons de franchir la porte Saint-Jacques; la rue que nous suivons va nous mener
directement vers l'auberge qu'on m'a recommandée; allons, un peu de
courage, ma mie, notre pénible voyage est terminé et avant peu notre
bon roi Henri saura nous dédommager de nos peines et des dépenses

que nous avons faites pour que je puisse assister au couronnement de notre jeune et belle souveraine Marie de Médicis, que Dieu gard.

— Que le ciel vous entende, soupira la jeune femme d'une voix triste et douce.

— Il va falloir, dès aujourd'hui, vous occuper de mes effets de gala pour cette cérémonie, reprit le cavalier en se redressant d'un air vainqueur, car vous pensez bien que le baron de Palussac, envoyé au couronnement de la reine par les notables de la ville de Dax, doit être remarqué par sa tenue et faire honneur au pays qui est presque la patrie de notre bon roi Henri.

— Mon ami, reprit la baronne de Palussac, puisque tel est le nom que nous devons lui donner, c'est aujourd'hui dimanche le jour du Seigneur, ne nous occupons qu'à le servir et à l'implorer, les choses du monde viendront en leur temps.

— Cependant, riposta le baron d'un ton un peu sec, le couronnement a lieu jeudi prochain, 13 mai, et nous sommes le 9; il n'y a guère de temps à perdre. Vous ne pensez pas, je suppose, que mes habits de province froissés et fripés par le long temps qu'ils viennent de passer dans le porte-manteau que Léonard tient en croupe, puissent me suffire pour une telle cérémonie?

— Je ne pense qu'à une chose en cet instant, dit la jeune femme avec des larmes dans la voix, c'est à trouver un gîte pour mettre mon enfant malade à l'abri de la pluie et à prier Dieu pour qu'il la guérisse et nous protège.

Le baron en haussant les épaules fit avancer un peu plus vite son cheval que la fatigue accablait; celui de la baronne suivit son compagnon et par derrière, le valet Léonard et la chambrière Claudie donnèrent à leurs mules de violents coups de houssine pour ne pas s'éloigner de leurs maîtres; mais les bêtes rétives, exaspérées par cette correction qu'elles trouvaient imméritée après tant de journées de marche forcée, se mirent à reculer d'abord au lieu d'avancer et sentant dans les environs une auberge bien fournie de provende, enfilèrent au galop la petite rue des Poirées, située près de l'abbaye de Cluny et tellement étroite que toutes les deux n'eussent pu y passer de front, puis elles s'arrêtèrent subitement non loin de l'église Saint-Benoît devant une porte de modeste apparence et portant, comme enseigne, un barbouillage de peinture jaune sur une plaque de tôle, avec cette devise tout autour : *Au luisant soleil.*

— Certes, dit Léonard en se relevant du tas de boue au milieu duquel il avait été lancé par l'arrêt subit de sa mule, certes voilà un soleil jaune du plus brillant effet, et je ne crois pas qu'aujourd'hui celui du ciel puisse lutter de couleur avec lui, quel chien de temps! et quel chien de pays! Corne de bouc, on ne voit pas de pluie pareille dans nos montagnes! et si le vin de Paris n'est pas plus réchauffant pour l'estomac que son eau ne l'est pour les épaules, je sens bien que mon dernier jour ne tardera pas à venir; mais nous allons en essayer. Holà! l'hôte, holà! ouvrez votre porte, ou sinon...

— Que dites-vous donc? interrompit Claudie qui ne s'était maintenue sur sa mule qu'en se cramponnant à la crinière, avez-vous l'intention d'entrer dans cette auberge tandis que nos maîtres poursuivent leur chemin?

— Mais oui, affirma Léonard, mon estomac crie la faim et surtout la soif; quand je suis à jeun, voyez-vous, Claudie, je suis un homme fini et il me serait impossible de reconnaître mon chemin.

— Quand on n'est jamais venu dans un pays, c'est assez difficile en effet, dit la jeune chambrière, et c'est justement pourquoi il nous faut immédiatement reprendre la rue que nos mules entêtées ont voulu quitter et tâcher, en marchant au galop, de rejoindre nos maîtres; allons, tournons bride et un peu vite, s'il vous plaît.

— Et moi, je vous dis, riposta Léonard avec force, que je ne ferai pas un pas avant d'avoir vidé une pinte de vin de Paris, je veux le goûter et le comparer au petit clairet de notre pays, et, corne de bœuf, si ce diable d'hôtelier n'ouvre pas, je défonce sa porte.

Le bruit que faisait Léonard en frappant à tour de bras avec le pommeau de sa dague finit par attirer à une petite fenêtre cintrée, qui s'ouvrait près du toit, une tête coiffée d'un ample bonnet assez peu propre.

— Eh! manant, cria cette tête, voulez-vous bien ne pas taper si fort, vous allez disloquer mon huis! Arrêtez-vous donc, je vous dis, sans cela je vous lance un pot d'eau sur le dos.

— Oh! répondit Léonard, je dois vous dire que votre pot d'eau ne me ferait que du bien, attendu qu'étant déjà trempé, je ne puis l'être davantage et qu'étant en outre tout barbouillé de boue, il me nettoyerait un peu. Allons, allons, dépêchez-vous d'ouvrir, vieux grognon.

— Comment, vieux grognon? est-il insolent, cet animal, il me prend pour un homme, moi, la mère Midoux, connue, dans tout le quartier, pour la délicatesse de ses sentiments et l'excellence de ses omelettes à l'ail, je n'ouvrirai pas à un malhonnête de votre espèce, vous pouvez passer votre chemin.

— Madame Midoux, s'écria Claudie qui, voyant cette discussion traîner en longueur et sachant que l'entêté Léonard ne céderait pas, craignait de perdre tout à fait la trace de ses maîtres; madame Midoux, mon camarade Léonard n'a pas eu l'intention de vous offenser, nous avons les yeux gros de fatigue et de sommeil, et de loin votre bonnet n'a pas de sexe; nous sommes si las que nous n'y voyons plus clair, ouvrez-nous, je vous prie.

— Et d'où venez-vous ainsi par un temps pareil, mes deux coureurs d'aventure? demanda M<sup>me</sup> Midoux d'un air fort peu engageant.

— Eh! s'écria Léonard, nous venons d'un pays où le soleil est un peu plus beau que celui de votre enseigne, la grosse mère, nous venons de Gascogne.

— De Gascogne, interrompit l'aubergiste, de Gascogne, ma chère patrie, et moi qui laisse des compatriotes se morfondre dans la rue, sous un déluge comme celui-là! Ah! les pauvres! Attendez un peu, je descends, je descends.

En effet, la mère Midoux vint elle-même, quelques minutes après, tirer avec fracas les gros verrous qui fermaient la porte de son auberge; elle avait à peine pris le temps de passer un vêtement, et son bonnet penchait fortement sur son oreille gauche, tandis qu'une grosse touffe de cheveux gris s'en échappait du côté droit.

Pendant que Léonard et Claudie entraient en connaissance avec cette compatriote, que le hasard mettait sur leur chemin, revenons sur nos pas, et rejoignons le baron et la baronne de Palussac.

La pauvre petite malade se plaignant à chaque foulée du cheval, il avait fallu, au bout de très peu de minutes, remettre les montures au pas, et la préoccupation de la mère était telle, qu'elle ne s'aperçut pas de l'absence des domestiques.

Quant au baron, il cherchait à s'orienter et ne prenait plus la peine de dissimuler sa maussaderie, qui s'accroissait du reste de minute en minute.

Et, au total, il y avait bien de quoi, dans la situation présente, n'être pas de très joyeuse humeur; cette entrée à Paris, par un temps affreux, avec une enfant malade et une femme, résignée sans doute, mais dont le silence semblait blâmer tous ses actes et le rendre responsable de la maladie de la fillette, le peu d'argent qui lui restait en bourse après ce long et coûteux voyage, les inquiétudes pour l'avenir qui commençaient à remplir ses pensées ; tout cela, disons-nous, rendait le baron très sombre et disposé à fort mal accueillir la moindre contrariété. Aussi ne retrouvant pas facilement le chemin de l'hôtel où il voulait descendre, laissait-il échapper, par moment, de ses lèvres serrées, des locutions gasconnes qui, sans être de véritables jurements, n'en étaient pas moins destinées à exprimer sa plus violente colère.

Il suivit, pendant quelque temps, la rue Saint-Jacques, ne sachant s'il devait tourner à droite ou à gauche ; sa bonne étoile lui fit prendre justement, à gauche, la rue de la Parcheminerie ; il arriva rue de la Harpe, la traversa, et enfin aperçut l'enseigne du *Faucon-Royal*, qui se balançait au coin de cette rue de la Harpe et de la petite rue Poupée.

La vue de cette hôtellerie remit un peu de joie au cœur de Palussac, et, la baronne, en voyant cette enseigne peinte avec autant d'art que les artistes en ce genre pouvaient en mettre à cette époque-là, poussa un soupir de satisfaction.

La petite Blanche venait de s'endormir dans ses bras, et ce calme apparent faisait rentrer un peu d'espoir au cœur de la mère. L'hôtelier et sa femme, en apercevant les deux voyageurs, étaient accourus ; mais la vue de leur modeste équipage refroidit singulièrement leur empressement.

— Ça, qu'on nous donne des chambres, pour nous et nos gens, s'écria le baron en descendant de cheval, et un peu vivement, car la baronne est fatiguée et ma fille malade.

— Notre hôtellerie n'est pas un hôpital, répondit l'aubergiste d'un air pincé, et nous avons, Dieu merci, assez de monde, dans ce moment, pour ne pas recevoir des voyageurs qui viennent d'on ne sait où, et ressemblent plus à des vagabonds qu'à d'honnêtes gens.

— Qu'est-ce à dire, s'écria Palussac, que le discours de l'aubergiste avait mis hors de lui, avez-vous donc envie de goûter du bâton ? Holà ! Léonard, prends-moi ce drôle par les épaules...

Mais, en se retournant, le baron s'aperçut de la disparition de sa suite.

Pendant ce temps, la baronne s'était laissée glisser à bas de son cheval et, sans se dessaisir de son précieux fardeau, elle s'avançait vers l'hôtelière, dont la figure était plus avenante que celle de son mari.

— Je vous en prie, madame, lui disait-elle, pour l'amour de Dieu, ayez pitié de mon enfant, nous ne serons pas des voyageurs bien gênants, donnez-nous n'importe quelles chambres. Ce qu'il nous faut avant tout, c'est un lit pour ma fille et un grand feu pour nous sécher.

— Je le ferais volontiers, répondit la femme, mais les fêtes qui se préparent nous ont amené beaucoup de voyageurs, et je n'ai que deux vilaines petites chambres de libres, elles prennent jour sur la ruelle à côté, et puis on aimerait aussi savoir à qui on a affaire!

— Corbleu, s'écria le baron, avons-nous donc l'air de huguenots ou d'Espagnols? Est-ce une raison parce que nos valets se sont égarés dans ces rues, et ils me le paieront, est-ce une raison pour nous traiter en ennemis?

— Madame, madame, suppliait la baronne, ma fille souffre, elle gémit, elle a besoin de soins, le ciel vous récompensera et je prierai pour vous.

— Allons, c'est bon, dit l'hôtelière, vous me faites pitié à la fin, et vous semblez tant aimer votre petite que j'en suis toute attendrie, entrez, entrez.

— Mais, ma femme, voulut dire l'hôtelier...

— Tais-toi, Landry, il faudrait avoir un cœur de pierre pour résister à cette petite dame, qui a l'air si doux; ils paieront plus tard, s'ils le peuvent, et nous aurons toujours fait une bonne action, qui nous vaudra quelque chose dans le paradis.

— Vous serez payée, ne craignez rien, Madame, le baron et la baronne de Palussac ne sont pas à la charité du public, et la faveur royale me permettra, avant peu, de vous récompenser largement.

Pendant que le baron prononçait ces mots d'un air important, Landry, tout en maugréant, avait mené les deux chevaux à l'écurie, et la baronne avait approché la petite Blanche du feu, qui brûlait dans la vaste et haute cheminée de la salle basse. L'enfant entr'ouvrit les yeux en sentant cette douce chaleur, et un faible sourire se dessina sur ses lèvres.

Elle était jolie, cette pauvre petite, mais si pâle! si délicate! Ses cheveux étaient blonds et frisés, ses grands yeux bleus avaient une

expression de tristesse et de souffrance, elle ressemblait tout à fait
à sa mère.

— Mais où diable ont bien pu passer nos gens? répétait le baron
en arpentant la grande salle de long en large, ils étaient à notre suite
quand nous sommes entrés dans Paris, et puis, tout à coup, les
voilà disparus. Ah! morbleu! si je tenais Léonard, je lui secouerais
les oreilles.

— J'aurais bien besoin aussi de Claudie, dit la baronne, elle porte
les vêtements de rechange de ma petite Blanche et ceux-ci sont
tout mouillés.

— Corbleu, vous m'y faites penser, ce drôle de Léonard possède
mon porte-manteau! et je n'ai rien de propre à me mettre sur le dos
pour me présenter à la cour; ah! il sentira ma houssine sur son dos,
je le jure, et Claudie aussi.

— Calmez-vous, mon ami, ce sont de bons serviteurs, ils nous
cherchent sans doute et ne tarderont pas à nous rejoindre, j'espère ;
ne soyez pas trop dur pour eux, car ils nous sont dévoués.

— Ah! vous êtes toujours pour les moyens doux, Louise, reprit
le baron, mais je suis d'avis que pour être servi, une correction vaut
cent fois mieux qu'un compliment.

— Madame, dit l'hôtesse en rentrant, votre chambre est prête,
j'ai fait chauffer les draps pour que la petite demoiselle soit mieux
dans son lit.

— Merci, merci, Madame, vous êtes bonne.

Et Mme Landry vit des larmes d'attendrissement remplir les beaux
yeux de la jeune mère.

Les deux petites chambres étaient loin d'être belles; situées au
rez-de-chaussée et les fenêtres s'ouvrant sur la petite rue Poupée, le
jour n'y pénétrait guère quand il faisait du soleil et pas du tout quand
le temps était à la pluie. Aussi en entrant dans ces pièces froides et
carrelées éprouvait-on l'impression qu'on ressent lorsqu'on pénètre
dans un caveau, et malgré le feu clair allumé dans la plus grande
des deux pièces, il y faisait une humidité qui tombait sur les épaules
comme un manteau mouillé.

Vite on mit Blanche au lit, elle recommençait à gémir, et
Mme Landry, ayant aidé la baronne dans ce doux soin, pendant que
Palussac allait voir sur le pas de la porte si ses gens n'arrivaient

pas, M^me Landry, disons-nous, fut prise de grande pitié en voyant souffrir ainsi cette enfant.

— Pauvre mignonne, dit-elle, je la crois bien malade, est-elle ainsi depuis longtemps?

— Non, reprit Louise, elle allait très bien là-bas, au soleil et au grand air; elle est née dans notre petite campagne, près de Dax, et quoiqu'elle soit délicate, je ne l'ai jamais vue malade. Voilà trois semaines que nous voyageons par tous les temps et, depuis huit jours qu'il ne cesse de pleuvoir, elle a la fièvre et ne peut plus prendre que quelques gouttes de lait.

— Mais elle va mourir si ça continue, s'écria M^me Landry en joignant ses mains avec un geste plein de compassion.

— Mourir! que dites-vous là, ma fille va mourir? Ah! madame, madame, est-ce vrai que ma fille va mourir?

— Calmez-vous, ma petite, calmez-vous, je n'en sais rien, moi; ce que j'en dis, vous comprenez, c'est l'intérêt qui me le fait dire, car elle est mignonne, cette petiote, et je l'aime déjà; je suis bien contente de vous avoir fait entrer et je vous aiderai de tout mon pouvoir à la guérir, si c'est possible.

Mais la mère n'entendait plus les bonnes paroles de M^me Landry; elle s'était laissée tomber à genoux près du lit de Blanche et, la figure cachée dans ses mains, elle sanglotait.

— Ah! mon Dieu, mon Dieu, suppliait-elle, est-il vrai que vous me reprendrez mon enfant, ma Blanche chérie, que j'aime plus que tout au monde? Que deviendrai-je alors, misérable mère sans enfant. Ah! Seigneur, et vous, sainte Vierge Marie, soyez bons pour moi et, si vous me prenez ma fille, prenez-moi aussi, je vous en conjure.

Cette douleur émouvait sensiblement la mère Landry qui de temps en temps s'essuyait les yeux du coin de son tablier.

— Allons, ma chère dame, un peu de courage, le bon Dieu et la sainte Vierge ne vous abandonneront pas, je vois que vous êtes une bonne catholique; moi aussi j'en suis une et je vais de ce pas à l'église Saint-André qui est là au bout de la rue Poupée, je mettrai à la bonne Dame un cierge pour la guérison de l'enfant, puis je chercherai un médecin et du bon lait pour elle.

Blanche avait les yeux fermés; sa respiration sifflante et une quinte de toux qui la secouait de temps en temps, prouvaient qu'elle ne dormait pas; mais son état de faiblesse était tel, qu'elle ne pouvait remuer.

Cependant l'hôtesse était sortie et la baronne continuait à prier et à pleurer; le silence, succédant au bruit des voix, étonna sans doute l'enfant, elle entr'ouvrit un peu les paupières et d'un accent étranglé par le mal qui la tenait à la gorge, elle dit :

— Mère, ne pleure pas ainsi, comme nous serions heureuses d'aller toutes les deux au ciel ensemble, il y fait du soleil, et ici il fait si froid.

Et comme si cet effort l'avait épuisée, elle renversa sa tête sur le petit oreiller et devint encore plus pâle.

Cependant le baron de Palussac après avoir vainement interrogé du regard la rue de la Harpe et les autres petites rues avoisinantes sans apercevoir Léonard et Claudie, prit le parti de sécher ses vêtements au feu de la grande salle, en écoutant les conversations des buveurs.

C'étaient, pour la plupart, des commerçants attirés à Paris par les fêtes qui devaient avoir lieu pour le sacre de la reine Marie de Médicis.

— Ah ! disait un gros homme à la mine rubiconde, en élevant son verre, je bois ce bon petit vin clairet à la santé de notre roi Henri et au succès de ses armées, car vous savez que des bruits de guerre circulent?

— Oui, oui, reprit un autre bourgeois aussi maigre que le premier était gros, on dit qu'il a les vues larges, notre roi, et qu'il ne veut rien moins que réorganiser l'Europe tout entière; il paraît que l'Autriche et l'Espagne ont des tendances à tout prendre pour elles au détriment des autres nations; il est temps qu'on arrête un peu ces deux gourmandes-là.

Plusieurs autres buveurs, de crainte sans doute de se compromettre, se contentèrent de remuer la tête en signe d'assentiment.

— Mais, dit le baron en se mêlant à la conversation des buveurs, vous parlez beaucoup de guerre et fort peu du couronnement de la reine, il doit cependant avoir lieu cette semaine?

— Ah ! le couronnement, reprit le gros homme, c'est la moindre des choses; moi, si je suis venu à cette occasion de Chartres ici, c'est pour placer des grains et des farines en même temps. La reine n'est pas une femme bien affectionnée de ses sujets, et si le roi la fait couronner en grande pompe, avant son départ pour la guerre, c'est qu'il espère sans doute que cette cérémonie en imposera au peuple et qu'à défaut d'affection an aura au moins du respect pour la régente.

— Espérons que cette régence ne sera pas longue et que la victoire nous ramènera bientôt notre bon roi Henri, reprit le maigre personnage; moi, je sais de source certaine par un de mes amis, dont l'oncle est le cousin du beau-frère du valet de chambre de la reine que...

— Ah! interrompit en riant un des buveurs, que voilà donc un homme bien informé! moi aussi je pourrais vous parler de la lingère de la reine qui est la filleule de la mère de la marraine de la sœur de ma voisine; mes nouvelles pourraient être à peu près aussi vérid_ques que les vôtres.

Tout le monde éclata de rire, sauf l'homme maigre qui devait être très vexé.

— C'est bon, dit-il, du moment où vous doutez de ce que j'avance...

— Mais non, interrompit le baron, désireux de faire causer tous ces gens-là, afin de se mettre au courant de ce qui se disait, mais non, je ne doute pas, moi, continuez donc, je vous prie.

— Eh bien! donc, reprit-il, enchanté de placer sa nouvelle, je disais que le valet de chambre de la reine avait dit...

— Oui, à son beau-frère qui est le cousin de l'oncle de votre ami.

— Ah! si vous continuez à vous moquer, vous ne saurez rien.

— Non, non, parlez, parlez.

— Le valet de chambre de la reine, passant il y a quelques jours près du cabinet du roi, a entendu ce dernier dire à Sully : « Ah! mon ami, que ce sacre me déplaît, il me semble qu'il sera cause de ma mort. J'ai de funèbres pressentiments, je ne mourrai jamais devant l'ennemi, vous verrez, je mourrai dans cette ville. »

— Bah! le roi a dit cela? Est-ce qu'il a peur de la mort?

— Non, mais il a peur du poignard, paraît-il, et ne se soucierait pas d'être expédié dans l'autre monde comme l'a été son prédécesseur Henri III.

— M'est avis que vous parlez là de choses qui ne vous regardent point, messieurs, interrompit maître Landry qui entrait à cet instant, mon auberge n'est point faite pour discuter ce que pense et dit le roi et je n'ai pas envie d'avoir un jour maille à partir avec la prévôté pour les discours que vous y tenez.

— Il a raison, maître Landry, dit le gros homme, allons à nos affaires, ça sera plus profitable pour nous.

Pendant toute cette conversation, un homme brun et sec, à la mine fausse et au regard fuyant, s'était tenu assis dans l'âtre et faisait sécher la semelle de ses souliers, sans avoir l'air d'entendre un mot de ce qui se disait autour de lui. Quand tous les buveurs eurent quitté les tables et que le baron seul resta, l'hôte s'approcha du sombre personnage.

— Je vois à vos chaussures fumantes que vous êtes déjà sorti, M. Ravailhac, lui dit-il : toujours en course, alors ? à la bonne heure, on ne peut pas dire que vous soyez paresseux. Voulez-vous déjeuner ?

— Non, je sors de nouveau et ne sais pas quand je rentrerai, je suis venu pour les fêtes, moi aussi, mais comme je ne connais pas le roi, j'ai le plus grand désir de le voir et je cours tout le jour dans l'espoir de me trouver sur son passage.

— Ce n'est pas difficile, reprit Landry, il sort souvent à cheval ou en voiture découverte et presque sans escorte, de sorte qu'on peut le voir de près ; seulement, aujourd'hui, par ce temps-là, je crains que vous n'ayez pas le bonheur que vous ambitionnez, car il ne fait guère bon à parader et à se montrer à son bon peuple.

— J'espère, reprit Ravailhac en se dirigeant vers la porte de sortie, que le hasard me servira un jour ou l'autre, il me doit bien cela.

— Voilà un de mes voyageurs qui paraît joliment aimer le roi, dit l'hôte au baron ; depuis cinq jours qu'il est ici, il bat le pavé de Paris tout le temps pour le simple plaisir de le voir passer.

— Qui donc n'aimerait notre bon roi Henri, quatrième du nom, reprit Palussac, il faudrait avoir le cœur bien mal placé ; pour moi, je l'adore, car je crois qu'il a fait réellement beaucoup de bien à notre pays et j'ai grande hâte aussi de l'apercevoir avant de lui être présenté officiellement ; si mon lourdaud de Léonard était arrivé, j'aurais endossé mon habit propre et me serais joint à M. Ravailhac pour guetter le passage du roi, quoiqu'en vérité la mine de ce garçon ne me dise pas grand'chose de bon.

— Ah ! par exemple, reprit l'hôte, si on devait toujours juger les gens sur leur mine...

— Mais, il me semble que c'est justement ce que vous avez fait à mon égard, interrompit le baron, et la façon dont vous m'avez accueilli prouve que mon équipage ne vous semblait pas fameux.

— C'est vrai, monsieur le baron, mais que voulez-vous, je ne savais pas votre nom, et puis, une enfant malade, ça n'est pas amusant dans une hôtellerie.

Ce mot rappela au baron qu'il avait une femme et une fille, et il allait se faire conduire dans leur chambre, lorsque M^me Landry rentra, amenant un homme enveloppé d'un grand manteau ; c'était le médecin.

## II. — Où le baron de Palussac offrit sa protection à celui qui justement eut pu le protéger.

— Madame, dit la mère Landry en entr'ouvrant avec précaution la porte de la chambre où la petite Blanche était couchée, voilà un médecin qui guérira certainement votre fille, car c'est le ciel qui l'a choisi : j'étais allée faire brûler un cierge, comme vous savez, et je demandais à mon cousin Tifoine le sacristain, s'il ne connaissait pas un médecin demeurant par ici, pour aller le chercher sans perdre de temps, justement il paraît que nous n'en avons pas dans le quartier et j'étais en train de me lamenter quand cet honnête monsieur est venu faire ses dévotions à la bonne Dame, il a entendu ce que nous disions et s'est offert pour m'accompagner. Vous voyez bien que c'est le bon Dieu qui l'envoie ?

— Merci, merci, monsieur, dit Louise en s'élançant vers le médecin, soyez béni pour votre bon cœur ; venez voir ma petite chérie, et fasse la Vierge Marie que votre science puisse la soulager.

Le docteur se dirigea immédiatement vers le lit de l'enfant ; le baron était entré à sa suite, et par discrétion la mère Landry se retira en fermant la porte.

Il n'avait fallu qu'un seul coup d'œil au nouvel arrivant, pour voir le dénuement de cette misérable chambre d'auberge et constater que ces voyageurs manquaient de tout. Les vêtements tout mouillés qu'on venait de retirer à l'enfant étaient jetés sur un escabeau, et la petite chemise qu'elle portait, tout humide encore et sur laquelle avait déteint sa robe, prouvait bien qu'il n'existait pas même une rechange pour elle. Blanche était toujours dans le même état de prostration ; son pouls battait d'une façon désordonnée, et sa respiration embarrassée, sa tête brûlante et différents autres symptômes semblèrent sans doute de bien mauvais augure au médecin, car son visage devint plus sérieux qu'il ne l'était en arrivant.

— Ah ! docteur, s'écria la jeune mère qui le regardait anxieusement, est-elle donc dans un état désespéré ?

— Parlez, monsieur, dit à son tour le baron qui n'avait pas encore prononcé un mot, si c'est une mauvaise nouvelle que nous devons apprendre, parlez quand même, la baronne et moi désirons connaître l'exacte vérité.

Le docteur se tourna vers lui et fut étonné en voyant ce gentilhomme qui, malgré le triste état de ses habits, conservait un certain air de dignité. Louise était tombée assise près du lit, sans force pour se soutenir, ses cheveux épars d'un blond admirable, son élégance naturelle et sa distinction ne laissaient pas un instant de doute, on voyait immédiatement que c'était là une vraie grande dame.

— A qui ai-je donc affaire ici, pensait le médecin, voilà des voyageurs qui semblent dans une détresse extrême, et cependant je suis sûr que ce ne sont ni des petits bourgeois, ni des aventuriers, l'enfant elle-même semble être une petite princesse.

Puis, s'apercevant que le père et la mère, la mère surtout, attendaient avec anxiété sa réponse.

— Je ne puis vous dissimuler que votre enfant soit fort mal, dit-il, je reconnais tous les symptômes d'une inflammation de poitrine, elle aura pris sans doute le froid et l'humidité et il faudra de grands soins pour la sortir de là.

— Mon Dieu, mon Dieu, sanglotait la baronne.

— Mais tout n'est pas perdu, madame, reprit le médecin en voyant le désespoir de la jeune femme, je suis bien occupé et j'ai une charge qui ne me laisse que peu de temps à moi, cependant je n'abandonnerai pas cette enfant, elle m'intéresse ; je ferai l'impossible pour la sauver, et si je n'y arrive pas, c'est que Dieu voudra peupler son paradis d'un petit ange de plus.

La baronne eût repris peut-être un peu de courage, si elle avait su que celui qui parlait ainsi n'était autre que le savant médecin de la reine.

Il ordonna différentes drogues et sirops, et en se retirant fit signe au baron de le suivre.

— Ce qu'il faudrait avant tout, lui dit-il quand ils furent seuls dans la grande salle, ce serait transporter l'enfant hors d'une chambre qui

2

est froide comme une cave, je ne réponds de rien tant qu'elle y restera, car cette humidité lui est fatale. N'avez-vous donc aucun domicile autre dans Paris où vous puissiez aller? Puis il faudrait du linge bien sec, des jus de viande délicats, enfin mille choses qui sont presque impossibles à se procurer dans cette auberge.

— Hélas! répondit le baron, je ne puis rien avoir de tout cela dans ce moment; les hôtes ont déjà fait ici des difficultés pour nous recevoir, et il est inutile d'aller tenter fortune ailleurs. Nos domestiques et nos porte-manteaux sont égarés, et je n'ai que très peu d'argent pour l'instant. Certainement j'aurai plus tard une superbe situation; mais en attendant je ne suis que le baron de Palussac et ce nom, qui est un des plus honorables de ma province, ne peut pas me servir de grande recommandation ici près des hôteliers.

— Ah! vous êtes un baron de Palussac? dit le docteur, seriez-vous parent du marquis de Limoux-Palussac, qui est aussi vieux que riche, et aussi original que vieux?

— Oui, dit le baron, nous sommes alliés par les femmes, mais il y a bien longtemps que nos familles sont brouillées et, en venant à Paris, je n'ai pas pensé un seul instant à m'humilier devant lui. Le dit-on puissant et serait-il bien en cour?

— Oui, sans jamais mettre cependant les pieds au Louvre; il vit comme un escargot dans sa coquille et se montre le moins possible. Son petit-fils va jouer parfois avec le Dauphin, dont il a l'âge.

— Mais pourquoi, si le marquis ne va pas à la cour, son petit-fils est-il admis dans l'intimité du Dauphin?

— C'est en souvenir de son père, qui fut tué au service du roi, et notre bon souverain lui promit, à sa dernière heure, de s'occuper de son fils; il voulait l'attacher comme page à la personne du Dauphin, mais le vieux marquis ne veut pas s'en séparer tout à fait.

— Ah! cet enfant joue parfois avec le Dauphin, pensa Palussac, corbleu! quel malheur de n'être pas en relation avec le marquis, il aurait parlé de moi au roi, et ma fortune était faite.

— Puisque vous êtes un peu son parent, reprit le docteur, il s'intéresserait peut-être à vous et pourrait vous aider dans ce moment difficile, en installant notre petite malade d'une façon plus confortable; car, ne l'oublions pas, le danger est grand et il faut, par tous les moyens possibles, chercher à soulager cette enfant.

— Oui, dit le baron tout rêveur, c'est ça le plus pressé et je vais y réfléchir; quand reviendrez-vous?

— Je ne puis le dire au juste, mon temps ne m'appartient pas, cependant j'ai promis à la baronne de ne pas abandonner sa fille et vous me reverrez bientôt.

— Ah! docteur, dans ce moment je ne suis pas riche et ne puis reconnaître vos bons soins.

— Ne parlons pas de cela pour l'instant, interrompit le médecin.

— Mais avant peu, poursuivit Palussac, j'espère que je serai à même de m'acquitter pécuniairement, et même je pourrai, si le cœur vous en dit, parler de vous à la cour.

— Plaît-il, interrogea le docteur.

— Oui, oui, reprit avec aplomb notre baron, je vais d'ici à très peu de jours, je pense, être présenté au roi et si vous souhaitez une place de médecin de service près des petites gens du palais, je vous recommanderai.

— Bien obligé de cet honneur, dit le docteur en saluant fort bas et en retenant une grande envie de rire.

Ces Gascons sont tous les mêmes, pensait-il en s'en allant; en voilà un qui n'a pas dix écus dans sa poche; il arrive de sa montagne, et avec une assurance stupéfiante, il me promet son appui près du roi qu'il n'a jamais vu. Ah! ah! s'il avait su qui je suis, les rôles eussent été, je crois, un peu intervertis et au lieu de m'offrir sa protection, il eût sollicité humblement la mienne. Mais il est inutile de me faire connaître maintenant.

— Voilà un petit médecin qui n'aura garde d'abandonner la malade, se disait le baron, sa physionomie est devenue souriante quand je lui ai parlé de le protéger à la cour et il m'a fait un salut qui me prouve sa reconnaissance et son bonheur. Il part absolument enchanté et de fait, s'il guérit mon enfant, je pourrai peut-être penser à lui plus tard, quand je serai dans les honneurs.

Puis, s'asseyant sur un escabeau dans la grande cheminée, il repassa dans son esprit tout ce qu'il venait d'apprendre du marquis de Limoux-Palussac; la tête appuyée dans les mains, les coudes sur les genoux; il était plongé dans de profondes réflexions quand l'hôtesse vint préparer une petite table près du feu pour son déjeuner.

— Et madame la baronne, dit-il, ne mange-t-elle pas?

— Madame ne veut pas quitter la petite, je viens de la forcer à boire une tasse de lait. Ah ! monsieur, quelle jolie et bonne femme vous avez là et quelle excellente mère en même temps! quand je la vois caresser et soigner son enfant, vrai, ça me tire les larmes des yeux. Elle ne se plaint de rien, la pauvre chère dame, pourtant elle est arrivée trempée et n'avait rien pour se changer ; c'est un peu dur, tout de même, monsieur, de l'avoir fait voyager par un temps pareil et c'est ce qui a rendu malade la petite, bien sûr!

— C'est bon, c'est bon, reprit le baron avec humeur, ne vous inquiétez pas de mes affaires, bonne femme.

— Oui, je suis une bonne femme, s'écria avec indignation Mᵐᵉ Landry, car si je ne m'en inquiétais pas de vos affaires, qui donc s'en inquiéterait, je vous prie? Qui donc est allé chercher le médecin? qui donc a couru chez l'apothicaire pour acheter les drogues? qui donc a donné ses propres vêtements à la jolie dame et l'a obligée à se sécher? qui donc, s'il vous plaît, qui donc? et pendant ce temps, monsieur se chauffe! c'est peut-être très bon de se chauffer, mais ça n'avance pas les choses et il serait plus utile de vous mettre à la recherche de vos valets que de brûler votre unique paire de bottes.

Et contente d'avoir déchargé le trop-plein de son cœur, Mᵐᵉ Landry s'en retourna d'un air important à la cuisine, emportant la desserte du baron.

Palussac, à ce moment, éprouvait pour son hôtesse des sentiments qui touchaient de bien près à la haine ; jamais il n'avait permis qu'on lui fît une observation ; sa femme, d'un caractère doux et facile, s'était bien vite habituée à garder ses chagrins au plus profond de son cœur, et le baron, accoutumé à cette douceur, ne prenait jamais la peine de la consulter et agissait toujours comme son humeur orgueilleuse le lui conseillait.

Aussi le blâme de Mᵐᵉ Landry lui parut-il une monstruosité et s'il résista à la tentation de lui jeter la table toute servie à la tête, c'est qu'il se souvint, fort à propos, que sa bourse plate ne contenait presque plus de monnaie et que sa fille mourante demandait des soins urgents.

Il se livra dans son cœur un combat violent entre son orgueil, sa colère, son ambition et ses sentiments paternels ; ce furent ces derniers qui finirent par l'emporter, et, subitement, il prit une grande résolution.

Tout d'abord, il s'en alla demander des nouvelles de Blanche et donner un baiser au front de sa femme.

— Ne vous chagrinez pas trop, ma mie, et ne vous fatiguez pas non plus ; je vais sortir pour tout le jour peut-être et si dans mon chemin je rencontre Léonard et Claudie, je vous les enverrai. Ah ! les marauds ! et dire qu'ils ont mes vêtements propres et qu'il me faut rester si grossièrement vêtu !

— Mon ami, répondit la baronne, vous avez fort bonne mine ainsi, je vous assure, et personne ne se trompera sur votre compte ; qu'importe la tenue, on reconnaîtra toujours en vous un vrai gentilhomme.

— Oui, je sais, reprit le baron d'un air fat, nous avons tous grand air dans ma famille. Ah ! voilà ce que c'est que les nobles lignées ! Mais je ne dis pas cela pour vous, Louise, chacun sait que la beauté est la noblesse de la femme, et sous ce rapport, vous êtes de grande noblesse.

Et sur ce compliment fait d'un ton badin, le baron sortit.

La jeune femme devint toute rouge et poussa un gros soupir.

Oui, elle était belle, plus belle que les plus nobles damoiselles de son pays et cependant si le baron l'avait remarquée et épousée, c'était moins par un sentiment de tendresse dont ses vertus et sa beauté la rendaient pourtant bien digne, que par l'espoir d'une grosse dot.

Louise était orpheline et la vieille comtesse de Blac, sa parente éloignée, l'aimait et l'élevait comme sa fille.

De noblesse, elle n'en avait point, on l'appelait simplement Mlle Louise ; et le baron, après avoir remarqué sa beauté, pensa que la comtesse de Blac qui n'avait pas d'héritiers directs, donnerait toute sa fortune à sa fille adoptive.

Sa demande fut agréée, mais au moment du contrat le baron et sa vieille mère se montrèrent si peu délicats en matière d'intérêt que Mme de Blac, froissée, ne donna à sa pupille qu'une très petite dot. Peut-être espérait-elle par là faire manquer un mariage qui ne lui semblait plus offrir assez de garanties de bonheur et que Louise, cependant, paraissait désirer ; et si la baronne et son fils passèrent outre, ce ne fut que par crainte du scandale et de la défaveur que cette rupture, pour cause d'intérêt, n'eût pas manqué de faire rejaillir sur le noble nom de Palussac.

La modeste dot servit à consolider momentanément les tourelles

fort délabrées de leur petit manoir, et Louise fut accueillie par sa bel e-
mère tout autrement qu'elle avait pu l'espérer d'abord.

Ses relations avec M^me de Blac durent, par ordre de son mari, cesser quoiqu'il lui en coûtât, et la pauvre jeune femme connut, dès es
premiers jours de son mariage, les soucis et les peines d'intérieur.

La naissance de la petite Blanche augmenta encore l'animosité de
sa belle-mère contre elle. C'était un petit-fils qu'elle eurait voulu et
non pas une chétive créature qui ressemblait à sa mère et n'avait ni
la force ni la couleur des Palussac, tous plus noirs les uns que les
autres.

On dit que les gens méchants vivent très vieux pour exercer les
vertus et la patience des bons ; heureusement le ciel eut pitié de
Louise et sa belle-mère mourut quelques mois après la naissance de
l'enfant. Nous devons même dire que cette âme hautaine et ce cœur
dur furent enfin touchés par tant de douceur et qu'au dernier moment
elle embrassa presque tendrement sa bru, lui recommandant de rendre son fils aussi heureux que possible, de ne le contrarier jamais
en rien et aussi la priant de lui pardonner en cet instant solennel les
peines qu'elle avait pu lui causer.

Les âmes pures n'ont pas de fiel, Louise oublia les durs moments
qu'elle venait de passer ; elle se jeta en pleurant dans les bras de la
vieille baronne, prononçant pour la première fois ce doux nom de
mère qu'elle aurait eu tant de bonheur à lui donner plus tôt.

Quelques années se passèrent et le jeune ménage aurait pu être
parfaitement heureux. Les revenus du petit manoir n'étaient pas
gros, mais à la campagne et dans ce temps-là les dépenses étaient
bien modestes.

Blanche grandissait beaucoup et, quoique délicate et frêle, n'était
jamais malade. Cette enfant promettait d'être au moral et au physique l'exacte reproduction de sa mère ; son intelligence plus déve-
loppée que ne l'est ordinairement celle des enfants de son âge, lu
permettait de comprendre ou plutôt de remarquer bien des choses
qui passent ordinairement inaperçues à cinq ans.

— Maman, disait-elle, les fleurs sont si jolies, le soleil est si chaud
et tout le monde est si gai ici, pourquoi seul papa n'est-il jamais
gai, lui ?

— Il pense à ton avenir, ma fille, voilà pourquoi il est sérieux.

— Mais il se plaignait hier de n'être pas riche ; ne le sommes-nous pas assez? le jardin est joli, les fleurs sentent bon et nous avons toujours de si bonne crème !

— Enfant, disait la mère en la couvrant de caresses, tout ceci n'est pas de ton âge ; vis joyeusement au grand air et remercie le bon Dieu de tout ce qu'il nous a donné ; tant d'autres se trouveraient heureux et ne souhaiteraient rien.

Le baron Henri s'était laissé peu à peu envahir par des désirs ambitieux. Les notables de la petite ville de Dax, ravis d'entrer en relation avec le baron de Palussac, n'avaient fait que l'entretenir dans ses idées de grandeur. Le roi Henri, lui disaient-ils, qui aimait si profondément ses compatriotes, ne manquerait pas de lui donner une grande situation, s'il le connaissait.

C'est vers cette époque que les bruits de guerre étaient arrivés jusqu'en Gascogne ; on parlait aussi beaucoup du couronnement de la régente, qui devait avoir lieu fort solennellement avant le départ du roi pour l'armée.

Le baron n'était pas un homme d'épée. Ses ancêtres avaient combattu autrefois, mais depuis longtemps leurs armes s'étaient rouillées au fourreau.

Henri de Palussac était donc d'une génération peu militaire, mais il ne se montrait que plus fier de la gloire de ses ancêtres ; sans cesse il avait à la bouche les exploits du premier des Palussac, le baron Rodrigue, solide et énorme chevalier, dit : *la terreur des mécréants.*

La redoutable épée de ce non moins redoutable guerrier était accrochée à la place d'honneur dans la chambre du baron Henri.

Cette épée, longue de quatre pieds quatre pouces, dont la garde d'or en forme de croix contenait jadis des reliques, avait été donnée, selon la tradition, par Charles le Chauve, petit-fils de Charlemagne, au baron Rodrigue le jour où, se séparant du révolté comte Jacca qui s'attribuait la souveraineté de la Navarre, le premier Palussac était venu faire acte de soumission au roi des Francs.

— Baron, lui avait dit Charles le Chauve, prenez cette épée, la voici, je vous la donne, et qu'entre vos mains elle devienne la terreur des mécréants.

En souvenir de ce mémorable événement, le baron Rodrigue fit graver ces derniers mots sur la lame de sa bien-aimée rapière et prit pour lui-même ce glorieux surnom.

Notre Henri de Palussac, aussi fier de ce royal présent que de son propre titre, ne manquait jamais, aux occasions solennelles, de l'accrocher à son côté. Elle devait être bien étonnée, cette antique épée tachée encore du sang des païens, de ne plus avoir à battre que les maigres mollets de ce rejeton dégénéré d'une si illustre maison ! Toute la jeunesse de Palussac s'était passée près d'une mère veuve ; l'éducation exclusivement pacifique qu'il en avait reçue, jointe à la mollesse naturelle de son caractère, faisait de lui un homme qui pouvait être orgueilleux et ambitieux, mais non pas belliqueux. Aussi quand la nouvelle de la guerre contre l'Autriche et l'Espagne pénétra dans la Navarre, pensa-t-il plus à demander une position tranquille à la cour qu'un grade dans l'armée.

Le couronnement de la reine lui fournissait une excellente occasion de réaliser son projet de voyage à Paris ; les notables de Dax et les nobles des environs l'ayant chargé de porter à Marie de Médicis l'assurance du dévouement qu'ils auraient pour elle, tout le temps de sa régence.

Quand il parla de son intention de partir pour Paris et de faire auparavant rentrer toutes les redevances du petit domaine, Louise, malgré son habitude du silence, ne put s'empêcher de hasarder quelques timides observations, trouvant qu'il était dangereux de quitter un certain, modeste c'est vrai, pour un incertain qui lui semblait, à elle, presque impossible à obtenir.

Le baron, alors, s'emporta pour la première fois contre sa femme et dans sa colère il alla jusqu'à redire, comme un triste écho, certaines paroles que Louise n'avait que trop entendues du vivant de sa belle-mère.

Hélas ! oui, elle était sans noblesse et sans fortune, elle le savait, mais elle espérait en se mariant, qu'à force de douceur et de bonté, on l'aimerait pour elle-même et que jamais on ne lui reprocherait sa pauvreté, son mari moins que tout autre. Aussi les préparatifs du départ se firent-ils sans aucun enthousiasme ; elle était triste et résignée, et le baron, malgré toutes ses occupations et les démarches qu'il avait à faire pour se procurer de l'argent, ne pouvait s'empêcher de remarquer l'air de souffrance de sa femme et d'en être exaspéré. Et elle souffrait réellement dans son cœur, la pauvre Louise ; pour la première fois, son mari lui avait reproché ce dont elle n'était point la cause et quelque chose lui disait qu'en quittant la Navarre elle y laisserait à tout jamais son bonheur.

Blanche, avec cet instinct si fin que lui donnait sa tendresse pour sa mère, la sentant malheureuse, ne riait et ne chantait plus ; on eût dit qu'un vent de deuil s'était abattu sur le petit manoir.

Quel triste départ ! il fallut dire adieu à tous les coins chéris ; Blanche voulut le matin même faire le tour du jardin en tenant la main de sa mère et cueillir une fleur de chacune des espèces variées qui ornaient les plates-bandes, mais son bouquet était si gros et si encombrant que le baron ne voulut pas l'emporter, ce qui donna lieu à des larmes bien amères.

On se mit en route le cœur gros et les poches minces malgré tout ce qu'avait pu faire le baron ; tous les domestiques congédiés s'étaient retirés en pleurant après avoir baisé la main de leur bonne maîtresse et de leur gentille petite demoiselle ; un vieux gardien fut installé pour veiller sur les murs lézardés du manoir ; Léonard et Claudie, seuls, accompagnèrent leurs maîtres.

Sauf son amour pour la bouteille, Léonard était parfait ; vif, alerte, bon cuisinier, sachant soigner les chevaux, et prêt surtout à batailler pour obtenir ce qu'il fallait à ses maîtres. Le baron, avec sa nature à la fois molle et orgueilleuse, ne pouvait se passer de lui, et le mettait toujours en avant quand il survenait quelque difficulté ; grâce à cet intelligent serviteur, bien des ennuis avaient été évités pendant le voyage.

Claudie, dévouée jusqu'à la mort à Louise et surtout à Blanche qu'elle avait vu naître, ne fit aucune difficulté pour abandonner son pays et suivre la baronne quoiqu'en vérité ses gages fussent de bien mince valeur.

Voilà tout ce que Louise repassait dans sa pauvre tête endolorie, tandis que le baron sortait et cherchait à s'orienter dans les rues de Paris.

La jeune femme, assise près de son enfant et tenant sa petite main amaigrie dans les siennes, songeait aussi aux quelques jours de bonheur qu'elle avait eus dans sa vie. Hélas ! depuis son mariage elle aurait pu facilement les compter, et encore, ces seules joies lui venaient-elles de cet ange qui agonisait là sur son lit de douleur ! Mais si Dieu lui enlevait son enfant, aurait-elle assez de foi pour s'incliner sans murmurer sous les coups de cette main divine ? Et de son âme s'échappait une prière fervente dans laquelle elle demandait la vie de sa fille pour conserver sa foi, croyant naïvement que Dieu serait plus touché par cette prière-là que par toute autre. L'enfant parut s'éveiller et demanda pourquoi Claudie n'était pas là ; elle aimait cette bonne fille qui la soignait avec tendresse.

— Dites-moi, mère, n'est-elle pas retournée là-bas pour arroser mon petit jardin et reviendra-t-elle bientôt m'apporter un beau bouquet comme celui que j'avais cueilli en partant?

— Oui, ma chérie, tu la verras avant peu, j'espère, et tu auras des fleurs quand tu te lèveras : nous irons nous-mêmes en chercher dans les beaux parterres de Paris.

— Ah ! les fleurs ne viendront pas de mon jardin? elles seront laides et pâles, alors je n'en veux pas.

Une quinte de toux déchira la gorge de l'enfant.

— Sois sage, mon ange, ne t'agite pas ; il faut avoir bien chaud pour guérir vite, si tu veux que ta petite mère soit heureuse.

— Oui, oui, je vais me dépêcher de n'être plus malade et puis nous retournerons chez nous, n'est-ce pas, ma petite maman, vous le voudrez bien? c'est si noir et si triste ici, moi je veux voir le soleil et entendre les oiseaux, et puis je veux Claudie, tout de suite, tout de suite.

La baronne donna un baiser à la petite en lui disant de douces choses et la fillette consolée sourit et s'endormit de nouveau, laissant à sa mère le chagrin et les tristes pensées, tandis qu'elle rêvait aux anges.


**III. — Par suite de quelles méprises le baron prit la servante de son cousin pour une idiote et fut pris lui-même pour un manant.**


Il paraît que le petit vin mousseux de la mère Midoux fut trouvé par Léonard bon et délectable, car une seconde bouteille succéda bientôt à la première, avec accompagnement de pain et de fromage; puis l'appétit venant en mangeant et la soif en buvant, une troisième bouteille subit le sort des deux autres et sans les observations de Claudie, il est à croire que Léonard ne se fût pas arrêté en si bon chemin.

Mme Midoux avait ouvert tous ses volets; quelques rares consommateurs, qui semblaient être des habitués de la maison, étaient venus prendre un léger repas matinal ; mais l'hôtesse les quittait souvent pour bavarder avec ses compatriotes ; elle avait grand plaisir à parler de son pays, la mère Midoux, et Léonard, se sentant écouté avec intérêt, faisait un beau causeur ; il mettait en avant toutes les ressources de sa verve gasconne pour amuser son hôtesse. Il lui contait des histoires bien extraordinaires probablement, car les éclats de rire de la commère s'entendaient dans toute la maison, et Claudie elle-même, malgré son désir de s'en aller, ne pouvait s'empêcher de partager cette gaîté qui devenait contagieuse.

Les buveurs s'étaient rapprochés et Léonard, avec un accent qui ne laissait aucun doute sur son origine, pérorait au milieu d'un cercle très attentif, ce dont son amour-propre n'était pas peu flatté. Il allait arriver au point le plus drôlatique de sa narration et se réjouissait à l'avance du succès de gaîté que son auditoire n'allait pas manquer de lui faire, quand un personnage enveloppé d'un long manteau noir, et que nous connaissons déjà, apparut dans l'entrebâillement de la porte. De ses doigts secs il frappa trois coups sur la table la plus voisine, mais Mᵐᵉ Midoux, occupée à rire de tout son cœur en tenant ses gros poings fermés sur ses fortes hanches, n'entendit rien.

— Eh bien ! l'hôtesse, j'appelle et on ne me répond pas ? s'écria le nouveau venu d'une voix si aigre que tout le monde se retourna pour le regarder, et que Léonard resta la bouche ouverte, ne trouvant plus la fin de sa phrase.

— Ah ! monsieur François, dit Mᵐᵉ Midoux, je ne vous entendais pas : ce garçon-là est si drôle dans ses discours, qu'en vérité il me fait tout oublier. Entrez de ce côté, le monsieur n'est pas encore arrivé.

Et traversant le groupe qui entourait toujours Léonard, elle introduisit le nouveau venu dans une petite pièce qui prenait jour sur la cour et dont la porte s'ouvrait près de la cheminée de la grande salle.

Peu à peu les buveurs s'en allèrent et il ne resta plus que nos deux voyageurs.

Léonard, fort vexé de n'avoir pu finir son histoire, avait jeté un regard sur le personnage qui répondait au nom de François ; et quand l'hôtesse fut revenue de la pièce voisine dans laquelle elle lui avait allumé du feu, Léonard lui fit signe d'approcher.

— Quel est, dit-il, ce monsieur à figure d'enterrement que vous semblez si bien connaître ?

— C'est M. François.

— Quel François?

— Je n'en sais rien et vous êtes plus curieux que moi, mon compère, car du moment où il me paie comptant la location de ma petite salle, je n'ai pas eu l'idée de lui demander son autre nom.

— Il vous loue la petite salle, et pourquoi faire? il n'aime donc pas la société, ce monsieur, qu'il lui faut être tout seul pour boire?

— Mais il ne boit pas, il n'a seulement jamais voulu goûter à une bouteille de mon vin; j'ai idée qu'il n'aime que l'eau.

— C'est pour cela qu'il a une si méchante figure. Pouah! ne me parlez pas des buveurs d'eau, je les crois capables de tous les crimes.

— Celui-ci pourtant est un bien saint homme, car il m'a dit qu'il ne venait ici que pour évangéliser un huguenot de la cour; ils s'enferment dans cette petite salle et causent tous les deux. J'ai eu l'idée d'écouter un jour à la porte et ils parlaient de ceci, de cela, du roi, de ce qu'il faisait, enfin j'ai bien vu que M. François cherchait à endoctriner le huguenot, car il se défendait par moment, disant que sa conscience ne lui permettait pas ces choses-là; finalement j'allais entendre le reste quand, par malheur, je me suis mise à éternuer, et moi, quand j'éternue, ça fait tant de bruit que la maison en tremble; les deux messieurs se sont doutés que j'étais derrière la porte et ils ont baissé la voix.

— Et quelle mine a-t-il ce soi-disant huguenot?

La mère Midoux n'eut pas le temps de répondre : un homme venait d'entrer, elle alla au-devant de lui, et lui ouvrit la porte de la pièce où attendait M. François.

— Eh bien! c'est lui, dit-elle en revenant vers Léonard, vous avez pu le voir et je suis dispensée de répondre à votre question.

— Mais il a l'air d'un brigand, il est noir comme une taupe! voilà deux visage qui ne me reviennent guère.

— Ah! ils ne sont pas jolis, jolis, dit M<sup>me</sup> Midoux en allant servir d'autres clients qui entraient, mais comme M. François me paie bien, son argent est aussi beau que celui d'un autre.

— Allons-nous-en, Léonard, je vous en prie, dit Claudie, votre estomac doit être à l'aise, car vous lui avez donné tout ce dont il pouvait avoir besoin, il est grand temps de partir. Mais que faites-vous donc à entrer ainsi jusqu'au fond de la cheminée? vous allez vous enduire de suie.

— Ma chère, répondit Léonard, allez payer l'hôtesse et voir si nos mules ont eu ce qu'il leur fallait, je vais vous rejoindre; auparavant, j'ai besoin de m'instruire un peu et j'entends par une fente de la cloison des choses qui m'intéressent fort vivement; nous partirons quand ces messieurs, qui parlent là, s'en iront.

— Mon Dieu, se dit Claudie, que ma pauvre maîtresse doit être inquiète de ne pas m'avoir auprès d'elle. Ce Léonard en prend vraiment trop à son aise, il oublie complètement que nous avons des maîtres à servir.

Elle s'en alla préparer les montures de façon à ne pas perdre une minute quand il plairait à son compagnon de vouloir partir.

Pour éviter sans doute de nouvelles indiscrétions de leur hôtesse, M. François et son compagnon s'étaient assis presque dans la cheminée qui était mitoyenne avec celle de la grande salle et ils parlaient à voix basse. Léonard, comme nous le savons, s'étant approché, pouvait parfaitement saisir tout ce qu'ils disaient, car le feu avait fait disjoindre les pierres qui servaient de fond aux deux cheminées et une fissure se trouvait à la hauteur de son oreille.

— Eh bien! quoi de nouveau, disait M. François, avez-vous quelque chose de certain à me dire aujourd'hui?

— Est-ce qu'on est jamais sûr de ce que fait le roi, reprit l'autre avec un fort accent italien. Sa Majesté est dans ses mauvais jours et ne parle pas.

— Il faut pourtant que je le rencontre, ce méchant huguenot mal converti, dit M. François avec force; mes ressources s'épuisent, je vous ai donné tout ce que j'ai pu et le temps est venu d'agir.

— Oh! ce que vous m'avez donné n'était pas très lourd, M. Ravailhac, reprit l'Italien d'un ton insolent, et si je n'espérais pas trouver un profit plus grand quand la chose sera faite et que mon protecteur arrivera au pouvoir, je ne me trouverais guère bien payé.

— Il me semble, reprit M. François Ravailhac, que vous avez reçu assez de moi pour vos renseignements qui étaient inexects; vous m'avez fait courir à tous les coins de Paris, et jamais le roi n'est venu là où, d'après vous, il devait venir, de sorte que je ne l'ai pas encore aperçu, même de loin.

— Cela viendra, dit l'Italien avec flegme; n'avez-vous pas une occasion de le voir pour le couronnement?

— Le voir, oui, mais l'approcher, c'est autre chose, et vous savez que pour ce que je veux faire, il me faut être aussi près de lui que je le suis de vous dans cet instant.

— Eh bien! repartit l'Italien, je vais vous signaler une autre occasion qui va probablement se présenter bientôt et dont vous pourrez profiter; je sais que son ministre Sully, qu'il aime tant et que nous autres Italiens de la cour aimons si peu, est malade dans ce moment. Le roi ira sûrement le voir avant peu de jours; Sully demeure à l'arsenal, il s'agit donc de rôder dans les rues qui mènent à son domicile, et au passage de la voiture royale c'est à vous de saisir le moment favorable et de...

— C'est bien, je m'arrangerai pour cela, interrompit vivement Ravaillac; si vous n'avez rien autre chose à me dire, nous pouvons nous séparer.

— Voici toujours la clef de la petite maison de la plaine Saint-Denis, fit l'Italien en se levant, je l'ai apportée pour vous la donner au cas où nous ne nous verrions pas d'ici-là; mais dans quatre jours, vous aurez peut-être fait votre affaire.

— C'est possible, ajouta Ravaillac, donnez toujours et prévenez-moi s'il y a urgence, Joseph Varocher sait où me trouver.

Léonard jugeant par ces derniers mots que la conversation entre les deux hommes était terminée, quitta précipitamment la place d'où il avait si bien entendu, et quand ils sortirent, la grande salle était vide.

Ce fut d'abord l'Italien qui partit, puis quelques instants après M. François. Alors Léonard, qui était venu rejoindre Claudie, lui dit quelques mots tout bas et tous les deux, montés sur leurs mules, le suivirent de loin, sans que du reste il y prît beaucoup garde.

Ils traversèrent ainsi bien des rues tortueuses et ne s'arrêtèrent qu'après l'avoir vu entrer dans l'auberge du *Faucon-Royal*. Léonard laissa alors sa compagne à la porte avec les deux mules et se dirigea vers les écuries, espérant trouver un valet pour lui demander quelques renseignements sur ce noir personnage. Tout à coup, un des chevaux qui mangeait son avoine se mit à hennir, puis un autre lui répondit; le garçon, prêtant attention, s'avança dans l'écurie.

— Corbleu! s'écria-t-il, ce sont les chevaux de mon maître, les bonnes bêtes m'ont reconnu, en voilà une chance d'être justement entré ici. Hé! Claudie, mettez pied à terre, nous sommes arrivés au bon endroit.

La jeune fille était déjà descendue et M. et M<sup>me</sup> Landry arrivaient.

Quelques instants plus tard, la baronne avait enfin la satisfaction de rentrer en possession de ses effets et de ses gens.

Pendant tout ceci, le baron marchait. Après avoir suivi la rue de la Harpe jusqu'au pont Saint-Michel, puis tourné à gauche par le quai des Grands-Augustins, il traversa le Pont-Neuf pour se rendre au Louvre.

Le temps était devenu un peu meilleur, il ne pleuvait plus, mais une boue noire et gluante s'attachait à ses semelles, mouchetant de vilaines taches les tiges de ses bottes, sans respect pour le nettoyage consciencieux que le baron leur avait fait faire avant de quitter l'hôtellerie. Il marchait sans savoir absolument où diriger ses pas; instinctivement il s'était rapproché du Louvre, peut-être espérait-il rencontrer quelque personne de connaissance, ce qui était pourtant très peu probable. Il regrettait amèrement de n'avoir pas demandé au médecin l'adresse du marquis de Limoux-Palussac, la détresse dans laquelle il se trouvait lui ayant fait prendre la résolution de s'adresser à cet original.

Son amour-propre et sa morgue gasconne parlaient cependant bien haut dans son cœur et ne lui laissaient pas tenter cette démarche sans le faire beaucoup souffrir; mais Blanche était mourante, la meilleure partie de son avoir égaré avec ses gens. On ne pouvait, par orgueil, condamner cette pauvre petite à une mort certaine, car le docteur l'avait dit, il ne répondait de rien si les secours n'arrivaient pas promptement.

— Comment avoir cette adresse, pensait le baron en allant et revenant sur ses pas devant l'église Saint-Germain-l'Auxerrois, on doit bien la connaître au palais, puisque le petit-fils du marquis est admis aux jeux du Dauphin; mais à qui m'adresser pour ce renseignement? Allons, essayons d'entrer; avec un peu d'assurance, je réussirai peut-être.

Et il allait se diriger vers le palais, quand, à ce moment, l'Italien que nous venons d'entendre converser avec Ravaillac, le devança et passa sans difficulté près du soldat en armes qui gardait la porte du Louvre; le baron, s'élançant à sa suite, le rejoignit au moment où il allait disparaître.

— Monsieur, lui dit-il, je vois bien à la façon dont vous entrez ici, que vous êtes un des habitués ou même des habitants du palais?

— Vous ne vous trompez pas, répondit l'Italien, je suis Pietro, le valet de confiance du signor Concini, protégé de la reine; que désirez-vous?

— Et moi, je suis le baron Henri de Palussac, reprit avec hauteur notre Gascon, un peu embarrassé d'avoir à demander un service au valet de chambre d'un favori.

— Et que voulez-vous? dites vite, Monsieur, mon service m'appelle et je n'ai pas une minute à perdre.

— Je voudrais savoir où demeure le marquis de Limoux-Palussac. mon cousin; il est bien en cour, paraît-il, et vous devez le connaître.

— Certes oui, répondit Pietro, qui ne connaît ce vieux ladre-là? il habite rue Tirechape, non loin de l'église et du cimetière des Innocents.

— Merci, mon ami, dit le baron en mettant une modeste piccette dans la main de Pietro.

— Gardez vos dons généreux, ricana l'Italien, le renseignement était de mince valeur, j'en conviens, mais la récompense l'est aussi par trop.

Il rentra au palais, et Palussac l'entendit grommeler entre ses dents:

— Décidément, toute cette famille est imprégnée d'une odeur d'avarice qui me soulève le cœur.

— Diable, se dit le baron fort humilié, mes générosités n'ont guère de succès! Dans mon pays cette pièce là aurait fait le plus grand effet; je crois qu'à Paris il faut une bourse ronde, si l'on veut être un peu considéré. Mais qu'importe, allons chez le marquis et voyons par nous-même s'il est aussi ladre que le dit ce coquin de valet.

Palussac prit alors la rue du Coq, qui le mena rue Saint-Honoré. Là il s'informa, et on lui dit de remonter cette rue du côté de la Bastille; bientôt il aperçut, à sa gauche, la rue de la Tonnellerie; en face s'ouvrait la petite rue Tirechape, fort noire et vilaine, où se trouvait la demeure du marquis.

Notre provincial regarda autour de lui, cherchant en vain une maison digne du nom et de la fortune de son cousin; mais la rue était misérable, et les balcons de bois se touchaient presque, tant la voie était étroite. A qui s'adresser pour demander un renseignement exact; personne ne passait à cette heure-là, chacun suivant dévotement les offices de sa paroisse.

Enfin, le baron aperçut une vieille sordide qui, à grand renfort de

seaux d'eau et de coups de balai, cherchait à nettoyer l'entrée d'une
allée plus sombre peut-être que les autres.

— Eh! ma bonne femme, dit-il, puisque vous habitez cette rue, ne
pourriez-vous pas me dire laquelle de ces maisons appartient à M. le
marquis de Limoux-Palussac?

La vieille ne répondit pas et continua son balayage.

— C'est à vous que je parle, lui dit le baron en la secouant par le
bras, répondez donc, je vous prie?

La bonne femme, en sentant cet étranger la bousculer, se retira
avec terreur; elle abaissa sur ses yeux les lunettes qu'elle avait rele-
vées jusqu'au milieu de son front et darda un regard perçant sur lui.

— Ne m'avez-vous pas entendu, s'écria Palussac, que cet examen
impatientait, et faut-il que je vous secoue encore pour vous faire
parler.

— Plaît-il? Monsieur, dit-elle enfin avec calme, laissez-moi faire
mon ouvrage, moi je ne vous demande rien.

— Mais moi, je vous demande quelque chose, horrible sorcière?
hurla le baron.

La femme s'était remise à son nettoyage et venait de lancer, dans
les jambes de son interlocuteur, un seau d'eau, qui du coup avait débarrassé ses bottes de toutes leurs taches de boue. Il aurait dû être
reconnaissant de ce procédé qui le rendait un peu plus présentable,
mais sa vivacité méridionale ne vit dans ce décrottage forcé qu'une
grossière injure. Il saisit le balai posé contre le mur et fit mine de
l'abattre, tout mouillé, sur la tête de la vieille qui, sans s'inquiéter
aucunement de lui, chantonnait entre ses mâchoires sans dents un
vieux refrain connu.

Cette tranquillité désarma Palussac, il laissa tomber le balai.

— Ah ça! se dit-il, à qui ai-je à faire? est-ce là une folle ou bien
une idiote? je pencherais assez du côté de cette dernière supposition,
car elle a l'air absolument stupide la pauvre créature. Vous êtes
décidée à ne pas me dire dans quelle maison habite le marquis de
Limoux-Palussac? reprit-il en se plaçant devant elle.

— Non, mon bon monsieur, répondit la vieille, je n'ai pas le sac,
c'est mon maître qui l'a, car il est riche; pour moi, je ne suis qu'une
pauvre servante.

— Ah! mais elle est sourde comme une bûche en outre, il faut
employer les grands moyens.

3

Et, formant avec ses deux mains un cornet acoustique, il le rapprocha de son oreille et réitera sa demande de toute la force de ses poumons.

— Non, Monsieur, répondit-elle, il n'est pas chez lui, il est allé aux vêpres, il n'y a que M. Bernard.

— Jamais je ne me ferai entendre, se dit le baron avec découragement, il vaut mieux aller chercher mon renseignement ailleurs.

Il sortit de l'allée, mais la vieille qui l'avait suivi jusque dans la rue, lui fit signe de regarder à droite.

— Le voilà qui revient de l'office, dit-elle en montrant au loin un vieillard maigre, qui n'était pas moins crotté que Palussac.

— Qui cela, le marquis ?

— Qui, qui... mais vous ne me croyez donc pas ? Vous me prenez donc pour une menteuse ? Je suis honnête femme, Monsieur, et n'ai jamais menti de ma vie.

Et, sur ces mots, la vieille rentra avec dignité dans la sombre allée, emportant son balai et ses seaux vides.

— Me voilà bien avancé, pensa le baron, il faut pourtant essayer de questionner ce vieux débris qui s'avance là-bas ; mais je doute que ma démarche ait plus de succès.

Et, s'avançant vers l'homme crotté :

— Monsieur, lui dit-il en élevant le timbre de sa voix, pourriez-vous me dire...

— Mais, Monsieur, interrompit aigrement le vieillard, je ne suis pas sourd, veuillez ne pas me hurler ainsi dans les oreilles, vous allez me donner mal à la tête.

— C'est vrai, reprit le baron, je croyais encore parler à cette vieille sorcière, qui n'a pas pu entendre un seul mot de mes questions ; je voulais vous demander...

— Et qui vous a permis de m'interroger, s'il vous plaît, s'écria le vieux ; suis-je donc fait pour répondre aux questions oiseuses d'un manant qui traite ma servante de sorcière ?

— Monsieur, riposta le baron en faisant tomber rudement sa main sur l'épaule du vieillard, Monsieur ! vous avez dit : manant, je crois ?

— Oui, j'ai dit manant, et j'ajoute brutal. Otez votre main de mon épaule, vous salissez mon habit.

— Je salis votre habit, hurla Palussac, par le ciel, je ne sais qui me retient de faire rouler dans le ruisseau un insolent qui parle de la sorte à un baron !

— Et moi, si vous ne me laissez passer, j'appellerai Jacqueline, et vous sentirez sur votre dos de baron les triques du marquis de Limoux-Palussac.

— Hem! s'écria le baron, est-ce bien vous qui êtes le marquis? Mais alors, pardonnez-moi, mon cher cousin, je vous cherchais justement et je suis bien fâché d'avoir été un peu vif envers vous?

— Allons, bon, soupira le marquis, voilà que c'est un parent à présent! d'où sort-il celui-là? mon Dieu, on ne peut donc pas vivre en paix à l'abri des cousins qu'on n'a jamais demandés au ciel. Comment vous nommez-vous?

— Ah! marquis, dit notre Gascon en prenant son air le plus aimable, je suis désolé que notre première entrevue ait eu lieu d'une façon si peu avantageuse pour moi; mais comment aurais-je pu croire que le très riche marquis de Limoux s'en revenait seul à pied par un temps pareil, tandis que ses chevaux s'ennuient dans ses écuries?

— Vous moquez-vous, Monsieur, reprit le marquis, me prenez-vous pour un de ces fous dissipateurs, qui font manger leur bien en avoine et en foin à des animaux inutiles? J'ai des jambes, Monsieur, et je pense que si le ciel a donné ce complément à mon corps, c'est apparemment pour m'en servir, et non pour les laisser flotter sottement sur les flancs d'un cheval.

— Pardonnez-moi, mon cousin, dit le baron qui voulait réparer sa bévue, il me semble au moins que vos gens auraient pu vous transporter à l'office, dans votre litière, au lieu de vous exposer à un rhume en vous laissant ainsi mettre les pieds dans la boue.

— Avez-vous bientôt fini, ragea le maigre vieillard, et de quoi vous mêlez-vous, je vous prie! Vous m'insultez vraiment, en pensant que je ne puis marcher. Croyez-vous qu'il me serait agréable de me faire porter par la vieille Jacqueline? Or, ce sont *là* tous mes gens, Monsieur, et je vous prie de croire que je ne crains ni la boue, ni les rhumes, et que j'ai encore bon pied, bon œil et bonne dent. Mais je vois bien, par vos discours, que vous n'êtes qu'un intrigant, qui cherchez à me flatter; passez votre chemin, et laissez-moi rentrer en paix.

— Hélas! répondit le baron avec humilité, je suis, il est vrai, bien maladroit aujourd'hui, j'aurais dû commencer par me nommer et vous dire que moi, le baron Henri de Palussac, n'étant pour rien dans la brouille qui a divisé notre famille, je venais vous visiter avec le cœur d'un cousin tout dévoué, et un bien vif désir de voir nos relations de parenté se renouer.

— Hum, hum, marmotta le marquis, voilà encore un affamé qui vient à Paris, croyant que la fameuse poule de notre bon roi Henri tombera toute plumée dans sa marmite, nous verrons bien.

— Mais vous demeurez près d'ici, je crois, reprit le baron inquiet d'entendre son vieux parent parler entre ses dents, voulez-vous me permettre de vous accompagner jusqu'à la porte de votre hôtel?

— Le voilà, mon hôtel, dit le vieillard en entrant dans l'allée toute mouillée encore des inondations de Jacqueline, vous pouvez monter un moment, si vous voulez, car je ne pense pas que vous soyiez venu de Gascogne à Paris, uniquement pour me conduire jusqu'à la porte de mon hôtel, comme vous le dites.

Au bout de l'allée se trouvait un petit escalier de bois assez vermoulu, mais d'un joli travail de sculpture! cet escalier, très tournant et fort raide, était plus clair que l'entrée, car il prenait jour sur un grand jardin, par une fenêtre à vitraux de couleurs. Le baron stupéfait de trouver son parent si pauvrement logé, portait les yeux de tous les côtés en montant à sa suite. A travers les vitres de la fenêtre plombée, il aperçut les arbres du jardin qui étaient beaux et commençaient à revêtir leur verte parure d'été. Il lui sembla que cet enclos était vaste et bien aéré, et beaucoup plus beau que ne le comportait une si piètre habitation.

— Bernard, Bernard? criait le marquis en mettant le pied sur la dernière marche.

— Me voilà, grand-père, lui répondit un gentil enfant de dix à douze ans en accourant, que me voulez-vous?

— Rien, rien, mon petit, je craignais seulement que tu ne fusses au jardin, et cette humidité aurait pu te faire mal.

— Vous m'aviez défendu d'y aller, grand-père, je suis resté bien tranquillement à découper les images des saints que le Dauphin m'a données hier; venez voir comme elles sont belles.

Puis, s'apercevant qu'un étranger suivait le marquis:

— Pardonnez-moi, Monsieur, de ne vous avoir pas salué d'abord, dit-il avec politesse, mais je ne vous avais pas encore vu.

— Quel joli enfant, s'écria le baron, en donnant une petite tape amicale sur la joue du garçonnet, c'est votre petit-fils, marquis, ce

vous en fais mon compliment, et je ne crois pas que le roi ait à sa
cour page plus gracieux et mieux éduqué !

La triste figure du marquis s'épanouit à ces mots, un rayon de
fierté passa dans ses yeux éteints ; puis, comme s'il regrettait ce
mouvement d'orgueil, son visage reprit son expression froide et malheureuse, et le baron l'entendit soupirer, en disant :

— Son père aussi était beau, la mort l'a pris, et cet enfant n'a plus
qu'un vieillard pour père. Allons, mon petit Bernard, va jouer dans la
pièce à côté, j'ai besoin de causer avec monsieur.

L'enfant obéit.

— Comme il est frais et bien portant, dit le baron. Hélas ! ma pauvre petite Blanche était comme lui, il y a quelques semaines, lorsque
j'ai quitté Dax ; à présent, elle gît sur un grabat d'auberge et n'a
peut-être plus longtemps à vivre.

Il fit mine d'essuyer une larme, qui, nous devons le dire, était sur
le point de lui monter aux yeux.

— Que me racontez-vous-là ? demanda le marquis d'un air incrédule, votre fille est mourante ? Savez-vous que toutes les histoires
qui veulent être attendrissantes commencent ainsi ? Allons, dites-
moi la vôtre tout au long, et pas de gasconnades surtout, je vous
connais mieux que vous ne pensez.

— Comment, vous me connaissez ? Qui donc vous a parlé de moi ?

— Un compatriote, un saint homme, qu'importe. Parlez, je n'ai pas
de temps à perdre, mais pas d'exagérations, je déteste les grandes
phrases et ceux qui les débitent, je suis méfiant de ma nature et crains
les tire-sous comme la peste ; allez maintenant, vous voilà prévenu.

Le baron, fort mal à son aise, se mit d'un ton très embarrassé à
parler de ses affaires ; à chaque instant il était interrompu par des
exclamations désapprobatrices du marquis, telles que celles-ci :

— Quel fou !... quitter une situation honorable pour se ruiner...
quel orgueil ! croire que le roi le remarquera, quelle tête sans cervelle !... quel gaspilleur.

Tout ceci n'était guère encourageant. Cependant comme ces exclamations étaient faites entre les dents, Palussac, décidé à avaler
le calice jusqu'à la lie, feignit de ne rien entendre et continua sa
narration ; il en était à son arrivée à Paris, sous la pluie battante, aux
souffrances que Blanche avait ressenties pendant le voyage et à son

installation défectueuse à l'auberge du *Faucon-Royal*, quand le marquis l'interrompit avec colère :

— Vous êtes un imbécile, mon cher cousin, une brute, et je dirai plus : un criminel. La santé de votre fille valait mieux que toutes les faveurs royales; vous vouliez donc sa mort, pour la faire voyager par un temps pareil? Corbleu, pour cela vous mériteriez la corde, et votre nature légère et orgueilleuse ne m'intéresse pas du tout, sachez-le. Faites-moi donc le plaisir de vous en aller un peu vite d'ici.

— Mais, voulut dire le baron absolument interloqué!

— Mais... il n'y a pas de mais; allez-vous-en. Je vous dis que vous êtes un criminel, un mauvais père et un mauvais époux, et je les ai en horreur, savez-vous? Allons, filez d'ici, j'ai besoin de sortir; vous me gênez, entendez-vous, vous me gênez.

Et poussant Palussac par les épaules, le vieil original le reconduisit plus vivement que poliment jusqu'à la porte de la rue, qu'il referma sur lui avec fracas.

— Bernard, s'écria-t-il en remontant, vite ton manteau et des chaussures chaudes surtout, nous avons plusieurs courses pressées à faire.

— Je suis prêt, grand-père, dit l'enfant; me faut-il prendre la sacoche?

— Oui, mon petit, et la plus grande encore, j'ai beaucoup de clients. Ce monsieur qui sort d'ici m'a fort retardé; mais nous ne pourrons pas aller aujourd'hui à l'adresse qu'il m'a donnée, c'est trop loin, et je le regrette beaucoup, car, s'il n'a pas menti, nous aurons une double jouissance à faire cette visite, puisque la petite malade est de notre famille. Demain le temps sera meilleur sans doute, et nous nous y rendrons dans la matinée.

### IV. — Où le baron est persuadé qu'il a sauvé la vie du roi, quand, en réalité, il a seulement fait sauver l'assassin.

La petite Blanche n'allait pas mieux; au contraire, son état semblait s'aggraver d'une façon bien inquiétante, et le docteur ne disait plus à la mère aucune parole de consolation.

La nuit avait été fort mauvaise et la baronne, sans force et sans courage, à genoux près du lit de son enfant, priait et pleurait sans s'occuper de quoi que ce fût.

Claudie et M^me Landry allaient et venaient de la grande salle à la chambre de la malade, le baron et son valet, dans la pièce voisine, conféraient ensemble.

Le docteur était déjà revenu deux fois depuis le matin, et restait sans réponse devant les questions de la mère. Il allait se retirer, quand tout à coup la petite malade fut prise d'une crise d'étouffement telle, qu'il crut que c'était la dernière.

Il se rapprocha du lit en laissant la porte ouverte pour donner plus d'air à l'enfant.

La baronne se leva, les yeux hagards.

— Mon Dieu, mon Dieu, s'écria-t-elle, vous ne m'avez pas écoutée, vous m'enlevez ma fille ! Ah ! Seigneur, ayez pitié de moi. Je fais vœu, sur le salut de mon âme, je fais vœu, si vous me conservez ma petite Blanche, de renoncer à tout ce qui pourrait me distraire de ma reconnaissance envers vous ; je fuirai le monde, et ma vie sera désormais toute acquise à votre service, mon Dieu, je le jure ; et vous, Vierge Marie, si vous sauvez ma fille, je vous la consacrerai.

— Taisez-vous, dit tout à coup une voix sévère, ne faites pas vos conditions avec le ciel, et soumettez-vous simplement à la volonté de Dieu.

La baronne affolée se retourna vivement : un vieillard était entré et se tenait immobile près de la porte, son visage prenait à ce moment une telle expression d'autorité, que la baronne tomba de nouveau à genoux, un seul mot s'échappant de ses lèvres :

— Ma fille, ma fille.

L'enfant de dix ans qui accompagnait le vieillard, rempli de saisissement par cette scène si pénible, s'avança vers la mère et, lui mettant son bras autour du cou, lui dit doucement :

— N'ayez pas tant de chagrin, madame, et ne pleurez plus, on dirait que le bon Dieu vous a entendue ; voyez votre petite malade est devenue calme et elle dort tranquillement.

En effet, une fois la crise passée, Blanche était retombée sur son oreiller.

La baronne, à la tendre voix du petit garçon, entr'ouvrit les yeux ; elle vit cette charmante figure qui lui souriait ; elle vit sa fille qui sommeillait un peu ; il lui sembla que cet enfant était un envoyé du ciel.

Le vieillard et le médecin causaient dans un coin de la chambre.

— Que c'est bien à vous d'être venu, disait ce dernier, voilà une famille intéressante à aider, marquis, et de plus elle vous est alliée, je crois?

— Oui, reprenait le vieillard, le père m'est arrivé hier et je me suis d'abord méfié de ses discours. Je vois qu'il ne m'a pas trompé, ce cher cousin, et que réellement sa fille est bien mal.

— Fort mal, en effet, dit le médecin. et si nous la sauvons, de combien de soins délicats n'aura-t-elle pas besoin, et que de précautions ne faudra-t-il pas prendre !

— Mais comment êtes vous-là, docteur? Je croyais que vos occupations à la cour ne vous laissaient pas le temps de voir des malades en dehors.

— Ah ! c'est le hasard, marquis, ou, pour parler plus chrétiennement, la main de Dieu qui m'a conduit ici.

— Bon, reprit le vieillard, je ne suis plus inquiet de la petite, vous la sauverez, j'en suis sûr, et nous verrons après ce qu'il faudra faire pour sa convalescence. Mais où donc est son animal de père? En voilà un qui m'agace avec ses espoirs de grandeur et sa ridicule ambition. Est-il à courir à la poursuite de la magnifique position qu'il croit mériter, pendant que sa fille agonise?

A ce moment, Palussac ouvrit la porte qui servait de communication entre les deux pièces, son visage était bouleversé, il s'élança vers le marquis.

— Ah ! mon cousin, s'écria-t-il, oubliant sous l'empire de sa préoccupation la façon dont il avait été mis la veille à la porte, ah ! mon cousin, venez, venez, j'ai à vous dire des choses, des choses... Grand Dieu, il n'est que temps, dépêchons-nous.

Et il entraîna le marquis et le médecin dans la seconde chambre, en ayant soin de fermer la porte. Léonard se tenait debout sans faire mine de vouloir se retirer.

— Oui, oui, reprit le baron, vous arrivez à temps, car c'est grave, très grave.

— Un peu plus de calme, s'il vous plaît, interrompit le marquis à qui cette exaltation déplaisait, je le sais bien que c'est grave, le médecin vient de me le dire; mais ce ne sont pas vos cris extravagants qui empêcheront le malheur d'arriver, prenez exemple sur votre femme, elle pleure, c'est vrai, mais elle ne fait pas de gestes à tout renverser.

— Oh ! ma femme, reprit le baron, elle ne sait rien, ça ne la regarde pas.

— Comment ! ça ne la regarde pas ? Devenez-vous fou ? s'écria le marquis. Depuis quand la vie ou la mort d'un enfant ne regarde-t-elle pas la mère ?

— Et qui vous parle d'enfant, interrompit Palussac, il s'agit bien de cela, c'est du roi que je veux parler.

— Oh ! mais... oh ! mais, vous m'exaspérez, riposta le marquis ; votre enfant se meurt et vous me parlez du roi ! Laissez-moi donc tranquille à la fin.

— Je vous dis que vous seul pouvez le prévenir et le sauver, puisque vous avez vos entrées à la cour, s'écria Palussac.

Mais le marquis ne l'écoutait plus ; il marchait de long en large dans la petite chambre, en lançant, à chaque pas, des épithètes fort désobligeantes à l'adresse du baron, qui lui déplaisait de plus en plus.

Le docteur, que les derniers mots de Palussac avaient frappé, s'avança alors :

— Voyons, dit-il avec calme, nous ne nous comprendrons jamais si nous nous emportons ainsi ; parlons donc plus clairement.

— Mais je ne demande pas mieux, dit le baron, seulement je suis vif et la nouvelle que j'ai apprise est si importante, que j'en suis tout bouleversé !

— Enfin, de quoi s'agit-il ? reprit le marquis. Je suis venu m'assurer que réellement vous n'aviez pas menti hier, et voilà que je vous trouve exalté comme un fou ; il faut que cela finisse.

— Comment ! vous avez cru que j'avais menti ? s'écria le baron, ah ! si un homme de mon âge me disait une chose pareille, il ne le répéterait pas deux fois, je vous le jure, et mon épée, la brave et longue épée de mes ancêtres, lui aurait déjà fait rentrer ses paroles dans la gorge.

— Là, là, êtes-vous soulagé par cette bravade ? Oui, tant mieux, reprit le marquis, je veux bien reconnaître que mes doutes étaient mal fondés et que votre enfant est réellement mourante ; êtes-vous content ?

— Hélas ! dit le père, convenez qu'il n'y a vraiment pas beaucoup lieu de l'être dans ce moment ; mais je ferai taire pour quelques instants mes chagrins personnels et vous prie d'écouter les révélations graves que j'ai à vous faire.

— Suis-je de trop ? dit le médecin.

— Non, si vous êtes, comme je le crois, un ami du roi.

Le baron, sur un signe affirmatif du marquis, raconta alors de point en point la conversation que Léonard avait entendue à l'auberge du *Luisant-Soleil* et les conclusions qu'il était facile d'en tirer.

— Donc, ajouta-t-il en terminant, ce Ravaillac qui loge ici et dont j'avais remarqué dès l'abord la mine sinistre et diabolique, connaît par cet Italien tous les projets du roi et ne va pas manquer de l'approcher un de ces jours ; c'est un mauvais coup qu'il tentera, croyez-moi.

— Ça n'est pas douteux, dit le médecin, voilà plusieurs fois déjà que Sa Majesté échappe à un danger pareil. Quel est votre avis, marquis ?

— Voyons, dit le vieillard, c'est ce garçon-là qui a surpris les deux scélérats ? Approche ici, valet, redis-nous mot à mot ce que tu as entendu.

Léonard ne se fit pas prier, il voulut même agrémenter son récit de quelques réflexions de son cru, espérant intéresser davantage et obtenir une récompense ; mais chaque fois qu'il s'écartait du sujet, le marquis le rappelait à l'ordre en lui donnant sur le bras un petit coup sec avec la pomme de sa canne.

— C'est bien, dit le marquis lorsqu'il eut terminé, sors d'ici à présent, tu nous gênes.

Et comme Léonard restait à la même place, sans faire mine de vouloir obéir :

— Comment ! tu es encore là ? s'écria l'irascible vieillard, veux-tu t'en aller, et vite, et vite, sinon tu vas goûter de ma canne sur ton dos.

— Ai-je donc plusieurs maîtres à cette heure ? dit Léonard avec flegme, il me semblait qu'un c'était assez et que je n'avais d'ordre à recevoir que de lui. Or, je ferai observer que M. le baron ne m'a pas encore dit de sortir.

— Laisse-nous, Léonard, dit enfin le baron, et va garder à vue ce Ravaillac, pour qu'il ne nous échappe pas.

Léonard se décida à s'en aller, regrettant beaucoup, à coup sûr, de ne pas être appelé à prendre part à la conversation qui allait suivre.

— Mon cousin, s'écria le marquis, quand on n'a pas le sou, on ne se laisse pas sucer par cette engeance déplaisante ; moi, je me contente de la vieille Jacqueline pour tout serviteur, il me semble que

vous pourriez vous passer de cet escogriffe-là, qui doit boire et manger comme quatre. Mais revenons au plus pressé, il s'agit de prévenir le roi et promptement; ce sera vous qui vous en chargerez, docteur, car moi, je préfère rester en dehors de l'affaire.

— Volontiers, dit le médecin, et je me rends au Louvre immédiatement.

— Un instant, interrompit Palussac, c'est donc bien facile d'approcher du roi? Dans ce cas, permettez que moi-même je fasse cette
communication à Sa Majesté ; me voilà une entrée toute trouvée à
la cour.

— Vous n'êtes qu'un sot, mon cousin, s'écria le marquis, pensez-
vous entrer au Louvre comme on entre dans une halle? Et quelle
croyance, je vous prie, voulez-vous qu'on accorde aux paroles d'un
petit gentillâtre sans sou, ni maille?

— Il me semble, reprit le baron d'un ton très piqué, que ma mine
vaut celle de monsieur et que mes paroles peuvent être aussi croyables que les siennes.

— Bon! insolent à présent, insolent envers celui qui dispute sa fille
à la mort; mon parent, vous êtes, vous êtes... Non, je ne trouve pas
de qualificatif assez violent pour vous l'appliquer. Apprenez que monsieur est le médecin de la reine et que c'est uniquement par bonté
d'âme qu'il soigne votre enfant. Là, comprenez-vous à présent pourquoi il a ses entrées au Louvre et pourquoi ses paroles auront plus
de crédit que les vôtres?

— Est-il possible, s'écria le baron. Ah! pardon, docteur, pardon,
je ne savais pas... je ne pouvais pas me douter... un tel honneur...
vraiment je suis confus... je... je...

— Bien, bien, dit le médecin en riant, il vous était difficile, en effet,
de deviner qui j'étais.

— Et moi qui vous avais promis en paiement ma protection à la
cour, ajouta Palussac tout honteux.

— Les choses seront retournées, voilà tout, dit simplement le docteur, vous viendrez avec moi, et je vous servirai d'introducteur et de
répondant près du roi.

— Merci, merci, s'écria le baron transporté de joie, vous êtes aussi
bon que savant et ma reconnaissance durera autant que mes jours.

— Gascon, va, murmura le marquis entre ses dents.

— Je vais voir comment va la petite malade, reprit le docteur, et nous partirons ensuite.

— Oui, oui, le temps de changer d'habit et je suis à vous dans dix minutes ; Léonard, Léonard, vite, vite, ma toilette, mes armes.

Le marquis suivit le médecin avec un fort haussement d'épaules occasionné par la vanité de son cher cousin.

On trouva le petit Bernard assis sur le lit de Blanche et tenant une de ses mains dans les siennes.

— Oh ! bon grand-père, dit-il, voyez donc comme ma petite cousine est gentille ; elle a des mignons cheveux blonds tout frisés, comme ceux du petit Jésus qui est peint dans votre missel, mais elle est bien plus pâle que lui ; restera-t-elle toujours aussi blanche que ça ?

— Non, mon petit ami, dit le docteur qui venait de s'approcher de Blanche, je la trouve un peu mieux et j'espère que nous la sauverons.

— Le ciel vous entende et vous bénisse, s'écria la baronne, il me semble que l'espoir est revenu dans mon cœur depuis que ce bel enfant est entré ici.

— Madame ma cousine, dit le marquis, nous allons causer un peu, s'il vous plaît ; le docteur et le baron votre mari vont sortir ensemble ; nous autres, passons dans l'autre pièce, nous avons besoin de nous entendre au sujet de la maladie de votre fille ; Bernard restera près d'elle et nous préviendra s'il en était besoin.

....... Suivons le docteur et le baron, et, avec eux, entrons dans le palais du Louvre.

Palussac avait vraiment grand air avec la grande épée de son arrière-grand-père et ses habits de cérémonie et nul, en le voyant passer, n'eût reconnu dans ce beau seigneur à fière mine le pauvre hobereau mouillé et crotté qui était arrivé, d'une si pitoyable façon, la veille dans Paris.

Aussi, se sentant à son avantage, redressait-il sa haute taille et faisait-il, d'un air vainqueur, sonner ses éperons sur les marches de l'escalier qui conduisait aux appartements de la reine.

C'est, en effet, de ce côté que le docteur dirigea d'abord ses pas, ayant été prévenu, dès son arrivée au palais, que Marie de Médicis l'avait déjà demandé.

Laissant le baron dans un salon d'attente, il entra chez la reine.

Sa Majesté était d'humeur assez noire, se sentant mal à l'aise sans être précisément malade et craignant de le devenir avant le grand jour du couronnement.

Or, elle attachait tant d'importance à cette cérémonie, que la seule pensée d'être souffrante et peu en beauté pour cette solennité pouvait la rendre tout à fait mal.

Le docteur connaissait assez le caractère de sa royale malade pour savoir ce qu'il lui fallait dans un cas semblable : quelques sirops calmants d'abord, mais surtout une causerie avec elle sur cette importante fête et la certitude par lui donnée que Sa Majesté aurait ce jour-là le teint le plus vermeil du monde.

Elle reprit donc bien vite sa bonne humeur, son sourire gai et questionna son docteur sur les événements, les bruits de la ville et sur ce qui avait retardé sa visite journalière, ces deux derniers matins.

Le docteur saisit cette occasion de nommer le baron qui attendait. dans l'antichambre, l'honneur d'être présenté à la reine; mais comme il lui répugnait d'entrer dans de grands détails sur le dénûment de la baronne, il omit sciemment de parler d'elle et de Blanche et ne prononça que le nom du baron Henri de Palussac.

Sa Majesté, remise en bonne humeur, l'autorisa à le lui présenter.

Debout dans l'embrasure d'une haute fenêtre, notre gentilhomme gascon regardait aller et venir dans la cour les serviteurs et les courtisans; plusieurs fois il aperçut ce valet qui, la veille, avait, avec grande insolence, refusé la gratification qu'il lui offrait.

A un moment donné, ce valet entra même dans le petit salon, précédant un Italien superbement vêtu et qui, pensa le baron, devait être son maître, le signor Concini, le compatriote favori de Marie de Médicis.

Le valet Pietro ne reconnut pas le baron et sortit aussitôt que Concini fut entré dans le cabinet de la reine. Un moment après, le docteur vint chercher Palussac, lui apprenant l'honneur que lui allait faire Sa Majesté en le recevant.

— C'est à vous de faire votre cour, lui dit-il ; je vais vous présenter et vous vous sortirez d'affaire seul ensuite.

— Mais, docteur, devrai-je donc parler à Marie de Médicis du complot contre la vie du roi et troubler son esprit à la veille de la fête qui se prépare ?

— Qu'importe ? le temps presse, puisque c'est à la reine que vous êtes appelé à rendre vos hommages, adressez-vous à elle, pour qu'on agisse le plus tôt possible.

En disant ces mots, il précéda Palussac et, après lui avoir fait traverser plusieurs pièces superbement décorées, il souleva une portière de velours bleu et l'introduisit dans un petit boudoir éclatant de dorures et de broderies.

La reine, assise près d'une petite table, lisait certains papiers que venait de lui remettre Concini; ce dernier, debout, attendait les ordres de sa souveraine.

— C'est bien, lui dit-elle, nous sommes contente de votre zèle et nous voyons que vous avez apporté tous vos soins à l'ornementation de la basilique de Saint-Denis, qui nous semblait trop froide et nue pour une si pompeuse cérémonie.

— Elle sera complètement tendue de tapisseries et Votre Majesté verra que rien n'a été épargné pour rendre cette église aussi bien décorée que possible. Je puis annoncer aussi que les costumes et manteaux de cour des dames du palais sont terminés et viennent d'être transportés au château de Saint-Denis où ces dames doivent les revêtir; leur richesse est telle que Votre Majesté l'a souhaité.

— Vous entendez, mes mies, dit la reine en se tournant vers deux dames qui travaillaient à un ouvrage de broderie, rien n'a été trouvé trop beau pour vous; je veux que mes dames d'honneur soient presqu'aussi richement vêtues que moi-même. Ah! vous voilà de nouveau, docteur, que nous voulez-vous?

— Majesté, je me croyais autorisé à vous présenter le baron de Palussac?

— C'est vrai, dit la reine, venez, baron, approchez-vous.

— Madame, s'écria Palussac d'une voix émue, en mettant un genou en terre, c'est pour moi un si grand honneur d'être admis en votre royale présence que je ne trouve aucune parole pour exprimer la reconnaissance qui remplit mon cœur; je ne puis qu'assurer Votre Majesté de mon complet dévouement et déposer à ses pieds mes hommages respectueux et tous ceux des nobles et notables de la ville de Dax que je représente ici. Je suis chargé par eux, à l'occasion du couronnement de Votre Majesté, de l'assurer du bon nombre de fidèles dévoués qui se feront tuer pour elle, s'il est nécessaire.

— Merci, baron, relevez-vous, fit la reine, nous saurons nous sou-

PALUSSAC S'ÉTAIT PROSTERNÉ. (P. 47.)

venir de vos paroles, et nous comptons sur votre zèle et celui de vos concitoyens.

Puis, se tournant vers les deux dames d'honneur, elle ajouta en italien :

— Voilà un gentilhomme de bonne mine, ne trouvez-vous pas?

— Oui, madame, répondit toujours en italien la plus brune des deux qui était fort jolie, il tiendrait mieux son rang dans le défilé de jeudi prochain, que certains seigneurs de la cour.

— Tu as raison, Albina, reprit en souriant la reine, tu me donnes là une idée que je vais mettre à exécution et ce gentilhomme te sera redevable de la première faveur que lui fera la reine.

Puis, s'adressant à Palussac :

— Votre but, en venant à Paris, était-il seulement de nous apporter les hommages de votre province et comptez-vous y retourner après les cérémonies du couronnement?

Palussac devint rouge de bonheur à cette question, la reine amenait justement la conversation sur le terrain qu'il brûlait d'aborder.

— Madame, répondit-il, j'espérais faire valoir auprès du roi mon titre de compatriote et lui demander de mettre mon dévouement à l'épreuve; je serai, je le jure, le plus loyal et fidèle des serviteurs.

— Eh bien donc, puisque je remplace le roi dans ce moment, dit la reine, et que le docteur m'assure que vous êtes de noble lignée et parent du vieux marquis de Limoux-Palussac, un des fidèles de Sa Majesté, je prends sur moi de vous attacher à ma personne. J'aime à être entourée par de beaux et fiers gentilshommes; à partir d'aujourd'hui vous êtes de ma maison et vous figurerez parmi les seigneurs de la cour dans la cérémonie de jeudi. Concini, arrangez-vous pour que le baron de Palussac soit en mesure, ceci vous regarde.

Sans attendre la fin de ces mots, Palussac s'était prosterné et baisait le bas de la robe de la reine; son visage rayonnait de joie, il voyait tout à coup ses vœux réalisés.

Cette expansion méridionale ne déplut pas à Marie de Médicis, habituée qu'elle était aux protestations des Italiens qui l'entouraient.

— Je crois, dit-elle, en s'adressant à la jolie Albina, que je viens de me faire un serviteur dévoué et j'en aurai besoin d'un grand nombre, lorsque le roi sera à batailler et me laissera le poids du royaume.

— Madame, reprit le baron, après avoir épuisé la série de tous les

4

mots de gratitude que peut contenir la langue française, madame, me
sera-t-il permis de parler un instant en particulier à Votre Majesté,
pour un fait de la plus haute importance?

— Parlez, dit la reine, nous n'avons rien à cacher à mon dévoué
Concini et à mes deux filles favorites.

Alors, en quelques mots, le baron mit la reine au courant du complot de François Ravaillac; mais, avec sa finesse gasconne, il se
garda bien de parler de la complicité de l'Italien, que Léonard avait
vu et qui pouvait être attaché à quelque puissant seigneur de la cour.

La reine, très préoccupée de ce qu'elle venait d'entendre, se retourna vers Concini et lui demanda son avis.

— Madame, dit-il, il faut faire chercher ce Ravaillac le plus tôt
possible.

— Voulez-vous vous en charger Concini? dit Marie.

— Volontiers, madame, je prendrai avec moi mon fidèle Pietro et
quelques hommes armés, et je saisirai le coupable.

— Allez, allez, dit la reine, hâtez-vous; moi je préviendrai le roi,
pour qu'il n'annonce pas à l'avance ses intentions quant à ses sorties.
Fasse le ciel que ce misérable soit arrêté et que la tranquillité rentre
dans nos cœurs.

— Madame, ajouta le baron, je suis désormais tout à votre Majesté,
qu'elle dispose de moi à son gré et mette mon zèle à l'épreuve.

— Il en sera ainsi, baron, répondit la reine, nous comptons sur
vous; venez chaque matin prendre nos ordres

Palussac se prosterna devant la reine et s'inclina respectueusement en passant près des dames d'honneur; son regard se croisa
avec celui d'Albina, et, longtemps encore après son départ, il lui
semblait revoir les yeux noirs très beaux, mais durs et soupçonneux
de l'Italienne.

Quand il rentra à l'hôtellerie du *Faucon-Royal*, son cousin le marquis en était parti depuis longtemps déjà, laissant la baronne bien
heureuse de la bienveillance qu'il lui avait témoignée; la petite
Blanche allait un peu mieux et le baron, le cœur joyeux et l'âme en
fête de tous les bonheurs qui lui étaient arrivés ce jour-là, ne pensait
plus du tout à Ravaillac.

**V.** — Comment le baron de Palussac tira intempestivement un coup de pistolet et comment, croyant saisir Ravailhac, il ne saisit qu'un savetier.

Léonard attendait son maître à la porte du *Faucon-Royal* et il l'attendait avec une impatience non dissimulée. Du plus loin qu'il le vit, il s'élança à sa rencontre :

— Le corbeau s'est envolé, lui dit-il, et ne sachant au juste quand monsieur le baron rentrerait, j'allais me mettre à sa recherche ; j'ai sellé à cet effet le petit cheval de madame, ma mule étant plus capricieuse à Paris qu'elle ne l'a jamais été en Gascogne. J'avais également pris les pistolets de monsieur le baron.

— De quel corbeau me parles-tu là? demanda Palussac qui, tout à la joie de sa nouvelle fortune, n'avait plus d'autre pensée que celle de sa grandeur.

— Mais de ce noir et vilain personnage qui ressemble plus à un diable d'enfer qu'à un honnête chrétien !

— Ah! oui, François Ravailhac ! je l'avais presque oublié. J'ai parlé de lui à la reine et Sa Majesté va envoyer des archers pour s'emparer de sa personne.

Léonard salua très bas son maître.

— Monsieur le baron a vu la reine? et il lui a parlé? Ah! mais alors nos affaires vont marcher admirablement à présent et nous ne saurons bientôt plus où mettre l'or qui débordera de toutes nos poches? Pour l'instant, le vide et les trous dont les miennes sont pourvues en abondance me font souhaiter un prompt changement de régime.

— Que me disais-tu de ce Ravailhac, est-il déjà arrêté?

— Arrêté!... corne de vache, il court plus vite qu'un lapin à cette heure-ci : il est venu un malotru, boiteux, cagneux et velu comme une bête de l'Apocalypse, qui lui a remis un petit billet avec accompagnement de signes mystérieux et de grimaces plus vilaines les unes que les autres; moi qui les observais de loin, j'ai vu la mine patibulaire du Ravailhac devenir plus patibulaire encore; il n'a pas perdu de temps, a fait régler son compte par maître Landry et s'est plutôt enfui qu'en allé.

— Ventre-saint-gris, s'écria Palussac en frappant du pied, il a été prévenu de sa prochaine arrestation et quand la garde va venir, il sera trop tard; c'est enrageant, notre beau coup est manqué. Ah ! si je tenais ce traître qui nous joue ainsi, je le couperais en mille morceaux.

— En attendant cette sanglante exécution, dit Léonard, l'homme noir nous a échappé momentanément, mais je me doute un peu du lieu où il a dû s'abriter et j'allais me mettre à sa recherche quand monsieur le baron est arrivé.

— Je vais avec toi ; à deux, nous le trouverons sûrement, affirma le baron, et si le drôle veut nous échapper, nous nous prêterons main-forte.

— En ce cas, dépêchons-nous, que monsieur le baron reprenne les pistolets dont je m'étais muni et enfourche prestement le petit cheval, moi je monterai en croupe.

— Comment?... tu veux...

— Oui, oui, je n'ai pas le temps de seller un autre cheval, en route, filons.

Il sauta d'un bond sur la croupe du bidet et son exemple entraîna Palussac qui ne fit plus d'objection et se contenta de crier à maître Landry, dont la grosse face rougeaude apparaissait à une fenêtre :

— Si les archers de la reine viennent pour arrêter Ravaillac, faites-les boire en nous attendant, nous allons le ramener sur l'heure.

Le pauvre cheval, peu satisfait de sa double charge, partit cependant au petit galop.

— Selon toute probabilité, dit Léonard à son maître en lui désignant les rues qu'il fallait suivre, le misérable est allé se réfugier chez la mère Midoux, à l'auberge du *Luisant-Soleil*; il doit se croire à l'abri de toutes les recherches dans cette petite rue obscure, allons-y d'abord.

— Ne te semble-t-il pas, Léonard, que tout le monde s'étonne de notre équipage et nous regarde en ricanant ?

— Au contraire, monsieur, on vous admire, reprit le Gascon avec aplomb. Je gage que les commères qui vous montrent du doigt se disent entre elles : Il faut que ce seigneur soit bien bel homme pour que ses pieds traînent ainsi dans la boue, tandis que son buste est installé commodément sur son cheval.

— Tu crois ? Vraiment, au fait c'est bien possible.

— Ne faisons pas trop attention à des propos si flatteurs, fit le valet en riant malgré lui de la fatuité de son maître, tournez à droite, monsieur, j'aperçois à cinquante pas de nous la mirifique enseigne de ma compatriote. Bon, nous y voilà presque. Il me semble prudent d'entrer seul à l'auberge, ma présence n'y étonnera personne, pas même celui que nous cherchons, tandis que la vôtre serait trop remarquée. Restez ici, à cheval, pour courir sus au misérable s'il voulait se sauver, moi je vais dire deux mots à la vieille Midoux et je reviens dans quelques minutes vous faire mon rapport.

Le baron qui ne brillait pas par l'initiative et avait l'habitude de s'en rapporter à Léonard pour beaucoup de choses, ne fit aucune difficulté; ce projet lui convenait.

Le valet franchit la porte charretière et jeta un coup d'œil dans la salle commune dont l'unique entrée se trouvait sous la voute ; au travers des carreaux de la porte vitrée, il inspecta ; il le pouvait d'autant plus facilement qu'il dominait cette salle, de trois marches plus basses que le porche, mais son examen ne lui fit voir que quelques buveurs attablés et la mère Midoux qui circulait au milieu d'eux son pichet à la main. Elle aperçut Léonard, lui adressa un sourire épanoui et l'invita d'un geste à venir se rafraîchir.

C'était une tentation au-dessus de ses forces; il se promit de ne pas dépasser le premier verre et, tout en buvant, manœuvra de façon à attirer la cabaretière un peu à l'écart.

— Je voudrais parler immédiatement à M. François pour une chose urgente, lui dit-il à l'oreille, est-il déjà arrivé?

— Mais oui, répondit la vieille sans méfiance, et je ne l'attendais guère à cette heure. Il s'est enfermé dans la petite chambre qui est là, je ne sais pas si son huguenot va venir aujourd'hui.

— Bon, allez toujours lui dire que quelqu'un, envoyé justement par ce huguenot, veut lui faire une communication importante.

— Pas besoin de tant d'histoire, répondit la mère Midoux, faites votre commission vous-même, on n'est jamais de trop quand on vient de la part d'un ami.

Et elle ouvrit vivement la porte derrière laquelle Ravailhac se tenait, l'oreille aux aguets.

La mère Midoux n'avait pas les mouvements aussi onctueux que son nom pouvait le faire supposer; elle agit si brusquement en ouvrant cette porte, que M. François reçut le battant en plein visage

avant d'avoir pu se douter qu'on voulait entrer. Il poussa une excla
mation de douleur, et le temps que l'aubergiste mit à se confondre
en excuses permit à notre Gascon de préparer ce qu'il allait lui dire.
Mais ce soin était inutile, Léonard avait compté sans l'impatience
du baron.

Ne voyant pas revenir son zélé serviteur, Palussac, qui trouvait
les minutes aussi longues que des heures, s'était peu à peu persuadé
que son valet, dont il connaissait le côté faible, avait bien pu chercher des idées nouvelles dans la compagnie de quelques bonnes
bouteilles. Il attacha son cheval par la bride à un de ces gros an-
neaux, comme il s'en trouvait en ce temps-là à toutes les maisons, et
franchit la porte-cochère pour voir ce qui se passait.

Il colla son visage aux carreaux de la salle basse et assista, du
haut des trois marches, à la scène que nous venons de décrire. Il
n'entra pas, mais il cria à Léonard en ouvrant brusquement la porte :

— C'est lui, je le reconnais, hardi, Léonard, arrête-le et tiens-le
bien, tout le monde ici te prêtera main-forte.

— Hein ! Qu'est-ce ? Que se passe-t-il ? demandèrent les buveurs.

— Un malfaiteur est parmi vous, continua le baron sans avancer
d'un pas, il se cache parce qu'on doit venir l'arrêter. Allons, Léonard,
le tiens-tu ? Nous allons le remettre entre les mains des archers de
Sa Majesté...

Léonard maudissait l'arrivée intempestive de son maître; il comptait lier conversation avec Ravaillac et le retenir à l'auberge jusqu'à
l'arrivée des archers que Palussac, prévenu par lui, pouvait aller
chercher au *Faucon-Royal*.

A présent que le baron criait à pleine voix le but de leur visite au
*Luisant-Soleil*, il était inutile de feindre, mieux valait agir sans perdre une minute et s'emparer du personnage. Mais ce dernier, qui
n'était pas assez étourdi par le coup reçu tout à l'heure pour ne pas
entendre les exclamations du baron, se vit acculé dans cette petite
chambre sans issues et se décida à profiter de son agilité.

Il bouscula d'un coup d'épaule la mère Midoux, qui tenait le milieu
de la porte, et, tandis que Léonard reprenait l'aplomb que la grosse
femme lui avait fait perdre en s'accrochant à son bras pour ne pas
choir, il traversa la salle en trois bonds et trouva Palussac, qui, toujours en haut des marches d'entrée, s'agitait fébrilement, mais
n'avançait pas d'une semelle.

Ravailhac ne perdit pas son temps à lutter avec lui; il était mince et très nerveux, il s'élança résolûment pour passer entre les jambes grêles du baron. Ce fut chose facile; mais le pauvre gentilhomme, qui s'attendait à une attaque plus élevée, voyant l'ennemi se baisser, se baissa aussi pour l'atteindre, et ne rencontrant que le vide, perdit si bien l'équilibre qu'il s'aplatit en avant, le visage sur le sol de la salle, l'estomac sur les trois marches de bois et les pieds en l'air. Son épée, la grande épée de son arrière-grand-père, vola dans les vitres et réduisit en poussière ces vieux carreaux noirs et enfumés qui dataient d'un bon siècle.

Tout ceci s'était passé si rapidement que les buveurs restaient ébahis, la bouche ouverte, sans prononcer un mot.

— Misérable, assassin, arrêtez-le ! cria Léonard qui, voyant tomber son maître, ne douta pas un seul instant que, pour fuir, Ravailhac ne lui eût donné un coup de couteau.

— Courons, rejoignons-le, hurla un buveur en suivant Léonard, il ne sera pas dit que les habitués de la mère Midoux laisseront accomplir un crime sous leurs yeux sans arrêter le coupable.

Tous se levèrent en même temps et personne ne pensa à relever le baron pour s'assurer de sa mort, ce soin aurait retardé la poursuite; on escalada son corps, on le piétina même, le plus pressé était de retrouver la trace de l'assassin.

Une grosse servante, qui plumait une oie dans la cour, toute blême des imprécations et du tumulte qu'elle entendait, n'ayant plus la force de parler, leur désigna du doigt l'entrée de la cave. C'est là que Ravailhac s'était élancé en quittant la salle commune, dans la crainte que les archers, annoncés par Palussac, ne fussent postés dans la ruelle.

Toute la bande s'engouffra dans l'escalier glissant. Cette chasse à l'homme excitait les moins belliqueux, chacun s'était muni d'une arme quelconque : banc, escabeau, pincettes ou pichet d'étain, et les cris de :

— En avant, en avant! sus au mauvais drôle ! se répondaient les uns aux autres.

Quand le baron ne sentit plus cette avalanche humaine lui passer sur le dos, il se releva tout meurtri et, clopin-clopant, se dirigea vers l'endroit d'où partaient tous ces cris.

La cave semblait un trou noir en quittant le grand jour, elle n'était éclairée, à une de ses extrémités, que par un étroit soupirail et toute cette foule remuante et agitée, s'entre-poussant avec violence, descendit l'escalier en roulant plutôt qu'en marchant.

Alors commença une poursuite aussi bizarre que mal organisée. on se mit à courir derrière les tonneaux, dans cette obscurité. croyant saisir Ravaillac, les buveurs s'empoignaient les uns les autres en poussant des exclamations de triomphe qui se changeaient bien vite en cris de désappointement, en bruit de dispute et de coups reçus et donnés.

Léonard, tout comme les autres, ne connaissant pas les détours de cet espèce de souterrain, se heurtait aux fûts pleins, faisait rouler les fûts vides, et recevait maints horions sans parvenir à entrevoir celui qu'il cherchait.

Cette bagarre épouvantable, pendant laquelle bien des nez furent écrasés, permit à Ravaillac de s'approcher, en rampant, du recoin où se trouvait le soupirail. Il vit que des aspérités dans le mur et des crampons de fer, piqués d'endroit en endroit, lui permettraient de se hisser jusqu'à l'orifice; c'était un moyen dangereux, car il fallait se mettre en pleine lumière, mais il n'avait pas le choix, puisque ceux qui le poursuivaient barraient tout chemin de retraite.

Il commença donc son ascension et se croyait déjà hors de leurs mains quand Léonard, en levant les yeux, le vit tout aplati contre le mur et déjà à mi-chemin. D'un bond prodigieux il le rejoignit et comme un bout de la ceinture de cuir de Ravaillac pendait, il s'y cramponna. Hélas! beaucoup plus léger et plus petit que lui, notre Gascon ne parvint pas à le faire choir, et se sentant, au contraire, enlevé peu à peu vers le soupirail, il criait :

— Il m'emporte, ça n'est pas moi qui le tiens, c'est lui qui m'enlève, cadédis! Quelle position ridicule, mes amis; tenez-moi par les pieds, ne me lâchez pas.

Il était déjà si haut qu'un des hommes dut grimper sur un tonneau pour le saisir par les bottes; mais les bottes lui restèrent dans les mains et Léonard, pendu au bout de la ceinture qu'il ne voulait pas lâcher, montait toujours à la suite de Ravaillac.

— Me voici, Léonard, tiens ferme, cria Palussac, qui, grâce à des épaules complaisantes, s'était hissé sur un énorme muid et tirait de ses chausses un de ses vaillants pistolets dont il dirigeait le canon vers Ravaillac; tiens ferme, je vais mettre le coquin hors de fuite.

Il visa longuement pour ne pas le tuer, mais seulement le blesser le coup partit et, avec stupéfaction, les assistants se sentirent rouler par terre sous le poids de Léonard qui dégringola sur leur tête, tenant toujours la ceinture de cuir dans ses mains, tandis que Ravailhac, débarrassé de cette superfluité encombrante, atteignait facilement l'entrée du soupirail par lequel il disparut dans la rue.

Le coup de pistolet du baron lui avait rendu la liberté en tranchant net la ceinture en deux.

Alors ce fut une poussée terrible vers la porte, chacun voulant arriver le premier dans la rue pour s'assurer de quel côté cet intéressant gibier fuyait. M^me Midoux, que sa corpulence avait obligée à rester au haut de l'escalier, se trouva aux premières places pour le voir enfourcher sans plus de cérémonie le petit cheval béarnais du baron et partir à fond de train en bousculant tout sur son passage.

Léonard, qui ne perdait pas la tête et ne voulait pas perdre ses bottes, les demandait à grands cris :

— Mes bottes, mes bottes, rendez-moi mes bottes, corne de cerf, qui donc ici détient injustement mes bottes?

Mais tous les buveurs, sans s'occuper de ses assourdissantes réclamations, se précipitaient dehors, espérant encore saisir Ravailhac; au bout de quelques minutes la cave fut vide et Léonard, en furetant dans tous les coins pour retrouver ses bottes, aperçut enfin un gamin qui, soit par farce, soit par désir de s'approprier une si belle paire de chaussures, se dissimulait sournoisement derrière le gros tonneau sur lequel le baron était juché.

Alors, autour de cette futaille, commença une nouvelle chasse et Palussac, debout sur ce socle improvisé, n'osant descendre seul, tant ces membres endoloris par sa chute le faisaient souffrir, appelait son valet à son aide en trépignant rageusement; mais celui-ci, dont les pieds nus s'écorchaient aux débris de verre cassé, pensait bien plus à rentrer en possession de ses bonnes bottes de Gascogne qu'à prêter secours à son maître.

Le méchant gamin, ancêtre de Gavroche sans doute, se fit un malin plaisir de prolonger ce jeu ; enfin, se sentant sur le point d'être pris, il lança une botte à droite, l'autre à gauche et détala au plus vite en agitant sa main au bout de son nez, signe qui, depuis des siècles, est familier à tous les gamins mal appris.

Léonard bondit sur ses chères bottes et il éprouvait une jouissance tout à fait intense à en reprendre possession, quand un bruit de bois brisé et une violente exclamation lui firent lever la tête.

Il courut vers l'immense tonneau sur lequel il venait de voir son maître. Le tonneau s'était défoncé sous les trépignements du baron et le pauvre gentilhomme avait en cet instant un bon pied de vin de Bourgogne par-dessus la tête !

— Corne de bœuf! mais j'aperçois l'épée de nos ancêtres; c'est mon maître qui patauge! Ah! le pauvre! Faut-il qu'un pareil accident lui soit arrivé! Si c'était moi, j'aurais vidé le tonneau en deux lampées et me trouverais déjà à sec.

Il fut obligé d'appeler au secours, car le baron, submergé par cette liqueur capiteuse, avait perdu force et raison et se trouvait incapable de s'aider à lui-même. On le retira par les épaules, il était dans un état pitoyable et son beau costume, couvert de lie et dégouttant de vin, présentait l'aspect le plus lamentable qu'il se pût voir.

Léonard, fort attaché au baron, se désolait en le voyant ainsi. Comment, en le ramenant chez lui dans cet état, faire croire au père Landry qu'il ne buvait presque jamais que de l'eau! et comment surtout faire tenir droit sur son cheval un homme si complètement gris, qu'il n'avait plus conscience de lui-même! La mère Midoux lui apprit qu'il n'y avait pas lieu de se préoccuper de ce dernier détail. Ravaillac, en s'enfuyant sur le cheval de Palussac, s'était chargé de trancher cette question.

Quand le baron eut respiré un instant le grand air et se fut baigné les mains et le visage dans une eau bien fraîche, il reprit presqu'entièrement l'usage de ses sens et put se tenir debout en s'appuyant sur l'épaule de Léonard.

La nuit venait, et leur gibier s'étant dérobé, nos chasseurs bredouilles n'avaient plus qu'à rentrer au logis. Le besoin s'en faisait vivement sentir pour le baron dont les habits, trempés et souillés par ce bain extraordinaire, lui causaient une gêne affreuse, autant par leur froide humidité que par leur odeur écœurante.

Il fut convenu que la mère Midoux serait indemnisée de la perte de son vin et, toujours traînant les jambes, notre Palussac se mit en route pour rejoindre la baronne et la petite Blanche qui avaient été bien oubliées par lui au milieu de tant d'événements.

Grâce à la nuit, son pitoyable costume n'attira pas les moqueries des gamins; dans ce temps-là, les rues étaient fort mal éclairées en

hiver et ne l'étaient pas du tout en été, sous l'économique prétexte
que la lune devait se charger de ce soin; elle le devait peut-être,
mais chacun sait que cet astre fantasque, suivant en cela l'exemple
des humains, se dispense souvent de remplir son devoir. Or, ce soir-
là, cette capricieuse s'était octroyé la permission de minuit, et,
comme neuf heures venaient seulement de sonner, les Parisiens en
étaient réduits à transporter leur lanterne avec eux, s'ils voulaient y
voir quelque peu.

Le baron et Léonard, qui connaissaient encore mal Paris, se trouvaient fort empêchés dans cette obscurité et souhaitaient vivement
rencontrer un passant pour s'informer de la bonne route; mais les
promeneurs se faisaient rares et ce n'est qu'après maints et maints
détours qu'ils aperçurent enfin un groupe assez animé qui entourait
un malheureux cheval à fort triste mine.

Léonard s'avançait pour demander un renseignement, quand il
poussa un cadédis à faire trembler les murailles : il venait de reconnaître le petit bidet béarnais que Ravaillac avait si traîtreusement
enfourché pour fuir.

— C'est notre cheval, cria-t-il, corne de vache, il est en bel état!
Comment se trouve-t-il ici et qu'est devenu celui qui nous l'enlevait
sans permission?

— C'était un fou qui le montait, dit une commère haute en couleur,
il allait, il allait, au risque de nous écraser nous et nos enfants. Tout
à coup, le cheval est tombé, le cavalier aussi et, sans plus s'occuper
de ce pauvre animal, sans même le relever, il s'en est allé en courant
comme si le diable était à ses trousses. Nous ne savons que faire de
cette bête, mais tout cela ne prouve pas qu'elle vous appartienne.

— Conduisez-la à l'hôtel du *Faucon-Royal*, dit Léonard, le père
Landry vous dira que ce cheval est un de ceux du baron de Palussac
et vous aurez une récompense.

— C'est à voir, dit la femme, j'ai une heure à perdre et je puis
bien essayer de gagner une petite pièce.

Elle prit la bride et tira le petit bidet qui boitait beaucoup; les deux
Gascons suivirent, à quelques pas derrière. Léonard qui n'avait aucun argent sur lui et pensait bien qu'il en était de même pour son
maître, avait trouvé ce moyen de rentrer en possession du cheval.
De cette sorte, la route leur était indiquée; plus besoin de demander
de renseignements; mais, tout à coup, Léonard s'arrêta et se mit à

regarder dans une boutique de boulanger dont la porte était entr'ouverte. Il tira le baron par sa manche :

— Voulez-vous voir le malotru boiteux et cagneux qui est venu
apporter le billet à Ravailhac? lui demanda-t-il.

— Où est-il? où est-il? cria le baron; où est ce traître qui nous a
fait manquer notre coup?

— Là, il achète une miche. Est-il laid cet animal! son gîte doit être
par ici, je serais vraiment curieux de savoir où peut se cacher une
laideur aussi ingrate.

— Moi, je veux le bâtonner, dit le baron, laissons-le sortir et tom-
bons dessus.

— Non pas, non pas, s'il vous plaît, dit Léonard, il peut nous être
utile de connaître sa demeure. Suivons-le.

Le petit homme, dont le valet gascon n'avait guère exagéré la
laideur, sortit de la boulangerie, son pain sous le bras, et suivi la
première rue à gauche sans remarquer les deux hommes qui s'étaient
aplatis contre le mur pour se dissimuler. Ils lui laissèrent prendre
de l'avance sans toutefois le perdre de vue.

— Comme j'aurais plaisir à le secouer par les oreilles, disait le
baron, c'est lui qui est la cause de toutes mes catastrophes. S'il n'a-
vait pas prévenu traîtreusement le Ravailhac, je n'aurais pas été
piétiné comme de la vendange et je ne sentirais pas le vin à me
donner des nausées. Tôt ou tard le drôle sentira la caresse de mon
poing sur sa jolie figure.

Le bancroche venait d'entrer dans l'allée d'une pauvre maison
aussi misérable que possible; elle n'était composée que d'un rez-de-
chaussée sans étage supérieur et au travers d'un volet mal joint
brillait une faible lumière.

Instinctivement le baron appliqua son œil à une de ces fentes.

— Jarnicoton, mais c'est lui, il est là, s'écria-t-il en bondissant.
Voilà Ravailhac retrouvé, regarde donc, Léonard.

— En effet, la chance est pour nous; cette fois, il s'agit de manœuvrer avec ensemble, monsieur le baron, et de ne pas manquer notre
coup comme tout à l'heure.

— Nous allons faire une double capture, fit Palussac, et nous re-
mettrons en même temps aux archers de la reine l'infâme Ravailhac
et son non moins infâme complice.

— Hum! hum! ne courons pas trop de lièvres à la fois, dit le prudent valet. Voilà ce que je propose, s'il vous plaît; je reste à cette fenêtre dont je vais faire sauter facilement le contrevent vermoulu, pendant ce temps, monsieur le baron va faire le tour par la petite allée et se trouver à la porte de cette misérable échoppe pour empêcher le corbeau de sortir; de cette façon, il sera pris entre nous deux, nous ne le lâcherons pas.

— Parfait, dit Palussac; mais avant, je dégaîne, non pas que j'aie l'intention de le transpercer, seulement une arme nue, un éclair d'acier brillant produisent toujours de l'effet. Aide-moi, Léonard.

Et de fait, cette antique rapière était de si longue taille que deux personnes en venaient encore assez difficilement à bout, l'une tenant le fourreau et l'autre tirant la poignée.

L'ingénieuse combinaison de Léonard réussit de point en point. Il introduisit sa dague sous le contrevent et, à la première pesée, les planches tombèrent avec fracas; il enfonça la fenêtre d'un coup de poing et se trouva dans la chambre au moment où Ravailhac coupait une tranche de pain à la miche que le cagneux venait de lui apporter.

En reconnaissant cet homme qui le poursuivait depuis plusieurs heures, le premier soin de Ravailhac fut de bousculer la lumière et de courir à la porte; mais à la lueur du lumignon qui brûlait encore par terre, il aperçut le baron, sa grande épée en travers, qui criait :

— Au nom de la reine, je vous arrête tous les deux.

Le petit boiteux mit le pied sur le bout de chandelle et tout rentra dans l'obscurité.

En un clin d'œil, chaises, table, vieilles chaussures, car il était savetier, tout fut renversé, et, au milieu de cet amas de choses bizarres et malpropres, se livra une étonnante bataille à coups de pieds et de poings.

Ils tapaient sans savoir sur qui, les deux gascons s'encourageaient par des exclamations de leur pays, les deux autres ne disaient rien, mais ils ne tapaient pas moins dur. Palussac avait jeté son épée pour être plus libre dans ses mouvements, au bout d'un instant il s'écria :

— J'en tiens un par les bras, il se tortille comme un serpent. Ah! misérable, tu ne m'échapperas pas.

— Et moi, je tiens l'autre, dit Léonard, je le tiens par les jambes.

— Cette fois nous sommes bien sûrs de ne pas le manquer, reprit le baron, tâchons de mettre chacun notre homme hors de combat.

Léonard tira vivement les jambes de son prisonnier et le jeta à

terre, celui de Palussac trébucha sans doute, car il le sentit s'étaler
au même moment, alors mettant le pied sur sa poitrine, il s'écria :

— Si tu bouges, je t'écrase.

On pense bien que cette bataille ne s'était pas faite en silence ; les
voisins épouvantés accouraient avec des torches et des fallots et surtout des gourdins, croyant avoir affaire à une bande de détrousseurs.
La clarté qui envahit la petite échoppe arracha un : « corne de bouc! »
terrible à Léonard et une exclamation non moins véhémente au
baron. Ces deux hommes qu'ils croyaient tenir ne faisaient qu'un,
Léonard lui serrait les pieds et le baron les mains, et ce n'était point
Ravaillac. Ravaillac s'était sauvé par la fenêtre ouverte et celui qui
gisait à terre à moitié suffoqué sous le pied de Palussac, n'était que
le petit boiteux noir et velu. Quel désappointement et quelle fureur !
Les voisins voyant qu'ils n'avaient devant eux que deux personnes,
commencèrent à murmurer.

— Que venez-vous faire à ce pauvre Joseph? demanda l'un d'eux,
et quel crime a-t-il commis pour être traité de la sorte?

— C'est un traître, s'écria Palussac, il sera jugé et pendu. Nous
l'emmenons pour le remettre entre les mains des archers de la reine
qui nous attendent au *Faucon-Royal* ; allons, Léonard, saisis-le par
une épaule et ne le lâche pas!

Un traître..... les archers..... il sera pendu..... ces mots circulèrent
de bouche en bouche et chacun s'écarta devant le cordonnier
Joseph Varocher qui ne prononçait pas un mot et se laissait emmener sans aucune résistance.

Palussac reprenant son épée nue surveilla le prisonnier qui était
aux mains de son valet.

Les plus curieux de cette foule les escortèrent; peut-être, en voisins
charitables, espéraient-ils voir pendre séance tenante le savetier que
sa laideur et ses allures mystérieuses faisaient considérer comme un
être plutôt malfaisant qu'estimable.

Quatre archers sous la conduite de Pietro étaient restés en perma-
nence à l'hôtel du *Faucon-Royal*.

Palussac aurait aimé autant voir un autre visage que celui du
factotum du seigneur Concini; il se souvenait de l'insolence du personnage quand il lui avait refusé sa pièce d'argent et il était bien
honteux de se montrer dans un atour si peu fait pour lui redonner
du prestige. Quant à Léonard il se demandait, en se pinçant le bras,

s'il dormait ou veillait. Cet homme n'était-il pas le même qu'il avait
vu parler à M. François, chez la mère Midoux, le jour de son arrivée?
Alors c'était un complice aussi; comment se faisait-il donc que ce
fût lui qu'on chargeât d'arrêter Ravailhac. Il n'y comprenait plus
rien, ses idées dansaient dans sa cervelle; il renonça à chercher
pour l'instant.

Pietro s'avançait vers Palussac, la foule et les gens de l'auberge
étaient amassés autour d'eux.

— Remettez-nous le prisonnier, dit-il, vous nous avez fait attendre
à cet effet, où est-il?

— Le voici, dit Palussac, c'est un traître, un espion, nous l'avons
trouvé en conférence avec Ravailhac.

— Je n'ai pas l'ordre d'arrêter cet homme, dit Pietro, c'est
M. Ravailhac que je dois emmener.

— Nous l'avons poursuivi en vain, murmura Palussac avec embarras, il s'est enfui par deux fois d'entre nos mains; mais nous vous
amenons celui-ci, c'est son complice.

— Complice de quoi? dit Pietro, il faudrait d'abord qu'un crime
eût été commis. Monsieur le baron, vous jouez là un jeu dangereux;
cet homme, je le connais et je réponds de lui, qu'on le mette en
liberté! Quant à vous, Monsieur, qui donnez à Sa Majesté de fausses
nouvelles et vous présentez aux yeux de tous dans un état dont vous
devriez avoir honte, vous ne serez pas surpris qu'un rapport soit fait
sur votre compte au seigneur Concini; libre à lui d'en parler à Sa
Majesté si bon lui semble.

Le boiteux n'avait pas attendu longtemps pour disparaître; la
foule se dissipait; mais non sans donner, en passant près de Palussac, des signes non équivoques de son mépris.

Le pauvre gentilhomme gascon ne savait quelle contenance prendre; à tout prix il voulait éviter ce dont Pietro le menaçait.

Il en coûtait certes beaucoup à son orgueil et cependant il profita
d'un instant de tête à tête avec l'Italien pour s'excuser et le supplier
de taire à la cour les incidents de cette soirée si néfaste pour lui.

## VI. — Comment, en voulant faire arrêter Ravailhac, le baron se fit arrêter lui-même.

Le service du baron près de la reine Marie de Médicis n'était pas très pénible.

Chaque matin il allait au palais attendre, avec plusieurs autres gentilshommes, les ordres de Sa Majesté. Parfois, c'était de sa propre bouche qu'il les recevait, mais le plus souvent, le favori Concini ou sa femme Eléonora, ou bien encore la belle Albina étaient chargés de les transmettre.

Marie de Médicis avait amené d'Italie une foule d'amis qui lui étaient très chers ; et s'il nous était permis de faire ici un jeu de mots bien connu, nous pourrions dire qu'ils lui étaient peut-être encore plus chers par les sommes qu'ils lui coûtaient que par l'affection qu'elle leur portait.

En effet, tous ces Italiens étaient venus en France sans un sou vaillant, mais avec la formelle intention de ne s'en retourner dans leur beau pays qu'avec une fortune faite.

Concini, entre autres, que la reine venait de donner pour époux à sa sœur de lait Eléonora, portait très haut son ambition ; c'était un homme rusé et intelligent, mais auquel les qualités de délicatesse et de discrétion étaient absolument étrangères ; aussi s'empressa-t-il de profiter de l'amitié que Marie de Médicis portait à Eléonora pour se mettre au premier plan et finit-il, à force de savoir faire, par se rendre indispensable.

Son esprit insinuant s'était peu à peu emparé de celui de Sa Majesté qui en subissait l'influence sans s'en douter un seul instant.

D'une famille noble mais pauvre, la jolie, mais impérieuse Albina, que nous avons entrevue au chapitre précédent, avait quitté toute jeune encore ses parents pour suivre la reine et Eléonora qui était sa parente, elle était persuadée qu'avant peu elle ferait à la cour de France un brillant mariage ; mais, jusqu'à présent, les prétendants qui s'étaient d'abord mis sur les rangs, attirés par sa beauté, avaient tous rompu avant le jour du mariage, effrayés sans doute par ce caractère emporté et dominateur.

Elle venait d'atteindre sa vingt-cinquième année à l'époque du couronnement, les épouseurs se faisaient de plus en plus rares et leur fortune et leur noblesse diminuaient en raison inverse des années que prenait la jeune fille.

Trop fière pour parler de ses déceptions à qui que ce soit au monde, elle ne laissa éclater sa fureur que devant son frère Lorenzo et ce jeune homme de vingt ans à peine, qui ressemblait comme traits et comme caractère à sa sœur, n'avait pour elle que des paroles bien faites pour exciter encore sa colère contre la mauvaise chance qui la poursuivait. Il comptait sur la fortune d'Albina pour se faire une belle place dans le monde et les déceptions de cette dernière ne trouvaient que trop d'écho chez lui.

Dès le mercredi soir, 12 mai, un beau cheval tout harnaché et les vêtements de gala du baron avaient été envoyés à l'hôtel du *Faucon-Royal* par ordre de la reine.

Palussac, comme un enfant auquel on vient de donner un jouet désiré, ne se lassait pas d'admirer cette superbe bête et ces étoffes de soie et de velours. Il ne dormit pas cette nuit-là, et dès le petit jour se mit en devoir de procéder à sa toilette.

— Mon cousin le marquis a vraiment des idées singulières, pensait-il, il m'engageait à renvoyer le fidèle Léonard ! Ah ! morbleu que deviendrais-je sans lui ; comment pourrais-je m'habiller un peu élégamment, si je n'avais le secours de cet intelligent garçon ? Dieu que ce velours violet me sied bien ! et comme je porte fièrement ce panache sur l'oreille ! Je suis vraiment beau, et plus d'une damoiselle de haut lignage, ne se doutant pas que je possède femme et enfant, ne serait pas fâchée, je gage, d'attirer les regards d'un gentilhomme si jeune encore et si accompli. Aïe ! aïe ! mais qu'ai-je donc au pied ? On dirait que ma chaussure est un peu juste ! Ah ! voilà qui est navrant et le supplice que je vais endurer toute la journée va me faire perdre de mes avantages ; j'ai pourtant un pied de race, pourquoi cette satanée botte me gêne-t-elle ainsi ? Et je n'ai pas le temps de m'en procurer d'autres, car il est l'heure de partir et mon cheval piaffe dans la cour. Allons, tant pis, je souffrirai, voilà tout ; on peut bien endurer un petit malaise quand on est dans les honneurs. Corbleu ! que j'ai bien fait de venir à Paris, voilà seulement quatre jours que j'y suis arrivé et je n'ai plus rien à envier, si ce n'est cependant des chaussures plus larges. Mes compatriotes, s'ils me voyaient dans

5

ces riches habits, convoiteraient mon bonheur certainement. Aïe, aïe, que ça fait donc mal!

— Monsieur a l'air de bien souffrir, dit Léonard qui venait d'assister à la lutte terrible dans laquelle le pied du baron n'avait pas triomphé sans peine.

— Tais-toi, imbécile, tu ne sais ce que tu dis; je suis seulement un peu gêné, voilà tout, cela se fera en route. Allons, il est l'heure d'enfourcher nos chevaux, partons vite, je ne voudrais pas être d'une minute en retard. Mais avant il fallut aller se faire admirer par la baronne et par Blanche qui, beaucoup mieux portante, avait fait promettre à son père de ne pas s'en aller sans venir l'embrasser.

— Ah! père, s'écria-t-elle en joignant les mains avec admiration, vous êtes plus brillant que le soleil et vous ressemblez à l'archange saint Michel!

— Oui, ma fille, je suis en effet l'archange qui vaincra le démon, et ce démon-là n'est autre que le vilain homme noir qui logeait ici.

Un éclat de rire aigrelet fit retourner subitement le baron.

— Peste, vous n'y allez pas de main morte, mon cher cousin, et le grand saint Michel doit être flatté de la comparaison, j'espère.

C'était le marquis de Limoux-Palussac qui venait d'entrer.

— Ah! vous voilà, cher marquis, reprit le baron sans se déconcerter, ne me trouvez-vous donc pas mis de la bonne façon et croyez-vous que je ne représente pas dignement notre famille? Cet honneur vous revenait de droit, mais puisque vous vous obstinez à cacher dans la retraite un nom si glorieux, c'est moi qui dois le mettre au grand jour et j'espère y arriver, grâce à ma bonne étoile, ma bonne mine et la protection de la reine, que Dieu nous conserve.

— Partez donc, mon cousin, dit le marquis, vous trouverez à votre retour la baronne et votre fille installées rue Tirechape, dans une maison qui m'appartient et qui touche à la mienne. De cette façon les enfants pourront se voir souvent et jouer ensemble dans mon jardin.

— Ah! marquis, que de grâces! s'écria le baron en se dandinant prétentieusement.

— C'est bon, c'est bon, interrompit le vieillard, ça n'est certes pas pour vous que je fais cela, vous pouvez m'en croire, c'est pour votre femme, qui est charmante, et pour la petite, que mon Bernard a prise en amitié et ne veut plus quitter. Mais partez donc, vous serez en retard.

—. C'est ce que je vais faire, dit le baron; mais sans vous offenser, marquis, je remarque qu'à chacune de nos rencontres, vous n'avez que mon départ en vue, et vous le pressez d'une façon aussi peu dissimulée que possible ; j'imagine que si vous le pouviez, vous m'enverriez de grand cœur au diable.

— Je suis trop bon catholique pour cela, reprit le marquis; du reste je n'ai pas besoin de vous y envoyer, vous y allez bien de vous même.

Et comme le baron ouvrait des yeux étonnés.

— Croyez-vous donc, ajouta le marquis, que ça n'est pas une vie diabolique que celle que vous menez ? Parader dans de beaux habits, se faire admirer et s'admirer soi-même, passer son temps à se rengorger dans les salons de la reine, tandis qu'on a femme et fille qui languissent dans un réduit enfumé et dont je suis obligé de m'occuper; voilà en vérité de bien nobles et viriles occupations pour un Palussac! Moi je ne connais qu'une chose, le métier des armes ; je me suis battu quand j'étais jeune, mon fils est mort au champ d'honneur et mon petit-fils servira sa patrie comme l'ont fait ses ancêtres; pour vous, mon cousin, vous préférez la cour aux camps, c'est bien; mais rien ne m'empêchera de dire que le diable vous tendra des pièges dont vous ne vous méfiez pas assez, et je termine en vous répétant que vous allez être en retard, ce qui est d'un piètre courtisan.

Cette fois le baron ne répondit pas, il était bien profondément humilié de l'admonestation du marquis ; mais au fond du cœur il en reconnaissait la vérité.

Il se dirigea vers la cour aussi vite que le lui permit la souffrance de son pied froissé; il s'élança sur son beau cheval, Léonard monta celui qui avait amené son maître de Dax, et tous les deux passèrent au grand trot devant les yeux éblouis de M. et Mme Landry et de tous les gamins du voisinage qui faisaient la haie dans la rue.

Deux heures plus tard, la baronne et sa fille franchissaient, en litière, le chemin qui séparait l'hôtel du *Faucon-Royal* de la rue Tirechape.

· Leur nouvelle demeure leur sembla un palais, en comparaison de l'auberge, et Bernard vint s'installer, avec toutes ses belles images, près de sa petite cousine, dont la convalescence n'était pas encore assez avancée pour qu'on lui permît les parties de jeu au jardin.

La ville de Saint-Denis était en grand émoi depuis quelques jours,

les préparatifs du couronnement avaient occupé exclusivement tous
les habitants; des arcs de triomphe se succédaient à quelques mètres
seulement les uns des autres et des guirlandes de roses, s'enire-
croisant en tout sens et s'allant rattacher à ces arcs, formaient un dais
parfumé du plus délicieux effet. Le sol disparaissait sous une épaisse
couche de feuilles et de fleurs, le pied était rafraîchi par leur contact
et s'appuyait agréablement sur ce tapis moelleux, qui ne laissait ressortir aucune des aspérités du terrain.

Les fenêtres étaient pavoisées aux couleurs de France, de Navarre
et d'Italie; le vent agitait tous ces oriflammes, leurs couleurs brillantes étincelaient sous les rayons d'un beau soleil de mai.

Le mercredi, veille de cette superbe fête, le roi, la reine, les enfants
royaux et grand nombre de princes et de princesses étaient venus
coucher à Saint-Denis, le roi ayant voulu voir par lui-même si tous
ses ordres avaient été bien exécutés. Il eut lieu d'être très satisfait;
la basilique, dont l'ornementation avait spécialement occupé le favor
de la reine, était merveilleusement décorée; des tapisseries d'un prix
inestimable recouvraient les murs de haut en bas, tandis que les
échafauds, préparés pour Marie de Médicis et les seigneurs de sa
suite, complétement drapés de velours cramoisi, relevé de broderies
et de crépines d'or, jetaient une note claire et gaie dans la basilique
un peu sombre.

Le cortège devait se former devant le château, et, à midi précis, le
prévôt s'acheminer en tête, suivi de ses archers, rangés en bon ordre, tandis que les compagnies des gardes bordaient, des deux côtés,
le chemin que suivrait le cortège depuis le château jusqu'à l'église.

D'autres gardes avaient ordre de parcourir les rues de la ville, pour
empêcher les disputes qui ne manquent jamais d'éclater quand le
peuple, curieux de voir un défilé si magnifique, se presse en foule,
sans égard pour les faibles et les enfants.

Déjà les Suisses du roi, habillés de velours violet et bleu céleste,
avec des bouffants blancs et incarnats et des panaches blancs à eur
toquet de velours noir, marchaient à la suite des archers, et les gentilshommes d'honneur prenaient leur rang quand Palussac arriva.

Son magnifique cheval était mauvais coureur; le petit bidet béarnais, que montait Léonard, le dépassait sans cesse, il leur avait fallu
juste le double du temps nécessaire pour franchir les quelques lieues
qui séparent Paris de Saint-Denis.

Palussac se trouva donc en retard, et quand de loin il aperçut les costumes de satin blanc et violet, et les masses dorées des gentils- hommes, parmi lesquels il devait figurer, il se précipita en bas de sa monture, faisant signe à Léonard de prendre la bride et de l'emmener.

C'était chose difficile que de fendre les triples rangées de curieux; les gardes avaient bien de la peine à maintenir cette foule dans les limites qui lui étaient assignées, Palussac dut parlementer avec plus d'un badaud et lui assurer que son service le réclamait près de la reine, pour en obtenir le passage.

Enfin, il était arrivé au premier rang et n'avait plus que quelques pas à faire pour rejoindre sa place parmi les gentilshommes du cor- tège quand, tout à coup, ses yeux rencontrèrent ceux de son voisin et quoique ce dernier prît soin de dissimuler le bas de son visage dans sa main gauche, tandis que la droite restait cachée sous son manteau, ce regard suffit au baron pour reconnaître l'individu.

— C'est lui, s'écria-t-il, c'est lui, arrêtez-le sur-le-champ; gardes, m'entendez-vous? C'est lui qui veut assassiner le roi, c'est Ravaillac, arrêtez-le.

Ces cris produisirent sur la foule un singulier effet; elle s'écarta vivement et, par ce mouvement de recul, laissa le baron près des gardes qui faisaient la haie et avaient ordre de ne pas bouger.

— Mais ne m'entendez-vous pas? criait de nouveau Palussac en gesticulant avec violence; tenez, le voilà qui s'enfuit, il se faufile dans la foule et vous ne le retrouverez plus. Ah! si je n'avais pas mon habit de cour, je lui sauterais moi-même à la gorge.

Ravaillac se sentant découvert avait suivi le mouvement du peuple et peu à peu s'était reculé d'un rang, puis de deux et finalement avait disparu.

Le baron maugréait contre les gardes qui n'avaient pas l'air de l'entendre; la foule commençait à murmurer et à invectiver ce sei- gneur qui venait par ses cris troubler un si beau spectacle. Enfin un des soldats commis à la garde des rues s'étant frayé un passage, mit la main sur l'épaule de Palussac.

— Pourquoi venez-vous jeter la perturbation parmi ces honnêtes citadins? dit-il, qui êtes-vous et que faites-vous là?

— Mais laissez-moi donc, criait Palussac, et courez après lui, c'est un assassin, arrêtez-le.

Pendant ce débat, le cortège défilait toujours; aux gentilshommes

avaient succédé grand nombre de clairons, hautbois et autres instruments mélodieux; leurs accords couvrant la voix du baron, il était
obligé, pour se faire entendre, de crier de toute la force de ses poumons, et les personnes les plus rapprochées, fort empêchées d'entendre la musique par le tapage qu'il faisait, ne se contentaient plus
de murmurer, elles sommaient le garde d'avoir à faire taire ce fou
qui était si gênant pour les autres.

— Allons, suivez-moi, dit le garde, vous vous expliquerez avec
mon officier.

— Moi, vous suivre, ripostait Palussac, jamais. Je suis du défilé
et vais rejoindre les gentilshommes avec lesquels je devrais être ; je
rendrai compte à la reine du peu de zèle que vous avez mis à arrêter
celui qui veut assassiner le roi.

— De quel assassin parlez-vous? vos propos n'ont aucune suite.

— Il était là tout à l'heure, mais à présent vous l'avez laissé fuir,
il est trop tard, laissez-moi reprendre mon rang.

— Non pas, non pas, tout ça ne me semble pas clair, et, je vous le
répète, vous vous expliquerez avec mon chef, c'est ma consigne.

Et quoi que pût dire le pauvre baron qui, voyant passer les hérauts
d'armes et les chevaliers du Saint-Esprit, commençait à désespérer
d'arriver jusqu'à son rang, le soldat l'emmena au corps de garde et
la foule se referma sur eux, plus curieuse que jamais, car on apercevait déjà monseigneur le duc de Guise et M. le chevalier son frère,
dans deux riches vêtements de drap d'or, avec la grande cape également en drap d'or, enrichie de brillantes pierreries.

Puis venaient ensuite les princes qui portaient le sceptre royal et
la main de justice; enfin M. le prince de Conti marchait devant la
reine en portant la couronne.

A ce moment des cris de : « Vive la reine, vive Marie de Médicis ! »
éclatèrent de toutes parts, et ce fut dans la multitude un frisson
d'admiration. La reine s'avançait avec majesté.

Un riche poêle d'étoffe rare et brillante était porté au-dessus de sa
tête et messeigneurs les cardinaux de Gondy et Surdy l'entouraient.

A un pas derrière, à sa droite, marchait le Dauphin, charmant enfant de neuf ans; à sa gauche était monseigneur le duc d'Orléans, un
peu plus jeune que son frère, et tous les deux touchaient du doigt le
bord du manteau de leur royale mère.

Ce manteau, dont la queue mesurait sept aunes de longueur, était

en velours vert semé de fleurs de lis d'or. La reine portait en outre
un surcot d'hermine enrichi de pierreries d'une grande valeur.

Sa démarche pleine de noblesse, sa beauté et surtout la joie trioum-
phante qui brillait sur son visage, étaient bien faites pour lui con-
quérir tous les cœurs ; jusqu'à ce jour, on la connaissait peu, sa vie
se passait en grande partie au milieu de ses dames favorites, presque toutes d'origine italienne, mais le jour de son couronnement elle
avait voulu se montrer réellement Française et avait relégué ses
compatriotes au second plan.

C'étaient mesdames les princesses de Conti, de Montpensier et de
Guise qui portaient la queue du manteau royal ; puis, venaient madame de France, la reine Marguerite et quatre duchesses — les queues
de ces dames d'honneur étaient toutes portées par des seigneurs du
plus haut rang, revêtus de drap d'or et de superbes capes ornées de
dorures et de pierreries.

Toutes ces princesses étaient couronnées de rubis, de perles et de
diamants : seule, M<sup>me</sup> de Montpensier portait une couronne d'or
simple, sans aucun autre ornement.

Au son d'une merveilleuse musique, la reine entra dans la basilique et vint s'agenouiller sur un coussin brodé, devant le grand autel.

Monseigneur le cardinal de Joyeuse, revêtu de ses ornements pon-
tificaux et assisté de MM. de Gondy, de Surdy et du Perron et de
grand nombre de prélats et d'évêques, présenta le reliquaire à la reine
qui le baisa pieusement, puis fut conduite ensuite sur le grand
échafaud élevé vis-à-vis de l'autel. La reine Marguerite et les autres
dames lui vinrent alors faire la révérence et s'assirent chacune selon
son rang.

Le roi assistait à la cérémonie dans un petit cabinet clos de verrières ;
il n'avait pas voulu s'asseoir près de la reine, désirant que tous les
regards et tous les honneurs fussent pour elle en ce jour de son couronnement, mais il ne perdait rien de la cérémonie et voyait avec
plaisir que l'ordre le plus parfait régnait et que chaque prince, chaque ambassadeur était bien à la place qu'il devait occuper.

Nous ne décrirons pas tous les détails de la cérémonie qui fut fort
longue et très imposante ; nous dirons seulement que la reine fut
ointe de la Sainte-Onction sur la tête et sur la poitrine ; puis, après
avoir dit les oraisons voulues, le cardinal lui passa l'anneau au doigt
et lui remit le sceptre royal et la main de justice ; enfin il lui posa sur

le chef la grande couronne royale, mais elle était si lourde, qu'elle fut remplacée aussitôt par une plus petite d'une inestimable valeur.

Puis la reine fut ramenée à sa place et l'on déposa la grande couronne sur un escabeau devant elle. La grand'messe commença alors et fut célébrée par monseigneur le cardinal de Joyeuse, servi par quatre évêques ; la reine y communia avec une ferveur qui édifia tous les assistants et quand l'office fut terminé, elle s'en retourna au château avec le même cérémonial ; il fut fait alors grandes largesses et on jeta au peuple quantité de pièces d'or et d'argent à l'effigie de la reine et qui avaient été fondues exprès pour cette circonstance...

Il nous serait difficile de peindre la fureur qu'avait éprouvée Palussac en se voyant entraîné comme un malfaiteur, tandis qu'il aurait dû faire cortège à la reine. Sa colère était arrivée à un tel degré, qu'au lieu de s'expliquer avec calme, il injuria l'officier des gardes et fut retenu pour le fait de rébellion à l'autorité.

Ce seigneur, tout vêtu de satin blanc et de velours violet, obligé de rester assis sur un vulgaire et malpropre escabeau de corps de garde, présentait sans doute un aspect bien étrange, car tous les soldats ne le quittaient pas des yeux et se permettaient même des rires et des allusions qui n'étaient pas faites pour le calmer.

Son magnifique costume sensiblement défraîchi, ses bottes beaucoup trop justes et qui lui causaient une torture affreuse, enfin la rage d'avoir manqué par sa faute cette solennité à laquelle il devait assister avec honneur, toutes ces raisons, disons-nous, rendaient le pauvre baron aussi malheureux qu'un homme peut l'être.

Enfin, un officier supérieur auquel on vint conter l'affaire de Palussac ne trouva pas la chose assez grave pour le retenir plus longtemps et donna l'ordre qu'on le mît en liberté, il était alors environ six heures de l'après-midi.

Le premier soin du baron fut de se diriger vers le château ; il pensait arriver encore assez à temps pour prendre sa part du magnifique festin auquel il était convié et il espérait qu'au milieu de cette foule de courtisans, la reine ne se serait pas aperçue de son absence. Mais il apprit que Leurs Majestés venaient de partir pour Paris, le repas étant fini depuis longtemps, le Dauphin et le petit duc d'Orléans, ainsi que tous les princes et les princesses avaient suivi le roi et la reine, il ne restait plus au château que le signor Concini et quelques dames d'atours qui, n'ayant pas eu de place dans les carosses, devaient rejoindre le lendemain leur maîtresse au Louvre.

Cette nouvelle déception acheva de troubler notre pauvre Palussac; il ne pensa plus qu'à rentrer chez lui. Alors, seulement, il se souvint de n'avoir donné aucun ordre à Léonard; il s'agissait donc de le retrouver dans la foule de cavaliers et de curieux qui encombraient les hôtelleries, c'était chose à peu près impossible.

Il entra dans une ou deux auberges qui se trouvaient près de là; mais il ne trouva personne qui eût le loisir de lui répondre, tous les valets, affolés par ce surcroît d'ouvrage, servaient le souper des voyageurs en bousculant tout.

Palussac, boitant tout à fait de son pied meurtri, s'en retourna vers le château. Peut-être Léonard aurait-il la bonne pensée d'aller rôder de ce côté, pensait-il; mais non, personne ne l'attendai'

C'est alors qu'il se mit à maudire sa vivacité et toutes les sottises qu'il avait commises dans cette journée qui eût pu être si belle pour lui; il regrettait son domicile tranquille, son bon souper bien préparé, car, n'ayant rien pris depuis le matin, il mourait de faim, et surtout, surtout il regrettait ses grosses bottes de Gascogne, peu élégantes, c'est vrai, mais si bonnes, si larges et dans lesquelles il se trouvait si bien!

Il en était là de ses réflexions et n'avait pas encore pris de parti sur ce qu'il devait faire, quand il aperçut deux femmes qui, d'une des fenêtres du château, le regardaient attentivement. Au même moment, un jeune homme de vingt ans environ s'avança vers lui.

— Monsieur le baron, lui dit-il, M<sup>me</sup> Eléonora Concini et ma sœur Albina, toutes deux dames d'honneur de Sa Majesté la reine, m'envoient vers vous et vous prient d'entrer au château; vous voyant inquiet, elles ont pensé que vous n'aviez pu trouver de place dans les hôtelleries et vous préviennent qu'il existe ici des chambres pour les gentilshommes au service de la reine.

— Merci, mon jeune ami, répondit le baron, je vous suis.

C'est une chose inespérée! pensait-il en marchant derrière Lorenzo, ma mésaventure restera cachée et je vais laisser ces dames dans leur croyance à l'égard des hôtelleries trop pleines.

### VII. — Où malgré le baron et malgré Léonard l'assassin accomplit son crime et où le lecteur entreverra un nouveau et saint personnage.

Pendant que le baron, fort aise d'avoir trouvé un gîte et un souper, se reposait délicieusement, après avoir passé, en compagnie d'Éléonora et d'Albina, une soirée de causerie assez charmante pour lui faire oublier toutes ses mésaventures de la journée, que devenait Léonard ? Était-il à la recherche de son maître comme tout bon serviteur aurait dû l'être en pareil cas ?

Pas du tout ; en cherchant bien nous retrouverions, vers huit heures du soir, ce singulier valet dans une situation des plus bizarres.

Tapi dans le lierre qui recouvrait une masure abandonnée des environs de Saint-Denis, Léonard, en s'aidant des pieds et des mains, était arrivé à la hauteur du premier étage. Là, cramponné aux feuilles touffues, les pieds appuyés dans les trous produits sur le mur par l'action du temps, il tendait une oreille attentive vers une petite fenêtre étroite et il faut croire que ce qu'il entendait, au travers du papier qui lui servait de vitre, avait pour lui beaucoup d'intérêt, car malgré l'incommodité de cette posture, il ne faisait pas mine de vouloir quitter la place.

La nuit était venue et, grâce à l'obscurité, Léonard devenait invisible, il semblait faire corps avec la luxuriante végétation qui s'appuyait contre cette vieille muraille.

Du reste, qui l'aurait vu ? Il ne passait personne dans cette campagne écartée et les citadins avaient des choses autrement intéressantes à voir dans leurs murs.

Quand le baron l'avait quitté si brusquement l'après-midi, Léonard s'était senti d'abord un peu embarrassé sur le choix du lieu où il remiserait les chevaux ; mais avant de prendre aucune décision il voulut se donner la satisfaction de voir défiler toute la cour.

En se levant sur ses étriers, il pouvait apercevoir quelques panaches et il aurait certainement beaucoup joui d'un si beau spectacle, si le mouvement de la foule ne l'eût forcé à se reculer. Léonard ne faisait rien sans réflexion ; il se demanda pourquoi cette multitude s'agitait ainsi et il braqua ses regards perçants vers le point d'où lui

semblait partir le tumulte ; il aperçut alors son maître criant, gesticulant et désignant du doigt un individu qui se dissimulait dans les
rangs des curieux.

Toute son attention se porta sur cet homme ; il le vit se faufiler au
milieu de la foule et ayant fait avancer ses chevaux du côté où selon
toute probabilité le fuyard sortirait du flot humain, Léonard eut la
joie de voir qu'il avait deviné juste ; l'homme noir passa justement
devant lui et s'en alla d'un pas vif vers une petite rue détournée ;
notre gascon, du premier coup d'œil, avait reconnu François Ravaillac.

— Que vient faire ce corbeau-là au milieu de la fête, se dit-il, assurément ce n'est pas pour y chanter un *Te Deum*, et je croirais plutôt
qu'il aimerait à y faire psalmodier le *De profundis*. Son aspect ne me
dit rien qui vaille et je veux le suivre de loin pour savoir un peu ce
qu'il va faire.

Mais les deux chevaux étaient bien embarrassants pour se mettre
à la poursuite d'un homme ; aussi Léonard les fit-il entrer vivement
dans la cour de la première auberge venue, mettant une petite pièce
dans la main du valet, afin qu'il s'intéressât au sort des deux bêtes.

Quand il se retrouva dans la rue, Ravaillac avait disparu, mais
Léonard, pensant bien qu'il ne pouvait être très loin, s'élança dans
une ruelle à gauche ; il courait sur la pointe des pieds, afin de ne pas
attirer l'attention par le bruit de ses bottes. Après avoir pris à droite,
puis à gauche encore, il se trouva en pleine campagne. Il allait revenir sur ses pas, croyant avoir fait fausse route, quand il vit, assez
loin dans les champs, quelqu'un s'élancer dans une cabane dont la
porte se referma vivement.

— Ce doit être lui, pensa-t-il ; mais la campagne est presque nue
dans cet endroit ; comment m'approcher sans être vu ?

Il prit alors le parti de faire un grand détour, se servant comme
abri du moindre petit bouquet d'arbres, ou des quelques touffes d'her-
bes un peu hautes qui poussaient de loin en loin ; grâce surtout à sa
souplesse qui lui permettait de ramper dans les fourrés et de s'apla-
tir dans les champs découverts, il parvint sans encombre à la maisonnette et se blottit dans les ronces qui poussaient tout autour.

Au loin, les cloches de la basilique sonnaient à toute volée, annonçant la fin de la cérémonie, mais tout était silencieux dans les champs
et aucun bruit ne sortait de la maison en ruine.

— Diable, se dit Léonard, me serais-je trompé? On dirait cette masure vide; je n'ai pourtant pas la berlue et j'ai bien vu la porte se refermer sur un homme. Voyons un peu par derrière s'il me serait possible d'entendre quelque chose; de ce côté-ci, il n'y a que la porte et elle est close; il doit bien y avoir une fenêtre sur l'autre façade

Et toujours en rampant il fit le tour de la maison. Il y avait, en effet, une fenêtre au rez-de-chaussée, mais les volets en mauvais état étaient clos et des bandes de papier collées à l'intérieur arrêtaient les regards curieux; au-dessus, à la hauteur du premier étage, une toute petite croisée tendue de papier huilé laissait seule entrer le jour dans l'intérieur. Léonard vit qu'il lui serait possible d'arriver jusque-là en s'aidant du lierre et des plantes parasites qui poussaient contre le mur.

Avec le moins de bruit possible, la patience et la légèreté d'un chat qui guette une souris, il parvint à se hisser jusqu'à cette fenêtre. Il fit une toute petite entaille au papier avec son couteau et cela si doucement, si doucement qu'il était impossible à l'ouïe la plus fine de percevoir le moindre bruit.

Il avança ensuite son oreille près de cette ouverture et il entendit très distinctement les pas d'un homme qui se promenait avec agitation dans la petite chambre.

— Bon, se dit notre observateur, il y a quelqu'un, mais ce personnage est seul; par conséquent, à moins qu'il ne parle tout haut pour le plaisir d'entendre sa propre voix, ce qui est peu croyable, il y a bien des chances pour que je ne sache pas ses secrets. Ce qu'il y a de plus important pour moi est de guetter la porte, de façon à savoir si quelqu'un entre ou si cet homme sort, et, dans ce dernier cas, de ne pas le perdre de vue.

Léonard s'en retourna donc dans les ronces où il s'était établi d'abord.

Son attente fut longue; la faim, se faisant sentir, le mettait de très méchante humeur et l'engourdissement qu'il ressentait dans tous ses membres voués à l'immobilité depuis plusieurs heures, devenait tout à fait insupportable.

Ensuite, il pensait à son maître qui, sans doute, le cherchait dans les hôtelleries de Saint-Denis et, craignant d'avoir suivi une fausse piste, comme la nuit tombait, il allait se décider à abandonner l'inconnu dans sa maisonnette, quand il crut voir au loin un homme qui s'avançait dans le chemin creux.

— Ah! ah! se disait-il, ma patience va être récompensée, je crois,
et je vais apprendre du nouveau; ce personnage qui semble se dissimuler dans les plis de son grand manteau vient par ici, tenons-nous
coi!

En effet, au bout de quelques minutes, le nouvel arrivant gratta
d'une certaine façon à la porte qui s'ouvrit et se referma immediate-
ment sur lui.

Léonard s'élança derrière la maison et grimpa à son observatoire;
une lumière brillait dans la chambre, si faible et si petite qu'on n'en
apercevait pas la lueur de l'extérieur ; mais en approchant son œil de
l'entaille faite avec son couteau, notre espion pouvait voir un peu ce
qui se passait.

Les deux hommes étaient assis sur des escabeaux, près d'une vieille
table, la lanterne sourde éclairait leurs visages que Léonard reconnut
pour être ceux des deux compères de l'auberge du *Luisant-Soleil*. Cette
fois, c'était l'Italien qui semblait commander.

— Puisque vous êtes assez maladroit pour avoir manqué le coup
aujourd'hui, disait-il, il faut absolument que vous agissiez demain.

— J'ai été reconnu par ce gascon qui habitait le même hôtel que
moi, sans cela nous serions débarrassés, à cette heure, de ce huguenot maudit.

— Quel huguenot?

— Mais Henri IV, il est huguenot du fond du cœur et protège ses
coreligionnaires, c'est pour cela que je me suis juré de le mettre à
mort.

— Bon, bon, c'est vrai, pauvre fou, vous vous obstinez à le croire
huguenot! Oh! ça m'est égal, pourvu qu'il disparaisse. Or, je viens
vous prévenir que demain entre trois et quatre heures il quittera le
Louvre pour se rendre à l'Arsenal; Sully, décidément très malade,
s'est fait excuser de ne pouvoir assister au couronnement et le roi lui
a envoyé un message pour le prévenir de sa visite ; je suis sûr de ce
que j'avance puisque c'est moi qui me suis chargé de la lettre. Voilà
donc une occasion des plus favorables, profitez-en...

— Oui, le moment est venu, reprit l'autre d'une voix sombre, il est
temps que l'enfer saisisse sa proie. Je me sacrifie pour le bien général.

— Et pour le mien en particulier, ricana l'Italien dans sa barbe.

— Mais je compte que vous tiendrez vos promesses au sujet de
ma femme et de mes enfants, reprit Ravailhac.

— C'est entendu ; quand je serai puissant, ils ne manqueront de rien, reprit l'Italien d'un air qu'il voulait rendre digne et qui n'était que faux ; maintenant je dois rentrer au château, éclairez-moi, car l'escalier est si vermoulu qu'on pourrait s'y tuer.

Ravaillac saisit la lanterne et descendit le premier.

Léonard ne réfléchit pas longtemps pour prendre son parti. D'un coup de poing il creva la vitre de papier, se hissa à la force des poignets, et, passant son maigre corps par la petite croisée, se trouva dans la chambre ; le tout fut accompli avec tant de rapidité et si peu de bruit que les deux complices n'avaient rien entendu et continuaient à causer au bas de l'escalier.

Léonard se blottit dans le coin le plus sombre.

— Je vais fondre sur cet infâme Ravaillac au moment où il va remonter, pensait-il, et comme il ne se méfie pas, il me sera facile de le ficeler solidement avec mon ceinturon ; s'il résiste, eh bien alors tant pis pour lui, j'ai une bonne dague qui fera son affaire, la vie du roi vaut mieux que la sienne.

Les voix se taisaient, Léonard, dont le cœur battait très fort, attendait en prêtant l'oreille ; la porte s'était refermée depuis un moment et Ravaillac ne remontait pas.

— Corne de bœuf, se disait le gascon, se serait-il envolé?... Non, je l'entends remuer un verre et un pichet ; il soupe, le misérable, et moi je meurs de faim ; voyons, voyons, il serait assez drôle de manger son dîner à sa barbe, descendons avec précaution, car il fait noir comme dans un four ; où diable peut-il bien cacher sa lumière?

Tout à coup, Léonard se trouva lancé dans le vide, il roula deux ou trois fois sur lui-même et tomba avec un fracas épouvantable en se heurtant le front.

Au bruit de cette chute, Ravaillac qui mangeait une croûte de pain au fond de la salle basse, s'élança vers lui.

— Qu'est cela, s'écria-t-il, un homme ici? Il ne bouge pas, il s'est fracassé la tête. Par où a-t-il pu entrer, pas par la porte assurément et la fenêtre d'en haut est si petite que moi-même n'y pourrais passer. Qu'est-ce que je vais en faire? Il venait assurément pour m'espionner, mais il me répugne de l'achever ; voyons toujours son visage.

Il alla prendre la petite lampe qui brûlait dans un coin et l'approcha de Léonard évanoui.

— Vive Dieu ! c'est encore le valet du Gascon ; ils sont donc tous à mes trousses, ces gens-là ! Mais lui n'est pas responsable ; il ne fait, en m'espionnant, que suivre les ordres de son maître; aussi je vais me contenter de le mettre hors de combat.

Cette mesure abandonnée avait été choisie à cause de son isolement par Pietro et Ravaillac pour leurs rendez-vous. Depuis la veille, le roi était à Saint-Denis et Ravaillac l'avait suivi : car il espérait l'atteindre pendant le défilé; mais en attendant ce moment, il s'était abrité toute la nuit dans ce bouge, il en connaissait donc les bien mesquines ressources.

Il avait justement remarqué une vieille corde oubliée dans un angle, il alla la chercher, et se mit en devoir de lier solidement Léonard, ce qui lui était bien facile, puisque le malheureux, tout meurtri, ne donnait pas signe de vie.

Déjà il lui avait attaché les deux bras le long du corps et allait s'en prendre aux jambes quand le gascon revint à lui.

Au premier moment, il ne se souvint de rien; puis, tout à coup, la mémoire lui revenant, il lança, d'une voix de stentor, une imprécation si épouvantable que Ravaillac, terrifié, fit un bond en arrière.

— Corne de bœuf, criait Léonard, qu'est cela? Je ne puis plus remuer les bras, et je souffre le martyre, et voilà cet homme du diable qui me fait justement subir le sort que je lui réservais.

Ravaillac était revenu de son premier mouvement de frayeur; s'apercevant que Léonard voulait se lever, il s'élança sur lui et lui maintint les jambes avec ses genoux en voulant continuer son ficelage; mais notre brave garçon se raidit tout à coup, et d'un violent coup de reins, fit tomber son bourreau à terre; alors, une lutte s'engagea, et ces deux hommes se roulèrent l'un sur l'autre; Léonard avait le désavantage, puisque ses deux mains étaient immobilisées ; il arriva cependant à saisir un des bras de son adversaire entre ses dents et le mordit jusqu'au sang; en poussant un cri de douleur, Ravaillac se releva et s'élança vers la porte.

— Je ne veux pas te tuer, s'écria-t-il, mes mains doivent verser un sang plus noble que le tien; je te laisse ici, hors d'état de me nuire; meurs ou vis, peu m'importe.

Il sortit en donnant deux tours de clef à la serrure, qui était peut-être la seule chose intacte de cette pauvre maison.

— Me voilà bien accommodé, pensa Léonard, mon corps n'est

qu'une plaie, je ne puis remuer mes bras et suis sans arme, car il a emporté ma dague. Satanée maison, satané escalier, il faut justement qu'il y manque trois marches pour me faire choir; je suis tombé sur le crâne, je souffre horriblement et j'ai autant de bosses que de cheveux. Enfin, je suis debout et j'ai les jambes libres; c'est déjà quelque chose, et par bonheur la petite lampe éclaire encore un peu. Pendant que je me lamente, l'oiseau s'envole et le temps presse. Avec cela, je meurs littéralement de faim, et je ne vois là que du pain et de l'eau. Pouah! le vilain breuvage; il m'aurait fallu un bon verre de vin pour remettre mon estomac d'aplomb, me donner de bonnes idées, et enfin imbiber une compresse pour mon front, l'eau n'est bonne à rien. Le plus urgent est de me débarrasser de ces liens; si j'avais le cœur à rire, je trouverais plaisant d'avoir été traité comme je voulais traiter l'autre: c'est ce qu'on peut appeler le juste retour des choses d'ici-bas.

Tout en monologuant ainsi, Léonard avait fait le tour de cette salle délabrée sans rien voir de bien commode pour ce qu'il voulait faire; enfin, après avoir fureté pendant quelques instants :

— Victoire! s'écria-t-il, j'ai trouvé.

Il venait d'apercevoir, piqué dans le mur, un clou assez long, dont la tête avait été brisée. Ce clou était à peu près à la hauteur de son poignet; il s'en approcha et se mit à frotter la corde qui l'attachait contre ce morceau de fer rugueux; bientôt des fragments de chanvre y restèrent accrochés, et, au bout de peu de temps, la corde étant rompue, il put reprendre le mouvement de ses bras.

Le premier usage qu'il en fit, fut de porter à ses lèvres un grand verre d'eau claire, qu'il but d'un trait, sans trop faire la grimace.

— Ah! soupira-t-il, quand on n'a pas de vin, cela vaut encore mieux que rien.

Il bassina ensuite son front endolori, et mangea un morceau de pain, pour calmer les récriminations de son estomac.

— Il s'agit de se dépêcher à présent, se dit-il. Léonard, mon ami, il faut jouer des jambes.

La porte étant bien fermée, il ne perdit pas son temps à l'ébranler; il ouvrit la vieille fenêtre et le contrevent, se trouva dans la campagne, et prit un pas des plus accélérés.

Comme il pensait bien que Ravaillac ne suivrait pas la route fréquentée et qu'il serait impossible de le rejoindre par la nuit noire qu'il faisait, il ne s'en occupa plus pour le moment; il courut à l'auberge, enfourcha son bon petit cheval, et, laissant l'autre en à-compte sur ce qu'il devait, s'élança au galop sur la route de Paris.

Il espérait que son maître, ne le retrouvant pas, serait revenu dans une des voitures de la cour, aussi talonna-t-il son coursier pour arriver bien vite rue Tirechape, où il savait que toute la famille devait être installée.

Le premier mot de Claudie, en lui ouvrant, fut de lui demander ce qu'était devenu le baron.

— Mort de ma vie, il n'est donc pas rentré? s'écria Léonard, nous voilà bien; comment allons-nous faire? Il faut pourtant que dès l'aube le roi soit prévenu; je vais parler à madame.

La baronne, fort impressionnée, rédigea, séance tenante, une lettre que, dans son trouble, elle oublia de signer.

Léonard alla la porter au Louvre, et à force d'insistance, put la remettre lui-même à l'officier qui était de garde cette nuit-là, en la lui recommandant d'une façon expresse.

Puis, après avoir accompli ce qu'il croyait être son devoir d'honnête homme, le brave garçon s'en fut soigner ses contusions et s'octroyer quelques heures d'un repos qu'il avait bien gagné.

La lettre fut remise au roi, dès son lever.

— Ventre saint gris, s'écria Sa Majesté, je recevrai donc chaque jour quelque missive de triste augure! Tous les matins, voilà le régal qu'on m'offre, et mon cerveau en est rempli d'idées noires pour le restant de la journée.

— Qu'est-ce encore, dit la reine, voulez-vous me montrer cette lettre?

— La voilà, elle est sans signature, comme toutes les autres, et je n'y attache pas autrement d'importance.

— Sire, vous avez tort, dit vivement Marie de Médicis après l'avoir parcourue, l'avis est sérieux cette fois-ci; ce Ravaillac, dont on vous parle, m'a déjà été dénoncé; j'avais ordonné qu'on l'arrêtât, et mes gardes sont arrivés trop tard à son hôtellerie, il n'y était plus. Si je n'en ai pas parlé, c'est afin d'éviter à Votre Majesté une inquiétude inutile.

— Vous pensez donc sérieusement que je puis courir un danger aujourd'hui, en allant voir mon ami Sully?

— Oui, sire, je le crois.

6

— Mais je l'ai fait prévenir de ma visite, et ce sera pénible pour lui de ne pas me voir? N'y aura-t-il pas aussi lâcheté à renoncer à mes projets, pour un simple avis anonyme comme j'en reçois journellement?

— Sire, vous êtes le maître, reprit la reine en soupirant, et je n'ai qu'à m'incliner devant les décisions de Votre Majesté.

— Ah! ma mie, ma mie, reprit le roi, que me voilà embarrassé irai-je ou n'irai-je pas?

Plusieurs fois dans la journée, le roi, indécis de ce qu'il devait faire, redit ces mêmes paroles; il était triste et inquiet. Déjà, dix-neuf tentatives d'assassinat contre lui avaient échoué; on comprend que son esprit tourmenté eut sujet d'en craindre une vingtième.

Son agitation était si visible ce jour-là, qu'un de ses gardes les plus dévoués lui dit :

— Votre Majesté devrait sortir et prendre l'air, cela la réjouirait.

— Tu as raison, lui répondit le roi un peu honteux d'avoir laissé paraître son inquiétude à ses gens, qu'on apprête mon carrosse.

Puis, se dirigeant vers les appartements de la reine, il la trouva au milieu de ses dames favorites, qui arrivaient de Saint-Denis.

— Je viens vous dire au revoir, ma mie, lui dit-il, j'ai besoin décidément de respirer l'air du dehors.

Et il l'embrassa tendrement.

— Ah! sire, s'écria la reine, les larmes dans les yeux, pourquoi sortez-vous aujourd'hui?

— Ma mie, je ne fais qu'aller, et je reviens à l'instant. Je vous laisse en bonne compagnie et vous ne vous ennuierez pas; ventre saint gris, Madame, que vos demoiselles ont belle et charmante mine!

Et, faisant un salut gracieux aux dames d'honneur qui se confondaient en révérences les plus respectueuses, le roi sortit.

Le malheur voulut que le temps fût splendide et que, croyant bien faire, on préparât un carrosse découvert; le roi y monta, ayant à sa droite le duc d'Epernon et en face de lui, les ducs de Montbazon et de Roquelaure, il ne voulut que peu d'escorte, et la voiture se mit en marche.

Elle quitta le Louvre et prit la petite rue Saint-Denis pour gagner la rue Saint-Honoré. Partout des acclamations de joie et des vivats éclatèrent sur le passage du roi que les Parisiens adoraient.

Les rues étaient pavoisées en l'honneur des fêtes de la veille, des arcs de triomphe s'élevaient au coin des carrefours; un, entre autres, grand et superbe, s'appuyait, d'un côté, à l'église des Innocents et formait un dôme sur la rue de la Ferronnerie; on avait choisi l'endroit le plus étroit de la rue pour le dresser, car il était si haut et si lourd qu'il n'aurait pu se maintenir debout dans une large voie.

Palussac, en revenant de Saint-Denis, avait appris par sa femme et Léonard le danger qui menaçait le roi; sans prendre le temps de changer de vêtement, il sortit en courant pour se rendre au Louvre, mais, au coin de la rue Tirechape, une grande affluence lui barra le passage. Il reconnut la livrée du roi, il s'élança; Henri saluait en souriant aux acclamations de son bon peuple.

— Vive le roi! cria Palussac en bousculant tout le monde pour arriver au premier rang.

Il y parvint et se maintint à grand'peine près du carrosse qui entrait dans la rue de la Ferronnerie.

Justement une grande charrette chargée de foin était engagée sous l'arc de triomphe, et, vu l'étroitesse de ce passage, le carrosse dut s'arrêter.

— Sire, s'écria Palussac profitant de cet arrêt, Votre Majesté court un grand danger et je reste là pour la défendre.

Le roi se retourna du côté du baron pour le remercier par un mot aimable, comme il en savait dire.

A cet instant, un homme, s'élançant sur Palussac, le fit rouler à terre, et se servant de son corps comme d'un marchepied, monta sur la roue de la voiture; profitant de ce que le roi se tournait de ce côté, le misérable enfonça un poignard dans le cœur de Sa Majesté; le baron se releva d'un bond, poussa un cri aigu en s'accrochant à Ravaillac, mais l'assassin eut le temps de donner un second coup de poignard à Henri qui s'affaissa sur ses coussins en murmurant : « Je suis blessé! »

Tout ceci se passa si rapidement que le duc d'Epernon et les autres seigneurs ne s'en aperçurent que lorsque le roi tomba mort.

Palussac avait saisi le meurtrier par les épaules.

— Ah! misérable, s'écriait-il, traître, bandit, que le feu de l'enfer te dévore!...

Ce fut un tumulte épouvantable; le peuple voulait mettre Ravaillac en pièces, les valets de l'escorte du roi, ayant fait le tour par le cimetière des Innocents pour rejoindre le carrosse après ce passage étroit, ne se trouvaient pas là pour rétablir un peu d'ordre.

Le baron, sans lâcher l'assassin qu'il serrait fortement à la gorge et qui du reste ne se défendait pas, parvint à éloigner ceux qui voulaient le tuer sur place; le carrosse, en reprenant le chemin du Louvre, venait de frayer une voie au milieu de cette foule houleuse; deux grands gaillards de bonne volonté prêtèrent main-forte au baron et ils entraînèrent Ravaillac vers l'hôtel de Retz, qui était tout près de là, et dont les portes se refermèrent sur eux.

On enferma l'infâme Ravaillac dans une pièce basse dont les fenêtres étaient grillées et la porte solide.

Tous les gens de l'hôtel de Retz étaient en grand émoi, comme il est facile de le penser; Palussac, le cœur navré de la mort du roi et la colère peinte sur le visage, se préparait à regagner son domicile dans un état d'exaltation difficile à décrire, quand il se trouva tout à coup en présence d'un prêtre de quarante à quarante-cinq ans qui lui tendait les bras.

— Ah! mon ami, mon cher Palussac, lui disait-il, faut-il que nous nous retrouvions dans une si horrible circonstance.

— Vincent, Vincent de Paul! Mon cher compatriote, s'écria le baron en reconnaissant le prêtre, comme je serais heureux de vous revoir, si mon âme pouvait être heureuse en ce moment!

— Hélas! mon enfant, que ce crime est affreux et ce malheur grand! Mais il faut nous soumettre à la volonté de Dieu et prier pour le repos de l'âme de notre bon roi Henri. La Providence a des mystères devant lesquels nous devons nous incliner, quelque pénible que puisse être notre soumission.

### VIII. — Comment l'abbé Vincent devina dès l'abord, en retrouvant le baron de Palussac, que la baronne, son épouse, était le cadet de ses soucis.

En quittant l'hôtel de Retz, où l'assassin Ravaillac était gardé sous de solides verrous, l'abbé Vincent et le baron cheminèrent de compagnie.

Il est facile de comprendre dans quelle disposition d'esprit l'un et l'autre se trouvaient.

Le saint prêtre, les mains croisées sous son manteau, priait : il priait pour l'âme du roi Henri, de ce roi si cher à son peuple et si bon que, depuis son avènement au trône, il ne pensait qu'au bien-être de ses sujets.

« Seigneur Jésus, disait-il mentalement, recevez l'âme de notre roi dans votre saint paradis, vous qui avez dit par la bouche d'un de vos saints disciples : « Si l'homme n'a pas la charité, il ne peut être « sauvé. » La charité est, des vertus théologales, la plus excellente des trois. Seigneur, pardonnez à notre roi Henri les fautes qu'il a pu commettre, en raison de sa grande charité. »

Le baron, beaucoup plus préoccupé, nous devons le dire, des choses de la terre que des choses du ciel, marchait nerveusement, frappait les pavés de ses talons et crispait les poings en murmurant, les lèvres serrées :

— En voilà une triste aventure pour moi; le roi assassiné au moment où je commençais à être bien en cour ! ma fortune était faite, j'arrivais aux plus grands honneurs ; à présent, que vais-je devenir? Le titre que la reine m'a donné sera-t-il maintenu ? C'est tout à re-commencer. — Ah ! pauvre roi que j'aimais sans le connaître, et pauvre Palussac, surtout, qui voit son soleil levant si vite éclipsé ! Quel changement cette mort va faire à la cour, ajouta-t-il plus haut en se tournant vers le prêtre, le Dauphin n'est qu'un enfant, c'est la reine qui sera régente, mais elle est si jeune elle-même !

— Elle est bonne et charitable, je le sais, dit Vincent, fasse le ciel qu'elle écoute son cœur et ne suive pas trop les conseils de son entourage !

— De quel entourage voulez-vous donc parler? demanda le baron.

— Des étrangers qui l'ont suivie, dit simplement le prêtre, et qui a circonviennent si bien qu'il est difficile à un solliciteur français d'arriver jusqu'à elle.

— Cependant, j'ai eu cet honneur, reprit le baron avec orgueil, n'est-il pas naturel que notre reine se plaise au milieu de ses compatriotes; je dois dire que je n'ai vu, près de Sa Majesté, que des femmes charmantes, aux yeux de velours et Concini, ce favori respectueux et dévoué, qui est tout aux ordres de sa belle souveraine. Loin de me repousser, ces Italiens m'ont accueilli avec distinction ; c'est même sur le désir exprimé par la plus gracieuse de ses dames d'atours, que Sa Majesté m'a attaché à son service.

— Et la baronne, demanda l'abbé Vincent, l'avez-vous aussi présentée à Sa Majesté?

— La baronne n'est pas du monde, dit Palussac avec un air de dédain qui n'échappa pas à son interlocuteur, elle n'est jamais si heureuse que près de sa fille, dont la santé délicate l'inquiète souvent; c'est moi seul qui suis appelé à relever la fortune des Palussac et à faire briller ce vieux nom béarnais de l'éclat dont il a été privé depuis de trop longues années.

— Et vous comptez pour cela sur les faveurs et les intrigues de la cour, soupira le bon prêtre, c'est une voie dangereuse que celle des grandeurs, et il faut cuirasser son âme contre les ennemis sans nombre qui encombrent ce chemin-là.

Palussac retrouvait dans la bouche de son compatriote l'écho fort adouci de l'algarade que lui avait faite son vieux parent; il lui semblait gênant de continuer ce chapitre-là et, pour donner un autre cours à son entretien, il proposa à l'abbé Vincent de le présenter à la baronne.

— Je le veux volontiers, répondit-il, j'ai connu, autrefois, Mᴵˡᵉ Louise chez sa tante, l'excellente comtesse de Blac.

— Ne me parlez pas de cette vieille-là! s'écria Palussac, son nom seul me met en rage.

— Comment, demanda l'abbé avec vivacité, c'est à vous que j'entends dire ces mots, monsieur le baron? vous, qui avez épousé sa fille adoptive, vous qui connaissez toutes les vertus de cette sainte femme?

— Ses vertus!... son avarice vous voulez dire, ne vous récriez pas, le mot n'est certes pas trop fort.

— Vous vous laissez emporter par la passion, dit avec force le digne prêtre, jamais épithète ne fut plus mal appliquée; vous savez, comme moi, quelle est la charité de la comtesse de Blac, les pauvres trouvent une mère en elle.

— C'est donc pour cela, interrompit aigrement le baron, qu'elle a traité sa fille adoptive en pauvre, car elle lui a fait une misérable aumône en la mariant, et moi, le baron Henri de Palussac, presqu'aussi noble que le défunt roi lui-même, Dieu ait son âme! moi dont toute la Gascogne se montre fière, puisqu'elle m'a délégué près de la reine, moi enfin qui, par ma naissance et mes qualités physiques, pouvait prétendre à un riche et noble mariage, je me trouve avoir épousé une fille vertueuse, à coup sûr, mais une roturière, sans sou ni maille, et la vieille M^{me} de Blac n'a pas su combler, par une dot convenable, l'énorme distance qui séparait sa fille adoptive de moi.

— Mon enfant, votre discours me peine bien vivement, et pour plusieurs causes ; menez-moi près de la baronne, je désire plus que jamais la voir et causer avec elle.

Ils étaient bien près de la rue Tirechape, et quelques pas à peine les séparaient de la petite maison, mise par le marquis à la disposition de son cousin. Ce dernier, qui ne pouvait se taire et, au risque de se faire tort, éprouvait incessamment le besoin de parler de lui et du rang dont il se croyait digne, s'excusa sur l'aspect de cette vieille rue :

— Nous n'y resterons pas longtemps, dit-il, nous nous rapprocherons du Louvre si, comme je l'espère, la position que je dois à la graciouseté de Sa Majesté ne m'est pas enlevée ; un Palussac ne peut demeurer dans un si triste quartier !

— Et, cependant, un Palussac habite ici depuis de bien longues années, dit l'abbé en souriant, et je vois même que votre maison touche à la sienne ; le vieux marquis, lui, ne se trouve ni trop noble, ni trop riche, pour habiter cette paisible rue.

— Vous connaissez le marquis, s'écria le baron, eh bien ! en voilà encore un qu'il faut mettre, pour l'avarice, sur le même rang que M^{me} de Blac.

— Mon fils, mon fils, vous vous égarez, reprit sévèrement le saint prêtre, le marquis n'est pas plus avare que M^{me} de Blac, les deux tiers de sa fortune sont distribués aux pauvres, soit par lui, soit par moi. Je l'ai vu hier, il m'a parlé de vous, et je sais pourquoi vous habitez cette maison qui lui appartient.

Cette fois, Palussac se mordit un peu la langue ; il est toujours désagréable de se montrer ingrat, même aux yeux d'un simple petit abbé, et Vincent de Paul n'était pour lui qu'un prêtre comme un autre.

Il le savait de naissance obscure et, pour l'orgueilleux Palussac, un homme sans parchemins ne pouvait être qu'un homme fort ordinaire.

L'enfance de celui qui allait fonder bientôt les plus belles œuvres de charité qui soient au monde, s'était passée dans les travaux des champs ; il gardait les troupeaux, et par le modique salaire dont on payait sa peine, cherchait à venir en aide à ses vieux parents. Quand il eut douze ans, plusieurs familles aisées, dont M^me de Blac faisait partie, reconnaissant en cet enfant une vive intelligence, et surtout une foi et une piété hors ligne, eurent la chrétienne pensée de le faire instruire des choses de la religion ; on le plaça au couvent des Cordeliers de Dax, et il fut, dès son entrée dans la maison, un sujet d'édification pour tous.

Quelques années plus tard, il demanda à se consacrer a Dieu, reçut es ordres mineurs en 1596, et quatre ans après fut ordonné prêtre. Il voua aux protecteurs, qui lui avaient facilité l'entrée dans le sacerdoce, une reconnaissance de toute sa vie ; voilà pourquoi, en entendant Palussac parler de la vénérable comtesse de Blac, en des termes plus qu'irrespectueux, le saint abbé ne put se rendre maître d'un premier mouvement qui était tout d'indignation ; son exquise charité chrétienne eut bientôt triomphé de ce sentiment passager, qu'il se reprochait déjà comme une atteinte à l'amour de son prochain.

A l'époque où nous le trouvons, Vincent venait de quitter la cour, un peu trop mondaine pour lui, de la reine Marguerite, dont il avait été l'aumônier ; il s'était retiré à l'Oratoire, fondé par le père de Bérulle, et situé à l'hôtel de Bourbon, dans le faubourg Saint-Jacques. Tout son temps était consacré aux pauvres et aux souffrants.

Chaque jour, il allait passer de longues heures à l'hôpital de la Charité, portant à ses chers malades les consolations de la foi, et ne dédaignant pas de les soigner de ses propres mains. Pas une misérable famille du faubourg Saint-Jacques que ne connût l'abbé Vincent, pas un infirme qui ne bénît son nom. Quand il passait dans ces rues noires et enfumées, les petits enfants accouraient autour de lui et le suivaient en s'attachant à sa soutane ; les mères, tenant les derniers nés dans leurs bras, s'approchaient du bon prêtre pour qu'il les bénît.

Déjà, quoique bien jeune encore, Vincent passait, au milieu des petits et des infirmes, comme la personnification de la charité sur terre ; ses mains n'étaient jamais vides, et le pauvre petit paysan, élevé au sacerdoce par la charité de quelques bonnes âmes, le pauvre prêtre, sans cure ni bénéfice, trouvait toujours de l'argent pour secourir les misérables, ses frères, pour lesquels il brûlait de donner sa liberté et sa vie.

Non, les ressources pour ses pauvres ne lui manquaient jamais; sa réputation de sainteté était déjà si solidement établie, la façon dont il demandait, pour ses frères souffrants, était si simple et si naïve, que toutes les escarcelles s'ouvraient pour lui.

Quand, à son arrivée à Paris, il s'était présenté en compatriote chez le marquis de Limoux-Palussac, il n'avait pas trouvé le vieillard tel que nous le connaissons. La mort avait fauché autour de lui tous ceux qu'il aimait, la mort l'avait laissé seul pour élever son petit-fils Bernard, et tant de peines successives, au lieu de le rapprocher de Dieu, l'avaient rendu plus incrédule qu'il n'était auparavant et plus avare aussi ; on eût dit qu'il se cramponnait d'autant aux misérables richesses d'ici-bas, que tout ce qui est noble et permis, les pures affections du cœur lui étaient enlevées.

Ce fut la première mission de Vincent à Paris : adoucir l'âme ulcérée de ce vieillard, le ramener vers Celui-là seul qui console, lui faire aimer cette Main dont il venait de sentir le poids, et le détacher peu à peu de cet or, au point d'en donner la meilleure part à ceux qui souffrent de la faim et du froid. C'était là un but difficile à obtenir; mais Vincent l'obtint cependant, et le marquis, transformé par cette parole de foi et d'amour devint, tout en gardant des dehors un peu durs et parfois revèches, un des premiers disciples de cette grande œuvre de charité, qui rendra à tout jamais, dans le monde entier, le nom de saint Vincent de Paul, le plus vénéré et le plus béni de tous les noms.

. . . . . . . . . . . . . . . . . . . . . . .

La triste nouvelle de l'assassinat du roi Henri était déjà parvenue à la baronne.

Léonard, qui depuis son retour de Saint-Denis ne pouvait tenir en place, était rentré le visage terrifié et, d'une voix haletante, avait raconté, tout d'une traite, à sa maîtresse et à Claudie, le crime abominable qui venait de s'accomplir si près de leur demeure.

Les deux femmes s'étaient mises à genoux et récitaient les prières des Morts à l'intention du roi; quand le baron introduisit Vincent de Paul.

Ce dernier lui fit signe d'attendre la fin du psaume pour l'annoncer et se joignit à la prière, dite avec émotion par la baronne. En écoutant cette voix douce, aux accents si fervents, le prêtre leva vers le ciel un regard plein de reconnaissance : « Voici une âme qui est à vous, Seigneur, béni soit votre Saint-Nom, pour la grâce que vous lui faites. La foi rendra sa vie moins malheureuse que je ne le craignais.

Et, comme la baronne se relevait de son prie-Dieu, bien surprise d'avoir eu des témoins à sa prière, il s'avança vers elle aussi respectueux que s'il se fût approché d'une sainte du paradis.

— Mademoiselle Louise, lui dit-il en reprenant l'appellation d'autrefois, vous souvient-il du pauvre abbé Vincent, le protégé de votre protectrice?

— Soyez le bienvenu, s'écria la baronne avec joie, il me semble que c'était hier votre ordination, et voilà six ans déjà. Ah! monsieur l'abbé, que d'événements depuis ce jour-là, et qui donc aurait pu les prévoir? C'est une grande consolation pour moi que de retrouver dans ce Paris, où je me sens étrangère, un compatriote, un ami de mes jeunes années, qui me parlera de ceux que nous avons laissé là-bas!

Elle ne dit ces mots qu'en hésitant, sachant que toute allusion, à sa mère adoptive, avait le don de courroucer son mari.

— Si vous vous sentez étrangère ici, dit le baron, n'en accusez que vous-même; il n'était pas dans mon intention de vous reléguer au dernier plan, comme un être disgracié de la nature. Vous, Madame, vous êtes de celles qu'on aime à présenter en haut lieu; mais votre sauvagerie, votre mépris du monde et votre piété, que je qualifierais de trop excessive si l'abbé Vincent n'était pas là pour me donner tort, vous ont fait choisir un genre de vie qui conviendrait mieux à une nonnette qu'à la baronne de Palussac. N'accusez donc que vous-même de votre isolement, moi je n'y suis pour rien.

— Dieu me garde de vous accuser, dit la baronne en rougissant, vous êtes le maître et je ne suis que votre servante. Je ne me plains pas, je suis heureuse ainsi, je bénis mille fois le ciel d'avoir écouté ma prière et accepté mon vœu en rendant la santé à ma Blanche bien-aimée.

— Vous avez fait un vœu, mon enfant? demanda Vincent avec intérêt.

— Oui, monsieur l'abbé, j'ai vu mon unique enfant à deux doigts de la tombe, j'ai supplié mon Dieu de me la conserver, je lui ai juré de ne vivre que pour son service, et j'ai consacré ma fille à la Vierge Marie, ne voulant désormais la revêtir que de ses blanches couleurs.

— Voilà qui sera commode vraiment pour la présenter plus tard à la cour, murmura le baron entre ses dents en levant les épaules.

— Jésus et Marie m'ont exaucée, reprit la baronne sans entendre l'aparté de son mari, ma Blanche a été sauvée, et bientôt elle sera guérie grâce au meilleur de tous les hommes, notre cousin, le marquis de Palussac qui, avec une délicatesse et une générosité dont je lui serai reconnaissante jusqu'à la mort, nous a procuré un domicile assez confortable, pour que la chère petite puisse se remettre plus facilement.

— Oui, oui, se crut obligé de dire Palussac, je dois reconnaître qu'en cette circonstance le marquis s'est montré un parent assez convenable.

— Eh bien! s'écria tout à coup une petite voix aigrelette venant de la pièce voisine, voilà un éloge dont l'exagération ne me causera pas une bouffissure d'orgueil assez dangereuse pour compromettre gravement le salut de mon âme.

En disant ces mots, le marquis entra mi-souriant, mi-narquois, et vint tendre la main à l'abbé Vincent; il laissa entr'ouverte la porte qu'il venait de franchir, et par cet entre-bâillement, on pouvait apercevoir la petite Blanche, assise sur son lit, les cheveux blonds embroussaillés, et riant aux larmes du mirifique chapeau de papier que Bernard venait d'installer sur son chef, pour la divertir.

— Marquis, vous savez l'affreuse nouvelle? s'empressa de dire Palussac pour couper court à cet entretien qui pouvait l'embarrasser.

— J'étais là, dit le marquis, je venais de faire ma visite quotidienne au cimetière des Innocents et j'ai dû attendre, pour traverser la rue et rentrer chez moi, que le cortège royal fût passé. Quel crime horrible, et où la folie peut-elle conduire un illuminé!

— J'ai fait ce que j'ai pu pour sauver le roi, dit Palussac, j'ai la conscience d'avoir accompli mon devoir au risque d'y périr moi-même, car j'étais si près de Sa Majesté que j'ai lutté corps à corps avec l'assassin pour l'empêcher d'accomplir son crime.

— Et vous avez bien réussi, en vérité, riposta le marquis qui avait juré, sans doute, de contrecarrer tout ce que disait son cousin de Gascogne, c'est grâce à vous que le roi a été assassiné.

— Grâce à moi? s'écria le baron indigné.

— Oui, glorieux Saint-Michel, vous deviez mettre le pied sur le dragon, et c'est le dragon qui a mis le pied sur votre dos pour s'approcher de sa royale victime. Qui nous dit que sans votre zèle toujours intempestif et hors de propos le Ravailhac eût pu atteindre le marche-pied du carosse! Vous étiez très près pour faire votre cour, il vous a tiré par derrière et je l'ai vu, de mes propres yeux, se servir de votre échine pour se hisser jusqu'au marche-pied.

— Est-il possible, s'écria le baron, vous êtes sûr de ce que vous avancez? Je ne me suis pas rendu compte de tout cela, j'ai senti qu'on me bousculait et puis j'ai reconnu Ravailhac et je l'ai arrêté de mes propres mains.

— Je le sais aussi, puisque j'y étais, dit le marquis plus doucement, il ne me déplaît pas de reconnaître que vous avez eu du sang-froid dans cette dernière circonstance, et je ne veux pas vous enlever ce petit mérite en disant que l'assassin n'a pas fait mine de vouloir ni se sauver, ni résister.

— Nous prierons tous pour Sa Majesté, dit l'abbé Vincent, et nous supplierons le Ciel de prendre son serviteur Henri en pitié. Nous prierons encore l'Esprit-Saint pour qu'il daigne éclairer et conduire celle entre les mains de qui le gouvernement de notre chère France va être mis en dépôt jusqu'à la majorité du Dauphin.

— Oui, oui, s'écria Palussac avec exaltation, que Dieu protège et conserve notre belle et bonne reine. Vive la Régente!

— Le ciel vous entende, mon cousin, dit le marquis, quoique vos vœux ne me semblent pas dénués de tout sentiment d'intérêt personnel.

La baronne dit quelques mots à mi-voix à l'abbé Vincent.

— Si je le veux, Madame, dit-il en se levant, mais j'allais vous le demander. J'adore les petits enfants, ces chers petits êtres du bon Dieu et votre fille qui, par votre vœu est devenue un peu l'enfant de la sainte Vierge Marie, m'attire plus que tout autre; puis, j'aperçois mon ami Bernard à qui je tirerais volontiers l'oreille.

— Ah! monsieur l'abbé, mon cher monsieur l'abbé, s'écria Bernard en s'élançant à son cou et en l'embrassant bien tendrement, venez voir la jolie petite sœur qui m'est tombée du ciel. Moi qui regrettais tant d'être toujours seul, en voilà un bonheur pour moi! et elle est gentille, et douce, et mignonne!

Il le conduisit par la main près de sa petite amie qui, un peu intimidée à la vue d'un abbé inconnu dont le visage paraissait, au premier abord, plutôt sévère que gracieux, s'était blottie sur son oreiller, la figure à moitié cachée sous ses cheveux frisés.

Bernard eut assez de peine à la persuader que l'abbé Vincent n'était pas un ogre.

Elle se décida à le regarder de côté, moitié riant, moitié pleurant, et finit par lui tendre sa petite main amaigrie par la maladie.

L'abbé Vincent ne s'étonna pas du mouvement de frayeur que l'enfant avait fait à sa vue, il y était habitué. Le ciel avait donné à sa belle âme un corps complètement dépourvu de beauté, sa nature bilieuse et portée aux impatiences lui rendait peut-être plus difficile qu'à tout autre la douce charité qu'il pratiquait si admirablement. Il était naturellement triste et mélancolique, dit un de ses historiens, et il fallait tous les efforts de la vertu pour ôter à ses traits quelque chose d'un peu dur et de revêche. C'est de lui-même que Vincent écrivait les mots suivants : « Je m'adressai à Notre-Seigneur et le priai incessamment de me changer cette nature sèche et rebutante et de me donner un esprit doux et bénin, et par la grâce de Notre-Seigneur et avec un peu d'attention que j'ai fait de réprimer les bouillons de ma nature, j'ai un peu quitté de mon humeur noire. »

La baronne vint passer son bras sous la tête blonde de sa fille chérie.

— M. l'abbé Vincent est l'ami des petits enfants, lui dit-elle, ne l'aimeras-tu pas de tout ton cœur quand tu le connaîtras plus! Il guérit les malades...

— Alors, guérissez-moi bien vite, Monsieur, interrompit la petite Blanche, pour que je puisse aller avec mon cousin Bernard et son grand-père porter des pièces d'argent à ceux qui n'en n'ont pas, des pièces qui sont dans la belle sacoche que Bernard prend quand il sort.

— Et moi, ma fille, dit la baronne, tu ne voudras pas que je sois de ces visites?

— Oh! si, maman, oh! si, tu sais bien que je t'aime tant, que je ne veux jamais te quitter.

En disant ces mots, Blanche se suspendit au cou de sa maman et la couvrit de baisers.

— Voilà une petite enfant de la Vierge dans de bonnes et douces dispositions, dit l'abbé en caressant la joue de Blanche. Que votre reconnaissance ne s'affaiblisse jamais, Madame, ajouta-t-il à mi-voix, le ciel vous a donné là un de ses anges, vous l'avez consacré à Marie, puissiez-vous remettre un jour entre les mains de cette bonne mère, l'âme de votre enfant aussi pure que vous l'avez reçue!

— Je bénis chaque jour le ciel, dit la baronne d'une voix émue. Hélas! sans elle, que serait ma triste vie! cette enfant, c'est ma joie, c'est ma consolation, c'est tout pour moi, ici-bas.

— Je le vois, ma fille, et je l'avais déjà deviné, mais vous n'êtes pas à plaindre, tant d'autres n'ont pas ce bonheur-là; montrez-vous toujours digne d'un si précieux dépôt et que cette chère créature de Dieu adoucisse pour vous les peines qui pourront vous arriver.

— Et puis, nous jouerons au jardin quand Blanche sera guérie, dit Bernard, en s'accrochant au bras de Vincent; vous viendrez, monsieur l'abbé, comme vous faisiez l'été dernier, nous avons souvent couru ensemble.

La pensée qu'un abbé pouvait courir sembla à Blanche une chose si hors nature qu'elle se mit à rire de tout son cœur; elle riait encore quand la vieille Jacqueline, la servante du marquis, entra dans la chambre, un petit panier à la main, malgré tout ce que Léonard avait pu faire pour l'en empêcher.

— Et moi, je vous dis que vous ne les prendrez pas, criait-elle, il ferait beau voir mes poules pondant des œufs pour qu'ils passent par vos mains avant d'arriver à la mignonne qui doit les avaler; je veux les lui donner moi-même.

— Il y a du monde, disait Léonard, vous ne pouvez pas entrer en ce moment.

— Ah! je mens! dit avec indignation la Jacqueline dont l'oreille très dure ne saisissait jamais que la dernière syllabe du dernier mot d'une phrase, ah! je mens! vous ne croyez peut-être pas que ces œufs sont pondus de ce matin? Ça n'est pas vos poules gasconnes, allez, qui peuvent en pondre d'aussi frais que ça!

— En vérité, voilà qui est curieux, ricana Léonard.

— Oui, oui, ce sont des œufs, et des frais; je vous défends bien d'approcher jamais de mon poulailler, ou sinon, je cogne avec mon manche à balai. Dans votre pays, les œufs, ça doit être des petites choses pleines de menteries, comme le sont les paroles des gens de là-bas; mais de ceux-ci, j'en réponds et je veux les remettre à Mᵐᵉ Blanche, que je commence à aimer presqu'autant que mon petit Bernard.

C'est à ce moment que, forçant la consigne, elle entra dans la chambre de la malade; et, après avoir fait une révérence générale, elle vint déposer son petit panier sur le lit de l'enfant et lui baiser la main.

La fillette ouvrit curieusement la corbeille, les deux œufs frais pondus étaient cachés sous une touffe de fleurs des plus parfumées : lilas blanc, muguet, roses de mai, répandaient dans la chambre une si suave odeur, que Blanche poussa des cris de joie.

— Mère, mère, vois donc des fleurs semblables à celles de notre jardin de là-bas, et blanches comme de la neige ! Il faut les mettre en bouquet devant la statue de la bonne sainte Vierge qui va me guérir ; bien sûr que je serai guérie demain, puisque M. l'abbé est venu me voir et que la bonne Jacqueline m'a apporté des fleurs de mon pays.

La gentille enfant ne trouva rien de mieux pour exprimer sa reconnaissance à la vieille servante, que de lui prendre le cou à pleins bras, et de lui appliquer deux sonores baisers sur ses joues ridées.

Il faut renoncer à peindre le sentiment de fierté qui fit si bien relever la tête à Jacqueline en passant devant Léonard, que son bonnet en perdit son centre de gravité : il se trouva subitement placé sur l'oreille avec une tournure des plus belliqueuses. Tels on pouvait voir en ce temps-là les casques, appelés salades, des archers, quand ils s'étaient laissés aller à fêter par trop intimement la dive bouteille.

## IX. — Où il est démontré que, par suite de son coupable silence, le baron de Palussac, quoique époux et père de famille, fut tout près d'être demandé en mariage.

Quelques mois après le régicide commis par le fanatique Ravaillac et lorsqu'il eut payé de sa vie sa dette à la société, nous retrouvons le baron de Palussac sur les premières marches qui mènent un ambitieux aux honneurs.

Le jour même des obsèques du roi Henri, Palussac avait été prévenu, par une missive du jeune Lorenzo, que Sa Majesté désirait voir, autour du cercueil de son royal époux, tous les gentilshommes de son service.

Le baron avait accueilli avec joie ce rappel à la cour. Il trouvait le temps long dans sa vieille maison, entre sa femme si modeste et le caustique marquis, excellent pour eux tous, puisqu'il les avait pris presqu'entièrement à sa charge, mais ne manquait jamais une occasion de lancer, à son cousin le Gascon, comme il l'appelait, quelque brocard et mot piquant. Un jour, entre autres, Palussac se félicitait d'être au service de la Reine.

— Je trouve fort honorable de recevoir des ordres d'une jolie femme, disait-il ; ma fierté se serait mal accommodée de servir un homme fût-ce le roi lui-même !

— Mais, s'écria le marquis, c'est à vous que notre regretté Henri eût dû adresser les paroles que j'ai entendues sortir de sa bouche !

— Quelles paroles, demanda Palussac ?

— Un gentilhomme, étranger à la cour, se trouvait, je ne sais comment, à une réception au palais. Notre roi, à qui rien n'échappait, voyant ce visage inconnu, s'enquit, mais personne ne connaissait le nouveau venu. S'approchant de lui, Sa Majesté lui dit :

« — Mon ami, à qui appartenez-vous ? Quel est votre maître ?

» — Je n'appartiens à personne, répondit l'autre avec hauteur, et je n'ai d'autre maître que moi-même.

» — Je ne vous en fais pas mon compliment, reprit notre malin monarque, vous ne pouviez en choisir un plus sot ! »

— Ah ! mon cousin ! s'écria Palussac, je trouve votre comparaison peu flatteuse et personne, je pense, pas même le roi Henri, n'aurait osé appeler sot le baron de Palussac.

— Vraiment ! vous croyez ? Eh bien, mon pauvre baron, moi je pense que Sa Majesté ne se serait pas privée de ce plaisir.

Palussac avait donc assisté aux funérailles de son roi, en habits de grand deuil et avec un visage profondément affligé. Ce deuil était tout extérieur ; nous ne voulons pas dire que le baron se réjouit de la mort du roi, non, il en avait été vivement affecté, et ses tentatives, aussi nombreuses que maladroites pour empêcher ce crime, le prouvaient suffisamment.

Mais il était d'une nature frivole, d'un caractère léger ; en venant à Paris, il n'avait qu'un but : arriver à la fortune et aux honneurs.

Sa bonne chance avait voulu qu'il fût présenté à la reine et accueilli par elle au moment où le crime de Ravaillac allait lui conférer le pouvoir suprême ; or, les regrets du baron n'étaient pas de taille à lutter contre son intérêt personnel.

La mort du roi ouvrait un nouveau courant à la politique. Marie de Médicis, jeune, belle, riche, puisqu'elle avait apporté en dot six cents mille écus (quinze millions environ), ce qui à cette époque était plus considérable encore qu'aujourd'hui, alliée aux plus grandes maisons d'Italie et la propre nièce du pape, Marie de Médicis, veuve du roi Henri IV, devenait régente du royaume de France jusqu'à la majorité du Dauphin, qui n'avait pas encore dix ans.

Cette régence ne rencontra pas d'obstacles, malgré les prévisions de Sully qui, en apprenant la mort du roi, s'était enfermé à la Bastille et avait dépêché un exprès au duc de Rohan, son gendre, pour le sommer de revenir en hâte de Champagne avec les mille Suisses qu'il commandait.

Le peuple, dans ce temps-là, n'était pas habitué à se mêler directement aux affaires de la politique et, tout au regret de la mort du bon roi Henri, qui était le plus populaire des rois, il laissa établir la régence, sans faire seulement mine d'y trouver à redire.

Cependant, malgré la tranquillité de son peuple, Marie de Médicis se trouvant étrangère et peu aimée en France, prit toutes les précautions nécessaires à la stabilité de la régence ; elle demanda au Parlement de Paris et obtint, pour son autorité, la sanction légale qui devait, croyait-elle, la rendre forte contre ses ennemis.

Elle ne chercha même pas, dès l'abord, à se séparer des hommes de valeur qui avaient aidé le roi de leurs conseils et de leur sagesse, et, quelques jours après la cérémonie du convoi, Palussac, qui ne quittait plus guère les antichambres royales, put voir Sully lui-même, Sully qui, de notoriété publique, avait été autant l'ami du roi qu'il était peu celui de la reine, Sully quitter sa Bastille, et venir demander respectueusement à saluer le petit roi.

Pour lui, toutes les portes s'ouvrirent sur-le-champ et le baron qui justement fut chargé de l'introduire, ne vit pas, sans une certaine émotion, l'ancien ministre d'Henri IV s'incliner respectueusement devant le jeune prince, le saisir dans ses bras et le tenir longtemps contre son cœur, sans chercher à cacher les larmes qui coulaient sur sa barbe déjà grisonnante.

La reine fut réellement émue, elle aussi, et elle dit au Dauphin :

— Mon fils, c'est M. Sully, il vous le faut bien aimer, car c'est un des meilleurs et des plus utiles serviteurs du roi votre père, et le prier qu'il veuille bien vous servir de même.

Sully se retira fort reconnaissant de cet accueil ; mais le signor Concini, le favori et le conseiller de la reine, ne se montra pas aussi satisfait.

Que venait faire, à la cour, ce débris d'un autre règne? et qu'avait-

7

on tant besoin de ses services, lorsque tout un monde nouveau entourait la jeune régente et ne demandait qu'à prendre sa part des soucis et des avantages du gouvernement ?

Certes, Sully était un homme de grande valeur, et Concini le reconnaissait en secret ; il avait aidé Henri IV dans la réorganisation du royaume, il avait restauré les finances délabrées, mais Sully était d'une intégrité au-dessus de tout soupçon, d'une clairvoyance gênante et le florentin Concini, beaucoup plus disposé à remplir ses propres coffres que ceux de l'Etat, ne pensa pas un seul instant qu'il lui fût possible de gouverner sous la surveillance d'une aussi parfaite probité.

Pour éloigner peu à peu de la reine tous les hommes sages et dévoués uniquement à leur pays, il n'avait besoin des conseils de personne ; sa nature astucieuse et ambitieuse lui suffisait pour cela, et pourtant les conseils ne lui manquèrent pas : ceux de sa femme, d'abord, Eléonore Galigaï, la sœur de lait de Marie de Médicis qui devint, grâce à la régence, presqu'aussi puissante que la reine elle-même ; ceux d'Albina et de Lorenzo, ses cousins, tous les deux avides de luxe et de grandeur ; enfin, jusqu'à ceux du perfide Piétro, son valet, qui se trouva, du jour au lendemain, élevé à la dignité de confident pour avoir, avec beaucoup d'adresse et en connaissance de cause, sut prédire à Concini la mort du roi et son élévation au pouvoir.

Que pouvait la saine influence de Sully au milieu de cette demi-douzaine d'Italiens retors et rapaces, ligués ensemble par leur intérêt personnel contre tout ce qui était probe et loyal ?

Moins d'un an après la mort du roi, Sully, si bien accueilli par la régente, fut renvoyé par elle et s'en alla vivre dans son château de Villebon, ne s'occupant des choses du gouvernement que pour déplorer le gaspillage effroyable qui se faisait à la cour et l'état malheureux dans lequel tombait son cher pays, de par la mauvaise administration et la rapine d'une poignée d'intrigants Italiens.

Concini gouverna seul en maître ; tout Italien, venu à la suite de Marie de Médicis, fut pourvu d'une riche sinécure, et tout Français intelligent et capable, fut systématiquement éloigné.

La personnalité du baron de Palussac sembla si nulle au favori, qu'il ne vit aucun inconvénient à le laisser approcher de la reine ; sur la prière de la belle Albina, il le prit même sous sa protection, lui fit donner certains bénéfices des plus appréciables et le nomma gouverneur des pages de Sa Majesté. Cette situation n'était pas toujours une sinécure pour le baron, ces mauvais garnements trouvant souvent matière à rire et à se moquer de leur gouverneur; mais cette fonction le rapprochait de plus en plus de la reine et du jeune prince, et c'était le principal pour notre ambitieux. Le cousin de Concini, Lorenzo, fut pourvu, malgré ses vingt ans, du grade de capitaine des archers de Sa Majesté, et Piétro, le traître Piétro, reçut une lieutenance dans le même corps.

Rien ne peut peindre l'exaltation du baron de Palussac, il était assurément le plus heureux des hommes; toujours vêtu de velours et de soie, toujours l'escarcelle bien garnie, toujours en compagnie de hauts personnages de la cour; qu'aurait-il pu souhaiter de mieux?

La grandeur, la richesse lui venaient si rapidement que parfois il se demandait s'il n'était pas sous l'empire d'un trop beau rêve et il redoutait le réveil. Oh! il le redoutait au point de commettre toutes les lâchetés et d'étouffer tous les avertissements de sa conscience afin de l'éviter. Sa morgue et son orgueil suivaient une marche ascendante comparable à celle de sa fortune et, dans le royaume de France et de Navarre, il eût été difficile de trouver un gentilhomme rappelant davantage le caractère que l'on se plaît à donner au paon.

On le voyait de moins en moins dans la rue Tirechape. Son service lui donnant droit à un logement au Palais-Royal, il s'y était en partie installé.

Un valet italien, nommé Carmini, qu'il tenait de la main de Lorenzo, le servait. Léonard était resté près de la baronne et de la petite Blanche.

Sa vie se trouvait donc double, mais pas en parties égales; il en consacrait les trois quarts à la cour, aux intrigues, aux mondanités et ce qui restait, il le donnait subrepticement à sa famille.

Il allait rendre visite à sa femme et à sa fille mystérieusement comme s'il eût commis un crime; cependant, nous devons dire que, dans ces visites courtes et rares, il se montrait aimable et affectueux; il arrivait toujours les mains pleines de cadeaux et de friandises pour Blanche et d'argent pour les pauvres de la baronne. Il espérait, par ces présents, racheter ce que son existence en dehors de sa famille pouvait avoir de douloureux pour elle qui, du reste, ne se plaignait pas.

La fillette, en revanche, ne manquait jamais de lui demander pourquoi il ne restait pas à la maison comme là-bas dans leur beau pays du soleil, et ces naïves questions exaspéraient presqu'autant le baron qu'elles l'embarrassaient; il rejetait, bien entendu, son absence sur le compte de son service près de la reine, mais si le vieux marquis fût entré dans un de ces moments-là, le rouge eût certainement envahi les joues pâles et brunes du baron, sous son regard méprisant et goguenard.

Il ne décolérait pas, le vieux marquis, et de bon cœur, il eût souhaité que la foudre du ciel tombât sur la tête de linotte de son cher cousin de Gascogne; il ne fallait rien moins pour le calmer que la douceur de la baronne et les charitables remontrances de l'abbé Vincent.

— La peste soit de ce cerveau fêlé qui vous traite en étrangère, disait-il à la baronne. En vérité, je me moque bien de l'argent qu'il vous apporte, est-ce que j'en manque de l'argent pour nos pauvres, voilà une belle charité qu'il fait là, vraiment ! et je vous engage à lui en savoir gré; de l'argent mal gagné !...

— Gagné au service de la reine, mon cousin.

— Gagné à courber son échine devant un ramassis d'Italiens et d'Italiennes qui ne valent pas la corde qui les pendra !

— Oh ! marquis, marquis, et l'amour de votre prochain, qu'en faites-vous ?

— C'est vrai, j'ai tort, mais aussi, ce vantard gascon me met hors de moi, et si j'étais à votre place, je ne sais si j'aurais assez de force sur moi-même pour résister au désir de lui aller tordre le cou de mes propres mains.

Ces sorties, comme on le pense bien, n'étaient guère faites pour guérir la plaie que la baronne portait au cœur. Si jamais, devant qui que ce soit, elle ne laissait voir ses peines, si, près de sa fille qui grandissait et se fortifiait à vue d'œil, elle faisait de violents efforts pour paraître heureuse et même gaie, la douce créature n'en souffrait que davantage.

Son Christ seul recevait ses confidences, son Christ et Vincent de Paul.

Comme elle bénissait le ciel d'avoir mis sur sa route, trop dure à cheminer, cet homme qui lui parlait de Dieu, en des termes tels, qu'elle sortait presque consolée de ses entretiens avec lui !

Et comme le saint abbé, dont le cœur pur et bon devinait toutes les peines et trouvait le remède pour les adoucir, était habile à donner à la pauvre Louise des occupations charitables, capables de lui faire oublier un instant les chagrins qui la dévoraient!

Il l'avait mise en relation avec sa collaboratrice la plus dévouée, M<sup>me</sup> de Maignelais.

Cette sainte femme, toute remplie de l'amour des pauvres, avait groupé autour d'elle plusieurs veuves et jeunes filles du monde, et quoique très riche, elle donnait la première l'exemple de la pauvreté volontaire, elle soignait et secourait les malheureux, aidée par toutes ses pieuses compagnes, et la baronne de Palussac trouva en elle la seule amie qui sût la comprendre.

Que de visites elles firent ensemble dans les mansardes sordides et dans les réduits les plus repoussants, et que de fois elles rencontrèrent le vieux marquis au chevet d'un moribond qu'il exhortait à bien mourir.

Dans ces cas-là, il était intraitable, le vieux marquis et, furieux d'être pris en flagrant délit de charité, enjoignait à ces dames d'avoir à ne pas empiéter sur ses terres et lui laisser au moins quelques malheureux pour lui seul.

Inutile de dire que, dès le soir même, il venait faire à la baronne des excuses et des promesses d'amendement qu'elle acceptait en souriant, bien sûre qu'à la première occasion, la même scène se reproduirait encore.

Le temps s'écoulait et le beau rêve de Palussac continuait toujours. Il trouvait excellent de voir la baronne s'occuper des pauvres et passer sa vie dans les masures; là, au moins, il était sûr que ni Albina ni Lorenzo ne la rencontreraient, et la possibilité d'une rencontre entre sa femme et les deux Italiens, était une de ses préoccupations constantes.

Quoique son intelligence ne fût guère en rapport avec sa vanité, il lui fallut néanmoins ouvrir un jour les yeux devant les prévenances dont Albina le comblait.

Il se souvint alors que, gêné par sa situation très modeste et devant le désir de réclusion exprimé par la baronne à leur arrivée à Paris, il avait trouvé inutile de parler d'elle. A quoi bon se dire marié s'il ne pouvait présenter sa femme? Quelle croyance ces gens de cour apporteraient-ils au vœu de se consacrer uniquement à l'éducation de sa fille, que la baronne avait fait? On croirait plutôt à une disgrâce

physique, une tare quelconque et l'orgueil de Palussac se révoltait
à cette pensée.

Il était assez jeune pour se faire croire célibataire et nous devons
dire, à la décharge d'Albina et de Lorenzo, qu'ils n'eurent aucun doute
à cet égard et restèrent dans l'ignorance la plus complète de l'existence de la baronne, puisqu'ils ne cherchèrent à rien savoir.

Quand le baron crut deviner les intentions matrimoniales de la belle
Italienne, il se sentit fort troublé; il n'avait pas pensé un seul instant
aux inconvénients qu'une situation si fausse et les mensonges per-
pétuels qu'il se voyait obligé d'accumuler les uns sur les autres, pouvaient lui attirer. Il redoubla de prudence dans ses excursions, rue
Tirechape; sa femme ne le vit plus que clandestinement; il trembla
que ses visites ne fussent connues d'Albina, car tous les honneurs
dont il était si fier il les lui devait, et à aucun prix il ne voulu
s'aliéner cette puissante protectrice.

Albina, en effet, n'était pas femme à épuiser son crédit près de
Concini, dans le seul but d'être agréable à un personnage qu'elle ne
connaissait que depuis quelques mois. Non, Albina était une personne
pratique; elle avait jeté son dévolu sur le gentilhomme gascon, le
trouvant d'âge assorti au sien, de belle mine et surtout d'un caractère assez faible pour n'avoir d'autre volonté que la sienne propre.

C'était justement le mari qu'il fallait à une nature aussi entièrement dominatrice que celle de l'Italienne. Elle ne doutait pas que le
baron, captivé par sa plantureuse beauté et reconnaissant de la bienveillance qu'elle lui avait accordée si spontanément, ne vînt au premier jour lui demander sa main, en lui offrant le titre de baronne.

Des mois et des mois se passèrent et Palussac ne se décidait pas.
Il était gracieux et aimable, beaucoup plus pour Albina que pour les
autres dames d'honneur, mais, chaque soir, en voyant qu'il n'avait
pas parlé, la belle Italienne se demandait avec rage si ce prétendant,
comme tous ceux qui s'étaient mis sur les rangs jusque-là, n'allait
pas encore se dérober.

Elle en éprouvait un tel dépit que, malgré elle, l'expression s'en
montrait sur son visage.

Lorenzo ne la ménageait guère et ne se faisait pas faute de la lar-
der de propos plus aigres que doux, ce qui, naturellement, exaspé-
rait encore davantage la violente méridionale.

— Per bacco, ma douce sœur, lui dit-il un jour, vous avez une mine

à déverser dans l'âme de votre entourage une tristesse aussi funeste
à la gaieté, que la ciguë l'est à la vie; vos beaux yeux n'ont donc pas
encore fait à l'âme de cet innocent baron de Palussac, des blessures
aussi profondes et aussi béantes que vous l'espériez?

— Laissez-moi, Lorenzo, je ne suis pas d'humeur à plaisanter, je
suis triste, malheureuse.

— Oh! oh! voilà de bien grands mots pour un gentillâtre sans sou
ni maille et sot et fat... tenez, presqu'aussi fat qu'un Italien, et ça
n'est pas peu dire.

— Taisez-vous donc! s'écria Albina, vous voyez bien que vos plai-
santeries me causent un agacement que j'ai peine à surmonter.

— Povera! Povera! reprit l'autre avec d'autant plus de calme que
sa sœur en montrait peu, Povera que je blesse au plus profond de
l'âme en parlant légèrement de ce long baron de Gascogne! Faut-il
donc que votre cœur se soit si vivement épris de sa longue personne
et de sa longue rapière? Ah! quelle rapière, Seigneur, jamais je n'en
vis de plus longue et de plus grotesque; mais l'amour est aveugle,
dit-on. Oh! Povera, Povera!

— Je vous ordonne de vous taire, s'écria Albina en s'avançant
menaçante vers lui; qui vous permet de supposer que j'ai quelque
affection pour cet homme?

— Vos avances, riposta le jeune homme, elles sont assez visibles,
et vraiment il faut être aussi... simple que lui, pour ne pas s'en apercevoir au point de tomber à vos genoux.

— Eh bien! oui, répondit Albina, j'en conviens, je fais des avances
au baron; mais pouvez-vous bien croire, Lorenzo, vous qui me connaissez, pouvez-vous croire que votre sœur Albina s'éprendra jamais
d'un être aussi bouffi de sotte vanité? Si je le ménage, si je le pro-
tége, c'est que j'ai besoin de lui. J'ai besoin d'avoir un nom et un
titre; j'ai besoin d'avoir à ma disposition un homme sans volonté,
qui se laisse conduire à ma guise, un mari qui s'en rapporte à moi
du soin de sa gloire, et quand le baron de Palussac sera mon mari,
je saurai si bien le mettre en avant lorsqu'il le faudra, je saurai si
bien le rendre indispensable à la reine, que Concini lui-même, malgré tout son crédit, en arrivera à compter avec nous. Vous ne rirez
plus de moi à ce moment-là, mon Lorenzo, et le petit capitaine des
archers sera trop heureux d'avoir une sœur si haut placée que les

princes du sang, eux-mêmes, viendront implorer sa protection et baiser le bout de ses gants!

Elle relevait la tête en disant ces mots, ses yeux noirs brillaient, ses dents blanches éclairaient son sourire; elle était vraiment superbe en cet instant et Lorenzo le remarqua.

— Per bacco, s'écria-t-il, Marie de Médicis le jour de son sacre n'était pas aussi belle que vous, ma sœur; une couronne royale serait digne de votre front et non pas un simple tortil de baronne.

— Je m'en contenterai cependant, dit Albina toujours souriante, en jetant un regard de satisfaction sur la triomphante image que lui renvoyait une grande glace placée en face d'elle; à vous, mon frère, de m'aider dans mes projets, leur réussite doit vous tenir autant au cœur qu'à moi-même.

— Que faut-il faire? Je suis à vos ordres.

— Surveiller le baron, savoir si quelque influence contraire ne l'empêche pas de solliciter l'honneur de ma main, honneur que je brûle de lui accorder, mais que, politiquement, je lui ferai désirer quelque temps.

— Je vous obéirai, ma toute belle; de ce jour je m'attache à ses pas, et... devrais-je avoir recours à l'espionnage du valet Carmini, un drôle dont je l'ai libéralement gratifié et qui est tout à moi, vous aurez un rapport presque quotidien sur ce trop récalcitrant baron.

## X. — Comment le baron de Palussac salua Sa Majesté d'un beau : Dieu vous bénisse, et se donna une entaille au front.

Les morts vont vite, dit la ballade.

Peut-être le souvenir du roi Henri existait-il encore dans le cœur de quelques-uns de ses fidèles sujets; mais lorsqu'on fêta à la cour le quatorzième anniversaire du jeune Louis, qui donc, parmi ces seigneurs, ces belles dames et ces empressés courtisans se rappelait et surtout regrettait ce bon prince?

La France s'en allait à la dérive; les caisses étaient vidées, les alliances favorables à la gloire et à la prospérité du pays avaient été rompues, pour faire place à celles que la politique d'Henri IV avait écartées comme dangereuses.

Le projet des deux mariages espagnols, auquel ce sage monarque s'était toujours opposé, vint de nouveau occuper tous les esprits. Il parut à la reine le seul moyen de salut, dans le désarroi où la rapacité de ses favoris et les rébellions incessantes des princes avaient mis la France.

Il fut donc décidé que le même jour qui verrait le mariage du jeune Louis XIII avec l'infante Anne d'Autriche, verrait aussi celui de sa sœur Elisabeth de France avec le prince des Asturies, qui fut plus tard le roi Philippe IV.

Pauvre France, mise au pillage par une bande de mercenaires ! Oh ! si l'ombre du roi Henri fut sortie de son tombeau, sous quelles malédictions n'eut-elle pas écrasé tous ces vautours avides ! De quels mots plus cinglants qu'une lanière de fouet ne les eut-elle pas flagellés ! Mais le roi Henri dormait pour l'éternité et tous les courtisans, Concini en tête, se partageaient les dépouilles de la France, sans que le souvenir du grand roi, à défaut de son ombre, vînt les déranger.

Cet Italien, favori de la régente, venu de son pays dans une misère presque égale à celle du saint homme Job, acheta le marquisat d'Ancre et la charge de premier gentilhomme de la Chambre, pour la modique somme de cinq cent trente mille livres, dont il n'avait pas le premier sol à la mort du roi ; puis il y adjoignit bientôt deux hôtels à Paris, la terre de Lésigny, et trouva encore le moyen de faire quelques petites économies, de façon à placer cinq cent mille écus à Florence, six cent mille chez un financier et un million ailleurs.

C'est dans de semblables proportions que les autres grands seigneurs de l'entourage de la reine procédaient. Incapable de surmonter ce terrible courant, faible devant les demandes incessantes de ses créatures, la régente laissait tristement gaspiller les deniers de l'Etat ; on la vit plusieurs fois, dit la chronique, pleurant dans une embrasure de fenêtre, gémissant et regrettant le roi qui était si bon.

Tout lui échappait à cette reine, qui s'était sentie si glorieuse de devenir régente du beau royaume de France : les dissensions l'environnaient, les affections, sur lesquelles elle croyait pouvoir le plus compter, lui faisaient défaut, et sa sœur de lait, elle-même, cette Eléonore qui lui devait son élévation et son mariage avec Concini, sa sœur de lait, toute occupée du soin de se constituer une fortune personnelle, ne semblait se soucier de sa souveraine que pour la compromettre dans d'infâmes trafics : elle tenait boutique ouverte de faveurs et de grâces, vendant sans vergogne les places, les offices, les

ordonnances elles-mêmes. Entre les mains de ces étrangers, c'était
déjà une bonne vache à lait que la France, en ce temps-là !

Albina s'amassait une dot ; Palussac dépensait, l'argent ne lui restait pas en mains ; il en avait été privé si longtemps, que sa suprême
jouissance à présent était d'en manier et d'en jeter par la fenêtre, d'en
mettre aussi beaucoup sur son dos, sous forme de pourpoints de
manteaux, de crevés de toutes sortes et de toutes formes. Jamais
gentilhomme ne fut plus occupé du soin de sa personne, jamais s
grandes variétés de couleurs, d'étoffes, de dorures, de plumes et de
fraises aux plis raides, ne furent tant amalgamées les unes aux autres, pour rendre un baron aussi élégant que le baron de Palussac.
Quant à sa longue épée, malgré les insinuations d'Albina, que cette
ridicule rapière agaçait profondément, notre Gascon tenait à ne pas
s'en séparer.

L'épée royale des Palussac ! l'épée de son ancêtre Rodrigue, ce
noble mémoire ! la remplacer par une autre ! Jamais. Il vivrait et
mourrait avec ce souvenir familial à son côté. Tout au plus avait-il
consenti à donner à cette vieille épave d'un autre âge, un aspect élégant, en la faisant revêtir d'un fourreau de velours vert clair.

Mais alors l'agacement d'Albina n'avait fait que s'accroître et les
sourires discrets des pages et ceux des jeunes courtisans s'étaient
changés en francs éclats de rire devant cette colichemarde, verdoyante
comme une jeune pousse de coudrier au printemps.

Elle était passée en proverbe à la cour cette étonnante flamberge,
le jeune roi, lui-même, avait daigné adresser la parole à Palussac à
son sujet.

C'était justement le jour de sa fête. Louis avait quatorze ans, sa
minorité avait pris fin la veille ; le dernier jour de sa treizième année
lé faisait sortir de tutelle, mais cette majorité n'était que fictive ; ce
grand enfant frêle, taciturne, délicat, se sentait lui-même incapable
de prendre la direction d'un royaume aussi important que le sien,
laissa sa mère gouverner encore en son nom, comme elle le faisait
depuis la mort de son père ; il n'y eut donc rien de changé en France,
et la régente ne vit point son autorité amoindrie par cet événement.

Désireuse de regagner un peu de la popularité, que sa mauvaise
administration lui faisait perdre de jour en jour, la reine, qui se savait toujours acclamée lorsqu'elle montrait son fils au peuple de Paris, suggéra au roi l'idée de fêter sa majorité.

Il fut donc décidé qu'en ce jour d'anniversaire, le jeune prince, entouré de sa maison, entendrait la messe à l'église de Saint-Germain-l'Auxerrois; au retour, une collation devait être servie dans les appartements particuliers du petit roi; tous ses compagnons de jeu seraient conviés à s'asseoir à sa table, et le reste du jour se passerait en plaisirs, danses et joyeux ébats de leur âge.

Le baron de Palussac, en sa qualité de gouverneur des pages du palais, était un des plus nécessaires à cette petite fête; aussi comprenant son importance, avait-il tout spécialement recommandé à son valet Carmini d'apporter à sa tenue les soins les plus méticuleux

Comme il se trouvait beau et se complaisait dans l'admiration de sa longue personne toute revêtue de satin pourpre et de brocart or et argent! Sur son toquet, une plume digne de lutter avec l'historique panache blanc du défunt roi, lui ombrageait le front et retombait en cascade floconneuse jusqu'au milieu de son dos; une collerette, à triple rang de tuyaux serrés, lui faisait tenir le cou droit et raide, impossible d'incliner la tête, impossible de la tourner, c'était un vrai supplice, mais que n'endure-t-on pas quand on veut suivre la mode dans ses plus minutieux détails et paraître le plus soigné, le plus élégant, le plus distingué des seigneurs de la cour?

Il sortit donc de ses appartements, ce matin-là, plus ficelé que jamais, partant plus ridicule et de loin, les malins pages qui l'aperçurent se mirant dans un panneau de glace, s'époufflèrent de rire en se poussant le coude les uns aux autres.

Mais le baron ne vit rien; il avait cette double faculté, fort commode pour son amour-propre : de ne jamais s'apercevoir de ce qui lui était défavorable et de croire, au contraire, que l'étonnement produit par sa longue et frêle personne n'était autre que de l'admiration.

La cérémonie fut courte, mais belle.

Quand le petit roi sortit de l'église, suivi de ses pages, le baron, fier de la bonne tenue de ce jeune bataillon commis à sa garde, se plaça sous le porche et salua le prince si bas, si bas, que la plume de son toquet s'en vint épousseter le pavé et soulever, sous le nez de Sa Majesté, un nuage de poussière, si épais, que cette petite Majesté, tout comme un simple mortel, se prit à éternuer violemment, ce à quoi le baron, profitant du silence qui régnait, s'empressa de s'écrier tant haut qu'il put et avec cet accent de Gascogne dont il ne pouvait se défaire, un si retentissant : « Dieu bénisse notre roi

Louis, XIII° du nom, » qu'il mit en complète déroute le peu de gravité amassée par les pages pendant l'office.

Le roi lui-même leur donna l'exemple de la gaieté, cette gaieté royale, comme une traînée de poudre, se communiqua jusqu'au dernier des gentilshommes; le donneur d'eau bénite qui avait quitté le coin de son bénitier pour jouir plus longtemps de la vue du roi suivit l'exemple général et ouvrit une large bouche édentée du plus singulier aspect.

Le bon peuple, accouru en foule pour assister au défilé de la cour, entendit, au milieu de son recueillement silencieux, la voix du baron résonner comme une trompette; il vit le roi, les gentilshommes, les pages et le bedeau rire aux éclats, il se mit à rire aussi; jamais l'écho du portique n'avait eu à redire si noble joie mêlée à si humble gaieté.

Au fond, Palussac n'était peut-être pas extrêmement flatté de l'effet que son souhait venait de produire; cependant, le roi l'avait remarqué, le roi ordinairement sérieux et souvent triste le regardait avec un visage épanoui et des yeux brillants qu'on n'était guère habitué à lui voir; Palussac, avec la fatuité que nous lui connaissons, finit par se persuader qu'il avait remporté une victoire et il reprit, plus triomphant que jamais, son rang dans la suite de Sa Majesté.

Il est certain que le jeune Louis venait pour la première fois de s'apercevoir de la présence de ce long et maigre baron, parmi les gentilshommes de sa maison; il fut frappé par cette voix sonore, unie à cet accent méridional, et il demanda à son gouverneur quel était ce seigneur, si bellement équipé.

Le nom de Palussac l'étonna; c'était celui de Bernard, son jeune ami, et il savait que le père de Bernard était mort au service du feu roi; il se promit d'éclaircir quel lien de parenté pouvait unir cet élégant personnage à son compagnon de jeu.

La chose ne lui fut pas difficile, car Bernard vint ce jour même au palais apporter ses hommages et ses vœux à l'occasion de la nouvelle année dans laquelle entrait l'enfant souverain :

« Un parent éloigné, venu de Gascogne pour relever sa fortune délabrée. »

Tels furent les seuls éclaircissements que Bernard donna au roi, il lui répugnait de parler légèrement du père de sa gentille cousine Blanche, et afin d'éviter la tentation d'en dire du mal, il se montra aussi discret que Palussac l'eût pu souhaiter.

CET USTENSILE, MONSEIGNEUR, N'EST AUTRE QUE L'ÉPÉE DE MES ANCÊTRES. (P. 107.)

Il fut fait grand honneur par tous les jeunes amis du roi à la collation préparée pour eux; cette collation se composait de : « Raisin de Corinthe à l'eau de rose, arperges et salade, potage, hachis de chapon, cornets d'oublies, prunes de Brignolle, figues sèches, gâteaux feuilletés, dragées de fenouil, pain et tisane de vin blanc. »

Près du roi se tenait le seigneur de Vaugrineuse, son médecin ordinaire, qui veillait avec soin sur la santé de Sa Majesté; il le surveillait dans les plus minutieux détails de sa vie et pas une dragée, pas une figue n'étaient croquées par le roi, sans que le médecin en eût donné, au préalable, la permission.

Pendant ce jour de fête, le jeune Louis secoua un peu l'autorité du seigneur de Vaugrineuse et rendit raison aux santés que lui portèrent ses invités; de là, animation parmi cette jeunesse et malicieuse envie de s'amuser, même aux dépens de son prochain.

Le baron de Palussac, déjà fier d'avoir attiré le matin l'attention du roi, fut au comble du bonheur quand il vit, après dîner, la jeune Majesté s'avancer vers lui :

Il s'inclina profondément et resta dans une posture des plus respectueuses, attendant un ordre; mais l'ordre ne venait pas et l'échine du baron, si souple qu'elle fût, ne pouvant s'accommoder indéfiniment de cette courbe par trop excessive, reprit peu à peu la position verticale, qui est plutôt celle que le Créateur a départie à l'homme; il vit alors le roi en contemplation devant le fourreau de velours vert qui pendait à son côté; un cercle de jeunes frimousses mutines les environnait, et les gentilshommes de service, formant une seconde enceinte plus élevée, regardaient avec intérêt, par-dessus la tête des pages, ce groupe, composé du petit roi et de l'immense baron.

— Monsieur de Palussac, demanda Louis avec un grand sérieux, quel est donc cet ustensile, de couleur si tendre, que je vois appendu à votre ceinture? On dirait un bâton d'angélique confite.

— Cet ustensile, monseigneur, dit Palussac en redressant encore sa haute taille, cet ustensile n'est autre que l'épée de mes ancêtres, cette épée, présent d'un roi, qui a défendu...

Il fut interrompu par un grand cri poussé derrière lui; instinctivement, il se retourna; un autre cri répondit au premier; il se retourna encore; un troisième cri vint s'ajouter aux deux autres.

— Ne bougez plus, monsieur de Palussac, s'écria le roi, si vous remuez encore, vous allez démonter les uns après les autres tous mes pages et mes amis !

Le baron, en commençant l'éloge de cette épée de famille, avait appuyé négligemment la main sur la poignée d'or; ce geste fit relever, naturellement, le bout de cette interminable rapière, et comme le cercle des jeunes curieux s'était resserré peu à peu, celui qui se trouvait derrière Palussac la reçut en pleine poitrine. Quand le Gascon se retourna, la même catastrophe se renouvela; mais cette fois le page qui allait être touché, étant le plus petit de tous, vit la pointe de ce grand fourreau se diriger vers lui, et sans attendre un éborgnement possible, se prit à pousser des hurlements, en se rejetant en arrière; le troisième en fit autant, et il est à croire qu'une débandade générale s'en serait suivie, si le jeune roi n'eût pris soin d'arrêter Palussac.

Au total, la peur était bien plus grande que le mal et les enfants, même ceux qui s'étaient crus transpercés, se mirent à rire de leur terreur.

— Ah! je suis désolé d'avoir molesté vos jeunes amis, mais que voulez-vous, sire, cette épée est tellement accoutumée à batailler et à vaincre, qu'elle ne connaît pas d'obstacle; un peu plus et j'embrochais du même coup, sans même dégaîner, tous ceux que ma charge m'oblige à protéger. Aidé de ma grande rapière, rien ne peut me résister.

— Quel drôle de gentilhomme, pensait le roi, je n'en ai jamais entendu un autre se vanter lui-même de la sorte.

— Comme grand-père se moquerait de mon oncle le baron, se disait Bernard, il l'appellerait : Bavard gascon, dans ce moment-ci

— Si votre épée est si terrible lorsque vous la tenez encore au fourreau, dit Louis en riant, que doit-elle être, grand Dieu, quand vous l'en faites sortir? Montrez-nous cela, monsieur de Palussac, mettez flamberge au vent, que nous jugions par nous-mêmes de tous ses mérites.

— Qu'il en soit fait selon le désir de votre gracieuse Majesté, dit le baron avec grâce.

Et, joignant le geste à la parole, il commença à retirer de son étroit tuyau de velours vert, cette broche glorieuse, la plus glorieuse de tout le Béarn, d'après lui.

Ce n'était pas chose des plus faciles, cette épée n'ayant jamais été destinée à servir d'épée de cour; si sa longueur la rendait grotesque dans un salon, c'est qu'elle se trouvait là, tout à fait hors de son cadre.

Elle avait eu grande mine jadis, au côté de son premier maître

Rodrigue de Palussac, un chevalier énorme, qui ne descendait presque jamais de cheval, et quel cheval... proportionné à son maître et à l'épée. Ce trio se faisait valoir mutuellement et personne, dans ce temps-là, n'aurait eu l'idée de sourire en regardant l'un emporter les deux autres au galop; mal lui en aurait pris, du reste, car dans les mains de cet Hercule, la gigantesque lame devenait terrible.

L'épée était restée la même, mais les Palussac s'étaient amoindris et le dernier de tous, notre baron Henri, pourfendeur en paroles, mais placide en actions, trouvant que ses ancêtres avaient amassé assez de gloire avec cette rapière, préférait cent fois, plutôt que de continuer à la brandir contre les ennemis, la traîner sur les parquets brillants du palais du Louvre.

Depuis qu'il l'avait décrochée du clou qui la tenait appendue au chevet de son lit, là-bas en Gascogne, c'était la seconde fois seulement que le baron allait la faire sortir de sa gaîne; la première fois, on se le rappelle, il avait eu recours à Léonard pour l'aider dans cette tâche; mais en ce jour, il lui fallait affronter seul cette difficulté, puisque telle était la volonté du roi. Il fit un grand geste rapide, oh! un bien grand geste, décrivant dans les airs une courbe immense, tellement immense, que le lustre accroché au plafond en fut bousculé; il se balança de droite à gauche, en tournoyant et en rendant sous le violent coup de pointe d'épée qu'il reçut, un bruit sonore, comparable à celui d'un gong indien.

A ce bruit inusité, l'archer qui était de garde à la porte extérieure de la salle, souleva la draperie, croyant peut-être à un appel; tous les pages et les gentilshommes, craignant de voir le lustre énorme se détacher du plafond et leur tomber sur la tête, se retiraient précipitamment; le roi reculait aussi et l'archer qui ne pouvait se rendre compte de cette scène, ne vit qu'une chose : un grand gentilhomme, l'épée nue à la main et devant lui Sa Majesté qui s'enfuyait; il n'eut pas un seul instant de doute et s'élança sur Palussac, qu'il empoigna en criant :

— A l'assassin, on veut assassiner le roi.

On comprend aisément l'effet que cet appel put produire au Louvre : en un instant, la salle fut envahie par tous les gentilshommes, tous les archers, toutes les dames d'honneur qui étaient de service au palais.

Le pauvre baron, complètement abasourdi, se trouva en une seconde, lié, ficelé du haut en bas et désarmé avant d'avoir pu prononcer un

8

seul mot : l'indignation lui fit monter le sang à la face, et quand il vit sa chère épée passer dans les mains d'un archer qui la lui avait arrachée violemment, sa colère prit de telles proportions qu'il voulut parler, crier et ne put articuler un son.

Les dames d'honneur entouraient le jeune roi et cherchaient à l'emmener, malgré sa résistance, s'étonnant de le trouver si calme et si gai, après le danger auquel il venait d'échapper.

Les pages, effrayés d'abord, s'étaient blottis derrière les rideaux, dans les embrasures; mais, rassurés par la présence et les éclats de rire du jeune roi, ils sortirent un à un de leur cachette et vinrent se ranger autour de Louis, qui ne pouvait calmer son hilarité à la vue de Palussac rouge et furieux, ficelé de la tête aux pieds.

Ce fut Piétro, le lieutenant des archers, qui vint délivrer le pauvre baron et lui rendre la liberté de ses membres; plusieurs gentils-hommes, jaloux de lui, assuraient bien haut qu'il devait être fou, et que ce serait de la dernière imprudence de lui rendre son épée, dans la crainte qu'un second accès ne le prit de nouveau.

Palussac, qui ne pouvait parler tant la rage le suffoquait, jeta en cet instant un regard désespéré vers le jeune prince, celui-ci en eut pitié. Il fit signe à l'archer de lui apporter l'arme qui était presqu'aussi grande que lui.

— Monsieur de Palussac, dit-il, les yeux encore brillants des larmes que le fou rire y avait mis, venez ici, près de moi; cette épée, don d'un roi, vous est remise par un autre roi. Entre les mains de vos ancêtres, elle a battu les ennemis, entre les vôtres, elle a mis en déroute ma tristesse et l'esprit de mes courtisans; c'est une victoire comme une autre !

Le baron se précipita un genou en terre devant le roi, prit l'épée et baisa avec onction la main qui la lui rendait; puis, radieux de l'honneur que Sa Majesté lui faisait, il voulut narguer du regard tous les gentilshommes envieux. Il se releva si prestement, que le pied lui glissa subitement, il s'étala la face contre terre, son front porta contre la poignée de son épée, et il se fit une grande entaille. On l'entoura, on le soigna; le mal n'était pas très grave; mais il lui fallut se laisser bassiner la tempe et poser un bandeau noir ce qui, nous devons le dire, ne l'embellit pas du tout.

Les pages mutins, en voyant M. le gouverneur rentrer dans son appartement beaucoup moins fringant qu'il n'en était sorti, se ré-

jouirent méchamment de l'accident qui lui était arrivé, pensant bien
que plutôt que de se montrer avec un emplâtre, si peu avantageux à
la beauté, le baron resterait enfermé chez lui, à rafraîchir ses com-
presses, ce qui leur donnerait enfin un peu de liberté et de bon
temps.

## XI. — Où le lecteur connaîtra les sages idées que Claudie professe sur le mariage et comment Léonard, qui se flattait d'entrer au Louvre, est obligé d'y renoncer.

L'entaille que le baron de Palussac s'était faite au front, en se
heurtant à la poignée d'or de sa grande épée, n'était ni bien profonde,
ni bien douloureuse ; mais il avait une telle crainte de garder une
marque qui pût le défigurer, que son premier soin en rentrant dans
ses appartements, fut de mander le médecin de la reine, avec lequel
il avait conservé des relations amicales depuis la maladie de sa fille.

En outre des baumes cicatrisant qu'il espérait tenir de la main du
docteur, il voulait aussi lui parler de sa situation vis-à-vis d'Albina,
situation si difficile et si tendue, que l'inquiétude dans laquelle il vivait sans cesse finissait par nuire à sa santé et le rendre plus maigre encore qu'il n'était à son arrivée à Paris, si c'était, toutefois,
chose possible.

Depuis qu'il avait deviné l'espoir irréalisable, dont la belle Italienne
se berçait à son égard, le baron menait une existence des plus tour-
mentées ; les minutieuses précautions dont il entourait ses rares visites, rue Tirechape, ne le rassuraient pas ; il redoutait une indiscrétion,
et pourtant, depuis son entrée à la cour, il avait éloigné d'auprès de
lui tous ceux qui, l'ayant connu autrefois, eussent pu le trahir par
une parole imprudente.

Restait le docteur, et comme il était impossible au baron de le
renvoyer de la cour, il saisit le prétexte de sa blessure au front, pour
avoir avec lui un entretien sérieux.

Et, d'abord, le médecin le tranquilisa sur les suites de cette égratignure; quelques jours de pansements et il n'y paraîtrait plus.

— Merci, docteur, vous me rassérénez, s'écria le baron, une bala-
fre au front n'est avouable que lorsqu'on l'a reçue à la guerre ou dans
quelque guet-apens ; or, toute la cour a été témoin de ma glissade

sur le parquet; il me serait difficile de mettre cette entaille sur le compte d'un combat à l'arme blanche.

— Ce serait assez difficile, en effet, dit le médecin en riant.

— Avouez que je n'ai pas de chance, reprit Palussac avec regret; si, au lieu d'attraper cette estafilade devant tant de monde, je me l'étais faite chez moi, à huis clos, quelle gloire ne m'eût-elle pas rapportée! Je m'entourais la tête de linge; je gardais le lit pendant un mois; au besoin j'agrandissais la plaie pour qu'elle marquât davantage, et je racontais une de ces histoires d'attaques nocturnes, qui sont si fréquentes et partout si croyables. Je vois d'ici les incidents de la lutte, les coups d'épée formidables que je distribue à mes ennemis; ils sont deux, dix, douze, je les tue, je les perce, je les mets en fuite; mais ils se défendent, ce ne sont pas des lâches; le baron de Palussac ne commettrait pas sa royale épée dans les flancs de lâches manants, non, ce sont des gentilshommes; ils sont jaloux de moi; ils ont juré ma mort, ils m'ont tendu cet affreux guet-apens, ils sont toute une bande et armés jusqu'aux dents; mais, pour moi, les mettre en déroute n'est qu'un jeu, et toute ma vie je porterai à mon front la marque de cet inégal et glorieux combat.

Il s'était animé, il avait pris une pose fière et conquérante; peut-être en parlant ainsi en était-il arrivé peu à peu à croire vrai tout ce qu'il disait; car, lorsqu'un éclat de rire du médecin le ramena à la réalité de sa position et à la vulgarité de son accident, il sembla sortir d'un rêve et poussa un profond soupir de regret.

— Vous avez une riche imagination, baron, dit le médecin en riant malgré lui, et je vois qu'il fait bon à ne pas prendre au pied de la lettre tout ce que vous racontez.

— En paroles, je ne suis jamais embarrassé, reprit-il avec naïveté; compatriote du feu roi Henri, j'ai cela de commun avec lui que je ne reste pas facilement à court. Quant aux situations à dénouer, c'est autre chose et j'ai même à ce sujet un service et un conseil à vous demander

— Parlez, j'écoute.

— Le service, continua Palussac avec une nuance d'embarras, c'est de ne jamais parler à la cour de l'existence de la baronne; la maladie de sa fille vous a mis en relations avec elle, certes, je vous ai une grande reconnaissance de vos bons soins, mais que tout ceci reste absolument entre nous s'il vous plaît. En voici la raison.

Et, avec une absence de sens moral aussi complète qu'on pouvait s'y attendre de sa part, le baron expliqua sa situation vis-à-vis d'Albina avec un naturel qui pouvait passer presque pour du cynisme.

Le docteur était certes bien habitué à côtoyer les intrigues et les faussetés de tous genres; cependant, devant ces aveux naïfs et sans pudeur, sa nature franche se révolta.

— Mais c'est abominable ce que vous me racontez-là, s'écria-t-il. Comment! vous avez une femme charmante, une fillette adorable et vous les cachez comme choses honteuses! De plus, vous profitez d'une erreur pour vous faire protéger par une femme en lui laissant supposer que vous lui donnerez un jour votre nom? Mais, je le répète, c'est abominable; prenez garde que le ciel ne vous punisse, dans votre femme et votre fille, du crime que vous commettez.

— Ah! docteur, quel mot prononcez-vous là et où est le crime, je vous prie? Au lieu de m'admonester, vous feriez mieux de me donner un conseil, puisque c'est dans ce but que je vous ai parlé de tout ceci.

— Le conseil n'est pas difficile à donner, reprit le médecin sèchement. Allez sur-le-champ trouver la reine, c'est l'heure où elle est entourée de ses dames d'honneur. Albina est parmi elles; demandez bien haut à Sa Majesté la permission de lui présenter la baronne de Palussac.

— Y pensez-vous? s'écria le Gascon, mais Albina m'en voudrait mortellement! Non, jamais je ne ferai cela; elle est vindicative, je le crains, ce serait la perte de mon avenir, la fin de mes grandeurs.

— Et vous préférez tromper lâchement tout le monde pour conserver vos fonctions à la cour?

— Oh! tromper, tromper... Je laisse croire, voilà tout; c'est bien différent.

— Adieu, alors, je n'ai plus rien à vous dire; ayez seulement, à l'avenir, le soin de ne pas me déranger, je ne vous connais plus.

— Docteur, ne partez pas ainsi; voyons, promettez-moi au moins le silence.

— Puisque je vous ai dit que je ne vous connaissais plus, Monsieur; parle-t-on de gens qu'on mésestime à ce point d'oublier jusqu'à leur nom?

Indigné, le docteur tira violemment la porte après lui, regrettant bien vivement d'avoir servi au baron d'introducteur à la cour.

— En voilà un singulier type, se dit Palussac quand il fut seul, ne dirait-on pas que j'ai commis un forfait en me laissant croire garçon? Je n'ai fait que respecter la volonté et les goûts casaniers de la baronne; en cela, on ne peut pas m'appeler mauvais mari, je suppose!

Il étouffait ainsi en son cœur tout sentiment délicat qui aurait fait mine de relever la tête. . . . . . . . . . . . . . . . . .

. . . . . . . . . . . . . . . . . . . . . . . . . . . . .

Les petits pages avaient eu raison de penser que leur élégant et mondain gouverneur préférerait s'enfermer chez lui plutôt que de se montrer sous un jour défavorable.

Nous reconnaissons qu'un emplâtre au front n'a jamais été considéré comme un ornement propre à l'embellissement d'un visage, mais quand on a eu la maladresse de s'étaler sur le parquet devant tant de personnes, il y aurait eu assurément plus d'esprit à prendre la chose en riant qu'à se dire malade et rester invisible pendant quinze grands jours.

— C'est pourtant ce que fit le baron. Il ne bougea pas de chez lui, pas même pour aller embrasser sa fille, si bien que la baronne, réellement inquiète des suites de cette chute dont Bernard lui avait parlé, prit le parti de dépêcher le fidèle Léonard près de son mari, quoiqu'il eût laissé entendre un jour que, sous aucun prétexte, il ne voulait qu'on vînt le relancer au palais.

— Il est peut-être très malade, pensait la douce créature, et il m'a tellement négligée depuis si longtemps qu'il n'ose pas me prier de l'aller voir et soigner.

Elle parla de son tourment au marquis; le marquis lui éclata de rire au nez, l'assurant que le baron n'était nullement en danger de mort et qu'elle ferait aussi bien de le laisser tranquille, puisqu'il ne demandait que cela; mais le marquis ne dissimulait pas le peu de sympathie qu'il avait pour son cousin, et la baronne, craignant qu'il ne parlât ainsi par parti pris, ne tint nul compte de son bon conseil, fit venir Léonard et lui donna ses ordres.

Le valet gascon fut, du reste, on ne peut plus satisfait de la commission; depuis si longtemps il se morfondait rue Tirechape! mourant d'envie de s'introduire chez son maître !

Il ne s'était décidé à quitter son pays et à suivre le baron et la baronne que dans l'espoir de profiter un peu, lui aussi, des avantages que Palussac espérait trouver à la cour; il avait pu croire, à son arrivée à Paris, que son rêve se réaliserait, il s'était trouvé mêlé fort directement à l'affaire Ravaillac et pensait bien que le zèle qu'il avait montré lui serait compté pour quelque chose. Au lieu de cela, le baron semblait oublier jusqu'à l'existence de son fidèle valet; au lieu de l'emmener avec lui à la cour, il le laissait près des femmes, en butte aux criailleries de la vieille Jacqueline et aux allusions du marquis qui s'obstinait à trouver qu'une bouche inutile comme la sienne mangeait indûment le pain des pauvres. S'il n'avait été retenu près de la baronne par son affection pour elle et surtout pour Blanche et une promesse de mariage qu'il avait échangée jadis avec Claudie, il fût certainement retourné dans son pays.

Il était pourtant dévoué au baron autrefois, et en maintes circonstances l'avait prouvé, entre autres pendant leur voyage du Béarn à Paris. Combien de fois n'avait-il pas alors reçu de rebuffades et de sottises pour éviter un ennui ou une discussion à ses maîtres?

De cela, la baronne lui en était toujours bien reconnaissante et il lui en savait gré, tandis que l'ingrat baron, non seulement le reléguait au dernier plan, lui interdisait l'entrée de son domicile au Palais, mais, pour comble, se faisait servir par un autre, par un Italien, un compatriote de ce Piétro qu'il tenait, lui, Léonard, pour complice de l'assassinat du roi!

Son dévouement s'était peu à peu transformé en indignation et c'était peut-être à cause de cette indignation, très visible pour tous, que le marquis le tolérait.

Pauvre Léonard! il était vraiment fort triste et malheureux; il ne voyait presque plus Claudie, passée au rang de femme de chambre depuis que Jacqueline se chargeait du soin de la cuisine pour toute la maisonnée; il ne trouvait réellement de consolation à ses rêves perdus et à son amour-propre froissé que dans le fond des pichets de la mère Midoux.

La course était longue pour aller trinquer chez sa compatriote, mais son service peu compliqué près de la baronne lui permettait de s'offrir souvent cette petite promenade hygiénique, seule capable de le distraire de ses soucis.

Il accueillit avec grande joie la commission de la baronne.

— Enfin, dit-il à Claudie, en la priant de jeter un coup d'œil sur l'ensemble de son costume pour s'assurer que rien ne prêtât sujet de moquerie à ces gens de cour, enfin, je vais donc pouvoir dévisager le

museau du traître qui a pris ma place près de M. le baron; il n'a qu'à
être poli, je l'y invite dans son intérêt, sans cela, corne de bique, ce
qu'il sentira mon poing sur sa face patibulaire, je ne vous dis que cela.

— Allons, Léonard, un peu de calme, et n'allez pas vous faire là-
bas des histoires qui vous coûteraient cher; il faut accepter le monde
tel qu'il est, et certes, il n'est guère beau, j'en conviens, ici surtout.

— Vous avez raison, ma mie, et si vous m'en croyiez, nous nous
épouserions dès maintenant et retournerions planter notre maïs dans
notre pays. J'en ai assez de ce Paris où il n'y a des honneurs et de
l'argent que pour ces Italiens du diable.

— Et madame, et mademoiselle, y pensez-vous, Léonard? Vous
voudriez les abandonner, les laisser avec la vieille sourde pour tout
serviteur? Vous savez bien que c'est impossible! Nous deux près de
madame, c'est encore pour elle un souvenir de son pays, et trouvez-
vous que ce soit bien le moment de lui faire du chagrin, quand elle
en a tant du côté de monsieur?

— Ce que vous dites-là est très juste, ma petite Claudie, mais ça
n'est pas ma faute à moi si M. le baron est un méchant mari et je ne
vois pas pourquoi vous me feriez morfondre en attendant qu'il se
convertisse et redevienne bon pour madame?

— Taisez-vous, dit Claudie, il faut que vous ne valliez pas mieux
que lui pour parler comme vous le faites. Les hommes sont décidément des... des... pas grand'choses de bon!

— Permettez, permettez, vous êtes fort injuste, mademoiselle
Claudie, et je ne vous reconnais pas le droit de me traiter ainsi; il me
semble que ma constance est assez prouvée, depuis six ans que vous
me faites attendre! Si vous ne voulez pas quitter madame et vous en
retourner au pays, que ne nous marions-nous tout de suite? au moins,
je ne perdrais plus la meilleure partie de mon temps à me demander
si vous ne vous moquez pas de ma placide crédulité et de ma stupide
fidélité?

— Ouais, monsieur Léonard, vous le prenez sur un ton qui ne
me plaît guère, je vous en préviens, ayez l'obligeance de rappeler
vos souvenirs, si toutefois vos beuveries de chez M$^{me}$ Midoux vous
ont laissé la mémoire intacte. Que vous ai-je répondu, le jour où,
avec l'assentiment de monsieur et de madame, vous êtes venu me
parler! Je vous ai dit : « Il ne me répugne pas de m'appeler
M$^{me}$ Léonard dans mes vieux jours, mais quant à présent je n'ai au-

cune vocation pour le mariage; tant qu'on est encore un peu jeune,
on est sujet à l'impatience, à la jalousie, parfois même à la colère.
Ces sentiments-là, qui appartiennent aux deux sexes, joints à l'amour
de la bouteille qui est un supplément du vôtre, sont justement faits
pour rendre un ménage impossible. On se dispute, on se fâche, et
on finit par se taper. Moi, j'ai horreur des tapes, j'en donnerais encore assez volontiers, mais je ne veux pas en recevoir. Par conséquent, tant qu'on est sujet aux misères que je viens d'énumérer, il
vaut mieux rester célibataire; plus tard, quand l'âge et les infirmités
ont calmé ces défauts-là et fait place à une honnête tranquillité, c'est
différent. On se marie alors et on a la consolation de se soigner réciproquement sans avoir l'envie, ni la force de se disputer. Est-ce
bien là ce que je vous ai dit?

— C'est possible, mais j'ai pensé que vous vouliez rire.

— Rire? Vous avez cru que je voulais rire en parlant d'un sujet si
sérieux? Vous me prenez donc pour un cerveau creux, mon pauvre
Léonard?

— Enfin, j'ai attendu comme vous le voyez, et puisque les rhumatismes s'obstinent à ne venir ni à vous ni à moi, je pense que nous
pourrions devancer un peu leur apparition et nous mettre en ménage.

— Laissez-moi tranquille et ne revenez jamais plus sur ce sujet,
vous m'ennuyez à la fin. Qu'est-ce qui vous presse. J'ai vingt-cinq
ans, vous trente-cinq, nous avons encore un bon quart de siècle devant nous, avant d'en finir.

— Corne de vache, s'écria Léonard, parlez-vous sérieusement? J'ai
entendu raconter que, jadis, dans l'Ancien-Testament, un saint
patriarche avait attendu sept ans, puis encore sept ans pour obtenir
la femme qui lui plaisait; mais tout cela réuni ne fait que quatorze
ans et vous me parlez d'un quart de siècle comme s'il s'agissait
d'une petite quinzaine! Remarquez bien qu'à notre époque les exis-
tences ont une durée fameusement plus courtes qu'autrefois; ensuite,
je n'ai pas la prétention d'être aussi saint et patient que les hommes
de jadis; enfin pensez aussi que, quelque frais et piquant que soit
votre minois, il ne durera pas éternellement rose; que toutes ces
raisons combinées vous engagent, ma mie, à rapprocher un peu le
terme qu'il vous plaît d'assigner à ma constance.

—C'est bon, c'est bon, beau parleur, laissons ce sujet qui a, comme
vous le saurez, le don de m'agacer les nerfs au plus suprême degré,

si vous êtes si pressé de vous mettre en ménage, cherchez une femme
aussi impatiente que vous-même de son propre malheur. Quant à
moi, j'ai mes idées que je crois bonnes, et je n'en démors pas. Maintenant, je pense que vous ferez bien de vous acheminer du côté du
Louvre, voilà trop de temps déjà que nous perdons à bavarder.

— Ah! Claudie, Claudie, quelle tête vous avez, et comme vous
êtes habile à faire du malheureux Léonard une machine à obéissance
continue. Hélas! pauvre garçon, tu n'as plus qu'à attendre le bon
plaisir de cette méchante et à prendre ton mal en patience, jusqu'à
ce qu'il lui plaise de faire cesser ce postulat, qui me fait toute la mine
de devenir sempiternel.

Il fit un geste d'adieu à Claudie qui ne put s'empêcher de sourire
en le regardant; leur paix était faite, ils allaient rester bons amis
pour quelques jours, jusqu'au moment où Léonard, renouvelant sa
demande, se verrait mis en demeure d'avoir à chercher une autre
femme ou d'attendre sans se plaindre; il attendait, mais il se plaignait, et leurs discussions se renouvelaient incessamment, sans
jamais aboutir à un autre résultat.

Léonard descendait l'escalier et allait franchir la porte aux vieux
clous rouillés, quand le marteau, représentant une laide tête de dragon, fut heurté; il ouvrit, et l'abbé Vincent lui demanda si la baronne
pouvait le recevoir.

La pauvre Louise, un peu inquiète de la façon dont son mari
accueillerait le message et le messager qu'elle lui envoyait, ne savait
si elle avait eu raison d'agir ainsi. En somme, le baron lui avait exprimé sa volonté de vivre à la cour tout à fait en dehors de sa famille;
en expédiant Léonard sans son autorisation, elle était donc à peu
près sûre de le mécontenter. Cependant si réellement il souffrait...

Elle poussa une exclamation de joie en voyant entrer Vincent de
Paul; il était bien le meilleur conseiller qu'elle pût consulter.

— Attendez, Léonard, dit-elle au valet qui introduisait le saint
prêtre; la visite de M. l'abbé changera peut-être quelque chose à mes
intentions.

Le Gascon s'éloigna la figure longue; la grande joie qu'il se promettait de cette visite au Louvre allait-elle donc être encore remise?

Il faisait un temps superbe ce jour-là; la baronne assise, son ouvrage à la main, dans l'embrasure de la fenêtre ouverte, surveillait
Bernard et Blanche qui jouaient au jardin.

— Monsieur l'abbé, regardez ma fille qui court là-bas, la sainte Vierge la protège bien certainement; voyez comme elle est grande et forte, à présent.

— J'en suis heureux, Madame, et je bénis le ciel de vous donner la suprême joie de voir chaque jour s'épanouir cette jeune fleur.

— J'ai plus que jamais besoin de cette consolation, je vous assure, soupira la baronne.

— Quelle peine nouvelle le ciel vous envoie-t-il, mon enfant.

— Elle vient toujours de la même source, dit Louise en baissant les yeux pour retenir ses larmes, le baron ne nous a pas fait la moindre visite ni envoyé de ses nouvelles depuis plus de quinze jours; je sais par Bernard, qu'à la suite d'une chute il a été légèrement blessé à la tête et je me demande s'il faut attribuer ce silence à une maladie sérieuse; quoiqu'il m'ait priée de n'en jamais rien faire, j'allais, lorsque vous êtes entré, envoyer Léonard près de lui pour savoir s'il a quelque sujet de grief contre moi ou s'il est réellement souffrant. M'approuvez-vous, monsieur l'abbé? Un valet n'est peut-être pas l'envoyé qui convient pour cette démarche-là?

— Ma fille, voulez-vous me laisser agir et me permettre d'être votre commissionnaire?

— Quoi, monsieur Vincent, vous voudriez aller vous-même à la cour et voir le baron?

— Tous les malades ne m'appartiennent-ils pas? dit l'abbé en souriant, voici justement le but de ma visite trouvé; je vais de votre part prendre de ses nouvelles.

— Que je vous suis reconnaissante, dit la baronne les larmes aux yeux, je ne doute pas que vos bonnes paroles ne le soulagent s'il souffre, et ne me le ramènent, s'il est bien portant.

— Faisons une prière, mon enfant, pour que ma démarche ait le résultat que je désire, je voudrais pouvoir vous rendre la tranquillité; prions le Ciel qu'il m'inspire et donne à mes paroles une vertu de persuasion qu'elles ne peuvent avoir d'elles-mêmes.

La baronne conduisit Vincent de Paul dans une toute petite pièce transformée par elle en oratoire; c'était une de ses joies que d'orner cet autel. Blanche l'y aidait dans la mesure de ses forces en lui apportant du grand jardin du marquis les branches de verdure et les fleurs qui garnissaient les vases dorés.

Quand, à bout de force, la pauvre Louise se sentait incapable de

retenir ses larmes, c'est dans ce petit sanctuaire qu'elle venait se
réfugier; là, devant son Christ, elle ne cherchait plus à retenir ses
sanglots et elle ne quittait cet oratoire que lorsque la prière lui avait
rendu assez d'énergie pour cacher à Blanche qu'elle avait pleuré.

L'abbé Vincent s'agenouilla sur le carreau et la baronne l'imita; ils
récitèrent avec la plus grande ferveur une dizaine du saint Rozaire.

— Maman, maman, cria Blanche du jardin; venez donc vous
asseoir ici à l'ombre; nous sommes las de jouer et Bernard veut bien
me lire une belle histoire.

— Descendons, Madame, dit l'abbé, je serai fort aise d'embrasser
ces enfants avant de me rendre au Louvre.

Ce fut une grande joie pour Bernard et Blanche. Quand ils virent
arriver la baronne et le bon abbé, le jeune homme s'élança à son
cou, Blanche prit ses mains qu'elle serra respectueusement et tandis
que son cousin se rapprochait de la baronne pour la saluer, elle se
haussa sur les pieds pour s'approcher de l'oreille du saint prêtre et
lui murmura tout bas :

— Il faut venir le plus souvent que vous le pourrez, monsieur
l'abbé, parce que ma maman chérie a encore plus de chagrin qu'elle
n'en avait, elle s'enferme pour pleurer et croit que je ne le vois pas,
mais je m'en aperçois bien, allez; et puis voilà que papa ne nous
aime plus du tout! J'aurai peut-être été méchante sans le savoir et
c'est pour cela qu'il ne vient plus; bien sûr que ça n'est pas maman
qui a pu lui faire de la peine.

— Il faut beaucoup prier pour votre maman et pour lui, ma petite
amie, le bon Dieu aime les prières des petits enfants et les exauce
quand elles sont bien ferventes.

— Je tâcherai qu'elles le soient, monsieur l'abbé. Si vous saviez
comme je serais contente de voir maman rire avec moi; et depuis si
longtemps, elle ne rit plus jamais.

L'abbé Vincent s'éloigna après avoir béni les deux petites têtes
blondes et adressé un sourire d'encouragement à la baronne.

Blanche entraîna sa mère sur un banc de pierre, s'assit tout contre
elle, la tête appuyée sur son épaule et Bernard, installé sur un petit
escabeau à leurs pieds, commença une lecture si intéressante, que la
baronne oublia un instant ses amers soucis, se trouvant calme et
reposée dans ce grand jardin silencieux, entourée de ces deux beaux
enfants si affectueux et tendres pour elle.

## XII. — Comment l'abbé Vincent fit rentrer, dans le petit cerveau du baron, les grandes pensées que celui-ci s'était efforcé d'en chasser.

La réclusion volontaire du baron commençait à lui peser singulièrement; enfin, un jour, ayant consulté son miroir et vu que la cica-
trice de son front était peu apparente, il résolut de faire sa rentrée
à la cour à l'heure où la reine recevait en audience les grands seigneurs étrangers et les princes du sang; mais auparavant, il se proposa d'aller rendre à la signora Albina une visite de gracieuse amitié
comme il lui en faisait de temps à autre.

Il était fort curieux de savoir si sa disparition momentanée n'avait
pas nui à son crédit près de la belle Italienne.

Il lui semblait indispensable de faire une réapparition des plus
brillantes, aussi résolut-il de mettre, ce jour-là, le dernier costume
que son imagination féconde avait créé et fait exécuter pendant ses
jours de réclusion.

Carmini vint l'aider à revêtir ses hauts-de-chausses bouffants, en
satin blanc, constellés de crevés de velours pensée; ce n'était pas
chose bien malaisée, vu la maigreur de ses jambes et la largeur des
chausses, mais le pourpoint présenta plus de difficulté. Ce pourpoint,
triomphe de l'inventeur, en velours mauve clair, était si étroit et si
tendu sur le mince buste du baron, qu'il semblait faire corps avec
lui-même, et qu'il avait fallu tous les efforts réunis du maître et du
valet pour le faire joindre et l'agrafer.

Il ne faudrait pas s'imaginer que le baron se trouvât à l'aise dans ce
demi-étouffement qui l'empêchait de respirer! Non, il était fort gêné;
mais quelle gêne ne supportait-il pas quand il s'agissait d'inaugurer
un costume de son invention! C'est de son chapeau surtout qu'il était
fier, et la question de la coiffure était pour lui d'un intérêt capital;
il se sentait une tournure distinguée; son visage brun, au nez aqui-
lin fortement accentué, n'avait rien de vulgaire non plus, mais ce
visage était si minuscule, cette petite tête était perchée sur un si long
cou, qu'il fallait à tout prix soigner l'encadrement de cet ensemble
De là, les immenses collerettes en dentelles précieuses qui devaient
dissimuler sa maigreur et ces chapeaux hauts de forme, mais aux

rebords quasi invisibles, inventés par lui, pour ne pas mettre dans l'ombre un visage qui ne paraissait déjà que trop peu.

Ce jour-là, son chapeau lui semblait une trouvaille : il était en feutre blanc et en forme de pot à beurre, une plume de nuance vert-pomme, dite *à la perroquet*, partait du milieu du front et venait floconner sur le dos du baron après avoir traversé le fond de cet étonnant couvre-chef, pour compléter cet ensemble, des gants de même couleur que la plume, et l'épée de ses ancêtres au fourreau de velours vert clair.

Cet éblouissant costume, qui devait faire ce jour-là la joie de toute la cour et surtout celle des pages, commença par produire son effet sur le valet, qui se tint littéralement les côtes en regardant son maître s'éloigner avec un certain dandinement à lui familier.

Apercevant son compatriote Piétro qui traversait un couloir, Carmini lui fit signe de venir jouir d'un si beau spectacle.

Les deux copains, quand le baron eut disparu, s'installèrent devant une vieille bouteille et burent, en se gaudissant de lui, bon nombre de petits verres de sa meilleure eau-de-vie.

—En somme, tu ne te trouves pas mal chez ce nigaud-là ? demanda Piétro.

— Heu, heu, ça dépend de la façon d'entendre les choses, répondit Carmini, pour ce qui est de mon ouvrage, il n'est pas fatigant, et pourvu que je passe mon temps à dire au baron qu'il est beau et bien fait, il me trouve le modèle des serviteurs ; mes gages sont bons sans doute, mais je ne ferai jamais fortune à ce métier-là ; en outre, je ne suis qu'un valet, ce qui est humiliant, tandis que toi, te voilà joliment pourvu ; tu passeras capitaine quand le seigneur Lorenzo montera en grade.

— Que veux-tu, mon cher, j'ai eu de la chance, c'est vrai, mais j'ai joliment aidé à ma fortune et poussé à la roue ; le moment viendra pour toi de te donner un propre coup d'épaule ; ne laisse pas échapper l'occasion surtout. Je suppose que tu n'es pas assez bête pour avoir des scrupules sur les moyens à employer ?

— Oh ! des scrupules ! C'est bon pour les Français, et encore c'est bien passé de mode ; je ferais n'importe quoi pour gagner une grosse somme et m'en retourner dans mon pays.

— Et tu n'as pas en vue quelqu'intrigue vraie ou fausse à surveiller et à dénoncer moyennant finance ?

— Non, je n'en connais pas ; cependant, il y a quelque chose qui m'étonne et tu vas me conseiller. Le signor Lorenzo, qui m'a fait entrer chez le baron, est venu me trouver l'autre matin et m'a fait une foule de questions sur son compte, me demandant s'il recevait des visites, s'il sortait souvent et surtout où il allait ; moi, je n'ai rien pu lui répondre, puisque lorsqu'il sort, c'est le soir, et qu'il m'a défendu de le suivre.

— Imbécile ! comment, ton maître te défend de le suivre et ça n'est pas là ton premier soin ? Tu ne me parais pas fort, mon pauvre garçon.

— Qu'est-ce que tu veux que ça me fasse à moi, qu'il aille à droite ou à gauche ?

— Triple sot ! Il faut savoir tout ce qu'il fait, pour le faire financer s'il tient à se cacher et pour vendre son secret à l'autre, qui doit avoir quelqu'intérêt à le connaître ?

— Tiens, c'est vrai, je n'y avais pas songé !

— C'est comme ça que les bonnes occasions passent sans qu'on les arrête.

— Mais, si je le suis malgré sa défense, il me chassera !

— Allons, mon pauvre Carmini, si je ne me mêle de tes affaires, tu resteras gueux toute ta vie. Ecoute, j'ai employé autrefois, comme commissionnaire, un homme aussi intelligent que laid et disgracié de la nature ; il habitait assez loin dans ce temps-là, mais à présent je l'ai fait venir près d'ici. Il loge rue du Coq, il s'appelle Joseph Varocher, je vais te l'envoyer, tu lui diras ce qu'il doit faire.

— Est-ce que je sais, moi ?

— Oh ! si c'est ainsi, je t'engage à mettre directement Varocher en pourparler avec Lorenzo ; mon tortillard saura bien vite ce qu'on désire de lui, et tu stipuleras une somme pour la commission ; quand on n'a pas le génie de faire sa fortune soi-même, il faut se contenter des bribes que les autres vous laissent.

.   .   .   .   .   .   .   .   .   .   .   .   .   .   .   .   .   .   .   .   .   .   .   .

Le resplendissant Palussac avait trouvé Albina sur le point de se rendre près de la reine.

— Ma première visite est pour vous, belle signora, dit-il en la saluant avec grâce. J'ai été cruellement privé de l'honneur de vous voir ces temps-ci, par une méchante égratignure qu'il m'a fallu soigner, mais croyez bien que les jours m'ont semblé mortellement longs.

La signora, qui avait commencé par froncer ses noirs sourcils en voyant l'étrange ajustement du baron et son exaspérante rapière, se radoucit à ces mots.

— Je craignais, baron, dit-elle en minaudant, que le souvenir de vos amis ne fût sorti complètement de votre mémoire. Mon frère Lorenzo est allé souvent prendre de vos nouvelles pour son compte et pour le mien, l'avez-vous vu?

— Combien je vous suis reconnaissant! Carmini me l'a dit, en effet, car il n'oublie rien, c'est un valet modèle!

— Et dans lequel vous pouvez avoir la plus entière confiance, s'empressa d'ajouter Albina; mon frère me disait, il y a quelques jours à peine, qu'il le tenait pour loyal et fidèle à sa parole.

— Et puis, il habille! c'est une perfection. Que dites-vous de mon ajustement, signora, vous semble-t-il réussi ou critiquable?

— Il vous sied à merveille, dit Albina, il fait valoir l'élégance de votre personne; je ne me permettrai une petite remarque que quant à la couleur qui me paraît un peu voyante; vous le savez, j'ai une prédilection pour le velours noir.

— Ah! belle signora, tout le monde n'a pas votre teint mat et votre taille si avantageuse. Moi, il me faut du clair et de l'éclatant; vêtu de couleur foncée, je ressemble à un vilain morceau de charbon.

Toutes ces puériles nullités se débitaient entre eux sur un ton enjoué et badin, qui n'avait rien au fond de très grave, mais qui était malsain pour l'un et l'autre.

Palussac proposa à la belle Italienne de lui servir de cavalier jusque chez la reine; elle accepta et il lui offrit un poing ganté de vert perroquet, pour appuyer sa main grassouillette; ils sortirent de l'appartement d'Albina et suivirent une longue galerie qui devait les mener chez la reine.

Ils venaient de franchir la moitié de cette galerie, toujours en se complimentant réciproquement, lorsque Palussac fit tout à coup un brusque mouvement qui surprit Albina. Elle n'eut pas le temps de lui en demander la cause : l'abbé Vincent était devant eux, les saluant avec déférence.

L'entrée de la cour était très facile à l'ancien aumônier de la reine Marguerite, première femme d'Henri IV; on le connaissait au palais, la régente elle-même l'avait reçu un jour, et, de cette visite, il avait remporté pour ses pauvres une riche aumône.

Il s'était donc présenté au domicile du baron, et Carmini lui ayant assuré que son maître ne rentrerait pas de sitôt, il s'en retournait bien à regret de n'avoir pu accomplir sa mission et de ne rapporter aucune bonne parole à la pauvre Louise.

En traversant cette galerie, il reconnut de loin la longue silhouette de celui qu'il venait chercher, et hâtant le pas, il le rejoignit.

Sa présence ne fit aucun plaisir à Palussac, comme bien on le pense, il aurait donné beaucoup pour que le saint homme fût n'importe où, excepté au Louvre, et surtout dans ce moment-là. Il lui rendit son salut et s'apprêtait à passer outre; mais Vincent, devinant son intention, ne lui laissa pas le temps de s'éloigner.

— C'est pour vous voir et vous parler, monsieur de Palussac, que je viens au Louvre, ne m'accorderez-vous pas quelques instants?

— Je suis désolé, mon cher abbé, mais mon service, que je reprends aujourd'hui, m'oblige à me rendre près de Sa Majesté; j'accompagne madame chez la régente.

— Il est bon de bien remplir ses devoirs, répondit Vincent, mais vous en avez de différentes natures, mon fils, et il ne faudrait pas négliger les plus sacrés. Je viens vers vous, envoyé par la...

— C'est bien, c'est bien, interrompit le baron, je vous comprends, monsieur l'abbé, et je vous sais si charitable que je devine aisément le but de votre visite. Veuillez m'attendre chez moi, je conduis madame jusqu'aux appartements de Sa Majesté et je viens causer avec vous.

Albina, devinant à l'air embarrassé du baron qu'il ne disait pas le fond de sa pensée et voulant chercher à éclaircir ce mystère, prit la parole :

— S'il s'agit d'une demande charitable, pourquoi serais-je de trop, parlez, monsieur l'abbé, et croyez que je me ferai un vrai plaisir de joindre, pour vos pauvres, ma modeste offrande à celle de ce cher baron.

En cet instant, ce cher baron était absolument au supplice.

— Je ne doute pas de votre générosité, Madame, répondit le prêtre, mais aujourd'hui ce n'est pas au nom des pauvres que je viens solliciter M. de Palussac; je suis envoyé par une âme malheureuse à laquelle lui seul peut rendre le bonheur.

— Quel pouvoir! s'écria Albina en raillant, comment, baron, vous avez le don de rendre heureux ceux qui ne le sont pas! Je voudrais

9

connaître cette âme si sensible, et savoir de quel droit elle se targue pour venir vous réclamer jusqu'à mon bras.

Le baron était à peu près aussi vert que le fourreau de sa rapière, il ne trouvait pas un mot à répondre et n'osait regarder Albina, dont les yeux noirs semblaient fouiller jusqu'au fond de sa pensée. Il avait tant triste mine que le bon abbé, devinant sa souffrance sans la comprendre, vint charitablement à son secours, ce dont Palussac fut si heureux, qu'il lui jeta un coup d'œil de reconnaissance.

— Je ne puis guère faire ici à mon cher compatriote la communication dont je suis chargé, dit Vincent; cependant croyez, Madame, que la personne qui m'envoie est aussi pure qu'un ange du ciel, et le baron le sait bien. J'entre chez vous, monsieur de Palussac, comme vous m'avez prié de le faire.

— Que veut dire ce prêtre! demanda Albina au baron, aussitôt qu'ils furent seuls, et de quel ange du ciel veut-il donc parler?

Palussac avait repris un peu de son aplomb habituel, après le départ de Vincent de Paul.

— Ne faites pas attention, belle signora, répondit-il d'un ton badin, ce bon abbé est si occupé de ses pauvres et de ses œuvres, qu'il ne prend nul souci de la portée de ses paroles.

— Cependant, cette âme pure ne peut tenir le bonheur que de vous, paraît-il? Répondez donc, je le veux, quelle est cette âme pure?

— Des mots, tout ceci, des mots, rien que des mots; âme pure, ange du ciel, cœur malheureux, ce sont les mots habituels du vocabulaire de bon abbé Vincent, n'y prenez pas garde.

—Monsieur de Palussac, dit Albina avec colère, vous vous moquez de moi, il me semble. Je vous demande quelle est cette femme? Veuillez me répondre clairement, je vous prie.

— Mais, parfaitement, rien n'est plus facile, et si je ne l'ai pas fait de suite, c'est que la chose n'a vraiment pas la portée que vous sembliez lui attribuer, fit le baron qui ne savait plus trop ce qu'il disait, mais qui, malgré tout, était bien résolu à cacher la vérité. La protégée de l'abbé Vincent est une dame de mon pays, une compatriote, par conséquent. Elle logeait au même hôtel que moi et se trouvait dans un dénûment presque complet. Sa petite fille était fort malade, et je me suis occupé d'elle pendant sa maladie, si bien que cette enfant m'a pris en telle affection, qu'elle ne peut se bien porter qu'à la condition de me voir; voilà pourquoi sa mère, qui l'adore, a renoncé à toute joie sur cette terre, pour se consacrer uniquement à sa fille, voilà pourquoi elle m'envoie l'abbé; la petite doit être malade et demande à me revoir. C'est bien simple, comme vous voyez.

— Comment donc, mais c'est limpide ! répondit Albina en pinçant les lèvres, je vous rends votre liberté, monsieur le baron, allez porter des consolations à ces pauvres affligées, c'est le devoir d'un bon compatriote. Si mon service ne me retenait à cette heure près de la reine, je vous demanderais de me faire connaître cette mère si tendre et si uniquement occupée de son enfant.

— Ah! elle vit dans la plus complète réclusion, s'empressa de dire Palussac, elle ne veut voir que l'abbé et moi.

— Je m'en doutais, bonsoir baron. J'aperçois mon frère là-bas, j'ai besoin de lui parler, je vais prendre son bras.

Elle s'en alla majestueusement, les sourcils froncés, les lèvres dures; au lieu de se rendre chez la régente, elle s'enferma chez son frère et causa longtemps avec lui. Son tête-à-tête ne fut interrompu, à la tombée de la nuit, que par Carmini. Il amenait, par un escalier secret, le boiteux Varocher que Piétro venait de lui adresser.

Palussac resta un moment planté sur ses longues jambes, sans faire un mouvement.

Le brusque départ d'Albina lui montrait assez clairement qu'elle n'avait pas donné grande créance à son histoire, dont il était pourtant bien fier.

— Mon improvisation ne manquait pas de génie cependant, se disait-il, qui donc, pris à l'improviste, s'en serait tiré avec autant d'aplomb? et cela sans dire le contraire de la vérité; comment faire pour la persuader et ne pas attirer son animosité? C'est de renvoyer la baronne dans notre pays et le plus promptement possible; l'air de Paris ne lui vaut rien d'abord, ni à Blanche non plus; il leur faut le soleil de la Gascogne et la brise de nos montagnes. Mais comment décider Louise à partir sans moi? Enfin, nous verrons, je suis le maître après tout, il faudra bien qu'on m'obéisse; voyons maintenant ce que me veut l'abbé Vincent.

L'abbé Vincent lisait son bréviaire en attendant le baron, et il le lisait si dévotement qu'il ne s'était point aperçu de la venue de Varocher et de son départ avec Carmini; il fallut que Palussac le touchât à l'épaule pour lui faire lever la tête.

— Qui vous amène, monsieur l'abbé, et pourquoi, malgré mes ordres, la baronne vous envoie-t-elle ici?

— Mon enfant, vous négligez tant votre femme que vous avez oublié de la prévenir de votre indisposition. Elle a su que vous étiez souffrant, et n'entendant pas parler de vous, elle en est arrivée peu à peu à vous croire très malade. Je vois qu'elle s'était trompée et je vais la tranquilliser du moins à ce sujet.

— Je sors aujourd'hui de chez moi pour la première fois, et la baronne ne peut pas exiger, je pense, que je me présente chez elle avant d'avoir été porter mes hommages à Sa Majesté?

— La baronne n'exige rien, mon fils, elle a pu regretter de n'être pas là pour vous soigner, vous sachant malade, mais elle n'est pas accoutumée à se plaindre; elle souffre en silence.

— Pas tant qu'il vous plaît à dire, puisqu'elle vous envoie me parler pour elle; enfin quel est le véritable but de cette visite et de quoi se plaint-elle? Je lui ai dit vingt fois que mon intention, en venant a Paris, n'était pas de la calfeutrer ainsi dans une retraite claustrale; c'est elle qui a choisi ce genre de vie, je l'ai laissé faire à sa guise, qu'elle me laisse, en revanche, agir librement à ma fantaisie.

— Elle ne me semble pas avoir apporté beaucoup d'entraves a vos désirs ambitieux, repartit l'abbé, et, certes, ce n'est pas de votre existence mondaine qu'elle est jalouse. Mais sa solitude pieuse ne pourrait-elle, sans nuire à vos devoirs de courtisan, être égayée un peu plus souvent par votre présence? La pauvre Louise en arrive à se demander si vous n'avez pas quelques griefs contre elle et si vous ressentez encore une ombre d'affection pour votre enfant; ces pensées la désespèrent, et je crains parfois que sa santé n'en soit attaquée; elle est si délicate depuis qu'elle a quitté son pays natal.

— Cette pensée m'est venue aussi, dit vivement le baron, et je serais désolé d'être cause, même indirectement, d'une souffrance pour elle. Quand j'ai pris le parti de quitter ma propriété, je ne croyais certes pas, je vous l'affirme, que les choses tourneraient ainsi. Pour des raisons qu'il m'est difficile de vous expliquer, et que d'ailleurs vous ne comprendriez pas, n'étant pas homme de cour, je suis obligé à de grands ménagements vis-à-vis d'une personne qui me protège, mon avenir dépend de son bon vouloir, voilà pourquoi je dois être fort discret dans mes visites, rue Tirechape. J'en ai du regret, croyez-le, et je comprends que la baronne ne trouve pas cette existence gaie, aussi j'ai pensé que, pour sa santé et celle de Blanche, l'air natal leur serait favorable, puisqu'elles ne sont pas destinées à vivre dans le monde, il vaut cent fois mieux qu'elles retournent là-bas; je leur servirai une rente convenable, et n'étant plus au pays moi-même, je ne verrai pas de difficulté à ce que la baronne renoue ses affectueuses relations avec M$^{me}$ de Blac, elles en seront heureuses l'une et l'autre, j'en suis sûr.

— Et vous verriez sans chagrin votre charmante femme s'éloigner de vous, emmenant avec elle votre unique enfant? demanda l'abbé qui avait écouté tristement le discours du baron sans l'interrompre.

— Sans chagrin n'est pas le mot, mais puisque c'est dans l'intérêt de leur santé et de mon avenir, il faudra bien s'y résigner.

— Mon pauvre ami, le meilleur côté de votre avenir, le plus conso-lant et le plus doux, n'est-il pas d'élever votre chère petite Blanche? N'est-il pas de rendre heureuse cette femme si dévouée, qui vous aime tant? Il y aurait beaucoup à dire sur votre amour des grandeurs et de la fortune; mais, laissons de côté ce sujet-là pour aujourd'hui, ne pensons qu'au bonheur de celle qui est la mère de votre enfant et que je vénère à l'égal d'une sainte. Ne pouvez-vous donc vivre près d'elle en bon époux, en bon père, tout en conservant vos fonctions à la cour? On se sauve dans toutes les situations; si vous avez con-servé la foi de vos jeunes ans et avec l'exemple de votre digne femme, je suis sûr de la grâce du ciel pour vous.

— C'est impossible, impossible, murmurait Palussac.

— Voyez cependant de quelles délicieuses joies vous vous privez! Au lieu de vivre seul, dans ce petit logement sombre, servi par un valet étranger, qui n'en veut qu'à vos écus et vous soigne seulement par intérêt, vous pouvez avoir, du jour au lendemain, la vie la plus douce du monde : un intérieur gai, une femme jeune et pieuse, une enfant qui vous aime et parle de vous quoique vous l'abandonniez; enfin, jusqu'à des domestiques fidèles, qui ont tout quitté pour vous suivre quand vous n'étiez pas riche.

— C'est vrai, c'est bien vrai, dit le baron plus ému qu'il ne voulait peut-être se l'avouer à lui-même, mais c'est impossible, il y a une difficulté, c'est impossible.

— Voilà un mot qui revient bien souvent sur vos lèvres, mon cher fils, dites-moi donc quelle est cette impossibilité au bonheur de tous?

— Non, non, c'est inutile; vous ne pourriez rien changer à ce qui existe et moi je ne puis renoncer à ma position. Il faut que la baronne et Blanche partent avec leurs domestiques et le plus tôt possible; sans cela, l'éveil est donné et tout s'effondrera au premier jour.

— Vous parlez mystérieusement; voyons, mon cher Henri, vous n'avez donc aucune confiance en moi? Faites-moi toutes vos confidences, le ciel nous inspirera. Vous êtes troublé, il n'y a plus de paix en votre âme, ouvrez-la-moi, vous serez soulagé, car, je le vois bien, au fond vous n'êtes pas heureux!

Il avait une voix si paternelle et lui serrait si affectueusement les mains, que le baron en fut touché aux larmes; il compara en une seconde, par la pensée, le bonheur calme qui était à sa portée et les difficultés de sa position à la cour; son cœur se gonfla, ses yeux se mouillèrent. Vincent, devinant ce qui se passait en lui, ouvrit les bras et le reçut sur son cœur où il le serra avec tendresse.

Alors, naïvement, le baron raconta tout ce qui le tourmentait tant, son amour des grandeurs et la protection de l'Italienne, accordée et acceptée, sans conditions verbales sans doute, mais reposant absolument sur l'ignorance où elle était du mariage de Palussac, ignorance que, loin de chercher à faire cesser, il entretenait, au contraire, par tous les subterfuges possibles. Cette confession, à peu près la même qu'il avait faite au docteur quelques temps auparavant, fut accueillie d'une façon bien différente, quoique la conclusion en fût la même.

Très indigné, au fond du cœur, de la mauvaise foi de son compatriote, le saint abbé fit un effort violent sur lui-même pour n'en rien laisser voir; il sentait bien qu'avec une nature aussi faible il ne fallait rien brusquer, mais l'amener peu à peu à de meilleurs sentiments. Déjà une partie de sa mission était accomplie, puisqu'il avait obtenu un aveu complet de cette triste situation; il s'agissait maintenant de décider Palussac à éclairer Albina, au risque de perdre sa protection et à venir demander à la baronne un pardon qui lui serait du reste accordé sans conditions.

Quelles onctueuses paroles le bon Vincent trouva pour persuader le baron! Avec quelle délicatesse il sut faire vibrer une à une toutes les cordes encore saines de ce pauvre cœur tourmenté! Comme son accent affectueux et doux corrigea ce que ses admonestations pouvaient avoir de trop dur! Un père parlant à son fils bien-aimé n'aurait pas trouvé de mots plus tendres, d'expressions plus persuasives.

Comment le baron aurait-il pu résister à cette voix de Dieu, qui

IL N'APERÇUT PAS L'OMBRE DIFFORME QUI LE SUIVAIT. (P. 13?.)

lui parlait en termes si exquis de tout ce qu'il retrouverait de bonheur près d'une femme et d'une fille qui l'aimaient tant ! Il se rendit complètement, et le saint prêtre eut la grande joie de recevoir de lui deux promesses : celle de venir, dès le soir même, visiter la baronne et Blanche, et celle aussi de parler à Albina et de ne lui rien cacher de ses liens de famille.

## XIII. — Comment le baron se montre joyeux d'une triste nouvelle, et comment il est dangereux de ne pas regarder derrière soi en marchant.

Réellement touché par les paroles amicales que l'abbé Vincent lui avait adressées et fidèle à la promesse qu'il venait de lui faire, le baron Henri de Palussac se dévêtit de ses beaux atours, mit un costume plus simple et surtout plus sombre, et se dirigea vers la rue Tire-chape, à l'heure du souper, sans avoir cherché auparavant à revoir Albina.

Certes, il ne faiblissait pas ; son désir de revoir sa femme et sa fille, sa volonté de s'expliquer avec l'Italienne étaient toujours les mêmes et cependant il poussait des soupirs bruyants, son cœur lui semblait devenu si gros qu'il en souffrait réellement et tout cela par crainte de voir s'effondrer sa fortune.

— Je puis considérer ma chute comme un fait accompli, se disait-il en marchant dans les rues déjà sombres; quel intérêt Albina aurait-elle à me ménager, quand elle saura tout? Je ne pourrai même pas intéresser la reine à mon sort, elle n'agit que par la volonté de son entourage ; je suis un homme fini, oui, fini. Ma disgrâce sera connue de tous; je deviendrai la risée générale; je n'aurai plus qu'à disparaître, hélas! au moment où mon rêve était si beau... Pourquoi faut-il que j'aie eu autrefois l'idée saugrenue de me marier; c'est une véritable corde que je me suis passée au cou. Henri de Palussac garçon... Quelle différence! et comme j'aurais la main pleine d'atouts dans ce moment. Allons, ne pensons plus à cela, j'ai promis à l'abbé Vincent. Il est étonnant, l'abbé Vincent, il vous retourne le cœur et fait de vous tout ce qu'il veut; on n'a réellement plus son libre arbitre quand on se met à écouter ses raisons.

Il était si préoccupé, tant de pensées s'agitaient dans sa pauvre cervelle, qu'il n'aperçut pas l'ombre difforme qui le suivait de près.

Cette ombre, car il nous semble possible d'appeler ainsi le personnage qui, en suivant le baron, ne semblait pas toucher la terre, tant il prenait soin d'étouffer le bruit de ses pas, cette ombre avait surgi de l'encoignure d'une porte voisine du Louvre ; cette ombre évidemment était là en faction et, à l'immense cape qui lui tombait des oreilles aux talons, on devinait facilement qu'elle était décidée à prolonger cette faction, malgré la brume de la nuit dont ce manteau avait peine à la défendre.

La faction ne s'était pas prolongée autant qu'on le craignait, paraît-il, car une exclamation de joie, bien vite étouffée, sortit de l'interstice qui existait entre le chapeau rabattu et le collet relevé de cet immense manteau ; tout doucement, l'informe tas noir quitta l'encoignure hospitalière et suivit de près le baron, comme on voit une petite barque large et trapue suivre le sillage tracé par une élégante corvette.

Quand la corvette fut entrée en rade, c'est-à-dire dans la maison du marquis, force fut bien à la petite vilaine barque d'amarrer dans le voisinage.

— Monsieur le baron ! s'écria Léonard en apercevant son maître, quelle surprise ! et comme cela se trouve bien, madame vient justement de recevoir des lettres du pays, et elle en est tellement bouleversée que nous nous demandions, Claudie et moi, ce que nous pourrions bien faire pour la calmer.

— Allons, qu'y a-t-il de nouveau encore, demanda Palussac avec un mouvement d'impatience, vais-je donc assister à quelque drame ? La maison est-elle brûlée ? le pays inondé ? la comtesse de Blac paralysée ?

— Pis que cela, monsieur le baron, bien pis que cela, elle est morte, la pauvre comtesse, et madame vient d'en apprendre la nouvelle il n'y a qu'un instant.

— Alors je vais voir des pleurs, des yeux rouges, entendre des soupirs ; c'est gai, vraiment ! Je n'avais guère besoin d'un surcroît d'ennui dans ce moment.

— Monsieur le baron s'ennuie à la cour ? Voilà qui est bien incroyable ; pour que monsieur le baron s'ennuie, il faut qu'il soit fort mal servi ; si monsieur le baron s'était souvenu que Léonard n'est pas tout à fait un imbécile et l'avait gardé près de lui, monsieur le baron n'aurait certainement pas une mine aussi longue et aussi triste qu'il l'a aujourd'hui, car Léonard aurait soigné monsieur le baron...

— C'est bien, en voilà assez, interrompit Palussac; je trouve, monsieur Léonard, que votre langue prend par trop de liberté et que vous feriez bien de la mordre un peu avant de l'agiter. Conduisez-moi vers la baronne et taisez-vous.

Dans ses yeux mouillés, Louise eut un rayon de joie en voyant entrer le baron.

— Merci, lui dit-elle en lui serrant la main, merci d'être venu à mon appel, vous êtes bon et vous avez eu pitié de mon désespoir; je vous en suis mille fois reconnaissante.

— Remettez-vous, Louise, un peu de calme, voyons; ne pleurez pas ainsi, où est Blanche que je l'embrasse?

— Me voici, papa, cria la mignonne fillette en sautant d'un bond au cou de son père. Aimez-vous encore un peu votre petite fille, mon papa chéri, votre petite Blanchette qui vous aime tant? J'ai donc été bien désobéissante et vous m'en punissiez en ne revenant pas? Mais j'ai demandé pardon au bon Dieu, dans toutes mes prières et je vois bien qu'il m'a pardonnée, puisque vous voilà; quel bonheur, nous allons donc enfin ne pas pleurer du matin au soir, n'est-ce pas, petite mère?

Le baron lui rendit ses baisers aussi tendrement que sa nature un peu sèche le lui permettait; il la déposa à terre et l'enfant, ravie, courut bien vite annoncer à Bernard l'arrivée de son cher papa.

Son départ occasionna forcément un moment de gêne au baron; il ne voulait donner aucune explication à sa femme et la conversation ne lui semblait pas facile à entamer; mais il se souvint tout à coup de la nouvelle que Léonard lui avait annoncée et, quoiqu'en temps ordinaire le nom de la comtesse de Blac fût proscrit de ses discours, il se trouva heureux d'avoir à parler d'elle, ne voulant pas parler de lui-même.

— Vous venez, paraît-il, de recevoir de mauvaises nouvelles de Dax? dit-il, j'ai regret pour vous du chagrin que la mort de la comtesse ne peut pas manquer de vous faire.

— Oh oui, j'ai du chagrin, dit Louise en cherchant vainement à retenir ses larmes, mon enfance s'est passée près d'elle, elle me traitait comme sa fille et je n'étais pas là pour lui fermer les yeux! Pardonnez-moi de dire ces choses, j'ai tant de peine de n'avoir pu l'embrasser une dernière fois.

— C'est un sentiment naturel qui vous honore, reprit le baron, décidé à se montrer plein de mansuétude.

— J'ai reçu une lettre de sa main, écrite quelques heures avant sa mort, c'est une sainte relique pour moi, la voulez-vous lire ?

— Inutile, ma mie, conservez-la précieusement si vous y tenez, c'est naturel, mais je désire, comme vous le savez, rester en dehors de tout ce qui a quelque rapport avec M\u1d50ᵉ de Blac.

— Cependant, pour les choses d'intérêt, il faudra bien au moins que vous me donniez un conseil, je suis si novice en ces sortes d'affaires.

— De quelles affaires voulez-vous parler ? demanda Palussac subitement intéressé. La comtesse aurait-elle fait quelques dispositions en votre faveur ?

— Mais oui, répondit Louise avec un calme qui prouvait combien cette question avait peu d'intérêt pour elle auprès de son chagrin.

— Un testament! et vous ne me dites rien, ma mie, s'écria Palussac avec feu. Voyons bien vite de quoi il s'agit; en vérité, Louise, vous êtes tellement détachée des choses de ce monde que, pour un peu, vous auriez négligé de m'apprendre cette intéressante nouvelle.

— Voici toutes les lettres que je viens de recevoir : celle de ma bienfaitrice, d'abord; puis celle de son confesseur et celle de son homme de confiance ; prenez-en connaissance.

Le baron s'assit devant une petite table et dévora plutôt qu'il ne lut ces trois missives.

Il parcourut légèrement celle de M\u1d50ᵉ de Blac, du moins dans la première partie toute remplie de sentiments tendres et de regrets de n'avoir pas sa fille adoptive près d'elle ; il fit la grimace en lisant la seconde partie : la comtesse, sans employer une seule expression dont il aurait pu se formaliser, expliquait à Louise qu'en raison de la légèreté qu'elle avait cru découvrir dans le caractère du baron et vu son attitude irrespectueuse envers elle, elle s'arrangeait de façon à ce qu'il ne pût disposer de la fortune qu'elle laissait.

C'était elle-même, la baronne Louise de Palussac, qui était légataire universelle, à charge par elle de faire différents dons, et après sa mort, toute cette fortune appartenait de droit et entièrement à sa fille Blanche.

Le curé racontait les derniers moments de M\u1d50ᵉ de Blac et attestait qu'elle avait eu sa connaissance jusqu'à la fin; en outre, il chargeait la baronne de faire savoir à l'abbé Vincent de Paul que la comtesse ne l'avait pas oublié et qu'il tenait une somme de cinquante mille livres à sa disposition pour la fondation d'une de ses bonnes œuvres.

La lettre de l'homme d'affaires était remplie de documents les plus précieux : liste des terres, bois, fermes, prés, vignes, étangs entourant le château, puis le total des sommes d'argent déposées dans les coffres de la comtesse. Tout le détail de l'argenterie, linge, vêtement, tout bien classé par rang selon sa valeur et appartenant dès ce jour à la baronne de Palussac.

Le baron eut bientôt fait d'estimer dans sa tête à combien pouvait se monter cet héritage. En laissant de côté tous les objets mobiliers, il arriva facilement à la jolie somme de deux cent mille livres, ce qui était, à cette époque, une très grosse fortune.

— Vous voilà fort riche, madame, dit-il en se levant et en saluant respectueusement la baronne. Je vous en félicite.

— *Nous* voilà fort riche, voulez-vous dire, mon ami, et j'en suis plus aise pour vous que pour moi ; j'ai si peu de goûts de luxe que l'argent m'est indifférent, excepté pour ceux qui meurent de faim, mais je comprends que lorsqu'on veut tenir son rang à la cour, il faut être riche et c'est en cela que je bénis ma bienfaitrice d'avoir pensé à nous ; peut-être, quand vous aurez une maison largement montée et installée absolument selon votre désir, ne rougirez-vous plus d'y vivre et j'aurai alors la grande joie de vous avoir plus souvent près de moi.

Le baron fut touché de l'abnégation de sa femme. Il prit sa main et la baisa.

— Comment, Louise, dit-il, vous ne voulez pas suivre M^me de Blac dans sa façon d'agir vis-à-vis de moi? Vous ne voulez pas m'exclure complétement de cet héritage?

— Avez-vous pu le supposer? demanda Louise avec affection, la comtesse a désiré que le fond de sa fortune revînt intact à ma fille, mais elle n'a pas songé un seul instant, j'en suis bien sûre, à vous priver du grand confortable que cette fortune nous donne. Mon seul désir va être d'employer cet argent d'une façon qui vous soit agréable et je me trouverai heureuse si vous voulez bien me dire ce qu'il faut faire pour cela.

— Vous êtes charmante, ma mie ; vous me touchez réellement et je me repens fort des soucis que j'ai pu vous occasionner, mais croyez bien que désormais vous n'en aurez plus à mon sujet. Je suis décidé à rompre avec ces habitudes de cour qui m'ont trop éloigné de vous et de Blanche; l'abbé Vincent m'avait déjà fait voir hier toute la vilenie de ma conduite et converti à de plus saines doctrines. Si mon crédit à la cour souffre de mon nouveau genre de vie, je m'en consolerai, j'espère, près d'une si affectueuse épouse.

Louise était radieuse ; son mari lui promettait justement ce qu'elle désirait; elle bénit sa chère mère adoptive d'avoir, par sa libéralité, su réparer son bonheur, hélas! bien attaqué ; et quand le baron fut retourné à son domicile du Louvre, elle fit une bien longue et bien fervente prière d'actions de grâce.

La petite Blanche avait voulu conduire son papa jusqu'au bout de la rue; elle l'embrassa dix fois en lui faisant promettre de revenir bientôt. Il promit tout ce qu'elle voulut, et la fillette ravie rentra en chantant, suivie par Claudie qui ferma soigneusement la vieille porte aux vieux clous rouillés. Il s'en alla l'âme beaucoup plus joyeuse qu'en arrivant, ce cher baron ; cet héritage arrivait justement si à propos que, malgré son scepticisme, il était tout près de croire à une intervention du ciel en faveur de ses affaires personnelles.

Il marchait à grands pas, toujours suivi par la petite ombre courte et large qui avait assisté, invisible, aux tendres adieux faits par Blanche à son père.

— Voilà qui va simplifier la confidence qu'il me faut faire demain à Albina, se disait Palussac ; un homme qui se sent riche a beaucoup plus d'aplomb qu'un pauvre diable ; si Albina le prend de trop haut et fait mine de me dire des choses dures, je saurai bien lui répondre et lui prouver que je ne l'ai pas trompée. En somme, m'a-t-elle jamais demandé si j'étais libre et si je voulais l'épouser? Pourvu que la signora ait pour quelques sols d'esprit, elle ne se fâchera pas et ne fera rien pour me nuire; de mon côté, je m'engagerai à la traiter avec autant de respect que la reine elle-même et à proclamer partout que c'est la meilleure et la plus désintéressée des protectrices ; et somme, si elle veut se venger en me faisant tomber en disgrâce, j'aurai toujours la consolation d'être riche et de pouvoir, si je suis las de Paris, mener dans mon confortable château de Gascogne la vie large et honorable d'un gentilhomme campagnard.

Depuis qu'il était à la cour, jamais le baron n'avait joui d'un repos si doux que celui qu'il goûta cette nuit-là. Pendant qu'il dormait du sommeil des justes, ou du moins de celui que procure une saine et lonnête résolution prise, un conciliabule secret se tenait dans la chambre de Lorenzo.

Joseph Varocher, l'ombre courte et large qui avait suivi Palussac, venait de frapper trois coups à la porte de l'escalier dérobé ; Albina veillait en l'attendant, tandis que Lorenzo s'était endormi sur un fauteuil ; elle vint elle-même lui ouvrir.

— Ouf! dit le boiteux, ce grand diable d'homme m'a fait courir comme si j'étais de la même espèce qu'un lapin, je n'en puis plus; mais, vous le voyez, la fatigue ne l'emporte pas sur mon zèle, et quand j'ai quelques bonnes nouvelles à annoncer, je ne crains pas ma peine.

Sans plus de cérémonie, il s'assit sur un escabeau, tandis qu'Albina restait debout. Lorenzo s'était réveillé en sursaut.

— Le baron est donc déjà sorti, demanda-t-il, et vous avez des nouvelles?

— Et de bonnes, je le répète, reprit le vilain homme; le grand escogriffe a quitté le Louvre à la tombée de la nuit, j'ai emboîté son pas, il m'a promené dans un tas de rues, pas belles. Finalement, il s'est arrêté rue Tirechape et engouffré dans une maison d'assez modeste apparence. J'ai eu la patience d'attendre et de surveiller la bicoque, on ne voyait rien par les volets fermés, mais au bout de deux bonnes heures, il est ressorti escorté par une jeune femme et une petite fille qui sautait autour de lui en riant. Au bout de la rue, la petite fille l'a embrassé plusieurs fois et la jeune femme l'a presque emmenée de force, tant elle prenait plaisir à se suspendre au cou de ce grand échalas que j'ai de fortes raisons personnelles pour ne pas aimer.

— Et la femme, demanda Albina, comment était-elle?

— Coiffée d'un mouchoir, comme les femmes du Midi ; elle appelait la jeune fille M^lle Blanche. C'était une chambrière, je pense.

— Et vous reconnaîtriez la maison? demanda Lorenzo.

— Je crois bien; j'irais les yeux fermés.

— Alors, vous y retournerez demain matin et vous vous arrangerez pour savoir qui est cette femme, qui est cette petite fille et quels liens les unissent au baron de Palussac; cette maison ne doit pas être habitée par elles seules?

— Non, bien sûr, car c'est un valet dont je n'ai pu voir les traits qui a ouvert au monsieur; mais le renseignement que vous demandez ne sera pas si facile à prendre que vous le pensez. La rue n'a pas de boutiques, ce ne sont que des maisons particulières avec de grands jardins ; il ne doit pas y passer vingt personnes par jour.

— Ceci est votre affaire, vous êtes payé en conséquence, dit Albina. Cependant, pour encourager votre zèle et vous récompenser d'avoir agi si vite, prenez cette petite somme en plus. Allez-vous-en, maintenant, et que demain à midi je sache ce que vous aurez fait dans la matinée. Il est urgent pour moi d'apprendre quelque chose sur les habitants de cette maison avant le souper, heure à laquelle je dois revoir le baron.

Varocher s'en alla en faisant une série de saluts du plus pénible effet. La somme supplémentaire n'était pas si petit que les paroles d'Albina avaient pu le lui faire croire d'abord ; il sentit cela en prenant la bourse et se crut obligé de proportionner ses saluts à son poids. Quel spectacle navrant que ce savetier courbant son échine tortillée et ses jambes cagneuses avec un air sournois et avide ! Quel triste sire et bien capable de faire les métiers les plus abjects pour quelques pièces de monnaie.

C'était une chance pour lui qu'Albina eût besoin de ses secours car, lorsqu'elle voulait en arriver à ses fins, elle ne ménageait pas l'or, et, très rapace au fond, savait être généreuse quand son intérêt était en jeu.

— Eh bien ! ma sœur, lui dit Lorenzo quand Varocher fut parti, vous voyez que jusqu'ici le baron n'a dit que la vérité : une compatriote et une petite fille, c'est bien cela. Quittez donc cette mine lugubre qui ne vous sied pas du tout et allez vous reposer pour me permettre d'en faire autant.

— Vous n'êtes pas exigeant, mon frère, si vous vous montrez satisfait de ce que nous venons d'apprendre : cette fillette qui embrasse si tendrement le baron, cette chambrière qui appelle cette enfant mademoiselle, ce valet qui ouvre la porte, tout cela me prouve que la situation de ces gens-là n'est pas misérable ; alors que veut dire cette histoire de dénûment absolu dans lequel étaient soi-disant ces femmes quand le baron les a rencontrées à son hôtel ? Tout ceci est bien louche et demain je veux être éclairée.

— En attendant, croyez-moi, ma chère Albina, allez reposer ces beaux yeux qui me semblent creusés par la fièvre et permettez à votre frère, à défaut d'autre, de vous servir de cavalier servant et de vous conduire jusqu'à votre porte.

La nuit de l'Italienne ne fut pas, à beaucoup près, aussi tranquille que celle de Palussac; elle se retourna en vain, s'agita en tous sens et ne put trouver le sommeil.

— Que ferai-je à cet homme, comment me vengerai-je si je découvre quelque chose de contraire à mes projets, se disait-elle, je ne puis pourtant pas jouer éternellement le rôle de fiancée abandonnée? Il est vrai qu'il n'y a eu aucunes fiançailles; j'ai même manœuvré assez habilement pour que personne à la cour, excepté Concini et Eléonore, ne se doute de mes projets. Misérable Palussac! ses tergiversations me mettent en rage; ne suis-je donc pas un assez bon parti pour lui? Je me demande souvent si le titre de baronne de Palussac que j'envie, vaut toute la peine que je me donne pour l'obtenir... En somme, il est nul, ce pauvre baron, et trouve moyen, quoique bel homme et distingué dans ses manières, de se rendre grotesque par ses toilettes extravagantes; oui, il est parfois ridicule, mais il n'a aucune volonté, j'en ferai absolument ce que bon me semblera; et puis, enfin, il n'y a pas à lutter, c'est comme un sort, je me suis accrochée à cette idée-là et je ne puis penser à autre chose. Quelle situation j'aurai s'il m'épouse, ce sera superbe : j'ai là en poche sa nomination à la surintendance du château d'Angers, une vraie sinécure et qui n'oblige pas à quitter la cour, si on préfère y rester. M^me la surintendante, baronne de Palussac! Voilà des titres qui me plairaient. Enfin nous verrons bien comment tout cela finira, mais je dois me méfier de mon premier mouvement, il n'est ni bon ni sage. Il faut étouffer la colère qui souvent m'a fait agir d'une façon regrettable. A tous les maux il y a des remèdes, quand on est décidé, surtout comme je le suis, à ne reculer devant rien.

**XIV. — Où Joseph Varocher constate qu'il est parfois plus dangereux de se livrer à l'espionage qu'à la confection des savates.**

Le jour commençait à peine à paraître, les Parisiens dormaient; il n'était pas encore l'heure où les manouvriers se rendent à leur travail, et pourtant la porte d'une vilaine maison de la rue du Coq s'entr'ouvrit doucement et un homme, étrangement vêtu, se glissa dans la rue presque sombre, heureux sans doute de n'avoir été vu par personne de son voisinage, car, après avoir constaté que nul passant ne

10

pourrait rire de son accoutrement, il fit entendre une espèce de grognement de satisfaction et se dirigea du côté de la rue Saint-Honoré, aussi vite qu'une claudication très accentuée pouvait le lui permettre.

Si cet homme jouissait dans son quartier d'une réputation d'ouvrier tranquille et de brave savetier, on comprend aisément qu'il n'eût souci de se montrer à ses voisins et à ses clients affublé de la sorte.

Il portait des sandales, dont les rubans de couleur vive lui remontaient jusqu'aux genoux, enserrant dans leurs zigzags fantaisistes des chausses longues et étroites en étoffe de laine rouge, qui accentuaient encore sa cagnosité ; de vieux morceaux de velours de différentes sortes, aussi rapés que fanés, avaient été cousus ensemble et formaient une espèce de sac, percé de trois trous, par lesquels passaient sa tête et ses bras ; les manches de cette blouse étaient de gaze à raies blanches et or ; une ceinture en soie jaune à frange, s'enroulait autour de la taille courte et mal tournée de ce petit homme ; pour manteau il avait une loque éfrangée, pour coiffure un mouchoir à carreaux noué autour de la tête et dissimulant, près des oreilles, la naissance d'une barbe blanche énorme, si énorme même, qu'elle envahissait ses joues presque jusqu'aux yeux et ses lèvres jusqu'aux narines ; ainsi accoutré, cet homme n'eût certes pas été reconnu par son meilleur ami, si tant est qu'un être aussi repoussant pût avoir quelqu ami.

Ses yeux seuls, au regard de travers, auraient pu le dénoncer ; mais il avait eu soin de poser sur le mouchoir à carreaux qui cachait ses cheveux, un chapeau en forme de galette, orné de pompons multicolores, dont le rebord large retombait sur son front et mettait presque tout son visage dans l'ombre ; il portait, suspendu à son cou, une vielle en fort mauvais état et soutenait sa marche branlante, par un solide gourdin pouvant servir, à l'occasion, d'arme défensive.

Il s'achemina vers la rue Tirechape sans trop se presser.

— Je suis en avance, se disait-il, la confection de mon costume m'a demandé moins de temps que je ne le craignais, et il me semble assez réussi dans son genre ; voyons si je réussirai aussi bien mon rôle que mon déguisement ; en somme, Joseph Varocher n'est pas un imbécile, et quand il s'agit de gagner de l'argent, du bon argent, il sait trouver, dans sa tête difforme, mille ruses que les plus beaux hommes du monde ne trouveraient peut-être pas dans la leur. Cette

Italienne est généreuse, c'est pour moi une poule aux œufs d'or que je vais tâcher d'apprivoiser et de faire longuement chanter ; minute, ma belle dame, vous êtes pressée de savoir les secrets du baron, c'est possible ; mais je ne vous les vendrai qu'un à un et le plus cher que je pourrai.

Tout en monologuant ainsi, il suivait la rue Saint-Honoré et remontait vers la Bastille, chemin qu'il connaissait déjà puisqu'il l'avait fait la veille à la suite de Palussac ; seulement, ce matin-là, il ne s'installa pas en face de la maison du marquis, c'était inutile, il savait qu'elle n'avait qu'une issue; il trouva plus prudent de rester rue Saint-Honoré, et de s'accoter commodément sur la borne qui faisait le coin de la petite rue de la Tonnellerie.

Les gens du quartier, qui commençaient à se rendre à leur ouvrage, le regardaient beaucoup, fort étonnés de voir si matin cet étrange vielleux, qui restait coi sur sa borne, sans jouer de son instrument, ou demander l'aumône, et lui, pour se soustraire à leurs questions curieuses, qui auraient pu le distraire, prit le parti de se rencogner en feignant de dormir ; il put, de cette façon, au travers de ses cils, ne pas perdre de vue la porte qui l'intéressait.

Ce fut le marquis lui-même et son petit-fils Bernard qui sortirent les premiers, leur gros livre sous le bras, pour se rendre à l'église des Innocents, où ils allaient dévotement entendre la messe; il leur fallait passer près de Varocher; celui-ci, devinant la chose, quitta sa borne, fit tourner sa manivelle, et vint, en exagérant sa boiterie, leur tendre la main.

— Grand-père, voyez le pauvre vieux, dit Bernard avec compassion, ne lui donnerons-nous rien?

— Hum! voilà un singulier accoutrement pour un honnête homme, murmura le marquis, les vrais infirmes n'ont pas besoin, ordinairement, de se vêtir d'oripaux pour intéresser à leur sort. Approchez, bonhomme, comment vous nommez-vous? d'où sortez-vous? Et pourquoi êtes-vous si ridiculement affublé?

— Mon bon monsieur, je viens de fort loin, je suis des montagnes de la Bohême, il y a des années que je vis du pain que me donnent les bonnes âmes; je ne peux pas travailler étant plein de misères, mais je suis si las, si las, que la meilleure charité serait de me laisser reposer un moment chez vous, puisque vous habitez près d'ici; je suis sans gîte.

— Comment savez-vous que j'habite près d'ici, demanda le soupçonneux marquis, vous vous êtes donc placé là pour m'espionner ?

— Nenni, monsieur, c'est par hasard, je vous le jure bien.

— Inutile de jurer, prenez cette pièce et allez vous reposer dans
quelqu'auberge faite pour cela, ma maison n'est pas habituée à recevoir des hôtes accoutrés comme vous l'êtes. Viens, Bernard, allons
prier pour les voyageurs et les infirmes.

— Merci, monsieur, merci de votre aumône; dites-moi quel nom
je dois donner à mon bienfaiteur dans mes prières, fit humblement
Varocher, pensant que feindre la dévotion près d'un homme qui allait
si matin à l'église était chose fort habile de sa part.

— Inutile, inutile, conclut le marquis, nous vous avons fait la charité
selon la mesure de nos moyens, portez vos pas ailleurs maintenant et
allez à la recherche d'un logement, puisque vous êtes si fatigué.
Vois-tu Bernard, dit-il à son petit-fils en continuant son chemin, ce
qui tuera la charité, ce sont les faux pauvres et celui-là en est un.

— Comment avez-vous pu reconnaître cela si vite, grand-père, et
pourquoi lui avez-vous donné alors?

— Je lui ai donné, mon enfant, parce que je me suis imposé, comme
punition à ma vieille avarice, de ne jamais refuser à qui me demandera, dût mon aumône n'être pas bien placée; quant à reconnaître
sa fourberie, c'était bien facile, cet homme, qui porte une barbe si
blanche, n'est pas vieux, le coin de ses yeux louches n'est pas ridé,
il a les mains vulgaires mais jeunes; sa barbe est donc fausse comme
sa soi-disant origine bohémienne; il a certainement un intérêt sérieux à se déguiser et à s'introduire dans les maisons.

— Voilà un bonhomme peu crédule, se dit le boiteux, il n'a pas
porté grande créance à mes discours, il n'est guère bavard non plus,
et n'a pas voulu me dire son nom; pour savoir ce qui m'intéresse, il
me paraît prudent de me fournir de renseignements avant son retour
de l'église; m'est avis qu'il ne me verrait pas d'un œil très doux
rôder autour de chez lui.

Quand il fut à quelques pas de la maison du marquis, il se mit à
tourner la manivelle de son instrument, et chanta ce couplet de
Ronsard sur un rythme bizarre et sauvage :

> Ma douce jouvense est passée,
> Ma première force est cassée,
> J'ay la dent noire et le chef blanc,
> Mes nerfs sont dissous, et mes veines,

Tant j'ay le corps froid, ne sont pleines
Que d'une eau rousse au lieu de sang.

Le bruit d'un châssis qui s'ouvrait fit lever les yeux au bancroche, il aperçut la tête charmante de Blanche qui le regardait curieusement.

— Viens donc, viens donc, Claudie, cria-t-elle à la chambrière, viens donc entendre ce singulier chanteur.

Claudie accourut; c'était chose si rare que de voir un bohémien passer dans cette tranquille rue, que la servante et la jeune fille prirent un vrai plaisir à considérer l'accoutrement de cet original mendiant.

Il reconnut aisément la petite demoiselle qu'il avait aperçue la veille, et tout en se rapprochant de la fenêtre, il entonna un autre couplet :

J'ay la teste toute estourdie
De trop d'ans et de maladie,
De tout costez, le soin me mord;
Et soit que j'aille ou que je tarde;
Tousjours après moy je regarde
Si je verrai venir la mort.

— Cet air est bien singulier, fit Blanche, je n'ai jamais entendu chanter ainsi.

— C'est un étranger qui voudrait des sols, dit Claudie, irais-je en demander à madame?

— Va, ma bonne, va, moi je veux écouter encore sa chanson.

Quand Varocher vit la fillette seule à la fenêtre, il ne perdit pas son temps à chanter.

— Damoiselle, dit-il, ayez pitié de moi.

— Ma servante Claudie est allée quérir pour vous des pièces d'argent, et maman est si bonne qu'elle va certainement lui en donner.

— Merci, jolie demoiselle; mais que votre bon vouloir aille jusqu'à me remettre vous-même cet argent, et, en reconnaissance, je vous dirai votre bonne aventure.

— Alors, vous êtes un sorcier?

— Pas tout à fait, mais je sais beaucoup de secrets et je vous parlerai d'un monsieur que vous aimez bien et que vous avez embrassé tendrement hier au soir dans cette rue.

— Papa, c'est papa qui vous envoie? demanda l'enfant avec vivacité; attendez, je descends tout de suite.

Et sans attendre le retour de Claudie, elle accourut à la porte : peut-être n'aurait-elle pu l'ouvrir seule, mais elle fut aidée par le vieilleux qui se trouva ainsi dans l'allée, presqu'au pied de l'escalier, avant que personne, dans la maison, ne s'en doutât.

— Qu'est-ce que papa vous a dit pour moi? demanda-t-elle.

— Il ne faut pas confondre, ma petite demoiselle, reprit Varocher, craignant de commettre quelque erreur; moi je parle du grand monsieur qui est venu vous voir hier soir, et que vous avez reconduit jusqu'au bout de la rue.

— Eh bien ! oui, c'est papa, le baron de Palussac, est-ce qu'il est malade ?

— Non pas, mais il a peur que vous ne vous ennuyez dans cette vieille maison, et il m'a envoyé pour vous distraire.

— Mais je ne m'ennuie pas avec maman, ne vous a-t-il pas donné quelque message pour elle ?

Claudie, entendant parler au bas de l'escalier, et reconnaissant la voix de sa jeune maîtresse, descendit.

— Comment, Mademoiselle, vous avez fait entrer cet étranger, sans demander auparavant l'autorisation à Mᵐᵉ la baronne?

— Il apporte des nouvelles de papa; je veux qu'il monte, maman lui parlera et lui donnera plus d'argent encore.

— Varocher, qui savait à présent tout ce qu'il voulait savoir, se serait bien passé de monter; mais, la curiosité d'une part et de l'autre, l'espoir d'un bénéfice inattendu, le décidèrent à suivre l'enfant et la servante.

Fort étonné de se trouver en face d'une si jeune et si jolie dame, il salua respectueusement.

La baronne se demanda si réellement son mari avait pu choisir un tel messager; elle considéra longuement cet étrange mendiant et dit enfin :

— Vous avez quelque communication à me faire de la part du baron de Palussac?

— C'est bien la femme, la vraie femme du baron de Palussac, qui me fait l'honneur de m'interroger? dit Varocher en répondant à une demande par une autre demande.

— Insolent, dit Claudie, de quoi vous mêlez-vous? Faut-il donc tant de précautions pour dire à Mᵐᵉ la baronne ce qui vous amène.

— Vous, la fille, qui vous parle? Closez votre bouche, ou sinon je vous jette un sort, et votre prétendu vous tournera le dos ; laissez-moi parler seul à M^me la baronne, puisque baronne il y a.

L'aplomb de Varocher devenait excessif, il se voyait avec des femmes sans défense et il avait envie de les intimider, espérant se voir offrir une bonne somme pour se retirer.

— Je ne laisserai pas ma chère maîtresse avec un malotru de votre espèce, déclara Claudie, et je me tiens tout près de la fenêtre, pour appeler Léonard et Jacqueline, si vous êtes grossier.

— Chut donc, vous faites du bruit inutile, la belle, et si M^me la baronne veut seulement me donner un petit écu, je vais lui prédire son avenir.

— Je ne veux rien savoir sur mon avenir, répondit Louise, à qui cette scène déplaisait profondément ; si vous n'avez rien à me dire de la part du baron, veuillez vous en aller sur-le-champ ; nous sommes de bonnes chrétiennes et ne désirons pas connaître ce que Dieu, dans sa sagesse, a trouvé bon de nous cacher.

— Et la conduite du baron ne vous intéresse pas non plus ? demanda le bohémien d'un ton goguenard ; vous ne seriez pas bien aise de savoir ce qu'il fait à la cour, et pourquoi il vous cache si soigneusement que votre existence est encore un mystère pour les gens qu'il fréquente le plus ?

— Je ne désire rien savoir, vous dis-je, et je vous ordonne de sortir.

— Ma petite dame, vous avez tort de me traiter ainsi, vous m'intéressez beaucoup et je ne vous aurais pas vendu bien cher les secrets de votre volage époux ; moi, je n'ai nul désir de le ménager, attendu que j'ai une vieille haine contre lui, et, croyez-moi, une femme avertie des légèretés de son mari, a beau jeu contre lui et les mauvais tours qu'il peut lui jouer.

Ce que disait cet homme frappait Louise en plein cœur ; elle ne put réprimer un mouvement d'impatience, et d'une voix âpre, qu'on ne lui connaissait pas encore, elle le somma de se retirer sur-le-champ.

Claudie, derrière laquelle Blanche s'était cachée craintivement, appela Léonard qui travaillait au jardin ; mais il était grand ce jardin, et avant qu'il l'eût traversé, cet horrible bohémien avait encore le temps de dire des choses qui pouvaient faire souffrir sa maîtresse et effrayer l'enfant. Par bonheur, la vieille Jacqueline entr'ouvrit la porte, la jeune servante lui mit la main de Blanche dans la sienne et lui montra le jardin d'un geste expressif qu'elle comprit; elle emmena l'enfant, mais non sans avoir auparavant fait le signe de la croix, en apercevant l'être informe qui lui semblait le diable en personne, et en cela elle ne se trompait pas beaucoup.

Quand la fillette fut partie, Claudie reprit son assurance.

— Madame vous a déjà dit trois fois de sortir, s'écria-t-elle, faudra-t-il donc que je vous pousse dehors.

— J'attends la pièce que la petite demoiselle m'a promise, reprit cyniquement le vilain homme. Mme la baronne ne voudrait pas qu'il arrivât malheur à sa fille, ce qui ne manquerait pas si elle ne me donnait cette gratification à laquelle j'ai droit.

— Taisez-vous, misérable, s'écria Claudie en le saisissant par le bras; n'allez-vous pas, maintenant, tourmenter ma bonne maîtresse par vos mauvais présages? Si vous êtes sorcier, allez porter vos sorcelleries ailleurs et un peu vite encore.

Et, en disant ces mots, elle le poussa vers l'escalier; justement le marquis et Bernard rentraient de l'office, et à la vue de cet homme qui ne lui inspirait aucune confiance, le marquis oublia son grand âge et fut d'un bond en haut de l'escalier.

— Que venez-vous faire chez moi, vagabond? hors d'ici, hors d'ici, dépêchez-vous.

— Monsieur, criait Claudie, il a insulté madame, c'est un sorcier.

Varocher descendait comme il pouvait, fort gêné par sa boiterie et n'y voyant pas très clair, parce que son chapeau était retombé sur ses yeux; le marquis, réellement en colère, et trouvant qu'il ne se pressait guère, le poussa un peu fort et voilà que le boiteux perdit l'équilibre; le poids de son instrument le tirant en avant, il tomba la tête la première dans l'escalier, bondit de marche en marche, et, quand il arriva en bas il ne se releva pas, sa barbe s'était détachée, son mouchoir à carreaux déplacé et une forêt de cheveux roux s'échappait de sa coiffure; sa tête venait de porter sur la dernière marche de l'escalier, un filet de sang coulait, barbouillant son cou, ternissant son vêtement et formant déjà une petite mare par terre. Il était fort pâle et ne remuait pas; le marquis le crut tué sur le coup; sa colère tomba et il se prit à regretter amèrement la poussée un peu violente, résultat de son indignation, qui avait déterminée la chute du bohémien.

— Je savais bien qu'il se cachait, dit-il, et qu'il n'était pas aussi vieux qu'il voulait le paraître; quel intérêt pouvait-il avoir à entrer ici, qui donc l'a introduit?

— C'est M<sup>lle</sup> Blanche, répondit Claudie, il a prétendu être envoyé par le baron.

— C'était un mensonge, ajouta la baronne, car il est venu me proposer de me livrer, moyennant argent comptant, les secrets de mon mari.

— C'est un misérable, dit le marquis, mais nous ne pouvons néanmoins le laisser sans secours; je m'aperçois qu'il respire, que le ciel en soit béni, j'aurais eu toute ma vie la mort de cet homme sur la conscience.

Léonard entrait en ce moment.

— Par la corne de bouc, s'écria-t-il, je connais ce malotru-là, c'est le savetier Joseph Varocher qui a été l'amie et sans doute le complice de l'indigne Ravailhac. M. le baron et moi l'avons arrêté un jour et il a été mis en liberté par un autre complice, c'est du gibier de potence.

— Pour une fois, tu dis la vérité, mon garçon, reprit le marquis, mais tout gibier de potence qu'il est, nous ne pouvons pas le laisser mourir comme un chien; portons-le dans le jardin, sur le gazon, l'air lui fera du bien et un peu d'eau fraîche le remettra sur pieds.

Léonard lui prit les épaules, le marquis les jambes, mais un hurlement que poussa le misérable les arrêta net. Il ouvrit les yeux, tant la douleur qu'il ressentait était vive; il s'était déboîté le genoux et le fit savoir au milieu de juremens tous plus horribles les uns que les autres.

Quand sa souffrance fut moins aiguë, il demanda à être reconduit chez lui, rue du Coq; et comme le marquis n'avait pas de plus vif désir que de s'en débarrasser, il ordonna à Léonard de se mettre à la recherche de deux hommes et d'une civière, ce qui fut assez facile à trouver. Le cortège se mit en route, escorté par le valet gascon qui devait voir par lui-même si le malheureux pouvait espérer quelques soins de ses voisins.

Le rapport qu'il fit à son retour sur le dénûment du savetier était si navrant que le marquis et la baronne décidèrent d'aller eux-mêmes, dans l'après-midi, porter à Varocher du linge, de la charpie et quelques cordiaux. Blanche et Bernard auraient bien voulu les accompagner, mais on trouva leur présence inutile ce jour-là, et ils furent invités à jouer au jardin, sous les yeux vigilants de Jacqueline et du

Claudie, Léonard devant accompagner la baronne et le marquis.

Ils allaient visiter ce misérable dans des sentiments bien différents; le marquis, pris de confusion devant son moment de colère, ne
pensait qu'à réparer par de l'argent le tort que sa vivacité avait causé
au vielleux, mais il était bien décidé, une fois sa conscience apaisée
par une riche aumône, à ne plus s'occuper de cet homme, qui lui
semblait la personnification de la fausseté; la baronne pensait à son
âme, ce malheureux lui paraissait bien à plaindre d'en être réduit,
pour gagner sa vie, à venir, dans le sein des familles, jouer le rôle de
sorcier, d'espion, et vendre des secrets, peut-être inventés par lui
dans le seul but de gagner quelques sous; elle se disait que la souffrance et le vice étaient écrits en lettres très visibles sur sa face
difforme et que la meilleure charité serait d'adoucir cette misère
morale, encore plus pénible que la misère matérielle.

**XV. — Où sont surpris : Albina de voir la ba-
ronne; le marquis de voir de l'or; Varocher de
voir tant de monde; et le baron de ne rien
voir du tout.**

Les heures se passaient et la belle Albina attendait en vain son
messager. Vingt fois elle avait parcouru la distance qui séparait son
appartement de celui de son frère, espérant toujours que Varocher
serait-là, et vingt fois sa déception avait été la même, sa patience
était à bout, elle devenait furieuse.

— Je lui avais tant recommandé de venir avant midi, se disait-elle,
j'ai eu tort de lui donner hier une somme en plus, il aura été la boire
au lieu de travailler pour moi; si Lorenzo n'était retenu par son service je l'enverrais chez cet homme et il m'apporterait des nouvelles.
Il est urgent que je sois renseignée aujourd'hui, car ce soir, après le
souper, mon service me laissant libre, je réunis chez moi quelques
amis et le baron ne manquera pas de venir, je pense; il faut donc que
je sache tout ce qui le concerne afin de me tenir sur mes gardes et
de manœuvrer d'une façon habile.

Elle dîna de fort mauvais appétit quoiqu'au fond elle conservât
l'espoir de voir arriver le boiteux; jusqu'à la quatrième heure de
l'après-midi, elle espéra encore, mais elle était si agitée qu'elle donna
l'ordre de renvoyer les visiteurs qui pourraient se présenter.

Le baron de Palussac, suivant la promesse qu'il avait faite à l'abbé Vincent, vint demander l'honneur d'être reçu, mais la consigne était pour lui comme pour tous : on lui répondit que madame souffrait d'une migraine et que désirant être guérie pour sa réunion du soir, elle se reposait.

Jamais congé ne fut plus agréable au baron tant il était aise d'éviter une explication en tête-à-tête; il chargea la suivante de dire à sa maîtresse son regret de ne pouvoir la saluer, car un héritage considérable qui lui arrivait subitement le forcerait peut-être à s'absenter et il ne savait s'il lui serait possible de venir lui présenter ses hommages avant son départ.

Il se trouva extrêmement habile en voyant l'air admiratif et les nombreux saluts dont la chambrière le gratifia à l'annonce de son héritage; il ne douta pas un seul instant qu'Albina ne fût prévenue sur l'heure de cette nouvelle et se dit qu'il était toujours bon de se poser en homme riche; on aurait pour lui une considération toute autre, même après l'explication qu'il n'espérait pas éviter.

Albina qui écoutait derrière un rideau de velours ne perdit pas un mot de ce que disait Palussac.

— Un héritage, il vient de faire un héritage, pensa-t-elle, mais alors il est indispensable à présent que je l'épouse! il devient un excellent parti! J'aurai de la fortune, une situation superbe, un mari dont l'esprit n'éclipsera pas le mien, mais c'est un rêve et qui se réalisera, je le jure, dussé-je passer par-dessus les obstacles les plus insurmontables. En attendant, je veux le voir, je veux qu'il m'explique pourquoi cet héritage l'oblige à s'absenter, il faut qu'il vienne, je le veux.

Elle prit son papier le plus soyeux et le plus parfumé, et traça d'une main assez habile pour une étrangère les lignes suivantes :

« Bien cher baron et charmant ami,

» Que me dit ma chambrière? est-il possible? quoi, vous allez partir et peut-être sans que je vous revoie? La sotte fille de ne vous avoir pas reçu tout à l'heure, quel remède meilleur pouvait-elle trouver à mon mal que la spirituelle causerie d'un ami comme vous; je l'aurais battue pour ce méfait, mais me souvenant que vous autres Français, pratiquez plutôt la douceur avec vos gens, je me suis contenue; que ne ferais-je pas pour prendre les habitudes d'un pays si

délicieux où je voudrais être assurée de finir mes jours, entourée de
tous ceux que j'aime! Donc, baron, ayez quelques égards pour une
malade qui ne se consolerait pas de vous voir partir sans s'excuser
de la façon un peu brusque dont elle vous a quitté hier. Venez ce
soir, vous me l'avez promis, ne manquez pas à votre promesse, vous
me rendriez la femme la plus malheureuse du monde, et que serait
ma réunion si le plus élégant gentilhomme de France et de Navarre
n'était là? Venez me dire si votre absence sera longue, j'en suis inquiète. Ah! povera, que vais-je devenir sans votre gracieuse présence,
c'est une si délicieuse chose que l'amitié.

                                              » ALBINA. »

— Et dire que ce stupide Palussac croira tout ce fatras dont je ne
pense pas le premier mot, dit la jeune femme en riant malgré elle;
faisons porter cette lettre chez lui, je suis absolument sûre qu'il viendra. Mais Varocher ne vient pas, lui, et il faut que je le voie pourtant; je n'ai plus qu'une ressource, c'est d'aller le trouver, peut-être
aura-t-il éprouvé aujourd'hui quelque difficulté à rentrer au Louvre;
oui, c'est cela, ce doit être cela.

Elle appela sa chambrière et se fit revêtir d'une longue cape d'étoffe
sombre, mit sur ses cheveux noirs une mantille épaisse et sur son
visage un masque de velours.

L'usage du masque était alors très répandu et presque toutes les
dames de qualité ne sortaient que cachées sous cet incommode objet
de toilette.

L'Italienne, en cette circonstance, n'aurait eu garde d'oublier le
sien; quoique la course n'en valût guère la peine, elle prit cependant
une chaise à porteur et se fit escorter de son petit laquais, un enfant
d'environ douze ans, pommadé, luisant, et aussi bien galonné que
possible.

Les badauds de la rue du Coq, et il s'en trouvait à cette heure-là
sur le pas de leur porte, regardèrent avec grande curiosité cette
chaise superbe, ce minuscule valet de pied, et lorsque la dame disparut dans l'allée obscure et malpropre de la demeure du savetier, ils
entourèrent les porteurs et le petit laquais, les interrogèrent sur cette
belle visiteuse et conclurent que ce cagneux de Varocher avait bien
de la chance d'être protégé par tant de grandes dames; en effet,
quelques instants avant l'arrivée d'Albina, un visiteur et une visi-

teuse, venus à pieds ceux-là et suivis d'un laquais de taille ordinaire, étaient déjà entrés chez le savetier.

L'Italienne s'était fait désigner le réduit habité par Varocher; peu accoutumée à visiter les malheureux, elle ne posait le pied qu'avec précaution sur les pavés glissants de la petite cour humide qu'il lui fallait traverser et sur les marches usées de l'escalier; elle portait à ses lèvres son mouchoir parfumé, le cœur lui manquait et il fallait que son désir de voir le boiteux fût bien excessif pour qu'elle ne s'en retournât pas sans aller plus loin.

Enfin elle atteignit la porte délabrée qu'elle n'avait besoin que de pousser pour entrer, mais elle n'entra pas, le spectacle qu'elle vit la cloua au seuil de cette mansarde, elle regarda et elle écouta.

Sur un bas et misérable grabat, Varocher était étendu; agenouillée près de lui, une femme blonde, mince, charmante, bandait sa jambe et lui disait d'encourageantes paroles qui ne parvenaient pas à calmer les grincements de dents du patient; quand le genou fut pansé, elle mit sur la blessure de sa tête une compresse fraîche, puis elle prit des mains de Léonard un verre de vieux vin réconfortant que celui-ci aurait trouvé beaucoup mieux placé dans son estomac que dans celui du malheureux.

Pendant ce temps, le vieux marquis faisait la revision du triste mobilier qui garnissait ce bouge sordide : deux chaises démantelées, une table boiteuse, quelque vaisselle ébréchée dans un coin et enfin des instruments de cordonnerie.

— Si cet homme a un état, pensait-il, pourquoi s'abaisser à jouer le rôle de pitre et à mendier? il faut donc qu'il y trouve un grand profit : pourtant le dénuement de son logis ne me prouve pas qu'il gagne de grosses sommes à ce métier-là. C'est cependant un espion, je le parierais, mais il est pauvre, donnons-lui une assez forte somme pour qu'il ne manque de rien tant qu'il ne pourra travailler.

Le marquis voulut serrer la bourse qu'il tenait à la main dans le tiroir de la table, il le tira, et comme il éprouvait une certaine résistance, il le tira plus fort encore, sans égard aux exclamations de Varocher qui lui criait de ne pas toucher à ses affaires. Le tiroir céda tout à coup, et une pluie de pièces d'or et d'argent se répandit sur le pavé malpropre de la chambre.

Un affreux jurement répondit aux exclamations de surprise qui s'échappèrent des lèvres de tous les assistants; comment aurait-on pu supposer, en effet, que ce misérable besoigneux possédât un pareil trésor? Cette découverte mit le marquis et Léonard en rage, la baronne fit le signe de la croix tant les jurons de Varocher l'impressionnaient, Albina seule fut satisfaite.

— Ah! il est avare, se dit-elle, tant mieux, il ne reculera devant rien pour satisfaire sa passion et je le tiens, puisque je tiens son secret; voilà un homme qui fera désormais, pour un écu, tout ce que je voudrai.

— Fourbe, traître, s'écria le marquis, tu viens tendre la main voler le pain des pauvres, et cela sans en avoir besoin! Je t'avais bien jugé, misérable, reste seul et fais-toi soigner puisque tu as de l'argent; partons, ma cousine, je regrette vraiment les soins que vous avez donnés, de vos propres mains, à cet être indigne.

— Je l'avais bien dit que c'était un gibier de potence, se crut obligé d'ajouter Léonard, si nous lui avions tordu le cou le jour où le baron de Palussac et moi le tenions entre nos mains, nous aurions fait une œuvre pie.

Albina s'avança en entendant parler du baron, elle s'adressa au vieux marquis qu'il lui semblait reconnaître; sans lui avoir jamais parlé, elle avait dû le voir à la cour, quand il y venait, jadis, du temps du feu roi Henri.

— Quel méfait a donc commis cet homme pour encourir ainsi votre courroux? demanda-t-elle; s'il a pu amasser quelques petites économies, est-ce donc un crime à mériter la corde ou l'étranglement, comme le dit ce valet?

L'étonnement de la baronne et du marquis avait été grand en voyant entrer cette femme toute vêtue de velours noir et le visage masqué; le blessé lui-même fit sur son grabat un mouvement de curiosité car, au premier moment, il ne reconnut pas cette belle dame qui semblait prendre sa défense.

— Quel méfait, quel crime il a commis! s'écria le marquis, mais il s'est conduit chez moi comme un espion et un malotru; il s'est introduit chez moi, le marquis de Limoux-Palussac, en mon absence, il a cherché à intimider madame ma cousine, la baronne de Palussac, et à lui soutirer de l'argent par un moyen déshonnête, et quand elle l'a sommé de se retirer, il a résisté et il m'a fallu le pousser dehors.

— Et ça n'est pas votre faute si je ne suis pas mort du coup, vieille tête branlante, cria le misérable; ne craignez rien, je n'oublierai pas

votre sensé repentir qui vous amène chez les gens et qui vous autorise à fouiller dans les tiroirs comme un voleur.

Albina s'était rapprochée de Louise et la dévisageait avidement.

— Votre nom, madame, lui demanda-t-elle en imposant silence à
son émotion.

— Mon cousin ne vient-il pas de vous le dire, madame, je n'ai nul
intérêt à le cacher, je suis la baronne Henri de Palussac.

— La femme du gouverneur des pages de Sa Majesté?

— Elle-même.

La foudre en tombant aux pieds d'Albina ne lui eût pas occasionné
une secousse plus violente que ces simples paroles ne venaient de le
faire; elle ne put se soutenir et tomba assise sur le pied du grabat;
seulement alors, Varocher la reconnut et, voulant montrer à celle qui
le payait qu'il avait bien gagné son argent, il lui dit :

— On ne vous parle pas de l'enfant, de la petite fille, c'est la fille
du baron et de madame, si ce vieux brutal ne m'avait pas démoli
comme il l'a fait, vous n'auriez pas eu besoin de venir ici chercher
des nouvelles, signora.

— Madame, quel intérêt tout ceci peut-il avoir pour vous? demanda
Louise en tremblant.

— Oui, oui, quel intérêt? expliquez-vous, s'écria le marquis, vous
avez l'air de connaître parfaitement cet homme, est-ce donc pour
votre compte qu'il nous espionnait? Veuillez nous dire votre nom,
madame, et ôter ce masque, puisque tous ici nous avons la face découverte.

Puis voyant que l'Italienne ne bougeait pas et ne cessait de regarder Louise, il ajouta avec impatience :

— Ayez l'obligeance de nous dire si nous avons devant nous une
grande dame ou une intrigante; lorsqu'on dissimule si soigneusement
son visage, le doute est bien permis, je pense.

Sans daigner lui répondre, Albina se leva et vint tout près de la
baronne.

— Depuis combien de temps êtes-vous sa femme? demanda-t-elle
d'une voix âpre.

Mais Louise ne répondait pas; affreusement émue de tous ces incidents et le cœur lui battant à se rompre, elle avait peine à se tenir
debout.

Albina lui prit le bras et le serra à la faire crier.

— Répondez donc, répondez donc, disait-elle en frappant du pied.
Mais la baronne ne put articuler un mot.

— A quoi bon insister, dit enfin l'Italienne, vous n'êtes qu'un brin
d'herbe et je vous briserais si bon me plaisait.

Et comme si ses paroles eussent eu besoin d'une sanction le geste
qu'elle fit pour repousser le bras qu'elle tenait encore suffit à faire
chanceler la pauvre Louise, qui serait certainement tombée, sans
le secours que Léonard lui porta.

Albina, après avoir dit un mot bas à Varocher, se retirait majestueusement, mais le marquis, que tout cela choquait et intriguait à
l'extrême, se mit en travers de la porte.

— Madame, j'en suis fâché, mais vous ne sortirez pas sans m'expliquer votre conduite et me montrer votre visage.

— Vous serez satisfait quant à la seconde partie de ce que vous
demandez, dit-elle en détachant son masque, vous voyez que je suis
assez belle pour n'avoir crainte de me montrer, ni souci d'une faible
rivale; moi, je suis une femme, une vraie femme, avec ses haines et
ses affections; malheur à qui se trouve sur mon chemin, je marche
dessus impitoyablement.

Et profitant de la stupéfaction du vieillard, elle sortit de cette mansarde la tête haute, le regard fier, comme si elle eut remporté quelque éclatante victoire.

Quand elle fut partie, Louise ne put retenir un sanglot; par une
espèce d'intuition douloureuse, elle vit son existence brisée par cette
femme, son bonheur fini, sa fille sacrifiée, elle poussa un cri déchirant et s'évanouit. . . . . . . . . . . . . . . . . . .

. . . . . . . . . . . . . . . . . . . . . . . .

De tumultueuses pensées s'agitaient dans le cerveau de l'Italienne;
la colère, la jalousie, le dépit d'avoir été si grossièrement trompée,
mettaient sur son beau visage une expression qui n'avait rien
d'agréable; elle s'en rendit compte en jetant un coup d'œil dans son
miroir et s'enferma chez elle, ordonnant qu'on allât sur-le-champ lui
quérir son frère Lorenzo.

Ces deux êtres, bien faits pour s'entendre, causèrent longtemps, et
le soir, quand les premiers invités d'Albina vinrent, selon leur promesse, emplir son salon, qui donc, quelque perspicace qu'il fût, qui
donc se serait douté de l'orage qui grondait encore dans son cœur ?
Assurément ce ne pouvait être le baron de Palussac, premièrement

parce qu'il n'était pas perspicace du tout et ensuite parce que jamais la jolie Italienne ne s'était montrée plus douce, plus langoureuse et plus charmante que ce soir-là.

Aussitôt qu'elle le vit entrer, elle accourut au-devant de lui, la main tendue.

— Ah! cher baron, que de grâces ne vous dois-je pas pour tenir si aimablement votre promesse, et cela à la veille du départ que vous m'avez annoncé aujourd'hui.

— J'avais besoin de vous voir et de causer avec vous, lui dit Palussac, j'ai de graves révélations à vous faire et peut-être un pardon à vous demander.

— Et moi aussi, fit-elle en l'entraînant dans une embrasure, j'ai un pardon à obtenir de vous; j'ai fait aujourd'hui la connaissance de la baronne de Palussac.

— Vous avez vu la baronne? s'écria-t-il en pâlissant affreusement.

— Oui, je l'ai vue chez un misérable que nous allions secourir; elle est charmante, votre femme, baron, et je pourrais vous en vouloir de ne me l'avoir pas encore fait connaître; ma surprise a été si grande que je n'ai pas eu la présence d'esprit de me nommer, de mé dire de vos amies, et c'est de cela que j'implore mon pardon, me l'accorderez-vous?

Palussac croyait rêver, eh quoi! c'était Albina, c'était cette fière Italienne dont il redoutait le courroux, c'était elle-même qui lui demandait si gracieusement pardon d'un bien petit manquement à la civilité! il ne savait plus que penser, se croyait le jouet d'une hallucination et tirait fort la barbiche de son menton pour s'assurer qu'il ne sommeillait pas.

Mais non, il était bien réveillé, son interlocutrice le regardait gracieusement, attendant un pardon qu'elle paraissait fort désireuse d'obtenir; Palussac s'inclina aussi bas qu'il put et avec un respect qui n'avait rien de feint :

— Ah! signora, c'est moi qui suis à vos pieds, dit-il humblement, et c'est au sujet de la baronne que j'implore votre bienveillance, je voulais justement, ce soir, vous parler d'elle et vous expliquer pour quelles causes j'ai jusqu'ici négligé de vous la présenter.

Il lui conta, avec force broderies gasconnes, le vœu de solitude fait par Louise au chevet de sa fille mourante; il lui parla de la délicate santé de la mère et de l'enfant qui leur permettait seulement une vie

11

retirée et monastique ; enfin il parla, il parla sans s'arrêter, encouragé par Albina qui lui faisait d'habiles questions sans qu'il s'en doutât. L'intrigante jeune femme apprit ainsi, en une demi-heure, tout ce qu'elle désirait savoir sur la famille de Palussac, sa situation de fortune et son héritage. Quand elle le quitta, toujours souriante et affectueuse, son plan était arrêté, et peu à peu, elle l'avait amené à lui demander les conseils qu'elle brûlait de lui donner.

Non, il ne devait pas partir pour régler cette succession ; à quoi bon sacrifier sa position à la cour, puisque c'était la baronne qui héritait personnellement ? Ne valait-il pas cent fois mieux que ce fût elle-même qui allât veiller à ses propres intérêts ? Il y avait même là une question de délicatesse de sa part, il ne devait pas paraître trop empressé pour cette fortune qui ne lui appartenait pas ; mais comme son devoir de bon mari était de veiller sur sa femme, il la ferait escorter par deux valets : Léonard qui connaissait le pays et avait l'habitude de la servir, et son propre valet à lui-même, le fidèle Carmini sur lequel il pouvait compter absolument et dont le dévouement serait indispensable à la baronne, tandis que lui, pourrait toujours le remplacer à la cour pour son service personnel.

Ces idées entrèrent donc peu à peu dans la petite cervelle étroite du baron et il en vint à croire qu'il les avait conçues lui-même ; il se trouva, comme toujours, un homme de génie pour avoir su tout concilier, ses intérêts et son ambition ; il ne douta pas un seul instant que la baronne n'approuvât complètement ses projets et sans attendre plus longtemps, prit congé de la charmante Albina et s'en fut rapidement rue Tirechape, sans même prendre le temps de remplacer son élégant costume de cour par une tenue plus simple.

Il ne marchait pas, il courait ; il ne courait pas, il volait.

Non, jamais il n'avait été si heureux ; tout s'arrangeait selon ses désirs et ce qu'il redoutait lui était épargné. La délicieuse italienne, loin de lui en vouloir et de lui retirer sa protection, lui avait donné les meilleurs conseils du monde et fait entrevoir qu'il ne resterait plus bien longtemps dans la situation quasi inférieure qu'il occupait encore.

C'était donc en même temps les honneurs, la fortune, une situation exempte d'embarras, puisqu'il avait avoué à sa femme et qu'elle lui avait pardonné, sa conscience en repos et enfin la continuation d'une bonne amitié avec une femme absolument désintéressée, dont il apprenait à connaître en ce jour toutes les bonnes qualités.

Les mines qui l'attendaient rue Tirechape le firent un peu choir du septième ciel dans lequel il planait depuis quelques instants; la baronne, très fatiguée des émotions de la journée et de son long évanouissement, ne put lui dire que quelques paroles empreintes du souci qui lui rongeait le cœur.

Le baron la trouva fort injuste de parler sur ce ton amer d'une femme qui venait justement de dire d'elle des choses aimables; il le lui fit remarquer un peu aigrement, ce qui acheva de désespérer la pauvre Louise; aussi quand il lui fit part de ses intentions à l'égard de son voyage en Navarre, accepta-t-elle d'abord avec joie cette occasion de fuir ce triste Paris, pour aller revivre quelques jours dans le beau pays où son enfance s'était passée.

Elle donna son plein consentement à ce projet, accepta même avec reconnaissance l'offre d'un second valet dont le baron se disait sûr, lui sachant gré de se priver pour elle de ce zélé serviteur.

Ce ne fut qu'à la réflexion, lorsqu'elle envisagea le danger d'un si long voyage pour Blanche et la fatigue qu'elle en éprouverait, la difficulté d'emmener Claudie, ce qui, dans le cas où l'enfant partirait avec elle, serait une chose indispensable, ce fut seulement à ce moment, disons-nous, que la pauvre baronne sentit l'angoisse remplacer le peu de joie qu'elle avait éprouvée un instant; autre angoisse aussi pour elle que de rester si longtemps loin d'un époux léger, si peu fait pour lutter contre les embûches et les tentations qui encombrent le chemin de l'existence.

Elle se trouva très faible contre tant de soucis et eut, comme toujours, recours à la prière; le lendemain, elle faisait dire à l'abbé Vincent de venir la voir, ayant des conseils à lui demander et des recommandations à lui faire.

### XVI. — Comment Blanche tomba par terre et le baron dans un extrême étonnement.

Telle était l'impatience éprouvée par la baronne de voir l'abbé Vincent, qu'elle ne put attendre le retour du messager qu'elle lui avait envoyé; il faisait, en ce jour de mai, un beau soleil brillant, la température, exquise, invitait à la promenade.

Bernard et Blanche ne demandaient qu'à prendre l'air, et Louise, heureuse de leur procurer ce plaisir, leur proposa d'aller jusqu'à l'hôtel de Gondi, situé vis-à-vis l'hôtel du Luxembourg, près la porte Saint-Germain, par conséquent dans la seconde enceinte, ce qui constituait un véritable petit voyage.

Depuis quelques mois, le Révérend Père de Bérulle, l'ami et directeur de l'abbé Vincent de Paul, lui avait fait quitter sa cure de Clichy pour entrer en qualité de précepteur dans la famille d'Emmanuel de Gondi, général des Galères.

Cette position pouvait être plus honorifique que celle de curé d'une si modeste paroisse, mais Vincent, qui sentait toujours son cœur attiré vers les pauvres et les petits, ne quitta ses chers paysans que pour obéir aux ordres de son supérieur et non pas sans ressentir un grand déchirement.

Au moment où sa destinée subissait ce changement, il en avait prévenu la baronne en lui écrivant ces mots :

« C'est à l'hôtel de Gondi, madame et chère sœur, que vous me trouverez désormais quand les peines que Dieu envoie à ceux qu'il aime le plus, vous sembleront trop fortes pour vous seule. Vous ne me verrez plus dans cette campagne de Clichy, où je passai deux années, si douces et si consolantes; hélas ! si je regrette mes chers paroissiens, eux, de même, semblent regretter leur pasteur. « Quand » je m'éloignai de ma petite église, mes yeux étaient baignés de lar- » mes et je bénis ces hommes et ces femmes, qui venaient vers moi » et que j'avais tant aimés, mes pauvres y étaient aussi et ceux-là » me fendaient le cœur. »

C'était donc à l'hôtel de Gondi que la baronne de Palussac avait envoyé Léonard avec une missive des plus pressantes pour l'abbé, mais à peine Léonard était-il parti, que Louise avait regretté de n'être pas allée elle-même trouver le saint prêtre, et cela lui était d'autant plus facile que Mme Emmanuel de Gondi, loin d'être une étrangère pour elle, lui avait toujours témoigné une gracieuse amitié dans leurs rencontres chez Mme de Maignelais, la propre sœur d'Emmanuel de Gondi.

Voilà donc pourquoi nous voyons, vers la deuxième heure de l'après-midi, la baronne, Bernard et Blanche, suivis de Claudie, s'acheminer pédestrement, comme des gens de modeste qualité, vers la vieille demeure des Gondi.

C'était une fort grande promenade, les enfants étaient peu accoutumés à en faire de semblables, aussi quel plaisir ! quels cris de joie ! quels transports de reconnaissance ! on chargea Claudie d'une grande corbeille, destinée à recueillir les fleurs des champs qu'on butinerait en chemin ; on emporta un délicat goûter, qu'on se réjouissait de croquer assis sous les grands arbres et les pieds dans l'herbe fraîche ; c'était une partie de campagne, et au siècle d'Henri IV comme au nôtre, les parties de campagne ont toujours charmé les enfants et souvent même les grandes personnes.

Il nous est difficile, à l'époque présente, de nous représenter le Luxembourg en dehors de Paris, au milieu des champs et des prés, auxquels on n'arrivait que par de petites rues noires et boueuses, dont la rue Féron, un ancien vestige de ce temps-là, était une des plus belles. Il y avait même danger à s'aventurer sans armes dans certaines de ces ruelles ou le long des murs hauts et nus des couvents et des abbayes qui existaient en grand nombre dans ce quartier-là, car il n'était pas rare de voir tout à coup surgir d'un porche sombre un mendiant et malôtru personnage, qui vous détroussait sans la moindre vergogne, ou bien encore, on y pouvait déranger des seigneurs, des officiers, en train de ferrailler et de se percer le cœur le plus honnêtement du monde.

La baronne ne pensa nullement à ces inconvénients ; en somme, ceux qui allaient aux environs du Luxembourg n'en revenaient pas tous sans vêtement et avec quelques pouces de fer dans la peau. Elle partit donc, heureuse d'échapper par la fatigue de la marche aux soucis dont sa pauvre tête endolorie était pleine.

Si quelque chose pouvait la distraire de ses préoccupations, c'était bien la gaieté de sa fille chérie ; Blanche rayonnait, ses joues avaient un incarnat que sa mère n'y voyait pas tous les jours ; elle redressait gaiement sa taille mince, qu'une croissance excessive la forçait parfois à incliner, malgré les appareils nommés *corps* dont on affublait alors les enfants comme les grandes personnes ; elle donnait la main à son cousin Bernard, qui semblait la protéger comme le fait un grand frère avec sa jeune sœur ; ils étaient charmants tous les deux, elle, mince et élégante dans son costume blanc qu'elle n'avait jamais quitté depuis le vœu de sa mère, et lui, fier et superbe de tournure, ressemblait déjà à un jeune homme.

Ils marchaient devant la baronne, qui les considérait avec tendresse, et trois sentiments différents se partageaient son cœur : la gratitude, la crainte et l'espoir. Certes, la gratitude venait en première ligne et pas un jour ne se passait sans qu'elle ne remerciat le ciel de lui avoir conservé cette enfant bien-aimée, qu'elle avait vue si près du tombeau; elle ne regrettait pas le vœu que son désespoir lui avait arraché à cette heure terrible; oh! non, elle ne regrettait pas la réclusion à laquelle elle s'était condamnée, mais avait-elle, par cette promesse, enchaîné sa fille en même temps? avait-elle disposé à jamais de l'avenir de cette enfant en la consacrant à la Vierge? elle se le demandait avec crainte, nous devons le dire; ces deux enfants lui semblaient si bien faits l'un pour l'autre! ces deux mains, qui s'unissaient naïvement, si bien faites pour ne jamais se séparer et elle cherchait à rappeler tous ses souvenirs, un peu obscurcis par les chagrins de ces dernières années; elle se revoyait dans cette chambre noire et humide, écoutant le souffle embarrassé de sa fille et se demandant si chaque soupir n'était pas le dernier; elle se revoyait à genoux, les mains jointes, les cheveux dénoués, folle de douleur et s'écriant : « Mon Dieu, sauvez-la, sauvez-la; je vous promets de vivre retirée du monde, et vous, Vierge Marie, je vous consacrerai mon enfant. » Quelle était son intention alors? avait-elle, par ces derniers mots, entendu vouer simplement sa fille aux blanches couleurs de la Vierge ou bien l'avait-elle consacrée corps et âme, sans restriction, au service de la sainte Mère de Dieu? Mais alors, de quel droit liait-elle cette enfant, à laquelle le ciel ne donnerait peut-être pas la vocation religieuse? il lui semblait que ce droit, elle ne l'avait pas, et un peu d'espoir, espoir matériel assurément, lui venait en pensant à l'union si bien assortie qu'elle souhaitait de toutes ses forces et qu'elle savait le marquis tout disposé à favoriser.

De cela aussi, elle voulait parler à l'abbé Vincent, oh! que de choses elle avait à lui dire!

M$^{me}$ de Gondi la reçut, l'embrassa tendrement; elle ne pouvait se lasser de regarder et de caresser Blanche, elle à qui le ciel avait refusé une fille. Tandis que la baronne causait avec l'abbé Vincent, dans la pièce voisine, M$^{me}$ de Gondi fit venir ses enfants; Pierre, l'aîné, un vrai démon, qui donnait bien du souci à son saint précepteur, fut en quelques minutes l'ami de Bernard, dont il avait l'âge; le second, Henri, blond et délicat, vint prendre la main de Blanche et lui montra bien vite un album où étaient représentés tous les grands dignitaires de l'Eglise; il mit le doigt sur un prélat vêtu de pourpre :

— Voilà mon portrait, lui dit-il, je serai cardinal et je passerai devant monsieur mon frère, quoiqu'il soit l'aîné.

— Mais c'est de l'orgueil, lui dit Blanche naïvement.

— C'est justement ce que me répète l'abbé Vincent tous les jours, mais qu'importe? je suis ambitieux, je serai cardinal.

Et, de fait, il l'eût été si la mort ne fût venue le prendre si tôt e donner sa place dans l'Eglise à son plus jeune frère, François, le chevalier, qui n'avait aucune vocation, mais que la force des événements fit entrer dans les ordres; ce chevalier dormait pour l'instant dans ses langes, sur les genoux de sa nourrice, et quand la baronne entra dans le parloir, elle trouva Blanche jouant à la poupée avec le futur et trop fameux cardinal de Retz. Celui-ci, plus encore que ses deux aînés, devait, par son insubordination, rendre difficile la tâche de Vincent de Paul.

De quelle patience l'abbé ne dut-il pas s'armer pour tenir tête avec calme à ce fougueux caractère, à cette difficile nature !

Il lui fallut, pour continuer pendant douze ans l'éducation de ces terribles élèves, une force, une abnégation qu'il ne puisait que dans la prière; il lui fallut aussi l'affection et l'admiration qu'il avait pour leur sainte mère, M^me de Gondi, qui le suppliait à genoux de ne pas abandonner ses enfants, dont elle souhaitait bien plus, disait-elle : « Faire des saints dans le ciel que des grands seigneurs sur la terre. »

Par le sourire sérieux que sa mère lui adressa, Blanche devina que de grandes choses s'étaient décidées entre elle et l'abbé Vincent; elle devint sérieuse à son tour, remit le petit François de Gondi entre les mains de sa nourrice et se rapprocha de la baronne.

— Ma fille, ma chère Blanche, lui dit sa mère sur un ton presque solennel, mettez-vous à genoux, M. l'abbé va vous bénir; le dernier jour de ce mois consacré à la Vierge Marie, vous allez faire votre première Communion; le soir même, je partirai pour la Navarre, je vous laisserai près du marquis et de votre père, sous la protection de Dieu et du bon abbé, qui viendra vous voir souvent et vous parler du ciel.

Et comme un sanglot étreignait la gorge de l'enfant à la pensée de se séparer de sa mère :

— Ne pleurez pas, ma chérie, mon absence ne sera pas éternelle, s'il plaît à Dieu, et nous l'aurons dans notre cœur, ce Dieu si bon, si puissant, il nous donnera la force de supporter la douleur de la séparation.

Puis, embrassant tendrement sa fille, elle lui murmura dans l'oreille :

— Je te laisse près de ton père, ma Blanche, pour que tu lui parles souvent de Dieu et de ta pauvre maman.

L'abbé Vincent et M<sup>me</sup> de Gondi étaient très émus, Bernard faisait des efforts héroïques pour refouler ses larmes, enfin il y parvint, et s'avançant devant la baronne, il s'écria, la voix tremblante :

— Puisqu'il faut que vous partiez, madame ma cousine, vous pouvez partir tranquille, je veillerai sur Blanche, soyez-en sûre, et nul mal, nul maléfice ne lui arriveront, car j'y mettrai bon ordre, je le jure, et malheur à qui toucherait à ma sœur.

M<sup>me</sup> de Gondi s'avança à son tour vers la baronne et lui dit en lui serrant les mains :

— Madame, mon amie, si vous voulez bien le permettre, votre fille deviendra un peu la mienne pendant votre absence, je l'irai voir souvent, j'aurai de ses nouvelles par M. l'abbé, et si quelque malaise la faisait souffrir, je la soignerais avec grande amitié et tendresse, comme je soignerais ma propre fille, si le ciel m'avait trouvée digne d'en avoir une.

La baronne ne put que se jeter dans les bras de l'admirable femme et tendre sa main à Bernard qui la baisa fort respectueusement.

Les deux pieuses mères firent agenouiller leurs chers enfants aux pieds de l'abbé Vincent qui posa les mains sur ces jeunes têtes brunes et blondes et fit une ardente prière à Jésus Notre-Seigneur, pour qu'il retînt toujours à son service ces petites âmes innocentes.

Quand la baronne eut pris congé de M<sup>me</sup> de Gondi et de l'abbé, il était près de cinq heures ; c'était le moment favorable à la cueillette des fleurs, il faisait moins chaud et l'herbe qui venait d'être chauffée par le soleil répandait dans l'air un parfum délectable : c'était l'heure aussi de goûter aux bonnes friandises préparées par Claudie, mais ni les fleurs, ni les friandises n'avaient le don, ce jour-là, de distraire les enfants de leurs pensées ; ils se tenaient de chaque côté de la baronne ; sérieux, ils écoutaient ses douces paroles, semblant craindre d'en laisser perdre une sans la recueillir pieusement dans leur cœur.

Ils reprirent le chemin qu'ils avaient suivi quelques instants auparavant: la baronne semblait fatiguée et Bernard lui offrit l'appui de
son bras, il était déjà assez grand pour servir de gentil cavalier.

Nous avons dit que les rues étaient fort étroites aux environs de
l'hôtel du Luxembourg, mais on ne s'en apercevait pas trop tant il y
passait peu de monde; cependant, depuis quelque temps, la reine
régente semblait avoir pris ce coin de Paris en grande amitié, elle y
venait parfois s'entendre avec Jacques de Brosse, architecte de talent
en qui elle avait la plus entière confiance, au sujet du palais qu'elle
voulait faire bâtir au milieu de ces beaux terrains plantés de vieux
arbres. Dans ce cas-là, un petit détachement d'archers précédant sa
voiture et deux gentilshommes à cheval à chacune des portières du
carrosse, constituaient toute son escorte; malgré ce bien petit dé-
ploiement de pompe, les habitants du quartier accouraient tous aux
portes et aux fenêtres, et plusieurs même escortaient la voiture
royale.

Or, en cette journée de mai, si belle, si pure et si lumineuse, le
dauphin, comme un simple mortel, avait manifesté le désir de faire
une promenade. Marie de Médicis, avide d'une popularité qui dimi-
nuait de jour en jour, profita du désir de son fils pour se faire accla-
mer, sachant très bien que les vivats des Parisiens s'adressaient
surtout au dauphin et n'éclataient que lorsqu'il se montrait dans le
carrosse de sa mère.

Le jeune roi, assis près de la régente, envoyait des sourires à son
bon peuple; il était beau et grave, plus sérieux que les jeunes gens
de son âge ne le sont ordinairement; sur la banquette de devant deux
dames d'honneur, Eléonora Concini et la belle Albina, faisaient face
à Leurs Majestés; l'élégant Palussac caracolait à l'une des portières,
tandis que Lorenzo, qui commandait ses archers, se trouvait en tête
du cortège; la reine, ainsi entourée de ses créatures, était tranquille
sur le bon résultat de son expédition; jamais, jusque-là, quoique le
quartier fût fort mal hanté et jouît d'une piètre réputation, elle
n'avait eu sujet de se plaindre de l'accueil qui lui était fait.

Ce jour-là, il se trouva sur le passage du carrosse un assez vilain
sire, chassé pour cause de vol du Palais-Royal où il occupait une
situation d'écuyer tranchant; cet homme connaissait parfaitement les
deux dames d'honneur de la reine, ayant été appelé à les servir à
table; il aperçut Eléonora Concini et reportant sur elle la haine qu'il

avait vouée à son mari pour l'avoir fait chasser du Louvre, il se mit
à ameuter les badauds, criant bien haut que le seigneur Concini, son
époux, ne devait son immense fortune qu'au vol, la traitant elle-
même de sorcière, bonne à brûler, invectivant aussi Albina qu'il
savait être sa parente.

Ce peuple, qui tout à l'heure poussait des cris de bienvenue en
saluant le roi et la régente, se trouva en un instant hostile à ceux
qu'il applaudissait; des cris : « A bas les Italiens, à bas les traîtres
et les voleurs ! » se firent entendre, grossissant de minute en minute,
tout ce qu'il y avait de vagabonds, mendiants, truands et voleurs
dans le quartier se trouva faire légion, et Lorenzo vit qu'avec sa poignée d'archers il n'aurait pas raison de tous ces misérables. Il ordonna de prendre une allure plus vive, au risque d'en écraser quelques-uns, ce qui ne manqua pas du reste, et ce fut au milieu des
vociférations que le cortège poursuivit son chemin au galop, en choi-
sissant les voies les plus courtes pour arriver vite au Luxembourg.

La baronne avait entendu des cris et du tumulte; instinctivement,
sans se rendre compte de ce qui arrivait, elle quitta la rue la plus
large pour se jeter dans une petite ruelle solitaire; tout à coup, au
tournant, elle voit déboucher des archers arrivant à fond de train, ils
tiennent toute la largeur de la rue et renversent sans pitié ce qui
s'oppose à leur passage; à leur tête est Lorenzo qui les presse, il ne
regarde même pas ce groupe de paisibles promeneurs, il marche,
marche, il a grande hâte de se trouver à l'abri derrière les murs
solides de l'hôtel du Luxembourg, car il entend la populace qui crie
de plus belle derrière le carrosse de la reine :

— A bas les Italiens ! à mort les ennemis de la France !

La baronne pousse un cri terrible, elle veut saisir Blanche dans
ses bras pour lui faire un rempart de son corps, mais Blanche,
effrayée, traverse la rue en courant, pensant peut-être trouver un
abri de l'autre côté.

— Garde à toi, vilaine poupée, crie Lorenzo sans arrêter son
cheval qui l'effraie et la renverse.

Infailliblement elle va être écrasée, Louise n'a plus conscience de
rien, elle voit sa fille morte, elle ferme les yeux, perd connaissance
et ne s'aperçoit même pas que Claudie la soutient, et avec une force
de paysanne basquaise, défonce à moitié une porte pour mettre sa
maîtresse à l'abri.

Tout ceci s'est passé si vite que Bernard n'a pas eu le temps de retenir Blanche; il la voit rouler par terre sous les pieds du cheval, il s'élance, saisit la bride, parvient à le détourner un peu, de façon à ce qu'il ne piétine pas la jeune fille; son mouvement est si prompt que le cheval se cabre, Lorenzo en est presque désarçonné, les archers qui le suivent à quelques pas derrière ont le temps de se séparer en deux lignes et filent le long des murs, laissant au milieu de la ruelle le groupe composé de leur capitaine, furieux contre ce jeune homme, et de Blanche qui, plus étourdie que blessée, essaye en vain de se relever.

— Arrière, arrière, hurle l'Italien, lâche mon cheval ou sinon je tire sur toi et je tire sur elle.

— Misérable, s'écrie Bernard, vous alliez écraser cette enfant, à présent qu'elle est sauvée, vous menacer de la tuer, qui êtes-vous donc pour agir si brutalement?

— Marmouset, lâche-moi, la patience m'échappe, dit Lorenzo en frappant la tête du jeune homme du pommeau de sa dague.

— Votre nom pour le dire au roi, votre nom pour que Sa Majesté sache le bel exploit d'un de ses capitaines, crie Bernard, de plus en plus exaspéré, en secouant la bride du cheval avec frénésie.

Lorenzo enfonce ses éperons dans les flancs de l'animal qui bondit. Bernard ne lâche pas prise, il est enlevé et traîné, mais ne cesse de crier avec une obstination d'enfant :

— Votre nom, votre nom.

Il est fort à croire que l'Italien lui eût donné un coup de dague, si le carrosse de la reine, qui avait eu beaucoup de peine à tourner dans l'étroite rue et par cela même se trouvait en retard, ne fût arrivé dans cet instant; quelques-uns des archers étaient restés en arrière et empêchaient la foule d'approcher de trop près, tandis que l'avant-garde, revenant sur ses pas, barrait l'autre bout de la rue.

La reine demanda ce qui se passait et pourquoi l'on n'avançait plus. Le baron de Palussac, en gentilhomme zélé, poussa son cheval vers le groupe, dont à cette distance il ne reconnaissait pas les personnages.

Grand fut son étonnement en voyant Lorenzo et Bernard aux prises, sa fille encore étendue par terre, très étourdie de sa chute, mais plus grande encore fut sa stupéfaction de s'entendre appeler par Claude qui, appuyée contre la porte qu'elle venait d'enfoncer, tenait toujours dans ses bras la baronne sans mouvement et avait peine à ne pas la laisser choir, tant sa fatigue était extrême.

Il ne savait auquel aller, le pauvre Palussac; enfin, pensant que le plus pressé était d'empêcher les deux jeunes gens de s'entre-tuer, il courut vers eux et les somma, au nom de la reine, d'avoir à rester en paix.

— Ah! mon cousin, s'écria Bernard, c'est la Providence qui vous envoie, voyez ce que cet Italien brutal fait de votre enfant?

— Jour de ma vie, hurla le baron, si c'était un autre que vous, Lorenzo, qui eût traité ainsi M<sup>lle</sup> de Palussac, je ne sais à quelles terribles extrémités je me serais livré sur lui.

— Comment! c'est votre fille? dit Lorenzo fort surpris, j'en suis vraiment marri, mais qui se serait attendu à une rencontre si malheureuse!

Bernard relevait la jeune fille qui, toute meurtrie, s'appuyait sur son épaule.

— Je n'ai rien, papa, et c'est ma faute si M. le capitaine m'a renversée, j'aurais dû rester auprès de maman. Ah! pauvre maman, s'écria-t-elle en voyant sa mère toute pâle, est-elle donc morte de frayeur?

— Non, Mademoiselle, dit Claudie, elle a seulement besoin de secours.

La reine s'impatientait, le second gentilhomme vint demander à Palussac quel était ce bruit; le baron, fort contrarié d'avoir à présenter sa famille, ne trouvant aucun expédient dans sa cervelle, prit le parti de dire la vérité, ce qui du reste valait cent fois mieux; la reine ordonna alors qu'on menât la baronne et Blanche à l'hôtel du Luxembourg; et le cortège, fort débandé, arriva enfin sans nouveaux encombres.

Le jeune roi reconnut de suite Bernard et lui fit fête; sur un mot d'Albina, Lorenzo, avec un air qui n'avait rien de franc et quoiqu'il lui en coûtât beaucoup, vint saluer Bernard et s'excuser de sa brutalité, l'attribuant au zèle qu'il ressentait pour la sécurité de Leurs Majestés; le jeune homme lui rendit son salut, mais il était aisé de voir que ni l'un ni l'autre ne se regardaient d'un œil affectueux et que dès cet instant un sentiment d'animosité existait dans leur cœur.

Cependant Albina s'était empressée près de la baronne, elle avait réfléchi et trouvé de bonne politique de se montrer toute dévouée à celle que du fond de l'âme elle maudissait comme une rivale et haïssait de toutes ses forces; la reine elle-même, intriguée d'entendre, pour la première fois parler d'une baronne de Palussac, se rapprocha de la pauvre Louise qui revenait peu à peu à elle, sous les baisers de Blanche.

Le baron, extraordinairement embarrassé, n'aurait sans doute commis que des sottises, mais Albina ne lui laissa pas le temps d'ouvrir la bouche; ce fut elle qui présenta la baronne à Sa Majesté comme une de ses amies, elle caressa et baisa l'enfant au front, se montra pleine de grâce, à ce point que la pauvre Louise, dont le cœur était encore plein des paroles ambiguës qu'elle lui avait entendu dire la veille, se demanda si ce bon vouloir était un fait réel ou bien une hallucination de son cerveau malade.

L'Italienne obligea Lorenzo à venir embrasser la main de la fillette, qu'un instant auparavant il avait appelée : vilaine petite poupée, et à lui demander pardon.

Tandis que la reine, qui n'oubliait pas le but de sa visite au Luxembourg, conférait avec Jacques de Brosse, Louise se remettait assez pour désirer partir et rentrer chez elle, mais Albina, qui voulait enlever tout soupçon de malveillance contre elle de l'esprit du baron et de la baronne, décida, de son autorité privée, que le trajet était trop long pour une femme aussi délicate; elle chargea Lorenzo de se procurer une chaise à porteurs et engagea fortement le baron à escorter sa femme; il aurait encore le temps, en revenant au galop, de se trouver là au moment où la reine repartirait; les choses allaient s'arranger de la sorte, quand Sa Majesté la régente, craintive de voir renaître les scènes de tout à l'heure, pressa sa conversation et déclara qu'elle voulait partir sur-le-champ, elle alla même jusqu'à offrir gracieusement l'hospitalité dans son carosse à la baronne.

Ce fut donc Albina qui céda sa place et prit la chaise, demandant en grâce qu'on lui permît d'emmener avec elle la gentille Blanche, qu'elle déclarait la plus adorable fillette de la création; Bernard et Claudie se tinrent de chaque côté de la porte, et tout le long du chemin qui séparait le Luxembourg de la rue Tirechape, l'Italienne prit sa voix douce, fit ses yeux de velours pour apprivoiser l'enfant qui se confinait dans un mutisme absolu et jetait instinctivement des regards peureux sur cette belle dame souriante, la comparant, malgré elle, à une de ces mauvaises fées, comme il y en avait parfois dans les beaux contes que Bernard lui disait.

## XVII. — Où le lecteur assistera à une touchante cérémonie et au départ de la baronne pour le beau pays de Gascogne.

Les jours qui suivirent l'incident du Luxembourg furent passés, par la baronne et sa fille, dans le plus grand recueillement.

Blanche se préparait au grand acte de sa première communion, elle ne voulait qu'aucune pensée étrangère ne vînt la distraire; elle avait cessé de jouer et de courir au jardin avec Bernard, son temps se passait à prier et à écouter les instructions de l'abbé Vincent et de sa mère. Comme elle leur était reconnaissante, à l'un et à l'autre, du bonheur qu'ils allaient lui permettre de goûter!

Elevée pieusement comme elle l'était, le cœur si naturellement porté vers l'amour de Dieu et de la Sainte Vierge, on comprend à quel point elle se trouvait heureuse d'approcher de ce jour qui devait lui laisser, plus qu'à toute autre, des souvenirs inoubliables, aussi sa ferveur redoublait-elle; le saint abbé en était édifié et la baronne, émue, remerciait le ciel d'avoir donné à sa fille une petite âme si pure, sœur de celle des anges.

Quant au baron, il était beaucoup plus préoccupé de l'héritage que sa femme allait régler en Navarre, que de la première communion de sa fille; il jugeait même, dans son esprit fort, qu'il était puéril de se donner ce tracas au moment où les préparatifs d'un voyage aussi sérieux, aussi important, devaient occuper seuls toutes les pensées.

Il n'osa pas cependant faire connaître cette opinion à la baronne; mais comme la petite maison de la rue Tirechape avait, dans ce moment-là, plus encore qu'en tout autre temps, un parfum de cloître, comme les conversations mondaines, les questions d'intérêt, s'y trouvaient absolument déplacées, Palussac prit le parti d'y paraître le moins possible; il n'y vint guère que pour conférer avec Léonard et lui donner ses instructions; il avait tant de confiance dans ce fin renard gascon, qu'il le chargea de régler dans son pays une foule de choses restées en souffrance, nous devons dire que pour mener promptement à bien la prise de possession de cette fortune, il comptait presqu'autant sur l'activité de son valet que sur celle de sa femme. Il lui amena même un jour son compagnon de route, le laquais italien Carmini, lequel n'avait pas manqué, à l'annonce du voyage, de demander un fort supplément de gages au baron, et d'aller prendre les ordres d'Albina et de Lorenzo, qui lui promirent un cadeau autrement important s'il exécutait bien leurs ordres.

Léonard aurait cent fois préféré un camarade de son pays; depuis que la complicité de Piétro dans l'assassinat du roi lui semblait un fait certain, il mésestimait profondément les Italiens; cependant comme on ne lui laissait pas le choix, il résolut de se faire un ami du compère : c'était encore le meilleur moyen de ne pas s'ennuyer pendant ce long voyage, et Léonard ne trouvait rien de plus malsain que l'ennui, rien, si ce n'est cependant l'eau claire; aussi se garda-t-il bien, comme on le pense, d'en introduire une seule gouttelette dans l'énorme pichet de vin dont il régala Carmini le premier jour de leur réunion, histoire de faire connaissance et de juger la capacité italienne. Or, la capacité italienne, vaincue au dixième verre, ne pouvant entrer en ligne de comparaison avec celle de Gascogne, force fut à Léonard de charger M<sup>me</sup> Midoux, chez laquelle ces beuveries fraternelles avaient lieu, de donner un gîte au vaincu; on le transporta par les pieds et les mains dans une petite soupente que l'hôtesse mit à son service et là, sur un tas de paille fraîche, il ronfla béatement pendant plusieurs heures, sans se douter un seul instant qu'il venait de perdre à tout jamais l'estime de son confrère.

Lorsqu'il retourna rue Tirechape, encore fort étourdi de ses libations et flageollant sur ses jambes, le malheur voulut que ce fut le marquis lui-même qui ouvrit la porte; il ne put franchir cet huis, un coup de canne et un geste expressif lui prouvèrent que le vieux gentilhomme ne tolérait pas facilement les infractions à la vertu de sobriété; il dut s'en retourner fort penaud au Louvre et annoncer au baron que les manières de son cousin le marquis lui étant antipathiques, il ne se rendrait désormais rue Tirechape qu'à l'heure du départ de la baronne.

Tous les menus détails du voyage furent réglés par Léonard; en somme, c'était lui le chef, Carmini ne venait qu'en second, aussi, en reprenant son importance d'autrefois, ne se sentait-il pas d'aise; du matin au soir il chantonnait un petit refrain montagnard, il agaçait Claudie par son exubérance et par les propositions saugrenues qu'il lui faisait de l'épouser avant son départ pour le pays, afin d'être bien sûr qu'elle n'en épousât pas un autre pendant son absence. Elle était impitoyable, le forçant à se taire quand il avait envie de parler, de chanter et de rire, l'obligeant à ne pas dire un mot tout haut, sous le prétexte que, dans une maison en retraite, on ne devait entendre d'autre bruit que la prière et que, du reste, la joie qu'il manifestait au moment de partir, était du plus mauvais goût.

Le pauvre Léonard en était réduit, pour soulager les démangeaisons de son indomptable langue, à aller dans la cuisine chanter des airs variés et tenir des discours flamboyants à la vieille Jacqueline, qui, vu sa surdité, n'entendait et n'appréciait pas plus les uns que les autres.

Cependant les jours coulaient, la fin du mois approchait, Léonard n'était pas en retard, les portemanteaux tout prêts, les mantes, les couvertures roulées, s'entassaient en pyramide dans l'antichambre.

Trois bons chevaux avaient été choisis, essayés et achetés par lui, leur harnachement était solide et confortable, l'écurie du marquis, toujours vide, n'avait jamais abrité une si brillante cavalerie.

Lorsque la baronne et Blanche se rendaient à l'église des Innocents, ce qu'elles faisaient plusieurs fois par jour, elles devaient traverser la petite pièce d'entrée où Léonard avait rassemblé tous les effets préparés pour le voyage; combien leur cœur se serrait à cette vue! La première fois, Blanche s'élança au cou de sa mère qu'elle tint longtemps embrassée en sanglotant, la suppliant de ne pas partir ou bien de l'emmener; la baronne fit un effort surhumain pour ne pas crier de douleur et pour conserver le calme qu'elle voulait faire rentrer dans le cœur de sa fille; elle dut lui parler avec une tendre autorité, lui rappeler que son père avait décidé le voyage dans ces conditions-là, qu'en outre des questions de santé, il y en avait d'autres pour qu'elle ne l'emmenât pas. Ne fallait-il pas que le baron eût une maison installée, puisqu'il abandonnait son appartement du Louvre, et se privait volontairement de son valet? Ne fallait-il pas qu'il trouvât au moins dans cet intérieur une fille soumise et chère, qui, en l'absence de sa maman, rendît la maison agréable et sût par sa tendresse et les douces paroles qu'elle lui dirait de sa mère, faire désirer son retour? Enfin ne fallait-il pas accepter bravement les peines et les chagrins que le ciel permettait? La meilleure préparation au bonheur qui l'attendait bientôt n'était-elle pas de se soumettre sans murmurer, et de ne pas diminuer, par ses larmes, le courage que sa pauvre mère avait déjà tant de peine à conserver?

A partir de ce moment, Blanche ne se plaignit plus jamais, elle comprit les angoisses dont le cœur de sa mère était plein; au lieu de l'affaiblir, elle la fortifia, cachant au plus profond d'elle-même le chagrin qui l'étouffait; elle se montra aussi calme que la baronne pouvait le désirer, parfois même un sourire entr'ouvrait ses lèvres quand elle parlait de la joie du retour; par un accord tacite, on ne parlait plus du départ.

En quelques jours, cette enfant, rieuse et insouciante, se transforma; elle devint jeune fille par le sérieux de ses pensées, elle comprit le rôle que sa mère attendait d'elle; oui, elle la remplacerait au foyer domestique et si Dieu lui prêtait son secours, elle rendrait ce foyer si doux, si calme, si rempli de tendresse filiale, que le baron se reprendrait à l'aimer et à ne plus souhaiter autre chose que d'y demeurer toujours; alors quand sa mère reviendrait, elle pourrait lui dire en la bénissant : « Mon enfant, je t'ai donné la vie, mais toi tu me donnes le bonheur. »

Avec quelle ferveur elle demanda à Dieu de lui accorder ces grâces! Si les prières des anges étaient toujours exaucées, assurément celle-ci l'eût été.

Le 31 mai, dernier jour du mois de Marie, la vieille église des Saints-Innocents était parée de fleurs blanches et de branches de verdure; l'autel disparaissait sous les bouquets, les nombreux cierges et candélabres allumés jetaient une clarté triomphante au milieu de ces fleurs immaculées.

Sans l'unique prie-Dieu de velours placé au centre du chœur, on eût pu croire que l'union d'un grand seigneur et d'une belle damoiselle allait être bénie dans cette église, et, de fait, on ne se serait pas trompé : le Roi du ciel, le Seigneur Jésus, allait descendre dans l'âme d'une enfant, belle de candeur et d'innocence; quelle union plus pure, plus intime et plus consolante, se pourrait-il trouver ici-bas, en attendant cette grande union avec le Créateur, à laquelle tout chrétien fervent aspire pour l'éternité.

Dès en entrant sous le vieux porche de l'église, le silence du saint lieu, le parfum des fleurs uni à celui de l'encens, ces lumières brillantes, symbole de la clarté que Jésus est venu apporter au monde, tout portait le cœur au recueillement et à la gratitude. Ce sentiment fut égal pour tous, même pour le sceptique baron de Palussac, qui se trouva fort étonné d'éprouver encore cette douce émotion.

Blanche très pâle, très sérieuse, prit place sur le prie-Dieu préparé

12

pour elle ; sa première prière fut une action de grâce ; elle remercia le ciel d'avoir permis qu'en ce grand jour, tous ceux qu'elle aimait fussent groupés autour d'elle.

La veille encore elle ne savait si son père serait là, il était venu rue Tirechape si tard dans la soirée, que l'enfant fatiguée, sommeillait déjà ; la voix de son père la tira de ce sommeil bien léger, elle se précipita à ses pieds, le priant de lui pardonner les fautes qu'elle avait pu commettre envers lui, et lui demandant avec des larmes dans les yeux et dans la voix, d'assister à la cérémonie du lendemain ; la baronne ne disait rien, mais ses mains jointes et son air suppliant parlaient pour elle ; le baron voulut se montrer bon prince le jour de son départ, il promit tout ce qu'on voulut.

Il se fit dispenser de son service au Louvre, et revint chez sa femme dès le matin.

Au fond, il lui plaisait assez de voir tout le quartier en rumeur, l'église ornée comme un jour de grande fête et remplie de curieux, parce que M^lle de Palussac, la fille du baron gouverneur des pages de Sa Majesté, faisait sa première communion toute seule, comme une princesse du sang.

A côté de ce sentiment d'orgueil tout personnel, il y en avait un autre heureusement, l'affection qu'au fond il éprouvait pour cette douce enfant ; mais ce sentiment paraissait peu, si peu, que le marquis le niait, et qu'il fallait l'œil exercé de l'abbé Vincent pour le deviner.

Avec ce tact que donne la bonté du cœur et l'amour de son prochain, le saint prêtre, dans les quelques mots d'exhortations qu'il adressa à la jeune fille, sut mettre en lumière cette tendresse paternelle qui, hélas ! n'était que trop souvent dominée par des sentiments moins purs ; il n'était pas grand orateur, le bon abbé, ni grand politique non plus, mais sa petite allocution, réellement dictée par son cœur, fit plus d'effet sur le baron que les plus beaux discours du monde ; il en arriva à se demander si réellement il méritait les mots élogieux que Vincent de Paul disait de lui, et se promit d'être à l'avenir meilleur époux et meilleur père.

N'eût été le respect du saint lieu, le vieux marquis, ma converti encore à l'indulgence pour son cher cousin de Gascogne, se fût certainement permis de souligner, par un petit mouvement d'épaule, le passage du discours ayant trait au baron ; il s'abstint de toute demonstration extérieure, mais ne put s'empêcher de penser, à part lui, que l'abbé avait tout l'air dans ce moment de lancer à la tête de Palussac un peu d'eau bénite de cour. Il oubliait que lui-même, pour revenir à Dieu, avait eu besoin d'entendre des paroles de paix et de mansuétude, et que, s'il s'était rendu, s'il avait quitté sa vie d'avarice et d'égoïsme, c'est la seule douceur de l'abbé qui l'avait attiré; il eut été moins touché par les arguments sévères et désapprobateurs, semblables à ceux qu'il appliquait à son cousin, et que dans un autre sens on eût si bien pu autrefois lui appliquer à lui-même.

Quand, rayonnante de bonheur, Blanche s'avança vers l'abbé Vincent qui avait voulu la communier lui-même, tous les assistants pleuraient d'attendrissement, même le baron, même Léonard et Claudie qui entendaient la messe dans un des bas côtés, même, enfin, la bonne vieille Jacqueline qui, pour ne pas manquer cette touchante cérémonie, avait fait l'immense sacrifice d'abandonner ses fourneaux à une aide.

De ses propres mains elle avait voulu confectionner le pain bénit, offert par Bernard; avec quels soins méticuleux n'avait-elle pas pétri là une fleur du froment et surveillé, dans le four, la cuisson de ce monumental gâteau dont chaque assistant emportait une grosse tranche; elle pleurait d'autant plus fort que, le matin même, Blanche l'avait remercié et embrassé sur ses deux vieilles joues ridées, et qu'enfin, étant fort sourde, elle n'entendait pas le bruit de ses sanglots.

Elle n'essuya ses yeux qu'à la fin de l'office, quand le mouvement qui se fit autour d'elle lui prouva que tout était fini; alors les préoccupations matérielles reprirent le dessus et elle franchit en courant, aussi vite que le pouvaient ses vieilles jambes, le trajet qui séparait l'église de la maison du marquis; elle ne craignait rien tant que de voir un roux brûlé par des mains inexpérimentées, ou une volaille manquée; elle était fière du déjeuner qu'elle avait combiné, la bonne Jacqueline, et en grande pompe elle avait déclaré la veille à toute la maison réunie, qu'on ne verrait plus rien de pareil avant le jour du mariage de M. Bernard ou celui de Mlle Blanche, et que, pour lui éviter double fatigue, ils seraient bien gentils de s'arranger de façon à ne faire qu'une seule noce.

On avait ri de sa boutade sans penser à l'en réprimander, d'abord parce qu'elle n'aurait pas entendu facilement les observations, et ensuite parce qu'étant au service du marquis depuis plus de quarante ans, elle avait pris l'habitude d'une douce familiarité avec les maîtres.

Ce repas magnifique, pour lequel Jacqueline alla chercher à la cave quelques bouteilles d'un vin encore plus vieux qu'elle, devait être le dernier avant le départ de la baronne, il était décidé qu'e le partirait à trois heures, le baron l'escorterait un instant et reviendrait souper avec Blanche.

Dans le mois de mai où les jours sont si longs, la petite cavalcade pouvait, grâce à ses chevaux frais, arriver à Étampes aux premières heures de la nuit, de façon à s'y bien reposer pour en repartir dès le lendemain matin.

Le voyage de Louise devait s'exécuter à petites traites, afin d'éviter la fatigue que la chaleur du jour pourrait lui occasionner; elle s'arrêterait pendant les heures les plus chaudes de la journée, voyageant le matin, le soir, parfois la nuit quand la lune brillerait, mais comme on ne pouvait pas assigner une date fixe à un aussi long voyage, elle avait toute latitude de le hâter ou de le prolonger à son gré; le baron lui laissait en cela les plus grandes facilités, bien persuadé, du reste, que le désir de revoir sa fille la ramènerait à Paris le plus tôt possible.

A trois heures précises, l'Italien Carmini heurta à la porte; les chevaux étaient sellés, bridés, les porte manteaux attachés en croupe; tout était prêt.

Blanche, en se mordant les lèvres pour ne pas pleurer, voulut poser elle-même la mante de voyage sur les épaules de sa mère; elle mit sur ses beaux cheveux blonds, dans lesquels on apercevait déjà bien des fils blancs, un voile épais, destiné à la protéger contre la fraîcheur du soir; elle fixa ce voile sous le menton par quelques roses blanches, arrachées à la couronne qu'elle portait le matin même, elle garda précieusement l'autre partie, jusqu'au jour où sa bien-aimée maman lui rapporterait les fleurs qu'elle lui donnait; alors on formerait de nouveau la couronne telle qu'elle était, et ce souvenir deviendrait d'autant plus précieux qu'il aurait protégé et la mère et la fille.

Inconsciemment, la pauvre enfant retardait le départ de la baronne; elle avait encore un mot à lui dire, encore un conseil à lui demander, encore une caresse à lui faire; elle ne pouvait s'arracher de ses bras,

elle baisait le bas de sa mante, elle baisait sa robe, et jusque-là ses
tendresses ne lui avaient pas encore ôté sa fermeté, mais enfin, quand
l'abbé Vincent, qui ne devait pas la quitter de la journée, lui dit :

— Ma chère enfant, agenouillez-vous, pour que votre mère vous
bénisse une dernière fois, il est l'heure du départ.

Elle s'effondra sur ses genoux et un sanglot si déchirant s'échappa
de son gosier que Bernard s'élança pour la soutenir; il se prosterna
comme elle et la baronne bénit en même temps ces deux chers enfants, en arrosant leurs fronts de ses larmes et les confondant dans
une même étreinte maternelle.

Pourquoi insister sur de si douloureux instants? qui de nous,
pourvu qu'il ait déjà vécu quelques années hors de la première enfance, n'a eu dans sa vie des douleurs pareilles? douleur d'une séparation, ne fut-elle que momentanée; douleur plus cuisante, plus
terrible, d'une séparation éternelle, non, pas éternelle, puisque le
ciel, dans sa bonté, nous donne à tous l'espoir de retrouver un jour,
là-haut, ceux qui nous ont quittés ici-bas; douleurs de différentes
sortes, qu'on cache au fond de son âme avec un soin jaloux et qui
arrachent d'autant plus de larmes qu'elles sont plus secrètes; douleurs qui rongent le cœur tandis que le visage doit rester calme et
parfois même souriant. Pauvre baronne et pauvre Blanche!

Nous allions dire aussi : pauvre Palussac! et le fait est qu'il faisait
peine à voir en cet instant, tout ému, tout secoué par cette scène
pénible, il ne cherchait plus à prendre son grand air; il était réellement affecté du désespoir de sa femme et de sa fille. Pour la première fois, il s'avisa de se demander pourquoi ce n'était pas plutôt lui
qui faisait ce voyage, il eut quelque peine à se rappeler les circonstances qui l'avaient décidé à confier la conduite de la baronne à deux
valets, enfin, se souvenant qu'Albina avait insisté pour qu'il restât à
Paris, il fut pris, malgré l'empressement qu'elle avait manifesté au
Luxembourg pour Louise, d'un léger doute sur la droiture de ses
intentions, mais il était si léger, ce doute, que le premier mot et le
premier sourire de la séduisante italienne devaient l'anéantir.

Cette sollicitude momentanée pour sa femme se traduisit chez le
baron par de grandes recommandations aux deux valets; il était sûr
de Léonard, mais connaissant l'autre de moins longue date, c'est
surtout à lui qu'il promit une récompense si, au retour, la baronne
se flattait de ses bons soins, ce à quoi le Carmini s'empressa de

répondre : Que s'il ne dépendait que de lui, M^me la baronne ne ferait aucune plainte sur son compte et qu'il espérait obéir en tous aux ordres qu'il avait reçus à son égard.

Palussac se montra fort satisfait de cette réponse ambiguë et recouvra la plus grande partie de sa quiétude habituelle; il ne quitta sa femme qu'à mi-chemin d'Etampes et rentra rue Tirechape vers neuf heures, pour souper avec Blanche, présider à son coucher, et, de là, aller au Louvre satisfaire l'impatience d'Albina, qui lui avait bien fait promettre de venir dès le soir même lui raconter si cette chère baronne avait une fermeté chrétienne assez grande pour supporter, sans faiblir, une telle séparation.

C'est à genoux dans l'oratoire de sa mère que Blanche l'attendait Après le départ de la baronne, l'abbé Vincent avait engagé la jeune fille à retourner à l'église. Ce fut le vieux marquis qui lui offrit son bras et la conduisit nu-tête, comme une petite reine, vers le sanctuaire où le matin même elle avait goûté un si grand bonheur et qui devait désormais devenir pour elle le pèlerinage de chaque jour.

M^me de Gondi et M^me de Maignelais vinrent assister au salut et entourer la jeune fille à la sortie. Elles la reconduisirent jusque chez elle, l'assurant d'une affection qui, de la mère, se reportait naturellement sur la fille.

M^me de Gondi, très occupée de ses missions de campagne qui étaient ses œuvres privilégiées, ne pouvait être pour Blanche qu'une aimable connaissance; ses visites rue Tirechape, vu ses absences à la campagne et l'éloignement de sa demeure à Paris, devaient être peu fréquentes.

M^me de Maignelais, au contraire, habitait près de Saint-Roch et avait consacré son temps aux visites des pauvres; elle pouvait donc aisément, entre deux bonnes œuvres, venir parler à Blanche de la chère absente qu'elle aimait bien sincèrement; la jeune fille devina cette grande affection, elle devina aussi que dans le dénuement moral où elle allait se trouver, privée de tout conseil maternel et même féminin, cette excellente chrétienne pourrait lui servir d'appui et de protectrice. Elle la supplia de ne pas l'abandonner, de permettre même qu'elle allât parfois passer quelques heures avec les damoiselles qui s'étaient réfugiées près d'elle et dont l'unique occupation était de penser aux pauvres, de les secourir et de les soulager.

Quand ses nobles visiteuses furent parties, Blanche prit congé du marquis et de Bernard, désirant rester seule dans ce petit sanctuaire que sa mère aimait tant. La prière lui rendit un peu de courage, et lorsque le baron rentra, il fut agréablement surpris de la trouver relativement calme, lui qui redoutait les sanglots et les cris de désespoir.

Il lui promit de vivre le plus possible près d'elle, promesse qui ne l'empêcha pas, du reste, de s'en aller au Louvre et de ne rentrer, pour veiller sur le sommeil de sa fille, qu'à une heure fort avancée de la nuit.

Mais la fillette était bien gardée : près de sa chambre, le vieux marquis avait fait ouvrir une porte qui mettait en communication son appartement avec celui du baron, et Bernard, autant pour distraire sa jeune cousine que pour la protéger, lui avait offert, à sa rentrée de l'église, un chien lévrier, âgé de quelques mois seulement, mais qui promettait de devenir énorme. Blanche le trouva charmant, voulut le faire coucher dans sa chambre pour qu'il s'accoutumât tout de suite à sa jeune maîtresse; et quand, au milieu de la nuit, le baron rentra sur la pointe des pieds, le chien qui avait l'oreille fine, pensant dans sa sagesse canine qu'un malfaiteur seul était capable de circuler ainsi à cette heure tardive, se mit à grogner, à aboyer si formidablement que Blanche, craignant un danger inconnu, lui ouvrit la porte de sa chambre par laquelle il s'élança d'un bond.

Il ne connaissait pas encore le baron et sentant dans l'obscurité un homme qui semblait avoir intérêt à dissimuler le bruit de ses pas, il s'accrocha dès l'abord à ses chausses bouffantes et ne lâcha nullement prise devant les injonctions qui lui étaient faites.

Le tapage occasionné par cette lutte ne manqua pas d'attirer, sur le seuil de leurs chambres respectives, les habitants de la maison, les yeux gros de sommeil et la main armée d'une canne ou d'un balai, à l'intention du malfaiteur.

C'est ainsi que Palussac, quelque désireux qu'il fût de dissimuler à tous, mais surtout au marquis, l'heure de sa rentrée le jour du départ de sa femme, se vit, par l'indiscrétion d'un futur molosse, en butte au sourire moqueur de son cher cousin et à l'étonnement des domestiques.

## XVIII. — Comme quoi trois bandits quittèrent Paris au clair de lune et comment ils s'y prirent pour voyager confortablement.

Le voyage de la baronne s'accomplissait dans d'aussi bonnes conditions qu'on eût pu le souhaiter ; le temps n'était pas trop chaud ; parfois une petite pluie fine venait vers les premières heures du jour rafraîchir l'atmosphère, abattre cette affreuse poussière tant redoutée des voyageurs et permettre aux arbres, aux prés, aux bois, de conserver leur jolie verdure du printemps.

Louise, dont le cœur était aussi brisé qu'à son départ de Paris, subissait cependant, à son insu, l'influence du calme qui l'entourait ; certes elle souffrait beaucoup, mais cette souffrance était moins âcre, cette douleur moins lancinante ; elle se prenait à penser au retour ; chaque jour écoulé ne la rapprochait-il pas en effet de celui où son enfant tomberait dans ses bras ? Avant même d'être arrivée au bout de son voyage, elle faisait des projets pour l'heure de la réunion, son désespoir se changeait peu à peu en une douce tristesse.

Elle reprenait aussi intérêt aux choses de la campagne, suivant des yeux, avec bienveillance, les faucheurs dans les prairies, les moissonneurs dans les blés ; tous ces travaux champêtres lui rappelaient le temps de son enfance lorsque, toute petite fille, elle gambadait autour de sa protectrice, allant avec elle assister à la rentrée des foins ou à la bénédiction de la première gerbe.

Les souvenirs lui revenaient en foule ; plus elle s'approchait de ce Béarn si beau, si pittoresque, si gaiement ensoleillé, plus elle sentait son âme attendrie. Comme elle regrettait de n'avoir auprès d'elle ni sa fille, ni son mari, personne enfin à qui faire partager ses impressions !

Parfois elle ne pouvait s'empêcher de sourire de la joie exubérante de Léonard, qui se traduisait par des exclamations, des bonds sur son cheval, des appellations cocasses à tous ceux qui lui semblaient avoir un accent du crû.

Quand les chevaux mirent le pied sur le terrain dépendant de la province de Dax, Léonard arrêta le sien, ne voulant pas qu'il foulât avant lui sa terre natale, et comme Carmini faisait mine de rire de son exaltation et le comparait à une vieille commère sentimentale, le gascon, qui mourait d'envie d'embrasser le sol où il était né, fut

UNE FOIS, LÉONARD L'AVAIT ÉPIÉ ET SURPRIS. (P. 179.)

obligé de se donner cette douce satisfaction à muche-pot, comme il le fit écrire à Claudie quelques jours plus tard, par un clerc de sa con-naissance.

Ce Carmini l'agaçait profondément; bien plus il s'en méfiait; ses manières ne lui semblait ni franches, ni honnêtes; souvent, pendant le voyage, il l'avait vu rôder la nuit autour de l'auberge où ils s'ar-rêtaient, et faire avec un charbon une grande croix sur le côté nord; une fois, Léonard l'avait épié et surpris, ce qui sembla contrarier fort l'Italien, mais il ne répondit aux questions qui lui furent faites, à ce sujet, que ces mots : « C'est une précaution contre les sorts et j'assure de cette façon la réussite de notre retour. »

— Pourquoi alors agir aussi mystérieusement et vous cacher comme si vous commettiez un crime?

— Vous autres, Français, ne croyez pas au mauvais œil et vous avez toujours une tendance à vous moquer des opinions que vous ne partagez pas.

Cette raison ne parut guère fameuse à Léonard et ne diminua en rien les soupçons qu'il avait sur le manque de droiture de son com-pagnon; quel bien espérer, du reste, d'un compère qui supportait si mal le vin? Il était gris au bout d'une demi-heure, pas moyen de boire agréablement avec lui, ce garçon était plus que nul et aucune intimité ne pouvait exister entre un franc vide-bouteille comme Léo-nard et un si piètre buveur.

L'émotion de la baronne était extrême, lorsqu'elle mit pied à terre sous la voûte du château qui devenait sien de par la générosité de sa bienfaitrice; cette émotion, toute de reconnaissance et de doux sou-venirs de jeunesse, n'avait rien à démêler avec le sentiment de satis-faction matérielle que bien des personnes eussent éprouvé, en pre-nant possession d'une si belle fortune; non, le baron avait eu raison de dire qu'elle était complètement détachée des choses du monde; ce qui l'émouvait si fort, c'était cette pensée que depuis le jour de son mariage elle n'avait pas franchi ce seuil, laissant bien involontai-rement vieillir et mourir dans la solitude cette mère adoptive qui, malgré cette apparente froideur, la comblait cependant de ses bien-faits.

Son premier soin, avant même de prendre quelque repos, fut d'al-ler longuement prier sur la tombe de M<sup>me</sup> de Blac, dans la petite cha-pelle du château.

Puis, à l'heure du dîner, chacun des serviteurs de la comtesse vint
lui baiser la main et lui rendre hommage comme à sa dame et maîtresse ; le vieux curé vint aussi et la baronne le retint à dîner bien
heureuse qu'il ne la laissât pas prendre seule son premier repas dans
cette grande salle à manger où elle ne s'était pas assise depuis le
festin de son jour de noce.

L'homme de confiance, les bras chargés de parchemins, la salua
du titre de comtesse et proposa sur-le-champ de lui rendre compte de
la façon dont il gérait la fortune depuis la mort de M^me de Blac; mais
Louise, toute à la pensée de celle qu'elle aimait tant, remit à plus
tard les affaires sérieuses et ne voulut, en cette première journée,
s'occuper d'autre chose que des souvenirs du cœur ; le bon curé l'entretint toute l'après-dîner du temps passé, des dernières années de
la comtesse, de ses œuvres pieuses, de ses fondations ; il la questionna sur leur cher compatriote l'abbé Vincent-de-Paul, sur l'esprit
religieux de la cour et enfin sur le genre de vie qu'elle menait dans
ce grand Paris.

A ces dernières questions, Louise répondit peu ; elle ne connaissait
rien de l'esprit de la cour et vivait si retirée qu'il lui était difficile de
satisfaire son interlocuteur ; elle lui parla seulement de sa fille chérie, de son immense désir de retourner près d'elle le plus tôt possible, et le vieil abbé, qui approuvait ce désir, lui promit de l'aider
autant qu'il serait en son pouvoir, à terminer promptement ses affaires de succession.

En ce temps-là les courriers qui traversaient la France, portant
les nouvelles du nord au midi, étaient rares, les communications
difficiles et longues, et lorsqu'on était séparé, il se passait des semaines avant qu'on eût des nouvelles de ceux qu'on aimait; quelle pri-
vation pour la baronne et pour Blanche, mais aussi quelle joie quand,
au bout de longs jours, elles reçurent réciproquement ces missives
tant attendues ! Que de tendresse dans les lettres de Blanche ! Que
de pieuses recommandations dans celles de la baronne !

La jeune fille racontait à sa mère tout ce qu'elle faisait, les soins
dont elle était entourée par le vieux marquis et Bernard, le cadeau
que celui-ci lui avait fait du beau chien Ralph, qui devenait énorme
et adorait sa jeune maîtresse.

Elle lui parlait aussi du baron, mais en termes plus réservés : « Il
est très bon pour moi, disait-elle, il me gâte de cadeaux ; chaque jour

c'est une surprise : robe, parure ou dentelles nouvelles ; mais j'ai résolu de passer le temps de ma solitude dans les mêmes vêtements que ma chère maman m'a fait confectionner sous ses yeux ; seulement, il faut qu'elle se dépêche de revenir bien vite, cette bonne petite mère, sans cela elle ne reconnaîtra plus sa fille ; je grandis tant que je ressemble à une longue perche de saule ; Bernard me disait ce matin même, qu'il n'allait plus oser me parler comme il le faisait autrefois, tant je lui semble maintenant une imposante damoiselle.»

La baronne, heureuse de ces bonnes nouvelles, ne pouvait cependant s'empêcher de penser que les tendresses paternelles avaient pour s'exercer bien d'autre champ que celui des cadeaux futils ; elle était satisfaite pourtant, puisque jusqu'ici Blanche ne semblait avoir aucun goût pour ces frivolités qui occupaient presqu'exclusivement le baron ; pourquoi aussi ne lui écrivait-il jamais, chargeant seulement la fillette de lui envoyer ses respects? Que ce mot lui semblait sec et froid, à la pauvre Louise! Elle aurait voulu questionner sa fille sur l'intimité qui régnait entre elle et son père ; la laissait-il donc seule toujours, qu'elle ne lui disait pas un mot de leur vie commune, et croyait-il, par les présents qu'il lui faisait, racheter son indifférence pour elle? Mais elle n'osait pas demander ces détails à son enfant, craignant d'abord de lui faire mal juger son père, et persuadée du reste qu'elle eût été la première à lui annoncer de bonnes nouvelles à ce sujet, s'il y en avait eu.

A la fin du quatrième mois de son séjour en Navarre, la baronne eut terminé les règlements pour lesquels sa présence était nécessaire ; elle fit en hâte ses préparatifs de départ, pressée de revoir sa fille qui, dans chacune de ses lettres, la suppliait de se hâter.

Louise n'avait besoin ni de ces tendres appels, ni de la crainte du mauvais temps qui pouvait venir avec les jours courts d'automne, pour se presser ; elle fit venir Léonard près d'elle un matin et eut avec lui une longue conférence.

Il s'agissait, en effet, de prendre toutes les précautions nécessaires pour le retour ; et comme nos voyageurs avaient à emporter une forte somme provenant des redevances, fermages et fonds de réserves de la comtesse, il était bon de s'entendre à ce sujet. Léonard, la probité même, assura à la baronne que son argent ne courrait aucun risque sur lui ; il se chargeait de faire doubler son pourpoint d'autant d'écus qu'elle voudrait bien lui en fournir, sans que pour cela sa souplesse et son élasticité en fussent amoindries, tout au plus Claudie, à son arrivée, le trouverait-elle sensiblement engraissé ; mais de cela il n'avait cure, cette graisse-là n'ayant jamais gêné personne.

— Seulement, ajouta-t-il, tant que le valet Léonard n'a eu que sa propre peau à défendre, il s'est moqué des truands et dévaliseurs de grand'routes, se chargeant à lui seul d'en nourrir de la poussière du chemin une bonne demi-douzaine pour le moins, tandis qu'à présent, monsieur Léonard va valoir fort cher, monsieur Léonard se trouvera un personnage assez important pour exciter l'envie des malhonnêtes gens ; dans ces conditions-là, puisque Léonard est attaché à la personne de Madame la baronne, il lui semble indispensable de s'attacher, à lui-même, un homme honnête et fort, qui veillera sur la sécurité de son vêtement bourré d'or ; pour cet office-là, le Carmini lui semblant juste le contraire de ce qu'il faut, il soumet à Mme la baronne le projet de s'adjoindre, comme gardien, un sien cousin de Gascogne, ledit cousin, fort comme un chêne et capable de lutter avec un taureau, entendant très bien le français, mais ne pouvant en dire un seul mot, attendu qu'il ne parle que le patois du pays. De cette façon, quand bien même n'aurait-on pas une absolue confiance en lui, ce qui serait un grand tort, car c'est la crème des honnêtes gens et le plus vaillant gars de la contrée, pourrait-on être sûr au moins, qu'il ne passera pas son temps à causer avec le Carmini et à se distraire de sa surveillance par les bavardages dans les hôtelleries.

La baronne approuva fort l'idée de son intelligent valet, fit venir le gros garçon, lui parla avec bonté et fut rassurée autant par sa bonne et franche figure, que par sa solide apparence, la largeur de ses épaules et la grosseur de son poing. Près de lui, Léonard et Carmini ressemblaient à deux freluquets, qu'il eût pu, d'une chiquenaude, faire rouler à terre.

Il serait attentatoire à la vérité de dire que l'adjonction de cet hercule à la petite caravane sembla combler Carmini de plaisir ; il eut bien de la peine à dissimuler la contrariété qu'il en éprouva, contrariété qui ne fit que redoubler quand le géant, ouvrant ses gros yeux aussi grands que sa bouche, répondit dans un langage inintelligible aux paroles amicales que l'Italien avait trouvé à propos de lui adresser.

— Voilà une autre machination de cet horrible Léonard, se dit-il, cette grosse brute va nous escorter comme un chien de garde et je ne pourrai échapper aux yeux de l'un que pour retomber sous ceux de l'autre, impossible de le gagner à ma cause si nos conversations ne sont pas plus compréhensibles que celle de tout à l'heure. Enfin, nous verrons bien; écrivons sur-le-champ à mon homme; nous allons partir dans quelques jours, il n'aura que le temps de se mettre en route de son côté à la réception de ma lettre.

L'Italien, qui était plus instruit que la plupart des Français de sa condition, à cette époque-là, s'empressa de mettre au courant des faits et gestes de la baronne, celui qu'il appelait *son homme* et de porter lui-même la lettre au premier courrier qui partait de Dax pour Paris. Selon ses prévisions, ce courrier voyageant à franc-étrier, serait à Paris un bon mois avant le jour où la baronne et sa petite escorte devaient y arriver.

Les choses étant installées de la sorte, laissons la baronne de Palussac recevoir les adieux de ses fermiers, tenanciers, gens de service, du bon curé de la paroisse, de ses amis de Dax et des environs; laissons-la dire, dans la chapelle de son manoir, ses dernières prières et se mettre en route, accompagnée des bénédictions de tous, et revenons vivement sur nos pas, pour arriver aux portes de Paris vers la fin du mois d'octobre.

La nuit tombe vite à cette époque de l'année et vers six heures du soir, s'il n'eut été la lune qui éclairait la campagne, le groupe qui venait de franchir la dernière enceinte, aurait eu quelque peine à se diriger sur une route qui ne lui semblait pas trop familière.

Quoique vêtu uniformément d'un costume de pèlerin en grosse bure, ce groupe se composait de trois hommes de tailles et d'aspects bien différents. Celui qui semblait le chef des deux autres était petit, informe, cagneux, vilain et louche; à ce portrait il est facile de reconnaître le malotru, savetier de sa profession, qui nous est déjà connu sous le nom de Joseph Varocher; les deux autres, habitués de la Cour des Miracles, où il était allé les quérir, étaient : l'un, grand, long comme une corde de puits, noir comme un sac de charbon; il exerçait dans le jour le métier d'aveugle et la nuit celui de descendeur de cheminées, étant assez mince pour s'introduire dans les maisons, par ce chemin étroit et peu pratiqué, à l'effet de dévaliser à loisir les gens dormant en paix, sous la foi des gros verrous bien fermés. Le second, plutôt petit que grand, plutôt gras que maigre,

mais d'une mauvaise graisse, blême et flasque, avec des joues trem-
blottantes et des mentons gélatineux qui se balançaient a chaque
pas, avait pour occupation spéciale et lucrative, d'apitoyer les charitables passants sur une énorme hydropisie qu'il se procurait chaque
matin à l'aide d'une immense vessie gonflée d'air et dont il se gué-
rissait radicalement chaque soir, en l'accrochant soigneusement à
un clou, spécialement destiné à cet usage. Son envergure lui inter-
disant les commodes récoltes nocturnes de son ami (surnommé le
Squelette noir), il en était réduit, pour augmenter le gain de ses journées, à aller tout bêtement soustraire dans les chantiers en construc-
tion les sacs de plâtre, les outils laissés là par des ouvriers crédules
en l'honnêteté des gens et vendre le tout à vil prix, à quelque compère de la partie; il répondait au nom de Bouffi.

Ces deux tire-laine, détrousseurs et voleurs de profession, n'avaient
pas eu grand'peine à s'entendre avec Varocher; deux petits écus
donnés à l'avance et la promesse d'un autre bénéfice, étaient plus
qu'il n'en fallait pour les déterminer à le suivre hors Paris, d'où ils
éprouvaient le vif désir de s'éloigner pendant quelques jours, se
trouvant sous le coup d'une recherche de la maréchaussée, au sujet
d'un vol, suivi d'assassinat, accompli par leurs propres mains la nuit
précédente.

Ils avaient aisément compris ce que leur chef, qui ne s'était fait
connaître autrement que sous le nom de Bancroche, attendait d'eux.

Accoutumés comme ils l'étaient au grouillement, aux cris bruyants
de la Cour des Miracles, à l'odeur nauséabonde de la boue et de la
fricassée qui se cuisinait toujours en plein air dans leur repaire, ils
se trouvèrent comme effrayés et interdits devant ce calme de la campagne, ce silence, cette clarté tremblante de la lune et cette pureté
de l'air. A peine s'ils osaient élever la voix, et ces bandits, habitués
à dévaliser, se retournaient avec crainte dans cette solitude, s'arrê-
tant pour écouter et s'effrayant presque de leur ombre.

Ils marchèrent à peine une demi-heure avec entrain; au bout de ce
temps Varocher, dont les jambes d'inégales longueurs n'étaient guère
faites pour les grandes courses, ralentit insensiblement le pas et en
vint même à demander à ses deux acolytes l'aide de leurs bras.

—Eh! dites donc, Bancroche, est-ce qu'il rentre dans nos attri-
tions de vous transporter gratis? fit le Squelette noir d'un air maussade, faudrait le dire, mon bonhomme, parce qu'alors ça demande-

rait à être plus payé; moi je n'ai pas l'habitude de jouer pour rien le rôle de bête de somme.

— Croyez-vous donc, répondit le savetier, que je n'aimerais pas mieux faire le chemin sur un bon cheval, si mes moyens me le permettaient, mais pour le moment je n'ai pas de quoi en acheter un.

— Quand on n'a pas d'argent pour s'en payer un, riposta le gros Bouffi avec calme, on se l'offre gratis, voilà tout.

— Vous connaissez une manière d'avoir un cheval gratis? demanda Varocher fort intéressé.

— Té, je te crois, mon petit, le prochain n'est-il pas là pour nous offrir gracieusement ce que la marâtre nature nous a refusé.

— On le vole, alors?

— T'as l'entendement dur, Bancroche, on n'a pas besoin de prononcer ce mot malhonnête pour se comprendre entre braves gens, et pourvu que nous rencontrions un prochain qui possède ce qui fait notre envie, tu vas voir comme je sais agir gentiment en douceur : moi, d'abord, j'ai des formes.

— Oui, oui, nous le voyons bien, ricana le Squelette, et tiens, je crois que le diable est pour nous, car j'entends là-bas le pas d'une bête et le chant d'un paysan.

Une voix claire, pour se donner peut-être du courage dans cette campagne solitaire, entonnait ce refrain à pleine gorge :

> Beau farinier donnez-moi votre fille,
> Donnez-la-moi car je la trouv' gentille,
> Et nous ferons et nous ferons,
> Et nous ferons une bonne maison.

— Allons, dit le Squelette noir, il parle d'un farinier, tu es blême comme la mort, c'est ton affaire; le Bouffi, tu te présenteras le premier et que ton costume d'honnête pèlerin ne te gêne pas.

La voix continua :

> Noir charbonnier tu n'auras pas ma fille,
> Je marierais, la drôle de famille,
> Sac de farine, sac de farine,
> Sac de farine, avec sac de charbon,
> Non, non, non, non, non, non,
> Tu n'auras pas Suzon.

— Voilà le charbonnier qui vient à mon aide, dit le Bouffi en riant, ça te regarde et à nous deux, nous allons faire chanter ce chanteur-là d'une autre façon.

13

— Moi, dit Varocher, je suis boiteux et bancale, je ne vous servirais de rien; je ne m'en mêle pas.

— Tu peux toujours saisir le bourriquet par la bride et lui faire faire quelques pas en avant pendant que nous nous occuperons de ce beau chanteur, nous te rattraperons, n'aie pas peur.

Ils se dissimulèrent dans l'ombre d'une haie et n'attendirent pas longtemps.

Un jeune garçon, d'une vingtaine d'années, parut bientôt, à califourchon sur la croupe d'un bel âne gris, tenant ses jambes allongées sur deux grands paniers, attachés de chaque côté des flancs de l'animal. Ces paniers, pleins de salades, d'oseille et d'autres légumes, étaient destinés, par le maître jardinier, à alimenter la table d'un couvent voisin et il avait chargé son garçon apprenti de conduire cette provision à la fin de la journée, pour ne pas perdre un instant de la clarté du soleil.

Le jeune homme avait-il flâné, ou bien la distance était-elle longue, nous ne saurions le dire, toujours est-il qu'il se trouvait bien tard dans la campagne et que les bonnes sœurs du couvent, si elles comptaient sur ces légumes-là pour leur souper, étaient en grand danger de faire un jeûne plus rigoureux qu'elles ne pouvaient s'y attendre.

Dans la position, commode peut-être, mais pas très solide, que le jeune garçon occupait sur son âne, c'était chose par trop facile que de le faire choir; c'est ce que pensèrent les brigands, aussi la ssart de côté les grands moyens d'intimidation, ne songèrent-ils même pas à montrer les pistolets dont leurs ceintures se trouvaient largement pourvues sous leurs manteaux; ils se contentèrent de surgir fort subitement de l'ombre, en criant : Hou! hou! hou! et en frappant dans leurs mains; l'âne eut peur, le jeune homme eut encore plus peur, le premier fit un saut à droite, le second se trouva aplati à gauche, le nez par terre, et tandis que Varocher saisissait la bride de l'âne et se hissait sur son dos, jambe de ci, jambe de là, les deux pouilleux et infâmes personnages sortaient de leurs chausses un paquet de cordes et ficelaient le mieux du monde le pauvre garçon jardinier, qui, plus pâle que le Bouffi lui-même, n'osait dire un mot et fermait obstinément les yeux comme si la mort dût entrer dans son crâne par ces orifices-là.

En quelques secondes il se trouva bel et bien attaché, le visage contre un gros arbre, les mains derrière le dos, dans l'impossibilité de faire le moindre mouvement, pas même pour se gratter l'échine tant ses poignets étaient solidement garrottés.

Bien sûrs qu'à cette heure personne ne viendrait le délivrer, les deux bandits rejoignirent Varocher en fredonnant, avec une amère ironie, la chanson que leur victime chantait si gaillardement quelques instants auparavant.

— Vous ne pensez pas que nous vous laissions jouir tout seul de notre bucéphale, dit le Squelette; moi, d'abord, je suis las et j'entends prendre possession du bon tiers qui m'appartient.

— Et moi de même, reprit le Bouffi, hardi compère, mets-toi dans un panier, moi dans l'autre, tu es plus grand, je suis plus gros, le poids s'équilibrera.

— Mais l'âne va crever sous notre triple charge, dit Varocher que ses instincts rapaces portaient déjà à ménager cette bête dans l'espoir d'en tirer un meilleur prix, je ne me suis pas engagé à vous fournir un équipage.

— Est-ce que nous nous sommes engagés à vous cueillir une monture sur la route comme on cueille des cerises sur un cerisier, dirent les deux vauriens. Allons, pas de réflexion et en route.

Ils se blottirent dans les paniers, leurs jambes pendant en dehors; ils devaient produire un singulier effet, mais nul œil curieux n'était là à cette heure pour jouir d'un si étonnant et si réjouissant spectacle.

— Par la lune du firmament, s'écria gaiement le Bouffi, jamais mon assise n'a été à pareille fête, on entre dans ces laitues comme dans du beurre; la reine, je suis sûr, n'a pas un coussin plus moelleux.

— C'est vrai qu'on n'est pas mal, dit le Squelette, mais pour l'instant, mon estomac me tiraille tellement que je n'ai aucune autre pensée que de le contenter, j'aimerais autant manger ces salades que de m'asseoir dessus.

Varocher pensait justement à ceci : c'est qu'à la première auberge il ferait marché pour un triple souper et un triple gîte et qu'il paierait sans bourse délier avec ces légumes, destinés à une beaucoup plus sainte table; aussi recommanda-t-il bien à ses compagnons de ne pas s'agiter de façon à faire perdre aux laitues, choux et carottes, leur délicieuse fraîcheur.

## XIX. — Où le lecteur pourra faire des comparaisons entre l'adresse du Bouffi et du Squelette et celle du baron de Palussac

Tandis que les trois hommes scélérats, dont nous avons parlé dans le chapitre précédent, goûtent un repos qui aurait dû être troublé par le remords et qui en réalité ne l'était pas du tout, revenons près du baron de Palussac que nous avons abandonné trop longtemps. Les premiers jours qui suivirent le départ de Louise avaient été pour lui des jours de repos, il s'était réinstallé définitivement rue Tire-chape, près de sa fille et, à part les heures réglementaires de son service à la cour, il ne s'éloignait plus d'elle.

Blanche, ravie, redoublait de tendresse, de soins prévenants, de caresses pour son père; elle le croyait définitivement acquis à l'intimité de la vie de famille, et, toute radieuse, commença une lettre pour sa mère, lettre dans laquelle elle chantait les louanges du harem, doublement heureuse par le bonheur qu'elle allait procurer à sa chère maman.

Hélas, la légèreté habituelle de Palussac, le manque de suite dans sa conduite, l'impossibilité où il semblait être de conserver des idées saines et suivies plus de quelques jours, arrêtèrent bientôt la plume dans les mains de la jeune fille.

Peut-être, s'il n'avait eu à subir aucune mauvaise influence, aurait-il, cette fois-ci, prolongé son accès de raison un peu plus longtemps que de coutume; il avait été très impressionné du départ de la baronne et, chaque jour, la tendresse de sa fille le touchait davantage; au fond, il avait les meilleures intentions du monde, mais il était tellement mou, tellement apathique quand il s'agissait d'un effort à faire, qu'on pouvait assurer, sans craindre de porter un jugement téméraire contre lui, que cet amendement ne serait que temporaire. Il se rendait si bien compte de sa faiblesse, qu'il considérait ces premières journées de repos comme un temps de retraite destiné à lui redonner seulement quelques forces physiques; il ne pensa pas un seul instant que les forces morales pussent lui revenir aussi. Cette réclusion ne faisait pas l'affaire de Lorenzo ni d'Albina, aussi désireux l'un que l'autre de ne pas perdre de vue le baron, surtout à présent qu'il était devenu riche.

La belle Italienne, fatiguée d'attendre en vain sa visite, agacée de ne pouvoir lui dire un seul mot, puisqu'elle ne l'apercevait que de loin au milieu de son petit bataillon de pages, se décida un beau jour à lui expédier son frère en son logis de la rue Tirechape, puisque là seulement on était sûr de le trouver.

C'était environ huit ou dix jours après le départ de la baronne, le marquis faisait sa sieste habituelle après son dîner ; Palussac, pour se distraire dans sa solitude, formait des projets : il s'était enclos dans sa chambre pour mener à bonne fin un plan d'hôtel que sa nouvelle fortune allait lui permettre de faire construire ; Blanche et Bernard se promenaient au jardin, jouant avec le chien Ralph, le faisant courir et sauter, tandis que Claudie, assise sur un banc de pierre, préparait de la lingerie de toile, des vêtements de bure, que sa jeune maîtresse destinait aux pauvres ; ce grossier travail n'effrayait pas Blanche, et il n'était pas rare de la voir, avec les sages conseils de sa chambrière expérimentée, coudre de ses doigts blancs ces étoffes si épaisses.

Pour l'instant, Claudie taillait et la jeune fille n'avait autre chose à faire qu'à respirer ce bon air de juin, en devisant avec son cousin Bernard.

La vieille Jacqueline réchauffait ses vieux membres au soleil ; elle se trouva toute arrivée à la porte pour répondre à Lorenzo, quand il se présenta.

Nous disons : répondre, mais l'expression est mal appliquée, car elle n'entendit pas un seul mot de sa question ; elle comprit vaguement qu'il voulait entrer, et comme tous les habitants de la maison étaient là en cet instant, elle le laissa passer sans difficulté, ne se donnant même pas la peine de soulever de son siège ses membres endoloris par les ans.

Lorenzo se dirigea instinctivement vers le jardin, le bruit des voix l'attira dans l'allée ombreuse où se promenaient les deux jeunes gens. Un grognement de Ralph les fit se retourner.

En reconnaissant cet Italien qui avait bousculé sa cousine quelques semaines auparavant, Bernard devint tout pâle, il s'avança vers lui la tête haute, les lèvres serrées, tandis que Blanche, intimidée, se réfugiait près de sa suivante.

— Que demandez-vous, Monsieur, dit Bernard en fronçant le sourcil, j'espérais que nos relations en resteraient à notre rencontre de l'autre jour?

Sans lui répondre, sans même le saluer, Lorenzo s'avança vers Blanche.

— Pourquoi Mᵐᵉ de Palussac s'enfuit-elle à mon approche comme une biche devant le chasseur, dit-il en s'inclinant, suis-je donc si malheureusement doué par la nature que ma personne effraye à ce point les jolies filles comme elle?

Blanche, gênée par ces paroles et le ton dont elles étaient prononcées, ne savait que répondre; elle se sentait toute rouge, toute honteuse; Bernard vint à son secours :

— Ma cousine n'a que faire de vos compliments, dit-il avec hauteur, et je suppose que si sa mère était là, vous ne lui parleriez pas ainsi; veuillez donc vous expliquer sur le but de votre visite et vous rappeler que vous êtes ici chez le marquis de Palussac, mon grand-père, et par conséquent chez moi.

— Allons, jeune coq, ne montez pas ainsi sur vos ergots, ajouta Lorenzo, j'ai peu de patience et vous pourriez vous en trouver fort mal.

— Croyez-vous, par hasard, que vos menaces m'intimident, s'écria Bernard qui tenait de son grand-père un caractère vif et emporté.

— Qu'elles vous intimident ou non, voilà qui m'est absolument indifférent, mon petit, reprit l'Italien avec tranquillité, je n'ai point affaire à un enfant, et si je viens ici, c'est que j'ai absolument besoin de parler au baron Henri de Palussac.

— Claudie, veux-tu bien conduire monsieur près de papa, s'empressa de dire Blanche; allons, Bernard, continuons notre promenade, s'il vous plaît.

Elle prit le bras de son cousin, l'entraînant presque de force, tant elle craignait que la discussion ne recommençât.

Lorenzo les regarda s'éloigner en ricanant.

— Promenez-vous ensemble, mes petits amis, dit-il entre ses dents, si un jour ou l'autre votre promenade me gêne, je saurai bien l'interrompre.

Il résulta de sa visite au baron que, dès le soir même, Blanche dîna seule, son père s'étant cru obligé de se rendre à l'invitation qu'Albina lui envoyait faire de vive voix.

C'est à partir de ce moment que la fillette dut renoncer à terminer cette lettre qui n'eut été que mensonge, car le baron, repris dans l'engrenage des intrigues de cour, ne parut plus que rarement rue Tirechape ; la pauvre enfant, le cœur navré, passa seule la plupart de son temps ; le vieux marquis continuait ses pieuses et charitables visites, et Bernard s'en allait chaque jour à l'hôtel de Gondi, travailler avec ses deux camarades, Pierre et Henri, sous la surveillance de leur précepteur, l'abbé Vincent.

Elle serait peut-être morte de tristesse, la chère petite, si les lettres de sa mère n'étaient venues de temps en temps la réconforter, et si elle n'eut trouvé dans la prière et dans les visites paternelles du bon abbé Vincent quelques consolations.

Parfois, lorsqu'elle se sentait prise d'une tristesse trop forte pour elle, Claudie, sur sa demande, la conduisait chez Mᵐᵉ de Maignelais, elle y passait de bonnes heures et là, au moins, elle pouvait parler de sa mère.

De graves déterminations se prenaient à la cour ; le mariage du roi, décidé de fait depuis quelques mois, allait s'accomplir malgré la jeunesse des deux fiancés.

La Reine régente résolut de partir avec son royal fils pour aller à la rencontre de la jeune Infante Anne-d'Autriche, et conduire en même temps sa fille, Mᵐᵉ Elisabeth de France, qui devait épouser le prince des Asturies.

Il était convenu que l'échange des deux petites princesses aurait lieu sur un radeau, construit et orné pour cette circonstance, au milieu de la Bidassoa, qui coule au pied de Fontarabie et sert de ligne de démarcation entre l'Espagne et la France.

Tous les préparatifs étant faits, ce fut le 17 août 1615 que Leurs Majestés se mirent en route, voyageant à petites journées, mais bientôt arrêtées à Poitiers par une longue maladie de Mᵐᵉ Elisabeth. Ce voyage royal qui, selon toutes les prévisions, devait s'effectuer en deux mois, dura beaucoup plus.

En outre de la maladie de Mᵐᵉ de France, Leurs Majestés eurent à subir des vexations et des retards de toutes sortes, occasionnés par l'inhospitalité de certaines villes dont les coffres vidés ne se prêtaient guère aux réceptions coûteuses qu'exigeait le séjour de la cour, mais surtout par le mauvais vouloir des grands seigneurs de la province ; leurs escarmouches, leurs combats incessants soit entre eux, soit contre les gens de Sa Majesté, ne laissaient pas que d'être un amer sujet de tristesse momentanée et de préoccupation pour l'avenir.

Il fallut qu'une conférence, tenue en la vieille ville de Loucun au mois de février 1516, et un édit signé en cette même ville le 3 mai, vinssent limiter les ambitions de chacun, calmer par des promesses, des titres et de l'or les exigeances des plus turbulents; grâce à ces énormes sacrifices, la paix, mais une paix très onéreuse, fut rendue pour quelque temps à ce pauvre pays troublé.

Ce calme relatif permit au roi d'effectuer son retour dans la capitale de son royaume, neuf mois après l'avoir quittée.

Albina dont les desseins étaient bien arrêtés, sachant que le baron de Palussac ne quitterait pas Paris, s'arrangea pour n'être pas désignée parmi les dames d'honneur qui devaient, en petit nombre, accompagner Marie de Médicis pendant son voyage; son imagination féconde lui fournit un prétexte acceptable, et elle résolut de mettre à profit le temps de liberté que le départ de la cour allait lui laisser.

Chaque jour le désir d'une promenade nouvelle lui venait : tantôt c'était une visite dans un monastère voisin, tantôt une excursion à Saint-Denis, à Saint-Germain ou à Fontainebleau, et le baron, dont le service au palais se trouvait également fort simplifié, était toujours requis par la belle pour lui servir de cavalier.

Mais, plus adroite que jamais, Albina ne cessait de l'interroger sur le voyage de Louise :

— Quand reviendrait-elle cette charmante baronne? Quand lui serait-il donné de faire plus ample connaissance avec elle? Son retour allait-être une fête pour tous?

— Et pourtant, ajoutait-elle, j'y perdrai probablement l'agréable cavalier qui est si gracieusement à mes ordres, mais qu'importe, baron, si le retour de votre blonde et suave épouse vous rend heureux. En attendant, permettez-moi d'abuser de votre liberté; j'ai mille excursions, mille promenades, que je n'ai pu faire encore depuis mon arrivée en France et pour lesquelles il me faut un protecteur.

Très flatté du rôle que l'Italienne lui faisait jouer, Palussac passait donc son temps à cavalcader près de la belle, qui s'était sentie prise, tout à coup, d'un grand amour pour l'équitation.

Un matin, entr'autres, vers la fin d'octobre, le retour de la baronne étant annoncé pour la mi-novembre, elle manifesta le désir de faire une dernière promenade dans la campagne; une petite gelée blanche avait rendu le terrain excellent, le soleil brillait, elle fit prévenir le baron, et une demi-heure après tous les deux, montés sur de beaux chevaux, quittaient Paris au galop.

Cette matinée fraîche, cette course rapide, grisaient complètement Albina; elle se sentait gaie, ses yeux brillaient, ses joues, pâles d'ordinaire, avaient de jolies couleurs rosées; comme une enfant, elle ne demandait qu'à rire de tout ce qu'elle voyait. Le baron, sanglé et botté, sa grande rapière au côté, se redressait très fier d'escorter une si belle amazone.

Ils avaient fait environ deux lieues en pleine campagne, lorsqu'ils aperçurent, à quelque distance devant eux, un gros tas noir qui marchait lentement et dont la forme défiait toute conjecture.

On apercevait bien les quatre jambes grêles d'un animal, mais ce qu'il portait sur son dos était si large, si étonnant d'aspect, qu'Albina, poussée par une gaie curiosité, proposa de rattraper cette difformité marchante.

Lorsqu'ils ne furent plus qu'à une centaine de pas, le mystère leur fut expliqué, car trois têtes coiffées de grands chapeaux de pèlerins leur apparurent très distinctement.

— Le drôle d'équipage, dit Albina, devançons-le, je suis curieuse de voir la mine de ces saints hommes qui s'en vont en pèlerinage dans des paniers à salade.

Le bruit des foulées de leurs chevaux avait fait tourner les trois têtes que nos lecteurs n'ont pas de peine à reconnaître.

— Hardi, mon compère, dit le Squelette, voilà un couple qui m'a l'air assez bien fourni de petits écus pour en laisser tomber quelques-uns dans nos honnêtes chapeaux ornés de coquilles.

— Je me moque de leur charité, et j'aimerais mieux, s'il était possible, leur faire subir le même sort qu'au garçon jardinier d'hier au soir, riposta le Bouffi que l'absence de laitues dans le panier rendait triste, morose et engourdi.

Varocher s'était retourné comme les deux autres.

— Par Belzébuth, s'écria-t-il, n'allez pas me faire avoir une mauvaise affaire; cette dame est justement celle qui me paie, et le monsieur est celui dont la femme... lui surtout, il ne faut pas qu'il me reconnaisse, je serais perdu.

— Reste en paix, Tortillard, tire ton chapeau sur tes jolis yeux et ne fais pas autre chose que de filer le plus vite possible sur l'âne, quand nous en serons descendus; personne ne te reconnaîtra.

Il n'y avait plus à discuter, les cavaliers passaient au pas près des trois vilains drôles, et Albina, sans arrêter son cheval, s'amusa à les questionner.

— Hommes de pénitence, dit-elle, avez-vous donc fait vœu de tuer cette misérable bête sous le poids de vos corps et celui de vos consciences? Je croyais que les pèlerins cheminaient d'ordinaire à pied, ne vous faudrait-il point un carrosse pour vous porter plus commodément?

— Très honorée dame, répondit humblement le Squelette, votre étonnement se comprend aisément, mais vous nous pardonnerez le luxe que nous déployons, quand vous saurez que mon camarade est perclus de tous les membres, moi très boiteux et le troisième aveugle; nous allons à Saint-Jacques de Compostelle, ça n'est pas près d'ici, comme vous savez, et nous n'arriverons jamais au bout de notre pèlerinage, si les bonnes âmes, au lieu de nous blâmer, ne nous aident lorsqu'elles auront constaté nos infirmités.

Joignant le geste à la parole, il se laissa glisser de son panier et boita d'une façon si désespérante que les larmes en venaient aux yeux.

Le Bouffi, comprenant à demi-mot, descendit aussi en tâtonnant et avec des yeux si retournés qu'on ne voyait plus que le blanc, ce qui était pitoyable. Varocher se rencoigna encore davantage sur lui-même, et piquant l'âne d'une solide épingle, le fit tout à coup avancer d'un bon bout de chemin; cette ardeur paraissait toute naturelle, étant donné que les deux tiers de sa charge venaient de le quitter. L'aveugle, tout en tâtonnant, s'arrangea de façon à passer entre le baron et Albina, il se cognait à un cheval, puis à l'autre, on s'apercevait bien qu'il n'y voyait pas, le pauvre homme. Il tendait modestement la main en faisant des holà et des hélas à fendre le cœur. Quant au boiteux, nous avons déjà dit qu'il était lamentable; une de ses jambes complètement raccourcie l'obligeait, pour se soutenir, à s'accrocher à la bride du cheval d'Albina, il tirait même assez fort pour que la bête, gênée, reculât au lieu d'avancer, et comme celle du baron était, au contraire, excitée par l'aveugle qui, les mains en avant pour ne pas tomber, la heurtait et la poussait sans cesse, les deux promeneurs se trouvèrent séparés et assez éloignés l'un de l'autre.

— Belle dame, ayez pitié de ma terrible claudication, geignait le

Squelette noir, le ciel m'a infligé là une disgrâce bien imméritée, car je n'ai jamais fait de mal à personne, je suis doux comme un agneau; belle dame, soyez généreuse, donnez, donnez au pauvre pèlerin.

— Très honoré seigneur, gémissait l'aveugle, que n'ai-je des yeux pour admirer votre vaillance et constater votre générosité; hélas! voyez quel malheur est le mien, je n'étais pas fait pour cette existence obscure, j'ai du sang de brave dans les veines, j'ai la force du lion et la pureté d'un ange; donnez, donnez, puissant seigneur, donnez au pauvre aveugle-né.

Ils s'en allaient toujours mendiant et éloignant de plus en plus le baron d'Albina.

Au moment où cette dernière, plus pour se débarrasser de cet importun que par esprit charitable, fit le geste de prendre une pièce de monnaie dans son escarcelle, par conséquent arrêta son cheval et lâcha les rênes, le boiteux se trouva guéri subitement; il redressa sa grande taille, enleva prestement le pied qui était appuyé sur l'étrier et envoya la belle dame rouler à droite sur le terrain.

Au cri d'Albina, le baron s'était retourné, il la vit chanceler, crut à un accident, poussa un grand cri lui-même, arrêta net son cheval pour lui porter secours, et voyant l'aveugle tout près, lui jeta la bride pour se précipiter vivement vers l'Italienne.

Le malheur voulut que Palussac, dans son empressement, embarrassât ses longues jambes dans sa non moins longue rapière, embûche perpétuelle à son équilibre, et s'étalât le mieux du monde, ce qui permit aux deux drôles de se reculer avec les chevaux; quand il se fut relevé et transporté près d'Albina, il la trouva gémissant et souffrant d'un bras qu'elle croyait cassé, il lui aida à se relever, chose qu'elle ne pouvait faire seule, tant ses pieds se trouvaient emmêlés avec la longue queue de sa robe de velours.

— La jolie dame ne s'est pas trop blessée, j'espère, dit le boiteux; c'est malsain, j'en conviens, de tomber ainsi de cheval.

— Misérable, s'écria Albina, c'est lui qui m'a fait choir.

A ces mots, Palussac bondit pour se saisir du malfaiteur, mais celui-ci, lestement, enfourcha le cheval de la dame et se mit hors d'atteinte.

— Ohé! mon beau seigneur, s'exclama en riant l'aveugle qui se trouvait aussi radicalement guéri que le boiteux, vous avez barbouillé votre nez busqué dans votre chute, c'est dangereux de porter au côté une colichemarde de ce calibre, mieux vaudrait s'en servir pour rôtir un mouton. Faudra faire attention à vous tenir plus droit sur vos quilles une autre fois, mon cher monsieur.

En disant ces mots, il sauta sur le cheval que Palussac lui avait confié, et piquant des deux, rejoignit au galop son compère, sans même se retourner pour voir la mine déconfite et furieuse du baron, ce qui, pourtant, en eût valu la peine.

Il est difficile de décrire la joie des deux vauriens en se sentant emportés par de si beaux chevaux; ils riaient, les coquins! ils se complimentaient, réciproquement, les misérables! ils étaient les gens les plus fiers et les plus heureux du monde, les malotrus!

Varocher, qu'ils rejoignirent, ne leur épargna pas la louange, et le petit baudet, excité par les coups de talon du Bancroche, emboîta le pas derrière les grands chevaux; les trois compères larrons se trouvèrent bientôt hors de toute atteinte.

S'il est difficile de décrire la joie des voleurs, il est encore plus difficile de décrire la colère du baron. Sans penser à ce qu'il faisait, sans réfléchir que ses jambes, quelque longues qu'elles fussent, ne pouvaient lutter de vitesse avec celles de ses bons chevaux, il se mit résolûment à la poursuite des brigands en criant, tempestant et brandissant son épée qu'il était parvenu à mettre, seul, hors de son fourreau. Malgré les cris et les appellations d'Albina, il continua sa course désordonnée tant qu'il eut un peu de souffle dans les poumons; enfin, il lui fallut bien se rendre compte qu'il perdait absolument son temps et ses forces, et il dut revenir fort penaud, haletant désespéré, honteux de ce qui venait de lui arriver, et surtout de la façon stupide dont il s'était laissé voler son cheval; il fit d'autant plus empressé près d'Albina qu'il espérait par ses soins racheter son abandon momentané et ce que sa position avait de ridicule.

La jeune femme, énervée au suprême degré, autant par la conduite de Palussac que par la douleur, poussait des cris à chaque mouvement; un pied foulé et un bras froissé la mettaient hors d'état de se tenir debout et surtout de marcher.

Comment faire! que devenir! la température, excellente pour une cavalcade, n'était pas assez chaude pour qu'on pût s'asseoir et attendre patiemment le passage d'un véhicule; sur cette route déserte, en pleine campagne, il eût fallu du reste attendre bien longtemps.

La pauvre Italienne souffrait tellement que des larmes involontaires s'échappaient de ses beaux yeux noirs, ce qui navrait Palussac, car il ne voyait aucun moyen de faire cesser cette souffrance ; il se lamentait en levant ses grands bras au ciel, en tourmentant la garde de son épée, en poussant des exclamations violentes et coléreuses, qui n'avaient d'autre résultat que d'agacer profondément Albina, sans apporter aucune solution favorable à la détresse dans laquelle ils se trouvaient.

Cette situation aurait duré longtemps, si le baron eut été seul à prendre une détermination, mais la jeune femme, lorsque le premier moment de douleur aiguë fut passé, retrouva sa fermeté habituelle ; elle ne perdit pas son temps à demander un avis, elle ordonna.

Le baron l'accommoda le plus confortablement possible sur le rebord du fossé, se dépouilla de son petit manteau de velours pour envelopper son pied meurtri et se mit à courir vers le plus prochain village, dont on apercevait le clocher au loin à l'horizon. Il en ramena, deux bonnes heures après, un chariot bien mieux disposé pour transporter des denrées au marché qu'une belle dame de la cour.

Albina, dont l'humeur maussade était loin de s'adoucir à la vue du véhicule que Palussac lui amenait, dut cependant, faute de mieux, s'en contenter. Elle s'étendit sur les bottes de paille fraîche que la prévoyance du paysan y avait entassées, et malgré cette moelleuse couche, souffrait le martyre dans ses membres blessés par tous les cahots et toutes les secousses de ce rudimentaire carrosse.

Quel triste retour et peu comparable au départ ! Jamais l'élégante Italienne ne voulut entrer dans Paris en semblable équipage ; elle préféra attendre encore une bonne heure à la porte extérieure, pour laisser le temps au baron d'aller quérir une chaise ou une litière.

Lorsqu'enfin elle se trouva transportée dans son appartement, il ne lui resta plus qu'à se faire mettre au lit et à attendre le docteur ; on lui banda le pied, on lui banda l'épaule et ordonnance lui fut faite de ne quitter sa couche que pour s'étendre sur un canapé.

Le baron, absolument désolé, la venait voir chaque jour, lui apportait fleurs et sucreries ; mais l'humeur de la belle, loin d'être adoucie par toutes ces prévenances, ne faisait que tourner de plus en plus à l'aigre ; on eût dit qu'elle attendait quelque importante nouvelle qui n'arrivait pas assez tôt à son gré, et lorsque le baron apparaissait, la mine souriante, les mains chargées de présents, espérant par son bon vouloir lui faire oublier la pénible mésaventure de leur dernière promenade matinale, l'Italienne fronçait ses noirs sourcils et semblait d'autant plus sombre que le baron l'était moins.

## XX. — Où, malgré les vaillantes prouesses de Léonard, le lecteur verra que le courage et la prudence ne suffisent pas toujours pour conjurer de terribles catastrophes.

Avant de faire choix de l'auberge dans laquelle lui et ses deux compères devaient descendre, Varocher prenait toujours soin d'inspecter la maison sous toutes ses faces et ne se décidait à entrer que lorsqu'il avait découvert les traces plus ou moins effacées de la croix noire faite par Carmini; il ne manquait jamais de tracer une seconde croix près de la première et suivait de la sorte, pas à pas, le chemin parcouru par la baronne de Palussac quelques mois auparavant.

La campagne attirait aussi son attention; il dardait ses petits yeux louches sur chaque repli de terrain, fondrière, rocher ou bois touffu; on eût dit qu'il voulait graver dans sa triste cervelle le moindre site sauvage et accidenté.

Les environs d'Etampes lui offrirent de longs sujets d'étude; il perdit beaucoup de temps à les visiter; évidemment il combinait un plan et ses compagnons, qui trouvaient fort délectables le vin et la cuisine de l'hôtel où ils étaient logés, voulaient lui persuader d'attendre là ceux qui les intéressaient en savourant cette existence de confortable repos, si différente de celle qu'ils menaient d'ordinaire.

Mais Varocher était sans doute payé pour aller plus loin; ils repartirent sans trop se presser, en flânant, évitant les grandes routes fréquentées par la maréchaussée qui, de nature très curieuse, n'aurait pas manqué de leur demander comment de pauvres pèlerins comme eux avaient à leur service de si beaux chevaux, si luxueusement harnachés.

Ces détours dans de vilains chemins de traverse retardaient forcément leur voyage, mais Varocher ne semblait pas très désireux de s'éloigner de ce coin montagneux et accidenté.

Un jour, en mettant pied à terre dans une petite auberge tout à fait rustique, il poussa une exclamation de joie : au lieu d'une seule croix noire presque effacée, il venait d'en apercevoir deux, dont l'une était tout fraîchement tracée.

— Nous y voilà, les amis, dit-il aux deux autres, nos particuliers sont passés par ici il y a peu de temps; nous allons rebrousser chemin, les rattraper, et il sera fort naturel que nous fassions route ensemble, puisqu'ils s'en vont à Paris et que nous autres, pour les besoins de la cause, allons en pèlerinage à Sainte-Geneviève, ne l'oubliez pas.

En dînant, il s'informa assez habilement près de l'hôtesse, et n'eut guère de peine à lui faire dire ce qu'il voulait savoir : oui, une caravane venait de passer quelques heures plus tôt; cette caravane se composait d'une jeune dame, escortée par trois hommes, dont l'un d'eux, immense et fort, semblait un géant des contes de fées.

Cette description fit faire une affreuse grimace aux deux habitants de la cour des Miracles; Varocher qui était prévenu de la présence du grand valet basque par la lettre de Carmini, ne broncha pas, mais peu rassuré sur la vaillance de ses camarades, il les admonesta vivement, leur reprocha cette couardise et se donna pour exemple de bravoure, mérite d'autant plus grand qu'il était dépourvu, par la nature, de la force corporelle qu'eux avaient reçue en partage.

Leur écot payé, le bancroche voulut se remettre immédiatement en route pour rejoindre le plus vite possible la baronne et ses gens, mais il eut à lutter contre le mauvais vouloir de ses deux acolytes dont l'ardeur était sensiblement refroidie. Un vent glacial venait de s'élever, et des flocons de neige tourbillonnaient dans l'air; l'hiver commençait de bonne heure cette année-là; les deux drôles, l'estomac plein, les pieds sur les chenets, dans la petite salle où ils s'étaient fait servir, paraissaient fort décidés à passer la nuit à couvert, et non pas sous les bourrasques neigeuses.

Varocher perdait à les sermonner le peu d'éloquence à lui départie par la marâtre nature.

— Vous allez nous faire perdre le fruit de nos travaux, gémissait-il, la petite dame, pressée de revoir sa fille, est capable de filer sur Paris sans s'arrêter, et nous ferons buisson creux.

— Merci bien, dit le Squelette noir, exposer notre peau pour quelques méchantes pistoles, ça n'en vaut pas la peine; vous ne nous aviez pas dit que la dame aurait des gardes du corps venant du pays des géants; moi, j'aime à travailler à coup sûr, et, pour l'instant, le jeu n'en vaut pas la chandelle; je me contenterai comme rémunération et indemnité de déplacement de la vente de mon cheval.

— Moi de même, appuya le Bouffi, la neige, c'est malsain la nuit, ça peut donner des rhumatismes, et le salaire n'est vraiment pas proportionné à la peine.

Varocher écumait de rage; il voyait la victoire, la fortune lui échapper au dernier moment; il n'osait promettre une plus grosse part aux deux larrons, dans la crainte que ceux-ci, voyant qu'il les avait trompés en accusant une somme relativement minime à partager entre eux trois, n'eussent des exigences excessives.

Il en était là, se démenant, gesticulant, cherchant à les persuader, quand des coups, frappés à la fenêtre, le firent taire subitement. L'hôtesse s'en était allée après son service fait; ils se trouvaient seuls; de nouveaux coups et une voix qui appelait fit approcher le boiteux de la fenêtre.

— Per Bacco, disait la voix, me laisserez-vous geler dehors? J'ai entendu votre dispute, et je vous apporte la paix.

Le bancroche savait à qui il avait affaire; il ouvrit le volet, et Carmini s'élança dans la pièce en secouant la neige de son manteau.

— Brou... brou... il ne fait guère bon à écouter aux portes, par ce temps-là, dit-il en se rapprochant du feu, je me fais l'effet d'un glaçon ambulant.

Les deux compagnons de Varocher se demandaient quel était ce nouveau venu, mais lui ne prit pas le temps de le leur expliquer.

— Comment vous trouvez-vous ici, demanda-t-il à l'Italien, avez-vous donc quitté la baronne?

— Non pas, je l'ai seulement abandonnée un instant, elle se repose à quelques lieues d'ici et prend des forces pour achever d'une seule traite son voyage, si le temps le permet; je commençais à avoir de grandes inquiétudes à votre égard, en ne vous rencontrant pas; enfin, j'ai reconnu votre signal, j'ai pensé que vous vous arrêteriez en voyant le mien, et je me suis éclipsé pour conférer avec vous tandis que ces Gascons ronflent comme des toupies. Le moment est venu, quand allez-vous agir?

— Par la barbe du diable, s'exclama Varocher, je n'en sais plus rien. Ces deux larrons, que je nourris depuis huit jours comme des pachas, qui voyagent sur des chevaux de maître, comme de grands seigneurs, et auxquels j'ai promis une récompense princière, hésitent maintenant, font mine de lâcher pied, sous le prétexte que la dame est bien gardée et qu'ils ont peur d'avoir leur jolie peau égratignée.

— Mais c'est stupide, s'écria Carmini, les drôles vont tout faire manquer! Il faut absolument que nous fassions notre cour demain je suis avec vous, la baronne n'a donc que deux défenseurs; nous en viendrons facilement à bout, croyez-moi.

— Ouais! fit le Squelette, goguenard, pour qu'un beau monsieur, aussi bien habillé que vous, veuille mettre la main à la pâte, il faut que le gâteau soit plus gros qu'on nous l'a dit.

— Moi, d'abord, ajouta le bouffi, j'ai une âme très sensible, tout pour les dames, et je déteste me conduire envers elles comme un homme sans éducation.

— Voilà une délicatesse dont vous auriez pu me prévenir plus tôt, dit Varocher.

— Que voulez-vous, c'est comme cela, riposta le fin matois; pauvre petite femme, elle m'inspire de l'intérêt, et rien ne pourra me décider à fouler mes scrupules aux pieds et à agir contre elle, non, rien.

— Pas même... cela, dit l'Italien en montrant une pièce d'or.

— S'il y avait une très grande quantité de... cela, peut-être, ce serait à voir, j'aurais alors de quoi vivre honnêtement et faire pénitence de mes peccadilles.

— Tout va donc s'arranger, reprit l'Italien, sans égard aux signes que lui faisait l'avare Varocher, nous pourrons faire plusieurs coups de la même pierre; le devoir avant tout, les amis; nous commencerons par remplir les ordres touchant la petite dame, et ensuite nous expédierons proprement son dévoué Léonard; il est bourré d'or, mes enfants, il en a plein les doublures de ses habits, nous partagerons loyalement, en gens délicats, et il y aura encore de quoi assurer à chacun de nous quelques croûtons pour nos vieux jours.

— Vrai, vrai, s'écrièrent les deux coquins, dont les yeux brillaient de convoitise, voilà qui change diablement la face des choses, et nous sommes à vous, à la vie, à la mort.

— C'est parfait, et il n'y a qu'à s'entendre, comme vous le voyez.

Ils restèrent encore un peu de temps à comploter leur plan infernal, puis ils sellèrent leurs chevaux; Carmini, qui était venu à pied, pour ne pas éveiller les soupçons, grimpa en croupe derrière le Squelette noir, et la caravane marcha dans la neige, aussi vite que possible.

Il leur fallut beaucoup de temps pour faire ces deux lieues, et lors-

14

qu'ils arrivèrent à l'hôtellerie qui abritait la baronne, tout dormait. Les pèlerins se firent ouvrir et Carmini profita du tumulte, que leur arrivée à cette heure tardive produisait dans l'auberge, pour se glisser subrepticement dans le coin d'écurie où il avait élu domicile.

Le lendemain, dès le point du jour, quand la baronne et Léonard, qui ne la perdait jamais de vue, descendirent prendre un léger repas avant de se remettre en route, ils furent assez surpris de trouver deux pèlerins installés au coin du feu, absorbant une soupe maigre et faisant de pieuses exhortations aux valets, réunis à cette heure-là pour le déjeuner. Le plus petit, le boiteux, celui que nous connaissons de longue date, craignant la faiblesse des jambes de son âne, craignant surtout d'être reconnu par Léonard, était parti avant le jour, donnant rendez-vous à ses compères à un certain tournant de la route, désigné par lui.

Les pèlerins se confondirent en saluts des plus respectueux devant la baronne; ils lui tinrent les discours les plus édifiants du monde pendant qu'elle prenait son déjeuner, la mirent au courant, sans qu'elle les interrogeât, du but de leur pèlerinage, et finalement lui demandèrent l'autorisation de se joindre à son escorte pour rentrer à Paris.

— Les chemins sont si mal hantés! dit en terminant le plus grand des deux, et nous sommes si peu des hommes d'épée! hélas! on nous égorgerait comme de timides moutons sans que l'idée nous vînt seulement de lever la main pour faire résistance; permettez-nous donc d'avoir recours à votre charité, et, afin d'éviter les rôdeurs, malotrus et détrousseurs de grandes routes, de nous mettre sous la protection de vos fidèles serviteurs; nous grossirons votre escorte et de cette façon elle en imposera davantage par le nombre.

La baronne y consentit sans peine, elle n'était pas d'une nature soupçonneuse; du reste, comment et pourquoi se méfier d'hommes si simples, si candides, qui étaient les premiers à avouer leur faiblesse et à quérir protection? Léonard jeta bien un coup d'œil scrutateur sur les nouveaux venus, qui lui semblaient avoir de singulières têtes de pèlerins; il eût cent fois préféré ne pas les traîner à sa suite, mais sa maîtresse avait donné son autorisation, il n'avait plus qu'à se taire et à surveiller.

La beauté des chevaux des deux hommes devint encore un sujet d'étonnement et d'inquiétude pour lui; il lui semblait que les harna-

chements ressemblaient beaucoup à ceux des gentilshommes de la
cour... tout cela lui donnait fort à penser, et il fit signe à son cousin
le géant de ne pas quitter le côté gauche de la baronne tandis que
lui restait à droite. Les pèlerins et Carmini se trouvaient tantôt en
avant et tantôt en arrière.

On arriva à Etampes, où l'on dîna confortablement; les chevaux
avaient besoin de repos, car cette marche dans la neige les fatiguait
horriblement.

La baronne se voyant, à cause du mauvais état des chemins,
obligée de renoncer à l'espoir d'arriver le jour même à Paris, ne
pressa pas le départ; il ne restait plus qu'une étape de deux heures
à faire pour arriver au village dans lequel on comptait passer la dernière nuit du voyage.

A la sortie d'Etampes, Léonard vit avec plaisir que les deux étrangers et Carmini chevauchaient en avant; il préférait de beaucoup
voir leur dos que de les sentir dans le sien; il constata seulement
que leur intimité semblait croître d'instant en instant et se demandait, sans pouvoir se répondre, quel était le but que poursuivait
Carmini en liant si vite amitié avec ces inconnus.

Il en était là de ses réflexions quand il vit le cheval de l'Italien
sauter, ruer, bondir, comme si son cavalier se fut amusé à le taqui-
ner; finalement il partit au galop, et les pèlerins, sous le louable
prétexte de porter secours à Carmini, s'élancèrent à sa suite; la neige
assourdissait le bruit de leurs pas, Léonard ne put se rendre compte
de la durée de leur course, et il lui semblait extrêmement surprenant
que ce cheval, fatigué par les étapes successives qu'il venait de
franchir depuis Dax, eût une telle rage de course folle; mais il
n'avait pas le loisir de s'absorber longtemps dans ses réflexions,
car la route devenait fort étroite, fort escarpée; bordée d'une part
par un talus élevé et infranchissable, l'autre côté s'en allait en pente
raide, dévalant à pic au milieu de rochers anguleux et formant un
vrai précipice jusqu'à la petite rivière qui coulait, rapide et mous-
seuse, dans le fond de la vallée.

Elle tournait en même temps, cette route de malheur, les chevaux
s'y tenaient à peine, glissant à chaque pas, et ne pouvaient avancer
qu'en marchant au milieu, dans la neige déjà foulée. Nos voyageurs
se trouvaient, par conséquent, à la suite les uns des autres, le géant
en avant, la baronne au milieu, et enfin Léonard fermant la marche.

Tout à coup, en haut de la côte, à l'endroit le plus raide e. le plus tournant, un coup de feu partit de l'angle d'un rocher, le cheval du grand valet béarnais, pris de peur, fit un écart, désarçonna son cavalier, qui ne s'attendait pas à un si brusque mouvement et venait de recevoir la décharge en pleine poitrine. Il veut se relever, mais il retombe en vomissant le sang et avant que Léonard, bien prompt cependant dans ses mouvements, n'ait eu le temps de se porter au-devant du danger, un second coup part, atteignant le cheval de la baronne en plein front; l'animal, frappé à mort, fléchit des jambes de derrière, s'accule, se renverse sur la pauvre femme, et en se dé-battant dans les derniers spasmes de l'agonie, roule dans l'abîme, entraînant la malheureuse Louise qui, à moitié écrasée déjà, sent sa dernière heure venue.

La descente vertigineuse de ces deux corps roulant l'un sur l'autre est arrêtée à mi-côte par la rupture du harnachement; le cheval, les jambes accrochées dans les broussailles, reste là, sanglant; la baronne de Palussac, les reins brisés, le crâne ouvert par un roc anguleux, ne peut que prononcer ces mots :

— Seigneur, Seigneur Jésus, ayez pitié de moi, protégez mon enfant.

Un dernier souffle s'échappe de ses lèvres, et son ange gardien porte au pied du trône de Dieu cette âme trop belle et trop pure pour ce misérable monde.

Aussitôt après la chute de la baronne, le petit Varocher, qui était venu à l'avance choisir la place du crime et préparer le guet-apens, entreprend de descendre près de sa victime pour s'assurer de sa mort; il doit pour cela s'accrocher aux ronces, aux buissons e. ramper plutôt que marcher.

Il lui suffit de regarder le visage de la baronne pour être certain qu'elle a cessé de vivre; par un surcroît de prudence, cependant, le misérable lui plonge son couteau dans le cœur, et comme la bataille commence là-haut et que personne ne pense à lui, il a le triste courage de dépouiller la douce victime de tout ce qu'elle peut porter sur elle d'argent et de bijoux.

En voyant choir sa chère maîtresse dans l'abîme, Léonard pousse un cri terrible, veut s'élancer à son secours, mais une triple décharge l'arrête net; Carmini et les deux pèlerins braquent sur lui le canon de leurs pistolets, les trois balles heureusément l'effleurent sans le toucher.

Tout étourdi, le Gascon cherche à se rendre compte du meilleur parti à tirer de sa situation ; elle est terrible, car il se trouve seul contre trois, puisque son cousin, blessé, gît inerte sur le sol.

Décharger son arquebuse sur les bandits, en mettre un hors de combat et se laisser glisser à bas de son cheval est, pour Léonard, l'affaire de quelques secondes ; les deux coquins, le poignard en main, se précipitent sur lui, croyant déjà en avoir raison, et poussant un cri de triomphe, mais le souple Béarnais n'est pas homme à se laisser vaincre sans défense, et deux ennemis ne lui font pas peur.

Il commence par enfoncer sa dague dans le bras de Carmini. Oh ! quel plaisir il aurait à transpercer le traître de part en part, mais Carmini, atteint seulement au bras gauche, se jette de nouveau en avant, criant à pleine voix :

— Sus, sus, il est couvert d'or, il est à nous, pas de quartier.

En disant ces mots, il lui porte un coup de poignard qui eut certainement été mortel, s'il n'eut la bonne cotte de maille dont la baronne avait trouvé prudent de le faire se vêtir au départ.

Le poignard reste accroché dans la maille qu'il a faussée, et Carmini reçoit, en riposte, un coup d'épée qui lui tranche net trois doigts de la main gauche et le force à reculer.

Cette fois, Léonard veut profiter de l'avantage qui semble lui revenir, il saute sur le plus gros des bandits, qui vient sournoisement pour l'attaquer par derrière ; quelle terrible lutte s'engage corps à corps entre ces deux hommes : le Gascon peut croire un instant qu'il va triompher ; léger et souple, il enlace son gros adversaire, parvient à le faire trébucher, il va le transpercer et déjà s'écrie en levant le bras :

— Par les cornes du diable, je te ferai manger ma dague pour ton souper.

Mais le malotru ne manque pas de force, il l'entraîne dans sa chute, se roule sur lui, pendant que Carmini et l'autre bandit blessé s'approchent en se traînant pour prêter secours à leur complice.

Cette fois, Léonard se voit bien perdu, il est entouré par les trois drôles, foulé aux pieds et de tous côtés la pointe d'un poignard se dirige sur lui ; il tend tous ses muscles, crispe tous ses nerfs et essaye par un mouvement souple et rapide de se mettre debout ; il y parvient et alors bondit à droite, puis à gauche, en s'escrimant de son mieux, en piquant ses ennemis à tort et à travers.

— Ah! pauvre de moi, s'écrie-t-il, mon dernier jour est-il donc celui-ci? vais-je mourir sans pouvoir venger ma bonne maîtresse! Hardi, cousin, hardi, si tu n'es pas encore mort tout à fait, lève-toi, j'en ai trois à mes trousses, c'est trop, viens à mon aide.

A l'appel de son nom, le grand Béarnais semble sortir de léthargie; il fait un effort suprême et tout sanglant, s'approche en rampant; chacun de ses mouvements fait jaillir un flot de sang de ses lèvres; il se glisse dans la neige comme un serpent, saisit l'un des misérables par les jambes, le jette à terre et de son robuste genou lui écrase la gorge, puis, épuisé par cet effort, retombe comme une masse inerte.

Avec un ennemi de moins, Léonard reprend courage; il brandit la crosse de son pistolet, s'en sert comme d'une massue et atteint à la tempe le grand bandit; il lui fend le crâne et l'envoie rouler à dix mètres pour ne plus se relever.

Reste Carmini, et notre Gascon savoure à l'avance la douce joie qu'il va ressentir à l'étendre à ses pieds, à le forcer à confesser si l'amour seul de l'or l'a poussé au crime, ou bien s'il ne fait qu'obéir à des ordres venant de haut lieu.

— Alerte, alerte, s'écrie Carmini, je suis blessé, à moi, le bancroche, à moi, ou nous allons tout perdre.

Et comme il tient plus à la vie qu'à la fortune, comme il se voit seul devant ce terrible Léonard et que le bancroche ne paraît pas, il prend le parti de fuir en jetant son poignard, en guise de javelot, à la face de celui dont il souhaite tant la mort; il bondit par-dessus le géant qui barre la route, et comme ce vaillant moribond étend encore le bras pour le saisir, il lui décharge dans la tête son dernier coup de pistolet, enfourche le premier cheval qu'il trouve et part à bride abattue.

Léonard voit qu'il ne l'atteindra pas, il est donc inutile de le poursuivre; il s'approche du géant qui râle lamentablement; peut-être un secours le sauverait-il encore; hélas! le malheureux n'a plus qu'un souffle, et cependant il essaye encore de faire signe à son cousin qu'un nouveau danger le menace.

— Corne de vache, nous n'en finirons donc pas, hurla Léonard en se retournant.

Le Varocher, revenu sur le chemin, voyant ses complices en déroute, est remonté à cheval et veut tenter un dernier coup; il vise soigneusement, un pistolet dans chaque main; une des balles enlève le berret du Basque, l'autre lui traverse l'épaule; notre vaillant champion ne doit son salut qu'à la disgrâce visuelle du louche misérable; voyant son dernier espoir lui échapper, celui-ci lance une horrible imprécation et veut, par la fuite, se mettre hors d'atteinte, mais Léonard ne lui en laisse pas le temps; Carmini est parvenu à fuir, c'est trop, celui-ci paiera pour deux. Il se cramponne à la queue du cheval, se hisse à la force des poignets sur le dos de la bête, saisit le drôle par les épaules, le secoue de telle façon qu'il l'enlève de la selle, le fait choir la tête la première et se laisse retomber sur lui, un pied sur sa poitrine; il peut alors voir la figure de ce troisième pèlerin et il n'a pas de peine à reconnaître le Varocher; sa fureur redouble à cette vue.

Le boiteux, à moitié suffoqué et se voyant perdu, essaye encore d'atteindre son vainqueur; il lui larde de son couteau et la cuisse et le flanc, un coup de dague lui tranche la gorge, et la neige est imprégnée en même temps de son sang et de celui du brave Gascon.

. . . . . . . . . . . . . . . . . . . . . . . . . . . . . .
. . . . . . . . . . . . . . . . . . . . . . . . . . . . . .
. . . . . . . . . . . . . . . . . . . . . . . . . . . . . .

Quand Léonard se vit seul, blessé, couvert de sang, au milieu de tant de cadavres étendus dans la neige, la tête lui tourna, le cœur lui fit défaut, ses yeux se mouillèrent, et il se prit à murmurer, comme dans un rêve :

— Ah! saints du paradis! quel carnage! quelle tuerie! ma pauvre maîtresse, ma pauvre maîtresse!

Et ces mots lui revenaient sans cesse sur les lèvres, et, malgré lui, il pleurait. Le sang qu'il perdait l'affaiblissait, il lui semblait qu'il allait mourir là, près de tous ces morts, sans avoir la force de faire un mouvement.

La foi de sa jeunesse lui revint, il invoqua son saint patron, lui demandant le courage de poursuivre jusqu'au bout sa triste tâche.

Il introduisit de la neige dans ses blessures, le froid le saisit, mais le sang s'arrêta. Il se souvint alors d'une gourde pleine d'eau-de-vie qu'il avait appendue à la selle de son cheval, il se traîna douloureusement jusque-là, en but une gorgée et s'en trouva fortifié.

La bonne bête, effrayée de tous ces coups de feu, n'avait osé bouger; le cheval du géant, après avoir couru un instant en avant, était revenu de lui-même près du corps de son maître; les montures ne manquaient donc pas à Léonard, mais, en cet instant, ce qu'il lui fallait, c'était du secours, et non des chevaux, il eût donné plusieurs années de sa vie pour voir s'avancer quelques paysans capables de lui aider, car il se sentait trop dépourvu de forces pour ramener seul sur la route le cadavre de sa chère maîtresse. Hélas ! la nuit venait, il était bien à craindre que par ce temps neigeux nul voyageur ne se mit en chemin !

Quand il fut persuadé que de ce côté tout espoir était perdu il se demanda quel était son devoir. Son devoir l'obligeait à veiller sur le corps de la baronne. Il attacha les chevaux à un petit arbre et commença à descendre dans le précipice.

Chacun de ses mouvements lui occasionnait une souffrance atroce, mais il n'y faisait nulle attention.

Enfin, il arriva, après de grandes fatigues, près de la pauvre Louise et ne put retenir un cri de désespoir et un sanglot en voyant dans cet état celle qui avait toujours été si bonne pour lui.

Il se mit à genoux et pria avec ferveur pour elle, puis il l'assit sur un rocher, remit de l'ordre dans sa coiffure, et s'aperçut seulement alors qu'elle avait le cœur percé.

— Les misérables ! s'écria-t-il, les misérables ! ils étaient payés pour la tuer, le vol n'était qu'un prétexte. Pauvre petite demoiselle Blanche ! pauvre, pauvre petite !

Son dévouement pour la fille de sa maîtresse rendait, en ce instant, cette rustique intelligence aussi clairvoyante que possible.

Léonard passa la nuit debout, près de la baronne, la tête nue, sous la neige qui tombait, les mains jointes, la dague au bras, les yeux fixés sur ce pâle visage, écoutant les hurlements des bêtes fauves et craignant, à chaque instant, d'en voir surgir une à laquelle il devrait encore disputer cette pauvre dépouille. Cette dernière angoisse lui fut épargnée, et quand l'aube naissante et blafarde vint éclairer cette lugubre veillée de mort, toute trace du combat de la veille était effacée; plus une goutte de sang ne paraissait; seuls, des renflements recouverts de neige indiquaient la place des cadavres.

La baronne, aussi blanche que son linceul fourni par le ciel, belle comme une Madone, semblait sourire doucement, mille fois plus

LÉONARD PASSA LA NUIT DEBOUT, LA TÊTE NUE. (P. 208.)

heureuse à cette heure qu'elle ne l'avait jamais été sur cette triste terre.

## XXI. — Où le lecteur verra comment le Ciel exauça la fervente prière de Léonard.

La neige tombait toujours, mais Léonard ne s'en apercevait pas, il ne s'apercevait pas davantage des douleurs lancinantes que lui occasionnaient toutes ses blessures, fortement exaspérées par le froid.

Il était comme pétrifié, n'avait de pensées que pour la lutte de la veille et la catastrophe terrible dont la douce victime gisait là, sous ses yeux.

Le hennissement d'un des chevaux le tira de sa méditation et le ramena à la réalité de la situation matérielle ; il ne pouvait pas toujours rester ainsi, pareil à une statue funéraire mise là pour veiller sur la morte ; il lui fallait prendre une détermination ; aucun secours ne viendrait à lui, par cette avalanche de neige, les routes resteraient désertes ; il devait donc, seul, entreprendre ce qui, la veille, lui avait semblé impossible ; il était urgent de se hâter car les chevaux, privés de nourriture et fourbus par cette nuit passée en plein air, ne seraient bientôt plus en état de marcher.

Il mit un genou en terre, demandant pardon à sa maîtresse de la saisir dans ses bras, lui, indigne de toucher à une sainte, et, doucement, avec mille précautions, comme une mère transporte son enfant endormi, il la souleva, l'appuya contre sa poitrine, sa jolie tête blanche sur son épaule, et commença à gravir la pente abrupte pour regagner la route.

Hélas ! il n'avait pas fait dix pas dans cette fondrière de neige, que toutes ses blessures se rouvrirent, son sang coula ; il dut s'arrêter, incapable d'aller plus loin.

A trois reprises différentes, le vaillant serviteur essaya encore d'emporter le cadavre de sa maîtresse, trois fois il fallut renoncer à cette tâche, au-dessus de ses forces.

Des corbeaux, attirés par l'odeur du sang, répandu la veille à profusion, tournoyaient dans les airs en poussant un croassement si lugubre que Léonard se sentait frissonner ; déjà, il en apercevait deux des plus hardis qui venaient de s'abattre sur le corps d'un des bandits; les autres n'allaient pas tarder à prendre leur part de cette curée.

— Seigneur Jésus, s'écria Léonard désespéré, mais je suis donc maudit? Je ne pourrai même pas ramener le corps de celle que j'avais promis de protéger? Vous savez pourtant, mon Dieu, que j'ai fait pour cela tout ce qui était en mon pouvoir? Ah! saints du Paradis, si vous ne me venez en aide, je ne puis rien, même pas aller quérir du secours, car, pendant ce temps, ces bêtes voraces s'en prendraient à ma chère maîtresse. Un miracle, Seigneur, un miracle! mais ne permettez pas qu'une sainte comme elle devienne la proie d'animaux immondes; j'abandonnerais plutôt ma part du Ciel pour qu'elle reposât en terre bénie et que sa fille eût la consolation de pleurer sur sa tombe.

Il mettait dans cette prière toute la ferveur dont son âme était capable, et c'est pour cela sans doute qu'elle fut exaucée.

Sur la route, à deux pas de l'horrible festin des corbeaux, un des cadavres recouvert de neige se dressa lentement; droit, rigide comme un mort dans son suaire; il sembla glisser plutôt que marcher et vint vers Léonard sans se préoccuper des difficultés de la descente dans ce précipice.

Notre vaillant Gascon avait demandé un miracle, et, en voyant avancer ce grand fantôme, il doutait s'il était éveillé, il se sentait le cœur glacé d'épouvante, ses dents claquaient, il ne pouvait articuler un mot. Enfin, cherchant à dompter cette terreur bien compréhensible, il parvint à murmurer :

— Cousin, est-ce toi? Es-tu vivant? Parle-moi.

Mais, comme si le moindre mot, en passant sur ses lèvres, eût dû emporter à jamais son âme, le grand Béarnais ne répondit pas; il prit la baronne, la souleva aisément et, toujours droit, toujours raide, reprit le chemin escarpé qu'il venait déjà de franchir, sans qu'une contraction de ses muscles indiquât qu'il éprouvait à transporter ce fardeau la moindre fatigue.

Léonard, lui, avait bien de la peine à le suivre; il était obligé, pour ne pas rouler au fond de l'abîme, de marcher tout courbé en s'accrochant des mains.

Lorsque le géant se trouva sur la route, près des deux chevaux attachés, il déposa la baronne par terre; puis, comme un travailleur qui, sa tâche terminée, se repose, le soir venu, rigide, il tomba sur ce lit de neige, sourit à Léonard, leva les yeux au Ciel, lieu de l'éternel repos, et les referma doucement dans le calme de la mort.

Ce sourire et ce regard dissipèrent la terreur de Léonard.

— Que le Seigneur te reçoive aujourd'hui dans son saint Paradis, murmura-t-il en essuyant ses yeux, tu as été honnête et bon, tu es mort en héros, paix à ton âme, le signe de notre rédemption ne te manquera pas.

Ramassant dans la neige deux poignards du combat de la veille, Léonard les mit en croix sur la poitrine du brave Béarnais, lui donna le dernier baiser de paix et le recouvrit de son manteau.

Il n'avait pas le loisir de s'attendrir longuement, le pauvre Gascon, et d'autres soins plus pénibles encore l'attendaient.

Il dut attacher ensemble les deux chevaux, pour déposer le corps de la baronne comme sur une litière, et, menant le funèbre attelage par la bride, il suivit, seul et désespéré, ce chemin que la caravane devait franchir si gaiement la veille, oui, gaiement! car c'était le dernier jour qui séparait la mère de la fille! Hélas! hélas! comment pourrait-il jamais apporter à la chère damoiselle Blanche une si terrible nouvelle! De cela, non, il n'en aurait pas le courage, il le sentait; fort heureusement, il pensa à l'abbé Vincent; lui seul pouvait faire que ce coup ne fut pas mortel pour la jeune fille.

Il frappa à la porte du monastère le plus proche de Paris, y déposa son saint fardeau et, après avoir accepté un peu de nourriture, dont il avait absolument besoin, et laisser bander ses plaies, il s'en fut à l'hôtel de Gondi, mit l'abbé Vincent au courant de l'épouvantable malheur, et revint prendre sa place près de celle qu'il ne voulait quitter que sur sa tombe fermée.

. . . . . . . . . . . . . . . . . . . . . . . . .

. . . . . . . . . . . . . . . . . . . . . . . .

Six mois après, au moment où le soleil commence à faire éclore les bourgeons des arbres, nous retrouvons la jeune orpheline, à peine convalescente, étendue sur un fauteuil dans le jardin de la rue Tirechape; elle a failli mourir, la pauvre enfant! le malheur qui l'a frappée a semblé, dès l'abord, briser un des rouages essentiels à sa vie, et, pendant de longues semaines, elle est restée inerte, sans lucidité et sans pensées : terrible état, mais heureux pour elle, puisque la sensation de la douleur lui était au moins épargnée. Hélas! avec la raison, le souvenir aussi lui est revenu, plus poignant que jamais; sa

voix s'est élevée vers Dieu, et elle l'a supplié de la rappeler à lui, de
la réunir à sa mère, mais le Ciel ne l'a pas exaucée ; elle va mieux,
elle sera bientôt guérie ; ce printemps qui fait reverdir les arbres du
jardin, va mettre dans son sang une sève nouvelle ; elle se relèvera
de sa longue maladie, plus robuste, plus vivante, plus femme qu'on
ne l'est ordinairement à son âge. Oui, plus femme au point de vue
physique, car elle a atteint sa croissance complète, c'est une jeune
fille ; personne n'aurait désormais la pensée de la traiter en enfant,
mais plus femme surtout quant au moral, son chagrin l'a mûrie et,
à l'âge où les fillettes ne pensent guère qu'au jeu et au rire, Blanche
est déjà armée pour les batailles de la vie.

Tout en caressant la belle tête de Ralph, elle interroge Claudie sur
ce qui s'est passé pendant ce long laps de temps dont elle n'a aucun
souvenir ; qui donc l'a veillée ? qui donc l'a soignée, hélas ! trop bien
soignée, car on l'a arrachée à la mort, qui semblait déjà en avoir
fait sa proie. Elle apprend ainsi le dévouement de ceux qui l'aiment :
l'abbé Vincent est venu la voir tous les jours, le marquis et Bernard
se sont arrangés pour être toujours, l'un ou l'autre, dans la pièce
voisine de sa chambre, enfin son père, le baron de Palussac, mettant
son amour-propre de côté, est allé supplier le médecin de la reine,
avec lequel il était brouillé depuis quelque temps, de venir visiter
sa fille.

Le bon docteur est accouru et, avec le même zèle et le même intérêt dont il avait fait preuve pour elle six ans plus tôt, il l'a soignée
et sauvée.

Ce que la bonne Claudie ne dit pas, mais ce que Blanche devine,
c'est son dévouement à elle ; pendant ces six longs mois, elle n'a pas
quitté la chambre de sa bien-aimée maîtresse, reportant sur elle toute
l'affection qu'elle avait pour la baronne. Léonard, de même, ne franchissait le seuil de la porte que pour aller chercher les médicaments
prescrits, remettant à plus tard, quoi qu'il lui en coutât, la chasse
qu'il se proposait de faire, chasse qui lui tenait tant au cœur qu'il ne
croyait pas pouvoir être jamais heureux en Paradis s'il n'avait d'a-
bord, sur cette terre, mis la main sur ce gibier de potence, nommé
Carmini.

— Merci de tous tes bons soins, ma chère Claudie, dit la convalescente en serrant affectueusement la main de sa servante dans ses
mains longues et pâles.

— Mademoiselle, il y a aussi la vieille Jacqueline, qui m'a bien aidée ; elle ne cessait de pleurer du matin au soir, tant elle avait du chagrin de vous voir si malade ; elle s'est prise d'une grande tendresse pour moi en me voyant à votre chevet, et voilà qu'elle se met aussi à aimer beaucoup Léonard, parce qu'elle sent qu'il vous est tout dévoué. Oh ! elle l'aime à présent autant qu'elle ne pouvait le souffrir jadis ; enfin, c'est au point qu'elle déclarait ce matin que, si elle avait soixante ans de moins, elle mettrait la coiffe de mariée et l'épouserait tout de suite à ma place.

Blanche sourit, tant cette idée de la mère Jacqueline en jeune épousée lui semblait une drôle de chose.

— Et mon père, demanda-t-elle encore, il a été bien bon pour moi ?

— Oui, mademoiselle, reprit vivement Claudie, il a été parfait au début de votre maladie, il voulait vous veiller nuit et jour, et j'étais obligée de lui dire que cet excès de fatigue allait le rendre malade pour l'obliger à s'aller reposer. Depuis qu'il vous sait hors de danger, il a repris son service à la Cour ; il est même plus occupé que jamais ; on attend bientôt l'arrivée de la Reine régente, du Roi et de la jeune reine Anne d'Autriche ; on prépare des fêtes et des réceptions pour leur arrivée, et M. le baron est d'autant plus zélé qu'il vient d'être nommé à une charge nouvelle ; c'est le cadeau que le Roi lui a fait à l'occasion de son mariage.

— Vraiment ! j'en suis heureuse pour lui, et qu'elle est-elle cette charge ?

— Surintendant du château d'Angers.

— Mais c'est très beau, et je vois que Leurs Majestés ne cessent pas de s'intéresser à mon père.

Blanche terminait à peine ces mots que le baron, vêtu de velours noir, d'une coupe aussi élégante que pouvaient le permettre les convenances après un deuil si récent encore, entra au jardin et vint embrasser sa fille ; Claudie se retira discrètement.

— Vous voilà tout à fait bien, ma mignonne, dit-il en s'asseyant près d'elle, et j'espère qu'avant peu vous pourrez sortir, voir un peu de monde et prendre quelques distractions.

Les yeux de Blanche se remplirent de larmes et elle ne put répondre.

— Oui, je sais, je sais, reprit le baron en lui prenant la main, vous êtes toute à votre chagrin et cela se comprend d'autant mieux que vous ne pleurez que depuis quelques jours : la perte que vous avez faite vous semble donc dater d'hier, tandis, qu'en réalité, voilà déjà six longs mois que nous vivons loin du monde.

— Ne permettrez-vous pas, mon père, demanda Blanche en faisant un effort sur elle-même, que je continue à mener l'existence de recueillement à laquelle tenait tant ma bien-aimée mère ?

— Je ne puis vous promettre cela, dit le baron, ce sera une chose à voir, à décider, et je demanderai des conseils, à ce sujet, à une personne très expérimentée. Oh! ne vous troublez pas, je puis bien vous laisser quelque temps encore à vos chers souvenirs.

— Merci, papa, dit Blanche en l'embrassant.

— Seulement, comprenez bien, ma mignonne, qu'une riche héritière comme vous, fille de M. le surintendant, baron Henri de Palussac, ne peut pas toujours vivre derrière ces vieux murs enfumés.

— Claudie vient de m'apprendre l'honneur que vous ont fait Leurs Majestés, je vous en félicite, mon père, et j'en suis reconnaissante à la reine.

— Oui, la reine, c'est en effet la reine qui m'a nommé, mais ni elle ni le jeune roi, n'auraient sans doute songé à me donner ce bénéfice, si une noble dame ne les en eût priés pour moi. Oh! ma fille que nous devons de gratitude à la charmante signora Albina! c'est grâce à elle que votre père est un des plus enviés seigneurs de la cour et si vous avez quelque affection pour moi, vous en reporterez une notable partie sur cette amie dévouée, qui vous aime elle-même beaucoup.

— Cette dame a quelque amitié pour moi? fit Blanche étonnée.

— Oui, ma fille, elle m'a constamment demandé de vos nouvelles pendant votre maladie, elle s'intéresse à vous et désire vous voir.

Il n'en dit pas plus ce jour-là; mais le lendemain, il reparla encore d'Albina, le surlendemain aussi, enfin la belle Italienne devint bientôt l'unique thème de ses discours : en revanche, le nom de la baronne était de moins en moins prononcé; le léger Palussac, qui avait éprouvé de la mort de sa femme un réel chagrin et qui disait à tous, pendant les deux premiers mois, qu'il ne se consolerait jamais, était absolument consolé avant qu'une année ne se fût écoulée depuis la terrifiante catastrophe qui l'avait rendu veuf et Blanche orpheline.

Plusieurs fois il revint, dans ses conversations avec Blanche, sur le désir qu'il avait de la voir bientôt l'accompagner au Louvre, pour être présentée à la signora Albina; mais un déluge de larmes ayant été la seule réponse de la jeune fille, il n'avait pas encore voulu ordonner; cependant son humeur s'en aigrissait, il commençait à ressentir une colère sourde contre cette petite fille, qui semblait douce comme un agneau et avait une volonté de fer quand elle sentait sa conscience ou son cœur engagé.

— Puisqu'elle ne veut pas venir à moi, dit un jour Albina au baron qui s'excusait, c'est moi qui irai vers elle.

— Comment, signora, vous daigneriez?

— Oui, je daignerai; Lorenzo me servira de cavalier. Rentrez chez vous, baron, mais n'annoncez pas ma visite, je veux que ce soit une surprise.

Et voilà pourquoi, tandis que Blanche, étendue sur un canapé, travaillait à un petit trousseau destiné à l'un des protégés de l'abbé Vincent, un coup de marteau retentit à la porte, et Claudie introduisit la belle grande dame, suivie de son inséparable Lorenzo, plus frisé, plus soigné que jamais.

La jeune fille les reconnut l'un et l'autre du premier coup d'œil; elle sentit tout son sang affluer à ses joues, fit un effort pour se soulever et souhaiter la bienvenue à cette dame, que son père tenait en si haute estime, mais Albina ne lui en laissa pas le temps, elle s'élança et, la saisissant dans ses bras, la couvrit de baisers.

Telle est l'influence des douces caresses sur un cœur malheureux, que cette affection, bien plus exubérante que réelle, toucha la jeune fille; elle rendit son baiser à l'Italienne et la remercia gentiment d'être venue visiter une pauvre malade; son air gracieux et son doux sourire ne purent accueillir le frère comme la sœur, et quand Lorenzo lui baisa la main, elle la retira vivement, malgré elle; il lui semblait qu'un reptile venait de l'effleurer.

Le brillant Palussac, qui guettait par sa fenêtre entre-bâillée, s'empressa d'accourir :

— Quel honneur! s'écria-t-il, quel honneur pour ma fille et pour moi. Quoi, signora, vous avez pris la peine de venir, quand c'était à nous... Blanche, es-tu reconnaissante, comme tu le dois, de la toute gracieuse visite de madame?

— Je ne demande pas de reconnaissance, dit bien vite Albina; il est tout naturel que je vienne visiter une jeune malade, dont le cœur

13

est brisé de douleur; pauvre enfant, pauvre petite colombe, comme votre malheur me touche? qu'allez-vous devenir sans mère?

Elle la couvrait de baisers et de larmes réelles, c'était une bien grande comédienne que cette femme! Mais Blanche n'avait pas l'âge où le cœur commence à douter; elle ne pouvait deviner la fausseté qui se cachait sous ces tendresses, et quoiqu'elle ne se fut pas sentie attirée vers Albina la première fois qu'elle l'avait vue au Luxembourg, ces tendres mots, cette sympathie, ces larmes lui touchèrent l'âme; elle éclata en sanglots et se précipita dans les bras de la jeune femme, en lui disant :

— Je suis bien malheureuse, je n'ai plus de mère, je suis sans appui dans ce monde.

Albina la laissa sangloter, la berçant presque comme une enfant et répétant sans cesse des exclamations tendres à la mode italienne :

— Ah! povera, cher ange du bon Dieu, pauvre oiselet blessé, chère Blanche adorée, petite tourterelle céleste!

Et mille autres expressions aussi exagérées que possible, et dont Blanche se serait méfiée en temps ordinaire, mais qu'en cet instant elle n'entendait même pas; elle n'éprouvait qu'une grande douceur à se sentir câliner; personne ne l'avait embrassée ainsi depuis le départ de sa mère.

— Non, ma douce violette, reprit Albina, répondant à la dernière phrase de Blanche, non, vous ne resterez pas sans appui dans ce monde. Vous avez votre père si bon, si affectueux; mais je comprends que toute la tendresse d'un père ne puisse remplacer près de vous celle que vous avez perdue; il faut une main de femme pour essuyer les larmes qui coulent de vos jolis yeux, une voix de femme pour vous dire de douces paroles réconfortantes; il faut un cœur de femme pour comprendre les angoisses du vôtre; pauvre ange, que ne suis-je votre sœur aînée pour remplir ce rôle auprès de vous! Que ne puis-je, sans vous la faire oublier, remplacer cette mère qui ne vous chérissait pas plus que je ne suis disposée à vous chérir!

— Ah! merci, Madame, merci, dit Blanche au milieu de ses sanglots, vous êtes bonne, et je vous aimerai aussi.

Sur un coup d'œil d'Albina, et comme si le baron n'avait attendu que ces mots, dits par sa fille, il s'élança vers elle, la pressa dans ses bras, prit sa main et celle de l'Italienne, qu'il serra dans une même étreinte, et s'écria réellement ému :

— Qu'il en soit fait selon ton désir, ma fille bien-aimée, tu ne vivras plus seule au monde, tu auras en la signora Albina une mère et une amie, puisqu'elle me fait l'honneur de vouloir bien accepter mon nom.

A ces mots, auxquels elle s'attendait peu, les yeux de Blanche devinrent fixes, elle regarda son père et Albina longuement, ses doigts se crispèrent dans leurs mains et, sans un cri, sans un mouvement des lèvres, elle se laissa retomber, droite et immobile sur le canapé, non pas inanimée, car la pauvrette avait la perception de tout ce qui se passait près d'elle, mais dans un état voisin de la catalepsie.

— Mignonne, lui dit son père qui était sincère en cet instant, tu ne dis rien, n'es-tu pas heureuse, ne seras-tu pas bien aise d'avoir toujours près de toi celle que tu disais bien aimer tout à l'heure, réponds-moi, ne m'entends-tu pas?

— Vous avez agi trop vite, ma sœur, murmura Lorenzo à l'oreille d'Albina, vous allez la tuer, et ce serait dommage, per Baccol la jolie signoretta.

— Baron, reprit Albina, le saisissement, la joie pourraient faire mal à cette chérie, nous nous retirons, mon frère et moi; appelez ses femmes, elle peut avoir besoin de quelque cordial.

Et déposant un léger baiser sur le front de Blanche, qui eut une petite contraction involontaire, elle se dirigea vers la porte en faisant signe, de la main, à Palussac de s'occuper de la malade.

Les deux Italiens, en se trouvant seuls dans la pièce d'entrée, ne purent retenir un regard expressif et un sourire de parfait contentement; leur comédie marchait bien, et le dénouement du premier acte n'allait pas se faire attendre.

Au bas de l'escalier, leur joie fut un instant obscurcie par la rencontre qu'ils firent du marquis et de Bernard, ce dernier portant un énorme bouquet de roses blanches.

Ils s'arrêtèrent l'un et l'autre, le marquis la tête haute, le regard sévère, Bernard pâle, les dents serrées, écrasant les tiges de ses fleurs entre ses doigts crispés.

— Madame, dit le marquis, votre présence ici est-elle l'annonce de quelque nouveau malheur? les chagrins n'ont pas tardé à fondre sur nous depuis le jour où je vous ai rencontrée, pour la première fois, chez votre protégé Varocher; venez-vous donc pour demander de ses nouvelles?

Albina rougit sous le regard perçant et soupçonneux du vieillard.

— Je n'ai nul besoin de savoir ce qu'il est devenu, dit-elle avec embarras.

— Par l'excellente raison que vous savez parfaitement qu'il n'est plus de ce monde, riposta le marquis.

— Je ne sais ce que vous voulez dire, et cet homme m'inquiète peu.

— Je le comprends, les morts ne parlent plus.

— Partons, mon frère, ajouta-t-elle en reprenant son assurance, je ne sais quelle mauvaise querelle me cherche le marquis le jour où je viens ici en amie, en alliée, apportant la joie et l'hymen.

— L'hymen? s'écrièrent en même temps le marquis et Bernard...

— Oui, l'hymen, et vous pouvez, jeune homme, offrir, si bon vous semble, votre bouquet de fiancée à la future baronne de Palussac, dit Lorenzo en regardant Bernard d'un air narquois.

Et profitant de l'ahurissement que cette nouvelle produisait sur les nouveaux venus, Albina et son frère passèrent fièrement la tête haute, le regard vainqueur, et regagnèrent le Louvre en se félicitant de l'heureux résultat de leur visite, rue Tirechape.

## XXII. — Où le lecteur assistera à deux fiançailles, à une froide réception et à une terrible suffocation du baron.

Nous passerons sous silence les fêtes qui eurent lieu pour le retour de Leurs Majestés.

Ces fêtes furent moins brillantes qu'on pouvait s'y attendre, la régente étant revenue la première à Paris, tandis que le jeune roi et la petite reine Anne s'arrêtaient trois jours à Fontainebleau.

La cour présentait à cette époque-là un singulier aspect; sans qu'il y eût ouvertement aucune trace de dissension, elle se trouvait de fait, partagée en deux camps bien distincts. D'un côté : la régente Marie de Médicis, Concini, qu'on n'appelait plus que le maréchal d'Ancre, le jeune évêque de Luçon, qui s'essayait aux choses de la politique et se préparait à devenir l'illustre cardinal de Richelieu; et de l'autre côté : le jeune roi de quinze ans, taciturne et triste, oubliant qu'il avait une gentille petite femme d'un an de moins que lui et ne trouvant un peu de distraction que dans l'élevage des faucons, les inventions nouvelles, les engins de chasse et les plaisirs de l'escrime.

Le jeune Albert de Luynes, qui avait été placé près de lui, d'abord comme page d'écurie et plus tard comme page de chambre, devint l'ami, le compagnon du roi; cette affection était si sérieuse que Louis, qui ne parlait guère et ne commandait jamais, avait exigé, dans son voyage de noce, qu'Albert de Luynes ne le quittât pas et que ce fût lui qui allât le premier complimenter l'infante.

On pense bien que cet honneur avait fait des jaloux dans le parti italien de la cour; cette jalousie, mal dissimulée, n'eut d'autre résultat que d'augmenter encore l'affection du roi et fit passer son compagnon de plaisir au rang de confident.

Luynes, qui jusque-là s'était montré si doux, si modeste et même si médiocre, que la reine et Concini n'en avaient pris aucune défiance, était loin d'être aussi nul qu'on le croyait; il comprit bien vite l'avantage qu'il pouvait tirer de l'amitié du roi, et puisque deux partis étaient en présence, l'ancien et le nouveau, il s'agissait de fortifier ce dernier, de l'augmenter par tout ce qui était jeune et noble dans le pays, et c'est à cela que Luynes décida le roi.

Fort habilement il lui persuada que la régente, mais surtout Concini, étaient disposés à le traiter encore en enfant; qu'il se trouvait de fait presque leur prisonnier, attendu qu'on avait envoyé ses gardes à l'armée et qu'ils étaient remplacés par les archers de la reine-mère; que sa santé délicate pouvait en outre faire espérer à son frère Gaston, beaucoup plus vivant que lui, qu'un jour, peut-être prochain, lui apporterait la couronne; il fallait donc jouir dès à présent d'une royauté qui ne durerait sans doute pas longtemps et, pour préparer cet événement, il était urgent de s'entourer d'amis et de partisans.

Ce conseil plut assez au roi; il appela toute la jeune noblesse et se forma une garde d'honneur.

Bernard de Limoux-Palussac, qu'il connaissait dès l'enfance, fut un des premiers qu'il s'attacha à la grande satisfaction du marquis, dont l'animosité pour le parti italien s'était encore accrue depuis l'assassinat de Louise et le mariage du baron avec la belle Albina.

Ce mariage s'accomplit à la fin de l'année 1616, c'est-à-dire treize mois environ après la mort de la baronne.

De fêtes, de belle cérémonie, il n'y en eut point; la bénédiction nuptiale leur fut donnée un matin, de bonne heure, dans la chapelle du Louvre, par un chapelain de Sa Majesté Marie de Médicis, l'abbé Vincent s'étant fait excuser; les paternelles observations de ce saint prêtre n'avaient pas été plus efficaces pour empêcher ce mariage que les acerbes récriminations du marquis et les larmes de Blanche.

Albina triomphait, elle s'appelait maintenant la baronne Henri de Palussac; et comme cadeau de noce, Sa Majesté la régente lui avait fait don d'un diadème en pierres précieuses, d'une très grande valeur, qu'elle portait le jour de son mariage et qui faisait ressortir encore davantage son orgueilleuse beauté.

Tout lui réussissait, à cette Albina si noire de cœur et si brillante de visage ! Les vœux les plus téméraires qu'elle avait osé former s'accomplissaient, les crimes dans lesquels elle ne craignait pas de tremper semblaient devoir rester impunis; elle se trouvait maintenant dans une haute situation, jouissant d'une fortune considérable, portant un nom des plus honorables, se faisant obéir par un mari soumis, fasciné par son ton de commandement et son œil décidé, et, tels courtisans qui jadis ne faisaient guère attention à la demoiselle d'honneur de la reine, courbaient maintenant leur échine aussi bas que possible lorsque la belle baronne de Palussac passait, trop heureux quand elle daignait répondre par un demi-sourire à leurs protestations de respect et d'admiration.

Le départ de la rue Tirechape fut pour Blanche une aggravation à son chagrin; elle se plaisait tant dans ce vieux logis qu'elle avait habité près de sa mère! dans ce grand jardin où elle avait tant joué et couru! mais surtout dans cet oratoire où ses larmes et ses prières avaient succédé à celles de la sainte qui était au ciel!

Il fallut cependant s'y résoudre, il fallut dire adieu à tous ces souvenirs d'enfance pour aller s'enfermer, rue de Tournon, dans un vieil hôtel que le baron venait d'acheter, près de celui du maréchal d'Ancre.

Le même jour qui la vit partir, vit également Bernard quitter la demeure de son grand-père pour s'installer au Louvre, près du jeune roi.

Le pauvre marquis, l'âme fort attristée, prit le baron à part, lui fit l'énumération de la fortune qui reviendrait à son petit-fils et l'entretint longuement.

— Je suis bien vieux, dit-il en terminant, le départ de ces deux enfants va me porter un coup qui hâtera ma descente vers la tombe, mais que la volonté de Dieu soit faite, vous reprenez votre fille, c'est tout naturel; mon Bernard doit suivre la carrière des armes et servir le roi, comme l'a fait son père; il n'attendra pas longtemps mon héritage, et si vous n'y voyez pas d'obstacle, mon cousin, il offrira sa fortune et sa main à votre Blanche, que j'aime comme si elle était mienne; c'était le désir de sa sainte mère et c'est le mien également.

Le baron, toujours indécis, ne savait trop que dire; cette demande le flattait, et, au total, Bernard était pour sa fille un fort beau parti; cependant, il aurait préféré ajourner sa réponse et prendre le temps de consulter Albina qui, depuis quelques semaines de mariage, l'avait déjà accoutumé à ne rien décider sans lui demander son avis.

Mais le marquis insista.

— Nous ne nous reverrons plus guère, mon cousin, dit-il, il faut me répondre dès aujourd'hui; j'ai besoin de savoir votre décision pour ajouter quelques lignes à mes dernières volontés, avant de les sceller; à mon âge, il ne faut pas différer les choses sérieuses. Voulez-vous que nous en parlions aux enfants, ajouta-t-il, nous ne pouvons pas décider de leur avenir sans les consulter?

— Comme vous voudrez, mon cousin, dit enfin Palussac, touché de la bienveillance que le marquis mettait pour la première fois dans les paroles qu'il lui adressait.

Blanche et Bernard furent appelés.

— Mon fils, dit le marquis en cherchant à raffermir sa voix, répondez-moi sans crainte; vous aussi, ma chère Blanche, que j'ai toujours traitée et aimée comme ma propre fille; un projet d'union entre vous et Bernard avait paru convenir à votre mère, mon enfant, et je l'approuvais; mon cousin le baron ne m'a fait aucune objection lorsque je lui en ai parlé, c'est donc vous qui déciderez; vous plairait-il d'être unis l'un à l'autre plus tard, par les liens du mariage, comme vous l'êtes déjà par ceux de l'amitié?

— Mon père, dit vivement Bernard, vous allez au-devant de mon plus cher désir. S'il plaît à ma cousine de m'accepter pour fiancé, je jure de ne penser qu'à elle et d'attendre respectueusement le temps que votre sagesse fixera, entre le jour de nos fiançailles et celui de notre union.

Blanche prit la main du vieux marquis, la baisa et dit avec la plus exquise naïveté:

— Je serai bien heureuse de devenir votre fille; puisque mon père ne s'y oppose pas et que ma chère maman désirait ce mariage, je puis dire sans détour que Bernard était le seul que mon cœur aurait jamais accepté pour mari.

Le marquis la serra dans ses bras; le baron, quoique moins enthousiaste, en fit cependant autant, et Bernard, prenant la main de sa cousine, vint s'agenouiller aux pieds de son grand-père pour recevoir sa bénédiction.

Le vieillard mit au doigt de Blanche l'anneau qu'il avait donné jadis à sa jeune épouse; à partir de ce jour, il ne l'appela plus jamais autrement que ma chère fille.

Lorsque Blanche entendit se refermer sur elle la grande porte de chêne massif de l'hôtel qu'elle allait habiter désormais, elle sentit une impression de froid l'envahir de la tête aux pieds; son cœur, gros des adieux qu'elle venait de faire au marquis et à Bernard, lui causa une douleur si vive que, pour ne pas tomber, elle dut se cramponner au bras de son père; elle était pâle comme une statue de cire, au point que le baron, s'en apercevant, la soutint, la porta presque, croyant qu'elle se trouvait mal.

— Ce n'est rien, dit-elle, je souffre un peu du cœur, mais c'est déjà fini. Oh! papa, il m'a semblé que j'entrais ici dans une prison; je suis folle, n'est-ce pas, et vous ne m'empêcherez pas d'aller ce temps en temps visiter ce bon marquis que j'aime tant?

— Certainement, nous verrons, nous reparlerons de cela, remettez-vous, ma fille, vous allez être reçue par la baronne et je n'ai pas besoin, je pense, de vous prier d'être pour elle une fille pleine de déférence et d'affection; vous devez la considérer comme votre mère.

— Ma mère, ma mère, fit Blanche en étouffant un sanglot.

— Encore des larmes, dit le baron avec humeur, allez-vous donc me condamner à voir éternellement vos yeux rouges?

— Pardonnez-moi, dit-elle, je fais tout ce que je peux pour ne pas pleurer.

— Espérons qu'à l'avenir vos efforts seront couronnés de plus de succès.

Ces quelques mots s'étaient échangés dans une petite salle basse où le baron avait fait entrer sa fille pour lui donner le temps de se remettre; la voyant plus calme, il sonna; un grand valet en livrée vint prendre ses ordres.

— Prévenez madame la baronne de notre arrivée, nous montons chez elle à l'instant.

Albina reçut sa belle-fille avec beaucoup de solennité; plus de tendres élans, plus d'appellations affectueuses, elles étaient inutiles désormais; un simple « Bonjour, ma belle enfant » fut le seul salut de bienvenue qu'elle lui adressa.

Le baron s'en montra un peu surpris; quant à Blanche, qui peut-être se serait laissé prendre à des mots d'amitié, il lui sembla qu'une muraille de glace venait de s'élever entre elle et sa belle-mère; elle lui fit une profonde révérence en effleurant de ses lèvres la main qu'elle lui tendait.

Palussac se rapprocha d'Albina.

— Et quoi, vous n'embrassez pas notre fille? lui demanda-t-il timidement!

— Vous êtes trop lyrique, baron, dit-elle d'un ton un peu moqueur, en quoi un baiser de mes lèvres dissiperait-il le nuage qui couvre le front de M<sup>lle</sup> de Palussac? Voyez un peu si elle a la mine joyeuse d'une fille qui vient retrouver sa mère? Laissons donc de côté toute sentimentalité gênante; Blanche porte le même nom que moi, et pour cette raison je veillerai sur elle avec un soin maternel; si l'affection vient, tant mieux, si elle ne vient pas, les dehors seront toujours sauvés, et à ce sujet, comme tout doit être correct ici, je vous prierai, mon enfant, de quitter dès demain ces vêtements de deuil qu'il n'est plus convenable de vous voir porter dans la maison de celle qui se nomme la baronne de Palussac.

— Madame, murmura Blanche, j'avais espéré qu'il me serait permis de vivre chez moi, ne paraissant pas lorsque vous recevrez; et de cette façon mon deuil, ignoré de vos visiteurs, n'eût offensé personne.

— Personne, dit aigrement Albina, personne, pas même moi, pas même votre père? Pensez-vous donc, ma petite, qu'il nous soit agréable de voir sur votre visage et sur votre personne les traces d'un chagrin, que vous pouvez garder au fond de votre cœur si bon vous semble, mais qu'il est inconvenant d'afficher, étant donné la détermination que nous nous sommes décidés à prendre? J'espère que vous êtes de mon avis, baron?

— Oui, Madame, répondit Palussac, je suis toujours de votre avis, je vous demanderai seulement un peu d'indulgence, les premiers jours, pour cette enfant qui se trouve ici dans un milieu tout différent de celui qu'elle quitte.

— Heureusement pour elle, repartit l'Italienne, ne voyez-vous pas que les momeries de ce vieux marquis et celles de cet abbé Vincent, qui n'est qu'un fanatique, ne tendraient à rien moins qu'à rendre votre fille tout au plus digne d'un béguinage?

— Oh! Madame, s'écria Blanche indignée, l'abbé Vincent est le plus saint des prêtres, et le digne marquis...

— Mademoiselle de Palussac, dit Albina en fronçant ses noirs sourcils, quand j'avance une opinion, je ne souffre jamais qu'on la contredise, veuillez ne pas l'oublier désormais.

Blanche baissa les yeux en rougissant; le baron, tout à fait embarrassé, ne savait quelle contenance tenir, il ne se sentait pas le courage de prendre ouvertement le parti de sa fille, ce qu'il avait eu d'abord une demi-envie de faire tant l'accueil d'Albina lui semblait différent des sentiments qu'elle manifestait jadis à Blanche il se décida à laisser les deux femmes s'arranger entre elles et prétexta une occupation pressante pour se retirer dans son appartement.

— Me suis-je bien fait comprendre? dit Albina quand Palussac fut parti, il ne faut pas qu'il y ait de malentendu entre nous. Je suis ici la maîtresse, la seule maîtresse, tout le monde m'obéit, même votre père, qui reconnaît la sûreté de mon jugement; vous avez un coin de l'hôtel pour vous seule : chambre, salon et cabinet; vous y séjournerez habituellement, quand je ne vous ferai pas chercher, mais lorsque j'aurai besoin de vous pour m'aider à recevoir mes invités, vous serez toujours à ma disposition. Votre servante, Claudie, vous servira; j'ai acquiescé à la demande que vous m'avez fait faire à son sujet, elle ne vous quittera pas, je pense même qu'elle doit être arrivée et pourra s'occuper un peu de votre toilette pour le souper de ce soir.

— Merci, Madame, je suis bien aise de ne pas me séparer de cette brave fille, et Léonard, ne sera-t-il pas aussi à mon service?

— Oh! pour celui-là, c'est différent; je ne veux à aucun prix qu'il mette les pieds ici; je me méfie de ce serviteur, soi-disant si fidèle, qui laisse choir sottement dans un précipice celle qu'il devait protéger, et raconte, pour s'absoudre, des histoires qui sont invraisemblables. En voilà assez sur ce sujet, retirez-vous chez vous et que ce soir je voie déjà, d'après votre toilette, si vous tenez à m'être agréable.

Blanche salua et sortit. Albina ne pensa même pas à la conduire vers les pièces qui lui étaient abandonnées.

La jeune fille, la tête endolorie, les yeux voilés de larmes, ne savait de quel côté se diriger dans ces grands couloirs sombres; il lui semblait de plus en plus que cet hôtel était une prison et la petite maison de la rue Tirechape, quoique bien plus petite et bien plus modeste, lui faisait l'effet d'un gai palais à côté de cette noire demeure.

Un escalier s'offrit à sa vue; elle monta, espérant rencontrer quelque serviteur qui pût la conduire; des voix se faisaient entendre, elle frappa à une porte, les éclats de rire se turent, une jeune fille vint ouvrir, c'était la lingère; une demi-douzaine d'ouvrières, à l'œil éveillé, au parler leste, étaient assises autour d'une grande table et mettaient la dernière main à une magnifique toilette dont la baronne avait besoin pour le soir; elles prirent Blanche pour une apprentie nouvelle, sa tenue si modeste leur semblant tout au plus digne d'une enfileuse d'aiguilles.

— Que demandez-vous, petite commère? dit la plus âgée, qui semblait la patronne; mon atelier est au complet et je ne peux vous prendre, adressez-vous ailleurs, si vous cherchez de l'ouvrage.

— Je cherche quelqu'un pour m'accompagner dans cet hôtel, dit Blanche avec embarras.

— Voyez-vous ça? il faut un guide à cette princesse, reprit la lingère: descendez deux étages, petite endormie, vous trouverez en bas des gens à qui parler; nous autres, nous sommes trop pressées pour nous déranger pour si peu et puis, enfin, nous ne sommes pas des domestiques.

D'un mot, Blanche aurait pu faire baisser le ton à cette hardie péronnelle, mais il lui répugnait de se nommer et d'entrer en conversation avec des filles de ce genre; elle préféra reprendre le cours de ses recherches, se promettant de ne plus frapper à aucune porte.

Elle descendit un escalier tout noir, puis un autre et se trouva au rez-de-chaussée, dans un grand couloir pavé, dont les fenêtres grillées donnaient sur une cour intérieure; là encore elle entendit un bruit de voix, des éclats de rire et des chocs de verres; évidemment, les domestiques, réunis, s'offraient un peu de bon temps; la porte de la cuisine était grande ouverte et Blanche, sans vouloir écouter, entendit cependant qu'on parlait assez lestement de son père.

— Quelle poule mouillée que ce grand dégingandé! disait une voix de femme; ce matin, en coiffant Madame, j'ai assisté à une scène! non, mais, voyez-vous, c'était trop drôle; ah! Madame l'a bien arrangé, allez! au sujet de sa fille; il n'en menait pas large et n'a rien trouvé à répondre. Eh bien! vrai, je ne voudrais pas être dans les habits de la damoiselle, elle en verra de dures avec une marâtre comme celle-là et un père aussi panade que le sien.

— Bah! reprit une voix d'homme, elle aura pour se consoler cette arrogante béarnaise qui n'a seulement pas voulu trinquer avec moi tout à l'heure pour faire connaissance; en voilà une qui ne me revient pas avec son air cafard et honnête! et si je peux jamais lui jouer quelques tours, je ne m'en priverai guère. Et cette grande bête de chien qu'elle traîne après elle, est-ce assez ridicule?

— Cette *demezelle* gasconne est bien singulière, en effet, affirma la cuisinière en pinçant les lèvres d'un air de dédain, elle m'a déclaré qu'elle ne quitterait pas l'appartement de sa jeune maîtresse et viendrait, après nos repas, chercher les parts qu'on lui mettrait de côté pour elle et pour le chien : vous pensez, mes amis, si je leur réserverai ce qu'il y a de meilleur? est-elle dinde, cette *demezelle!*

Et tous de rire aux éclats, en traitant des plus vilains noms les gens du Midi, aussi bien maîtres que valets.

Blanche ne voulut pas en entendre davantage, elle s'enfuit et remonta l'escalier en courant. Comme il y avait loin de ces serviteurs-là à ceux qu'elle était accoutumée à voir depuis sa naissance! Quels services et quel dévouement pouvait-on attendre de gens qui traitaient ainsi ceux dont ils mangeaient le pain et prenaient l'argent? Cela lui fit estimer bien plus encore Claudie, Léonard et la vieille Jacqueline, tous si honnêtes et si dévoués à leurs maîtres.

Elle aurait peut-être erré longtemps encore sans trouver personne à qui parler, puisque toute la valetaille s'esbaudissait à la cuisine; mais sur son passage une porte s'entr'ouvrit avec précaution, la frimousse rusée de Claudie et le museau pointu de Ralph apparurent dans l'entrebâillement. Blanche poussa un cri de joie et se précipita au cou de la brave fille en l'embrassant avec transport.

Le bon chien, heureux de retrouver sa maîtresse, sautait et bondissait autour d'elle.

— Enfin, te voilà, te voilà, que je suis contente de te retrouver, ma bonne Claudie, disait Blanche, et toi aussi, mon Ralph, mon vrai ami; ah! si vous saviez comme je suis malheureuse! si vous saviez!..

Et, au milieu de larmes, que la servante ne cherchait pas à arrêter, pensant bien qu'elles soulageraient son cœur, la jeune fille lui dit tout ce qui venait de lui arriver depuis quelques heures : ses fiançailles avec Bernard, ses adieux aux marquis, sa crainte de ne plus pouvoir l'aller visiter et la dure réception de sa belle-mère ; elle lui conta les propos qu'elle avait entendus à la cuisine, ses recherches dans l'hôtel, comment les lingères l'avaient prise pour une de leurs semblables et l'avaient légèrement traitée, enfin son appréhension contre ces vieux murs noirs et son chagrin d'avoir, dès le soir même, à revêtir un costume mondain, quand son cœur se trouvait plus que jamais plongé dans le deuil.

Ralph, assis devant elle, poussait de petits gémissements en la voyant pleurer ; Claudie la consola du mieux qu'elle put, chercha à changer le cours de ses pensées, lui fit visiter son petit domaine qui, sans être gai, était au moins confortable, et fit si bien que son cœur se reprit un peu à l'espérance.

Elle était cependant bien triste elle-même, la pauvre Béarnaise ! au premier mot elle avait vu que tous les gens de la maison lui seraient hostiles ; en outre, son compatriote Léonard, qu'elle devait épouser dans ses vieux jours, se trouvait brusquement séparé d'elle par la seule volonté d'Albina ; il restait près du vieux marquis ; certes, il avait bien promis à sa commère Claudie de venir souvent rôder dans la rue de Tournon pour se trouver là si on avait besoin de lui ; mais, dans le désarroi où elle se trouvait, elle en arrivait à regretter la présence de ce bon garçon avec lequel elle passait pourtant la meilleure partie de son temps en dispute.

Il fallut s'occuper bien vite de la toilette du soir.

Claudie, décidant que Mademoiselle devait chercher à captiver le bon vouloir de sa belle-mère puisqu'elle était forcée de vivre près d'elle, chercha dans une caisse une robe blanche de l'année d'avant, la dernière robe blanche que la jeune fille avait mise ; elle était fraîche encore, mais trop petite ; il fallut toute l'ingéniosité de Claudie pour en tirer parti immédiatement ; le jupon, une fois allongé, allait encore, mais le corsage, trop court et trop étroit, demandait une façon nouvelle.

— Si mademoiselle était plus dans les idées du monde, dit Claudie, il serait facile d'arranger cela d'une façon élégante : une collerette ouverte et une pièce basse rajoutée à ce corsage suffiraient ; il irait très bien ; seulement, comme je sais que cette mode n'était pas dans le goût de ma sainte maîtresse, je ne vous la propose pas.

— Et tu fais bien, ma bonne, dit Blanche avec fermeté, si je ne puis me dispenser de paraître dans le monde, si la volonté de mon père m'y oblige, il faudra bien m'y conformer, mais jamais, jamais, je ne me vêtirai de la façon dont se vêtissent les dames de la cour; sur cette question je serai inflexible.

— C'est bien ce que je pensais, Mademoiselle, dit simplement Claudie.

Et la bonne fille s'escrima si bien de l'aiguille et de son peloton que le soir, lorsqu'on vint prévenir Blanche d'avoir à se rendre au salon, la jeune fille, toute vêtue de blanc, simple, mais charmante d'élégance naturelle et de tenue modeste, ne déparait en rien la réunion qu'Albina avait cru devoir donner dès le premier soir, pour la présenter à ses connaissances.

Cette réunion, du reste, n'était pas très nombreuse. Léonora Galigaï, autrement dit la maréchale d'Ancre, deux autres dames de la cour, puis, différents cavaliers élégants, parmi lesquels Lorenzo, le beau capitaine, aussi à son aise dans le salon de sa sœur que s'il était chez lui.

Albina, couverte de velours et de dentelles, avait préparé son rôle ; elle s'élança vers la porte quand Blanche parut, saisit la jeune fille par la main et lui fit faire le tour du salon en la présentant à chacun de ses amis.

— C'est un petit oiseau sauvage encore, disait-elle en souriant, elle n'est accoutumée à aucun de nos usages; voyez un peu dans quel costume de nonnette elle se présente? Pauvre mignonne, elle a fait ce qu'elle a pu pour nous faire honneur; nous lui apprendrons peu à peu ce que doit être la toilette d'une jeune fille dans sa situation.

Et toutes ces belles dames d'embrasser et de choyer la mignonne, qui commençait intérieurement à se dire que le cœur humain est chose bien fausse et bien vilaine.

Lorenzo se précipita pour lui offrir la main et la conduire à la table du souper; il s'assit près d'elle; la bague que la jeune fille portait au quatrième doigt de la main gauche attira ses regards.

— Vous avez là un joli bijou, lui dit-il, ces deux perles jumelles semblent un doux symbole; est-ce un bijou de famille?

— Oui, Monsieur, répondit Blanche.

ELLE LUI FIT FAIRE LE TOUR DU SALON. (P. 228.)

— On dirait une bague de fiançailles?

— C'en est une, en effet, reprit la jeune fille en rougissant; mon parent, le vieux marquis, la donna jadis à sa femme quelques années avant son mariage, et depuis, elle a toujours été considérée dans la famille comme la seule bague qu'on pût offrir en semblable circonstance.

— Mais, fit vivement Lorenza en se redressant, est-ce à dire que vous êtes déjà engagée, signoretta?

— Oui, Monsieur, répondit Blanche de plus en plus rouge.

— Baronne, s'écria Lorenzo, pourquoi ne nous avez-vous pas prévenus qu'en nous présentant M<sup>lle</sup> de Palussac vous nous présentiez une jeune fiancée?

Toutes les conversations s'étaient tues, chacun prêtait l'oreille tant le ton de Lorenzo était élevé.

Albina, sans rien répondre d'abord, jeta un regard perçant sur son mari qui, le nez sur son assiette, ne semblait pas entendre; son frère, du coin de l'œil, lui fit signe de regarder le doigt de Blanche.

— Qui donc vous a donné cette bague? mon enfant, demanda-t-elle en cherchant à modérer le ton aigre de sa voix.

— Mon parent, le marquis de Palussac, répondit Blanche, qui ne savait pas mentir.

— Voilà qui dépasse la dernière limite de la drôlerie, dit la maréchale d'Ancre en riant, je connais le marquis, il a au moins soixante et quinze ans; c'est un fiancé qui s'y prend un peu tard et en même temps un peu tôt, vu l'âge de la jeune personne.

— Vous avez raison, madame la maréchale, dit Palussac en faisant tous ses efforts pour rire et détourner la conversation, c'est une bonne drôlerie, n'est-ce pas? Ah! ah! ah! l'amusante chose qu'un vieillard passant l'anneau de fiançailles au doigt d'une jeune fille de cet âge; c'est une plaisanterie, une bonne plaisanterie.

Mais ni Blanche, ni la baronne ne riaient; la première, étonnée du ton que son père prenait en parlant du projet de son mariage, et la seconde, devinant parfaitement ce qu'on ne lui disait pas.

Lorenzo ne riait pas non plus, il tourmentait bien inutilement la garde de son épée.

— Et vous avez autorisé le don de cet anneau sans me prévenir? dit Albina en lançant un regard si dur à son mari qu'il aurait voulu pouvoir rentrer sous terre.

16

— Ne vous troublez pas pour si peu, baronne, dit-il, je vous expli-
querai plus tard...

En disant ces mots, pour se donner une contenance devant sa terrible épouse qui le foudroyait de l'œil, il voulut vider d'un trait une
grande coupe pleine de vin de Jurançon, mais il s'y prit mal, avala de
côté, déversa le restant du vin sur la robe de sa voisine et sur ses
propres chausses de satin bleu clair; finalement, il s'étrengla si fort
qu'on crut qu'il allait étouffer. Son visage devint congestionné, sa
respiration sifflante; Blanche se précipita bien vite pour aller lui
porter secours, on ouvrit les fenêtres, tout le monde se leva et comme
le souper touchait à sa fin, personne n'eut plus envie de se remettre
à table; on passa au salon; Albina, Blanche et Lorenzo restèrent
seuls près du baron; à peine eut-il repris un peu ses sens que la
baronne lui demanda sèchement :

— C'est au jeune Bernard que vous l'avez fiancée ?

Il fit signe que oui, ne pouvant encore parler.

— Eh bien ! sachez que ce mariage n'aura jamais lieu, je m'y
oppose.

— Madame... voulut protester Blanche.

— Taisez-vous, reprit l'impérieuse Italienne, j'ai disposé de votre
main et je vous autorise dès aujourd'hui à considérer mon frère
Lorenzo comme le mari que vous aurez un jour.

— Y pensez-vous ? s'écria le baron qui avait enfin repris la parole.
Lorenzo n'est que capitaine, il n'a aucune fortune !

— Mon cher beau-frère, dit à son tour Lorenzo, votre fille est très
riche, moi j'ai de la prestance, j'ai mon grade, j'ai des protections,
je deviendrai quelque jour un grand personnage; nous ferons un
couple fort bien assorti; qu'en pensez-vous, gentille damoiselle ?

— Non, non, gémit Blanche en se laissant tomber dans un fauteuil, non, jamais.

— C'est ce que nous verrons, dit Albina avec calme. Lorenzo, son-
nez la fille de service de Mlle de Palussac, elle ne peut se présenter
dans cet état au salon, je l'engage pour ce soir à rentrer dans sa
chambre.

Et sans lui dire autrement adieu, la baronne prit le bras de son
époux pour rejoindre ses invités.

— Le mariage entre Lorenzo et Blanche se fera, parce que je le
veux.

Ces deux mots furent dits simplement à l'oreille du baron, mais d'un tel ton qu'il ne trouva rien à répondre; il dut encore, par l'ordre de sa femme, faire l'empressé auprès de ses convives qui s'étaient montrés si troublés de l'accident qui venait de lui arriver.

## XXIII. — Comment le beau Lorenzo voit avec horreur le balai de houx de la vieille Jacqueline lui caresser le visage.

Si Blanche était malheureuse, le vieux marquis ne l'était pas moins.

Quand il se vit tout seul dans sa vieille maison, jadis si pleine de bruit et de mouvement, le pauvre vieillard se sentit triste à mourir; ses forces déclinèrent rapidement, bientôt il ne put se lever de son fauteuil.

Forcé par sa faiblesse de renoncer aux visites charitables qui donnaient un si grand intérêt à son existence, il ne pensa plus qu'à se perfectionner dans la vertu et à se préparer pour le ciel.

Son humeur devint plus douce, sa parole moins prompte.

Puisqu'il ne pouvait plus aller chez les pauvres, il les invita à venir près de lui et, chaque jour, l'abbé Vincent lui envoyait quelques-uns de ses clients; boiteux, manchots, aveugles, enfants abandonnés, tous étaient sûrs de s'en retourner les mains pleines.

Léonard passait son temps à porter les aumônes du marquis à ceux des malheureux qui, retenus par la maladie, ne pouvaient venir eux-mêmes; il s'arrangeait toujours de façon à passer plusieurs fois par jour dans la rue de Tournon et il était convenu d'un signal avec Claudie, pour rester plus longtemps en faction, quand on pensait avoir besoin de lui.

La pauvre vieille Jacqueline, plus sourde que jamais, avait dû s'adjoindre une jeune et forte fille pour l'aider dans les soins de la cuisine, mais surtout pour ouvrir la porte qu'ébranlait à chaque instant le coup de marteau d'un quémandeur; elle se désolait de tant vieillir, la bonne femme, et disait tout haut qu'elle emporterait un grand regret dans l'autre monde: celui de ne pas cuisiner elle-même le repas de noce de Bernard et de Blanche, mais qu'au train dont marchaient ses douleurs, elle voyait bien qu'elle ne serait plus sur cette terre dans ce temps-là.

Les meilleurs jours du marquis étaient ceux où il recevait la visite de Bernard. Le jeune homme venait souvent, il ne se passait pas de semaine sans qu'il vînt plusieurs fois embrasser son aïeul et le tenir au courant de l'esprit de la jeune cour, qui devenait plus frondeur de jour en jour.

— Je vous assure, grand-père, que les choses ne peuvent pas marcher longtemps ainsi; le roi est las du rôle effacé que ce Concini de malheur lui impose. Hier encore, il avait l'intention d'aller passer quelques jours à Saint-Germain pour chasser dans la forêt; afin de se rendre compte de la dose de liberté qu'on lui mesure si parcimonieusement, il n'avait prévenu personne de son projet, les préparatifs avaient été faits aussi mystérieusement que possible; eh bien! le croiriez-vous, au moment où le roi entouré de ses gens et de ses amis dévoués allait sortir de l'enceinte de Paris, des archers de la reine, conduits par ce Lorenzo, le frère de la dame que vous savez, sont venus s'opposer à la continuation du voyage du roi. C'était à avoir envie de se révolter, avouez-le! les choses ne se seraient pas passées ainsi si nous avions été un peu plus nombreux; mais, hélas! que peut une poignée de partisans dévoués au milieu d'une troupe immense de soudards! nous aurions été taillés en morceaux du premier coup et le roi eût perdu tous ses amis; il a donc fallu baisser la tête, se soumettre et rentrer au palais, la rage au cœur. Un jeune roi de dix-sept ans, être traité comme un enfant puni! c'est honteux! et si vous aviez vu la mine triomphante de ce Lorenzo. Je crois, sur mon âme, qu'il a ricané lorsque je suis passé près de lui, j'ai été sur le point de lui renfoncer avec ma dague son rire dans le gosier et, malgré moi, ma main se portait sur mon arme, mais je me suis contenu; quelle joie deviendra mienne le jour où il me sera permis d'administrer à ce drôle une correction en rapport avec ses mérites.

— Mon enfant, souvenez-vous que votre épée doit seulement sortir du fourreau pour défendre Dieu et le roi, mais jamais pour servir vos rancunes et vos antipathies personnelles.

— Ne craignez rien, grand-père, ce n'est pas avec une épée qu'on châtie un être comme ce Lorenzo, un fouet suffit à cet usage. Et, ajouta-t-il en fermant rageusement les poings, dire que cet aventurier sans foi ni loi a osé lever les yeux jusqu'à ma fiancée!

— Qu'importe, fit le marquis en cherchant à calmer Bernard, Blanche vous a donné sa parole, qu'y a-t-il à craindre?

— Mais la pauvre enfant peut avoir mille souffrances à subir ! Sa marâtre n'est pas femme à abandonner une idée qui lui paraît profitable, et mon cousin Henri de Palussac devient tous les jours plus mou sous cette main de fer qui le conduit ; le croyez-vous, même pour le bonheur de sa fille, capable de tenir tête à sa femme ?

— Je n'ose l'affirmer, reprit le marquis, et cependant il a fait preuve de plus de courage que je ne pouvais l'espérer, en exigeant que Blanche vînt une fois tous les huit jours ; cette visite, absolument contraire aux volontés d'Albina qui désirait avant tout la séparer radicalement de nous, a été, paraît-il, la cause de violentes discussions dans le ménage du baron, mais il n'a pas cédé, il faut lui en savoir gré ; peut-être aura-t-il assez d'énergie pour aider sa fille à tenir la promesse que vous avez échangée tous les deux.

— Que le ciel vous entende, mon père, j'ai tant d'affection pour cette douce enfant, que je n'aurais pas la force de surmonter mon désir de la venger si je savais qu'on la martyrise.

C'était justement le jour de la visite de la jeune fille ; tous, dans la maison de la rue Tirechape, attendaient ce moment avec impatience, depuis la vieille Jacqueline qui s'asseyait dans la rue sur le pas de la porte pour la voir venir de loin, jusqu'au marquis.

Pour faire honneur à ce rayon de soleil qui venait un instant égayer sa triste demeure, le bon vieillard devenait coquet et se faisait transporter dans son jardin, quand le temps le permettait. Blanche, assise à ses pieds, prenait dans ses mignonnes mains blanches les mains ridées et tremblantes du vieillard, et lui disait mille douces et gentilles choses pour le distraire ; on sentait que sa tendresse et sa reconnaissance débordaient dans chacune de ses paroles.

Bernard, quand il le pouvait, ne manquait jamais de venir ce jour-là, c'était la seule occasion qu'avaient les deux fiancés de se rencontrer.

Quelles causeries charmantes ! comme cette heure de douce intimité à trois passait vite ! il fallait que Claudie, plus raisonnable, vînt prévenir sa jeune maîtresse que le temps réglementaire était écoulé et que la prudence voulait qu'on ne dépassât pas les limites permises.

Blanche parlait à cœur ouvert devant son vieux parent et son jeune fiancé, et dès sa première visite elle leur avait raconté son arrivée dans la maison de son père, les projets d'Albina et de Lorenzo et tous les chagrins qu'elle éprouvait journellement ; mais voyant la fureur de Bernard, son air de menace, elle s'était trouvée bien imprudente; rien ne l'effrayait plus que la pensée d'une discussion entre lui et Lorenzo, elle dissimula donc un peu, dans ses autres visites, les tristesses d'une situation qui loin de s'améliorer, semblait chaque jour devenir plus difficile et plus tendue.

La pauvre enfant en était réduite à ne plus sortir de sa chambre, dans la crainte de recevoir de sa belle-mère une violente admonestation sur son air trop sérieux, sur sa tenue trop modeste, sur son manque d'entrain et d'amabilité, mais surtout dans la crainte, plus grande encore, d'une rencontre possible avec Lorenzo.

Le capitaine des archers venait souvent visiter sa sœur, prendre ses ordres, voir à quel point en étaient ses affaires; elles n'avançaient pas beaucoup, car Blanche invitée un jour à venir au salon tandis qu'il y était, avait déclaré formellement à la baronne qu'elle ne verrait jamais l'Italien qu'en présence de son père, et dans ces circonstances-là, elle se montrait si froide, si sévère, qu'un prétendant moins épris de sa grosse fortune aurait certainement renoncé à s'en faire agréer.

Le voisinage de l'hôtel de Gondi lui était d'un grand secours; elle allait chaque matin entendre la messe dite par l'abbé Vincent dans une petite chapelle attenant à l'hôtel, et recevait de lui les conseils si nécessaires à une position difficile comme la sienne; sous la sage direction de ce bon prêtre, elle devenait tous les jours plus fervente, plus forte aussi contre les soucis dont elle portait, bien jeune encore, une si grosse part.

Ces pieuses sorties matinales, auxquelles Albina n'avait pas osé s'opposer, et ces visites rue Tirechape, que son père avait exigées, comme vient de nous le dire le vieux marquis, étaient les seules distractions de la jeune fille; le reste de son temps se passait à lire, à prier, à coudre des vêtements pour les pauvres et aussi à inventer de belles broderies en soie, des dentelles fines, dont elle faisait don aux églises pour l'ornementation des autels.

Elle aimait en travaillant à causer avec la bonne Claudie qui lui tenait fidèlement compagnie, dont le dévouement lui devenait chaque jour plus précieux; avec elle seulement elle pouvait parler de son pays natal, qu'elle aurait tant voulu revoir, et surtout parler de sa mère bien-aimée. Heures de recueillement que celles-là, si purement passées, que du paradis, la sainte qui veillait sur Blanche devait sourire en la regardant.

Cette vie, bien austère pour une jeune fille de cet âge, n'était égayée que par ses jeux avec Ralph ; le beau chien, joyeux comme ils le sont tous dès leurs premières années, venait souvent solliciter sa maîtresse et lui proposer des parties ; il se livrait à mille sauts et gambades que Blanche encourageait et dont elle s'amusait infiniment. Cet animal était pour elle plus qu'un ami, c'était un réel défenseur, et bien mal accommodé par ses crocs eût été le téméraire qui se fût aventuré dans l'appartement de la jeune fille sans y être invité par elle.

Quelque peu gaie que fut cette existence, elle convenait encore mieux à Blanche que la vie du monde.

Elle aurait voulu éviter une présentation à la cour, mais quelle excuse valable pouvait-elle donner ? Son deuil, il lui était interdit d'en parler, Albina ne souffrant pas qu'on prononçât le nom de celle qu'elle avait remplacée ; son jeune âge, la petite reine Anne d'Autriche n'avait guère qu'un an de plus et demandait à voir, autour d'elle, quelques figures moins austères que celles de ses gouvernantes et surintendantes ordinaires ; il fut donc décidé entre son père et la baronne, que Blanche serait présentée à la jeune reine à la première occasion favorable.

L'heure à laquelle la vieille Jacqueline voyait de loin arriver la jeune fille était passée depuis longtemps ; le marquis, après avoir consulté vingt fois le rayon de soleil qui selon lui était la meilleure horloge du monde, poussa un gros soupir.

— Nous ne verrons pas notre mignonne amie aujourd'hui, dit-il, il lui sera arrivé quelque fâcheux contre-temps et nous voilà privés de sa chère visite.

— Pourvu qu'on ne lui ait pas fait endurer de mauvais vouloir, reprit Bernard ; ah ! voyez-vous, grand-père, je ne serai tranquille que lorsque Blanche sera ma femme, alors je défierai bien tous les Italiens du monde de la molester de quelque façon que ce soit.

Encore un peu de temps, mon fils, hélas ! je ne verrai pas cet heureux jour.

— Ne parlez pas ainsi, mon père, vous me faites bien de la peine et si vous avez réellement cette idée, pourquoi ne pressez-vous pas notre mariage ? Notre roi Louis et la reine Anne étaient plus jeunes que Blanche et moi lorsqu'on les maria.

— Ce fut une folie, reprit le marquis, et il ne fallut rien moins qu'une raison d'Etat pour la faire excuser ; triste raison d'Etat, du reste, et si notre bien-aimé roi Henri eût vécu plus longtemps, la France, pour avoir la paix et la prospérité, n'aurait pas eu besoin de sacrifier ainsi l'avenir de ces deux enfants royaux.

Bernard allait peut-être répondre et trouver quelque argument en faveur de ce qu'il souhaitait, mais il n'en n'eut pas le temps, la porte s'ouvrit brusquement et donna passage dans le jardin à Blanche et à Claudie, toutes les deux rouges et haletantes.

Bernard s'élança vers sa cousine et lui baisa la main.

— Que vous arrive-t-il ? pourquoi êtes-vous troublée ainsi ? demanda-t-il, quelqu'un vous a-t-il manqué de respect ? parlez, votre fiancé a le droit de savoir qui vous cause cette inquiétude.

— Je n'ai rien, je n'ai rien, voulut dire Blanche en s'avançant vers le vieillard et lui présentant son front à baiser.

— Ma fille, vous êtes bien émue, dit-il, et ce retard est si contraire à vos habitudes qu'il n'est pas difficile d'en augurer quelque fâcheuse rencontre.

— Blanche, je vous en prie, insista Bernard, ayez un peu de confiance en ceux qui vous aiment tant.

La jeune fille se laissa tomber sur un tabouret et fondit en larmes.

— Qu'avez-vous fait, demanda-t-elle à Bernard, quelle nouvelle dispute est-il survenu entre vous et le capitaine pour que vous ayez voulu l'assassiner ?

— L'assassiner ! qui a pu vous dire cela ?

— Lui-même. Il est venu hier à l'heure du souper, il était furieux. Ce Bernard, votre parent, s'est-il écrié violemment, a voulu m'assassiner tout à l'heure, sans aucune provocation de ma part ; je n'ai pu échapper à ses coups que grâce à mon sang-froid, pourtant, j'étais dans l'exercice de mes fonctions, et j'accomplissais les ordres du maréchal d'Ancre en empêchant le roi de déserter Paris.

— Le drôle, s'écria Bernard, il en a menti ; j'ai eu, il est vrai, pendant une seconde, l'idée de le châtier de son insolence, mais je n'ai fait que porter la main à ma dague, sans la sortir du fourreau.

— Je le pensais bien, dit Blanche, mais la baronne a poussé des exclamations désespérées en criant bien fort que vous aviez juré la mort de son cher Lorenzo, que vous étiez un brouillon de la pire espèce, ne rêvant que combats et trahisons, enfin, elle a tant insisté et le capitaine aussi, que mon père a fini par les croire et m'a intimé l'ordre d'avoir à supprimer mes visites rue Tirechape. Ce n'est qu'à force de supplications, quand j'ai été le trouver ce matin dans sa chambre, qu'il a enfin consenti à me laisser venir encore aujourd'hui, afin de ne pas inquiéter inutilement le bon marquis.

— Pauvre chérie, murmura le vieillard en serrant Blanche sur son cœur, dans quelles mains êtes-vous tombée ! Allons-nous donc être désormais privés du bonheur de vous voir.

— Les misérables ! s'écria Bernard, j'espère que le ciel permettra que leur triomphe prenne fin. Ne m'avez-vous pas dit, ma cousine, que Lorenzo avait parlé d'un ordre de ce Concini ?

— Oui, reprit la jeune fille, mon père s'est fait expliquer la chose : Concini ayant, par un espion, apprit le voyage du roi, a pensé que la chasse n'était qu'un prétexte et que Sa Majesté voulait rejoindre un groupe de partisans assez nombreux pour lui tenir tête; il se voyait déjà dépossédé du pouvoir et comme il tient à le conserver, il n'a rien trouvé de mieux à faire que d'empêcher le roi d'accomplir son projet. Il est si puissant qu'il a tout décidé par lui-même, la régente n'a rien su de tout cela.

— C'est abominable, dit le marquis, sommes-nous tombés si bas en France que la seule volonté d'un intrigant suffise pour contrecarrer celle du roi ?

— Voyez-vous, grand-père, que j'avais raison. Cette situation ne peut durer longtemps, avouez-le; la patience du roi est à bout et celle de ses amis également; mais cela ne nous a pas appris pourquoi vous étiez si émue en arrivant ici, ma cousine.

La jeune fille ne répondait pas, elle semblait n'avoir aucune envie de s'expliquer plus clairement à ce sujet, il fallut, pour en arriver à ses fins, que Bernard fît approcher Claudie et lui posât la même question.

— Je vous répondrai certainement, monsieur, dit-elle, malgré les signes que mademoiselle me fait, car je trouve prudent de vous mettre au courant de ce qui nous est arrivé, afin que notre retour soit plus facile que notre venue ; si vous voulez bien nous accompagner, avec Léonard, nous n'aurons plus rien à craindre, je pense, du signor Lorenzo.

— Encore lui, toujours lui, quelle insolence nouvelle a-t-il donc commise ? s'écria Bernard.

— Se doutant sans doute que mademoiselle finirait par obtenir la permission demandée, il se tenait aux aguets, rue de Tournon, caché dans l'embrasure d'une porte. Lorsque nous sommes sorties à l'heure accoutumée, il nous a d'abord suivies sans parler, puis, il nous a rejointes, a offert son bras à mademoiselle et comme elle l'a refusé, le priant de la laisser continuer son chemin, il a insisté d'une façon inconvenante, enfin il s'est mis à dire que si mademoiselle s'obstinait à se considérer comme la fiancée de M. Bernard, elle aurait à s'en repentir et qu'il arriverait sûrement malheur à quelqu'un. Nous marchions aussi vite que possible pour nous débarrasser de cet importun, mais il avait juré de ne pas nous quitter; nous sommes entrées dans toutes les églises qui se trouvaient sur notre passage, nous y sommes restées longtemps à prier, mais sa patience ne s'est pas lassée et nous l'avons toujours retrouvé à la porte de sortie; il a repris sa place à nos côtés et nous a accompagnées jusqu'ici, malgré les ordres et même les supplications de mademoiselle, voilà la cause de notre retard.

— Blanche! s'écria Bernard, vous vous êtes abaissée à supplier un drôle de cette espèce?

— Je voulais avant tout éviter une rencontre entre vous et lui.

— Ce n'est pas un coup d'épée que je lui donnerai s'il était encore là, dit Bernard en se dirigeant vivement vers la porte.

— Mon cousin! mon cousin! je vous en prie, laissez-le, ne pensez plus à lui. Ah! Claudie, qu'as-tu fait, il va arriver quelque malheur.

— On ne peut pourtant pas laisser cet aventurier vous manquer de respect, ma fille, dit le vieux marquis d'une voix tremblante, un fiancé a le droit de protéger celle qui sera sa femme, quand son protecteur naturel, son père, ne la protège pas lui-même.

La vieille Jacqueline avait quitté son poste d'observation depuis l'arrivée de Blanche, et, fidèle à ses habitudes de propreté et de travail, elle s'était munie d'un grand balai de houx et tout doucement, avec la lenteur dûe à son grand âge, elle allait faire la toilette du long couloir d'entrée.

Bernard, dans sa précipitation, lui arracha presque le balai des mains; ce mouvement, si brusque, procura un tel saisissement à la vieille femme, que sans se rendre compte des choses, elle crut à un danger imminent et se signa à plusieurs reprises en murmurant:

— Ah! Seigneur, il doit y avoir pour le moins quelque mauvais

chien ou quelque loup enragé de nos côtés, pour que M. Bernard
s'en sauve comme ça avec mon balai sans me demander pardon,
excuse.

Il était toujours dans la rue, le pimpant Italien, faisant sonner les
éperons de ses bottes sur le pavé, se promenant en long et en large,
en chantonnant un refrain de son pays.

Evidemment il attendait le départ de Blanche et se proposait de
l'accompagner de nouveau, malgré sa défense; il ne pensait pas à
Bernard qui, à cette heure-là, aurait dû se trouver au Louvre, près du
roi, mais s'était attardé à attendre sa cousine.

Quand il fut arrivé à l'extrémité de la rue, il revint sur ses pas et,
en se retournant, se trouva presque nez à nez avec Bernard; reculer
aurait ressemblé à une fuite et quoiqu'il en eût peut-être fort envie,
son amour-propre le décida à affronter la discussion, d'autant plus
qu'il vit du premier coup d'œil que le jeune de Palussac n'avait pas
d'arme, mais seulement un balai à la main.

— Oh! oh! dit-il en riant d'un ton méprisant, est-il donc de mode
rue Tirechape de balayer soi-même le devant de sa maison? c'est une
noble et grande occupation pour un gentilhomme!

— Il a toujours été de mode, pour un gentilhomme, de chasser à
coups de balai les manants et malotrus qui s'obstinent à encombrer
la rue de leur déplaisante personne, lorsqu'on leur a dit de s'éloigner,
ce que je vous ordonne de faire à l'instant.

— Oui dà! voilà un singulier langage et je voudrais savoir de quel
droit, monseigneur du balai, me donne cet ordre-là?

— Du droit que tout homme propre et honnête a de chasser de son
voisinage les immondices qui l'infectent.

— Monsieur, s'écria l'Italien, je crois que vous m'insultez?

— Je ne fais que cela depuis un instant et je m'étonne, si vous ne
voulez sentir ce houx sur votre visage, que vous n'ayez pas déjà
tourné les talons.

— Ah! c'est ainsi? eh bien! nous allons voir, dit l'Italien en tirant
son épée et en tombant en garde, vous vous repentirez de vos paroles,
beau freluquet.

Très fier d'avoir une épée en main tandis que son adversaire n'avait
qu'un balai, Lorenzo, sûr de la victoire et fort satisfait à la pensée
que son ennemi se livrait à lui sans défense, se mit en posture de
combat et commença son attaque en poussant, à la façon italienne,

des cris rauques qui n'auraient pas manqué d'attirer les passants et les curieux s'il y en avait eu quelques-uns dans cette rue si calme.

C'est un endroit excellent pour se débarrasser d'un rival gênant, pensait-il; une fois ce Bernard expédié dans l'autre monde, mon cher beau-frère ne fera plus aucune difficulté pour m'accorder la main de la jeune héritière.

Il se fendit donc largement et voulut du premier coup administrer une maîtresse estafilade à son adversaire; mais Bernard, son balai à la main, souriant malgré lui de l'étrangeté de cette rencontre, fit un geste sec et envoya dès l'abord l'épée de son adversaire dans le ruisseau, puis, comme Lorenzo furieux s'élançait et voulait la ressaisir, il s'arrangea pour que le bouquet de houx se trouvât à la hauteur de sa face et lui fît une caresse qui n'avait rien de doux, tant s'en faut.

La douleur arracha une imprécation à l'Italien et tandis qu'il portait la main à son menton et à ses joues piquées et saignantes de la morsure de la terrible plante, Bernard ramassa l'épée, la brisa sur son genou et l'envoya au loin par-dessus sa tête.

— Maintenant, dit-il, ce n'est plus le balai que vous sentirez, c'est le manche; vous voilà défiguré pour un peu de temps et vous n'aurez pas, je suppose, accommodé comme vous l'êtes, l'idée de servir de cavalier aux jeunes personnes qui vous prient de les laisser en repos. Hardi, défilez au plus vite, ou, sans cela, gare les côtes.

L'Italien, furieux, rageant hors de lui de colère, voulait, malgré son visage ensanglanté, faire mine de reprendre le tronçon de son épée, mais Bernard ne lui en laissa pas le temps, il lui administra quelques bons coups de manche à balai sur le dos en lui disant :

— Allons! va vite rapporter à ta chère Albina la façon dont les gentilshommes te traitent : des coups de balai, des coups de cravache, voilà les seuls dont ton échine soit digne et que jamais plus je ne te trouve sur mon chemin où sur celui de ma fiancée, sans cela, par le Ciel, et j'en demande pardon à Dieu d'avance, je te planterai sans regret mon épée au plus profond du cœur.

Si Bernard sentait sa colère un peu apaisée par la volée de coups de balai qu'il venait d'administrer à Lorenzo, il n'en conservait pas moins, au fond du cœur, une profonde inimitié contre cet intrigant.

La crainte que la fâcheuse influence de sa sœur Albina ne décidât le baron à manquer à la parole donnée pour accorder la main de

IL LUI ADMINISTRA QUELQUES BONS COUPS SUR LE DOS. (P. 240.)

Blanche à l'Italien hantait son esprit, il en ressentait une jalousie violente ; les liens d'affections qui l'unissaient à sa jeune fiancée étaient si sérieux et dataient déjà de tant d'années qu'il était bien excusable d'éprouver de l'éloignement pour cet étranger, aspirant autant à la dot qu'à la femme.

— Ces Italiens, pensait-il en regagnant le Louvre après avoir reconduit Blanche, ces Italiens ne sont entrés en France que pour l'abaissement du pays et le trouble des familles. Notre arbre généalogique a reçu un terrible coup de cognée le jour où le baron épousa cette Albina de malheur ! J'empêcherai, de tout mon pouvoir, son frère de continuer l'œuvre de destruction commencée par elle. Et voilà maintenant que c'est sur l'ordre formel de Concini et non de la régente que le roi a été empêché de mettre son projet de chasse à exécution ! Dès ce soir, Sa Majesté l'apprendra de ma bouche, et j'espère qu'elle aura désormais le courage d'affirmer nettement sa volonté.

Il y avait grand conseil justement dans l'appartement du jeune roi, et Bernard qui en fut informé, dès son arrivée au palais, s'y rendit sur-le-champ. Quand nous disons grand conseil, le mot n'est peut-être pas très juste, c'est conciliabule qu'il vaudrait mieux écrire, les choses qui se traitaient dans cette réunion n'ayant aucun rapport avec les affaires de l'Etat dont Louis, malgré ses dix-sept ans, était exclu complètement de par la volonté de Concini.

Il était exclusivement question de l'aventure de la veille.

Quoique le roi eût été profondément humilié, sa nature tranquille l'aurait sans doute porté à oublier ce désagrément, comme il l'avait fait pour tant d'autres, mais ses partisans ne pensaient pas de même. Tous, très ardents, fougueux, désireux de voir leur souverain devenir le maître, afin d'échanger leurs modestes fonctions de pages ou d'écuyers contre celles plus lucratives et plus honorifiques de conseillers et de capitaines de régiments de choix, ils cherchaient à exciter Louis contre le premier ministre.

Albert de Luynes, l'instigateur de cette réunion et l'aîné de tous, présidait presque autant que le jeune roi, c'est lui qui parlait lorsque Bernard entra.

— Vous conviendrez, Messieurs, disait-il, qu'il serait lâche de notre part de laisser insulter de la sorte notre cher souverain ; il n'est pas hobereau de quinze ans qui ne soit plus libre, dans sa modeste

maison, que Sa Majesté dans son palais; à quoi sert-il alors d'être
roi de France, si c'est pour demeurer en tutelle toute sa vie. Il est
temps que Sa Majesté brise les lisières que le signor Concini se plaît
encore à lui faire porter.

— Mon ami, dit le roi d'une voix hésitante, Concini n'est pas le
seul à gouverner la France, au-dessus de lui il y a la régente, ma
mère, et c'est de sa main que je voudrais tenir le sceptre sans me
voir obligé de le lui arracher.

— C'est parler en bon fils, Sire, reprit de Luynes, mais croyez
bien que si la reine Marie de Médicis n'avait près d'elle cet Italien
pour la mal conseiller, elle serait la première à abandonner le pouvoir.

— L'empêchement qu'elle vient de mettre à mon voyage de Saint-
Germain ne me prouve pas qu'elle soit aussi disposée à me donner
puissance et liberté que vous le pensez, riposta le roi.

— Sire, s'écria Bernard, qui a dit ici que l'ordre de ramener Votre
Majesté au Louvre ait été donné par la régente?

— Personne, mais je ne suppose pas que Concini eût osé, de lui-
même, s'opposer à mon bon plaisir.

— Et pourtant si cela était, Sire?

— Oh! si cela était, dit le roi avec force, je ferais arrêter le misérable, mais c'est impossible, ma mère l'y a autorisé, il n'aurait pas
eu cette audace sans cela!

— Il l'a eue, affirma simplement Bernard, et je rentrais en hâte
pour en informer Votre Majesté.

— Comment le sais-tu, Palussac? demanda le roi très troublé, il
me faut des preuves sûres; parle, j'ai confiance en toi, qu'as-tu donc
appris?

— Bernard, accoutumé à vivre dans l'intimité du jeune roi, ne se
trouva pas embarrassé pour raconter la façon dont il avait eu connaissance de l'ordre donné par le maréchal d'Ancre, que la jeune
cour s'obstinait à appeler toujours Concini.

Il dit aussi quel sujet particulier de rancune il nourrissait contre
le capitaine Lorenzo et quelle bastonnade il venait de lui administrer; cette partie de son discours fit rire tout l'auditoire, y compris
le roi qui ne pardonnait pas à Lorenzo d'avoir été l'instrument dont
s'était servi Concini pour l'obliger à rentrer au Louvre, malgré sa
volonté.

— De ce que vient de nous dire Bernard de Palussac, s'écria de

Luynes, il ressort clairement que le roi est prisonnier de Concini et si Sa Majesté veut bien s'en souvenir, je l'ai déjà prévenue de ce fait il y a quelque temps au moment où ses propres gardes ont été éloignés pour faire place à ceux de la régente. Voilà en vérité une situation bien honorable pour le fils du grand roi Henri, pour le gendre de Philippe III, roi d'Espagne! Votre Majesté a-t-elle longtemps encore l'intention de rester ainsi le jouet de ce misérable étranger?

— Tais-toi, tais-toi, Luynes, tu me souffles la révolte.

— Et pourquoi ne vous révolteriez-vous pas, Sire, votre révolte ne serait-elle pas légitime? Si demain le Concini couchait derrière les murs de la Bastille, qui donc, dans votre royaume, oserait dire que vous n'aviez pas le droit de le faire arrêter?

— Mais je suis seul, je n'ai pas de gardes, pas d'armée, pas de partisans, dit le roi très indécis.

— Et nous, Sire, et nous, s'écrièrent tous les jeunes seigneurs présents, ne nous comptez-vous pour rien.

— Si le roi a confiance en moi, dit Albert de Luynes, je connais quelqu'un au palais qui ne demandera pas mieux que d'arrêter l'Italien au nom de Sa Majesté. C'est un certain Vitry qui de longue date professe une haine profonde contre lui. Il s'arrangera pour ne pas manquer le coup, dût-il employer pour cela les moyens les plus violents.

— Il ne faudrait pas, en effet, tenter cette arrestation si l'on n'était absolument sûr de sa réussite, dit le roi, cependant je ne voudrais pas qu'il y eût de sang versé; le sang versé, hors d'un combat loyal, est une faute dont Dieu nous punit.

Albert de Luynes fit un certain mouvement d'épaules indiquant clairement la pitié que lui inspirait l'esprit timoré du roi.

— Sire, il en sera fait selon votre volonté, dit-il, on arrêtera Concini au nom du roi, et il ne lui sera fait aucun mal, s'il ne se révolte pas contre les ordres de Votre Majesté.

— Dans ces conditions, dit Louis, je vous autorise à vous rendre maître de cet homme. C'est une grande chose que nous tentons-là, Messieurs, et je compte sur votre entier dévouement pour me faciliter les premières heures de ma royauté qui seront peut-être difficiles à passer. Allez maintenant, mes fidèles amis, je garderai ce soir près de moi Bernard de Palussac.

17

## XXIV. — Où le lecteur verra deux Italiens perdre : l'un sa vie et l'autre sa beauté.

Dans quels termes Albert de Luynes transmit-il les ordres du roi au capitaine Vitry, l'ennemi personnel de Concini, voilà ce qu'il nous serait impossible de dire ; toujours est-il que le lendemain 24 avril, au moment où le maréchal d'Ancre, escorté d'une assez nombreuse suite, venait de son hôtel de la rue de Tournon, et traversait le port du Louvre pour aller saluer la reine régente, Vitry, qui n'avait avec lui qu'une quinzaine d'amis difficilement recrutés pour cette besogne, s'en vint droit à l'Italien et lui dit : « Je vous arrête!... »

— A moi, à moi, s'écria Concini en faisant le geste de porter la main à son épée.

Avant que personne de sa suite pût venir à son secours, il recevait plusieurs coups de pistolet et tombait raide mort.

— Messieurs, dit Vitry, tel est l'ordre du roi ; je devais arrêter le signor Concini, ou lui casser la tête s'il voulait résister ; que pas une de vos épées ne sorte du fourreau, rien n'est changé, il n'y a qu'un voleur de moins : Vive le roi !

— Vive le roi ! s'écrièrent tous les personnages présents, aussi bien ceux qui accompagnaient le maréchal que les autres.

En entendant ces détonations le peuple accourut, le bruit qu'on avait assassiné le roi circula de bouche en bouche, le chagrin était général ; mais bientôt la vérité ayant transpiré, au lieu de larmes ce furent des cris de joie ; Concini, profondément détesté, ne fut regretté par personne, les acclamations venant de la rue montèrent jusqu'aux oreilles de Louis.

— Bernard, dit-il au jeune de Palussac qui avait été de garde toute la nuit, vois donc quels sont ces cris, j'entends des vivats auxquels se mêle le mot de mort.

Bernard ouvrit la croisée.

Vive le roi ! vive le roi ! criait la foule, à bas les Italiens ! à bas les voleurs ! à la claie la sorcière Léonore ! mort aux traîtres ! vive le roi !

— Sire, dit Albert de Luynes en entrant, entendez-vous le peuple qui vous acclame ? Vous êtes réellement roi aujourd'hui, Concini a vécu.

Et, comme le jeune prince semblait ressentir une pénible impression à l'annonce de ce meurtre.

— Pas de défaillance, Sire, rappelez-vous que vous êtes fils de Henri IV; montrez-vous, montrez-vous, le peuple vous demande.

Louis, très pâle, s'approcha de la fenêtre, s'appuyant sur l'épaule de Bernard; il salua la foule, qui fit entendre des vivats et des cris de joie en voyant le jeune souverain sain et sauf.

Comment décrire le bouleversement qu'amena après lui ce dramatique événement?

Si les Parisiens se montraient joyeux et en fête, les Italiens (et ils étaient en grand nombre à Paris) tremblaient tous, croyant à quelque massacre général.

La régente, elle-même, terrifiée par la mort de son premier ministre, ne savait quel sort lui était réservé; elle se tint enfermée dans son appartement, attendant les ordres du roi, tremblant que les conseillers de son fils, dont elle était peu aimée, ne profitassent de ce moment de crise pour persuader à Louis que la première des ennemies à faire disparaître était la régente.

Marie de Médicis fut un peu rassurée cependant par le message que Sa Majesté envoya au Parlement, message dans lequel le jeune souverain ne parlait de la reine qu'avec la plus grande déférence, disant: « Qu'il avait supplié sa dame et mère de trouver bon qu'il prît le gouvernement de l'Etat, qu'il avait ordonné d'arrêter Concini qui, ayant fait résistance, avait été tué. »

Le Parlement vint en corps le féliciter et l'assurer de son plus profond dévouement.

Les choses se seraient donc passées sans autre effusion de sang, si le peuple, aveugle et féroce, n'avait réclamé à grands cris la mort de la femme de Concini, Eléonora Galigaï, qu'il accusait de sorcellerie et de maléfices.

Dans une pièce du Louvre, voisine de l'appartement de la reine, la malheureuse femme était au lit. Quand on vint l'arrêter, on fouilla tout chez elle; on trouva dans sa literie les diamants de la couronne, on assura qu'elle avait ensorcelé la reine, on lui fit payer, par la décapitation en place de Grève, l'affection que lui avait témoignée sa bienfaitrice, mais surtout les trafics malhonnêtes, les ventes effrontées de places et d'ordonnances, dont elle avait tiré une énorme fortune pendant les années de son pouvoir.

Ces événements si rapides, avaient jeté la perturbation dans le ménage du baron de Palussac.

Lorsque la nouvelle de la mort de Concini était parvenue, rue de Tournon, Albina, en tête-à-tête avec son époux, se donnait le délicieux plaisir de lui faire une scène des plus violentes, à propos de la permission qu'il avait accordée à sa fille la veille, permission qui était la cause indirecte des coups de balai et de bâton, dont son cher Lorenzo portait sur le visage les traces humiliantes.

Son triomphe, comme toujours, allait être aussi facile qu'éclatant, et le baron ouvrait déjà la bouche pour lui promettre que semblable chose ne se produirait plus, quand la porte s'ouvrit brusquement, donnant passage à Lorenzo pâle et défait, suivi de son lieutenant Piétro, non moins ému que lui.

En quelques mots, ils racontèrent la mort de Concini, l'arrestation d'Eléonore et les cris de : mort aux Italiens, dont retentissa ent les rues de Paris; pour venir prévenir Albina, ils avaient dû faire un détour, afin d'éviter une bande furieuse, qui se dirigeait vers l'hôtel du maréchal d'Ancre avec des intentions de pillage.

— Mais cet hôtel est situé à deux pas d'ici! s'écria Albina, en se laissant choir tremblante dans un fauteuil, je vais être dénoncée comme parente de Concini, et l'on va venir m'arrêter aussi! Fuyons, fuyons; mes bijoux, mon or, prenez ce qu'il y a de plus précieux et partons.

— Ce serait prudent, reprit Lorenzo, pour mon compte, si je connaissais une cachette sûre, je ne serais pas longtemps sans m'y aller réfugier; mais où nous cacher? nous courons peut-être plus de risques en fuyant qu'en restant enfermés dans cette vieille maison qui, au total, est la propriété du baron de Palussac, un nom bien connu du roi.

Le baron, très troublé et non moins indécis, ne trouvait pas un mot à dire; il pensait que ses beaux jours de gloire étaient déjà passés.

— Eh bien! s'écria Albina en se levant nerveusement et en lui secouant le bras, vous ne dites rien? vous ne bougez pas? Que faut-il faire? Voulez-vous donc qu'on vienne massacrer, sous vos yeux, la baronne de Palussac comme parente de Concini? Trouvez donc un moyen, Monsieur, c'est à vous de veiller sur votre femme.

— En vérité, dit enfin Palussac, je ne sais que penser de tout ceci;

je suis abasourdi; il est à craindre que la protection de la régente ne soit pas un fameux atout pour nous. Peut-être vaudrait-il mieux se rallier dès aujourd'hui à la nouvelle politique et charger mon neveu Bernard, qui est dans l'intimité du jeune roi, de faire agréer notre dévouement à Sa Majesté.

Au nom de Bernard, un jurement effroyable s'échappa des lèvres de Lorenzo, mais sa sœur lui imposa silence de la main.

— Ce que vous dites-là n'a pas de sens, fit-elle sèchement, ce qui serait possible pour vous, ne l'est pas pour moi, je suis Italienne, par conséquent fort mal vue par la jeune cour; il me faut donc suivre la destinée de Marie de Médicis; mais toutes ces paroles-là sont oiseuses pour le moment, le plus pressé est de me mettre en sûreté, je ne veux pas rester ici, exposée à la brutalité populaire, je veux pour abri une maison qui ne puisse être suspectée; vous allez me conduire à l'instant chez votre parent, le marquis de Palussac, mes ennemis n'auront pas, je pense, l'idée de venir m'y chercher.

— Chez le marquis, fit le baron au comble de la surprise, mais c'est impossible! à l'instant même, ne m'intimiez-vous pas l'ordre d'avoir à ne plus y laisser aller ma fille?

— Ma sœur, fit Lorenzo, oubliez-vous la haine que nous avons au cœur?

— Laissez donc, dit-elle nerveusement à son frère, je fais ce que je veux, et là je serai en sûreté, c'est le plus pressé, vous me tiendrez au courant de ce qui va se passer, cela suffira. Partons-nous, baron?

Le baron semblait aussi peu disposé que possible à mener sa femme chez le marquis; mais des cris se faisaient entendre dans la rue et le bruit des vitres brisées, des meubles qu'on jetait par la fenêtre, des clameurs du peuple recevant les débris de ce qui avait orné luxueusement l'hôtel de Concini, augmentait de minute en minute, des pierres furent même lancées dans la porte et par-dessus tout ce tumulte épouvantable, le mot : mort aux Italiens! venait par instant jeter la terreur dans l'âme d'Albina.

Déjà Piétro avait disparu, escaladant le mur de la cour, pour se réfugier dans une maison voisine.

Blanche, enfermée comme toujours dans son petit appartement solitaire, ne s'était pas d'abord inquiétée du bruit sourd qui grondait au loin; mais lorsque les cris se rapprochèrent, lorsqu'elle entendit distinctement les menaces de mort, la peur la prit, et elle accourut chez son père ; elle le trouva aussi effrayé que possible ; un carreau venait d'être brisé par une pierre lancée de la rue, et les débris de verre, frappant Albina à la gorge, l'avaient blessée d'une façon épouvantable : elle était couverte de sang, et se cramponnait à la haute cheminée sculptée, pour ne pas choir.

— Que vous arrive-t-il, Madame ? s'écria la jeune fille, oubliant sa propre terreur pour porter secours à la blessée, que puis-je faire ? Mon Dieu, quels sont ces cris, est-ce l'enfer que le ciel a déchaîné sur la terre ?

Elle se précipita vers une aiguière, et y trempant son petit mouchoir, seul linge qu'elle eût à sa portée, elle en essuya le cou de sa belle-mère.

La sensation fraîche rendit un peu de forces à la baronne, elle put entr'ouvrir les lèvres.

— Partons, partons, dit-elle, fuyons, Blanche, je vous en conjure, conduisez-moi à l'abri des égorgeurs, conduisez-moi chez le marquis.

Un second projectile brisa les vitres de l'autre fenêtre, c'était un énorme morceau de bronze, arraché au pied d'un meuble et d'un poids à tuer un homme du premier coup. Comme si le sort se fût acharné sur Albina, ce bloc pesant, lancé au hasard, après être passé près de Lorenzo, qui se dissimulait dans les plis d'un rideau de velours, vint la frapper à la tête, elle poussa un cri terrible et tomba comme une masse.

— Au secours, au secours, cria Blanche en ouvrant la porte pour appeler les gens de service.

Lorenzo, craignant qu'un nouveau projectile ne vînt lui faire subir un sort semblable à celui de sa sœur, ne quittait pas sa moelleuse cachette, tandis que le baron, affolé par tous ces événements, courait à droite, courait à gauche, bousculant tous les meubles, ne sachant absolument plus ce qu'il faisait.

Aucun des domestiques ne vint à l'appel, Claudie seule accourut en reconnaissant la voix de sa chère maîtresse et Ralph, le bon chien, la suivit de près, bondissant jusqu'à Blanche pour lui lécher les mains.

A un signe de la jeune fille, la servante s'occupa d'Albina, elle la souleva et la transporta sur un canapé, aidée par le baron qui cherchait à dominer son émotion.

Quant à Lorenzo, il semblait que la prudence le clouât sur place, il ne bougea pas son rideau de velours se contentant de dire :

— Hélas ! povera Albina, quelle triste mine ! reprendra-t-elle jamais santé et beauté, après si terrible coup ; ah ! poverina !

Blanche indignée s'écria !

— Ne pourriez-vous secourir votre sœur au lieu de vous lamenter ainsi ? Pourquoi restez-vous honteusement caché dans cette tenture, et n'aidez-vous pas mon père à la transporter !

Un nouveau projectile, tesson de bouteille aux coupants aigus, effleura l'épaule de Blanche sans la blesser, et vint briser une grande glace qui faisait face aux fenêtres.

— Vous allez être atteinte si vous restez ainsi au milieu de cette pièce, dit Lorenzo sans répondre à la question qu'elle venait de lui faire, blotissez-vous dans l'autre rideau, Signoretta, ou plutôt, sortons de cette chambre et réfugions-nous dans votre appartement, dont les fenêtres n'ouvrent pas sur la rue ; peut-être pourrons-nous encore nous enfuir par les jardins.

— Fuir et laisser votre sœur mourante ! s'écria la jeune fille outrée de l'égoïsme de l'Italien, un homme de votre âge, s'il avait un peu de cœur ne parlerait pas de fuir, et j'en connais qui ne penseraient pas à leur propre sécurité dans un moment pareil.

Les cris de la rue et les coups que le peuple ameuté commençait à frapper dans la porte cochère, couvraient presque sa voix.

— Vous voulez parler de votre courageux Bernard, dit Lorenzo, joli courage qui consiste à regarder placidement assassiner un honnête homme, comme je l'ai vu faire ce matin par la fenêtre de la chambre du roi ; et cette tuerie qui commence n'est-elle pas encore son œuvre et celle de ses amis ? Leur haine contre les Italiens est arrivée à lancer le peuple sur nous ; si les rues sont pleines de sang, si Albina est blessée, si je suis massacré aujourd'hui, c'est votre Bernard qui l'aura voulu, soyez-en certaine.

— Taisez-vous, taisez-vous, s'écria Blanche en frissonnant malgré elle et en se rapprochant de son père qui, à la vue des flots de sang qui s'échappaient de la blessure de la baronne, se sentant incapable de se tenir sur pied, venait de se laisser tomber dans un fauteuil.

Elle était affreuse cette blessure, le bloc de bronze avait fendu la face d'Albina en biais, depuis le cuir chevelu jusqu'à l'oreille ; son nez, presque partagé en deux, rendait la plaie d'un aspect horrible ; Claudie faisait de vains efforts pour arrêter le sang et faire reprendre ses sens à la malheureuse, toujours évanouie.

Tout à coup Ralph dressa l'oreille, fit entendre un léger grognement, se rapprocha de la grande cheminée le nez au vent et flaira longuement; puis, tranquillisé sans doute, il agita sa queue d'un air content; presqu'au même instant les coups et les hurlements de la populace redoublèrent et, au milieu d'un tourbillon de poussière, un homme dégringolant par la cheminée se trouva debout au milieu de la pièce, si noir et si enduit de suie, qu'on eut cru voir le diable en personne.

Cette façon d'arriver causa dès l'abord un mouvement de terreur ou de surprise qui fit se redresser subitement le baron, se cacher encore plus soigneusement Lorenzo dans son rideau, et se reculer Blanche en faisant le signe de la croix.

Malgré la gravité de la circonstance, Claudie, qui du premier coup d'œil avait reconnu le personnage, se prit à dire en souriant:

— Par tous les saints du paradis, si vous avez l'âme aussi noire que le visage, je prie le ciel, mon pauvre Léonard, qu'il vous prenne en grande pitié.

— Léonard, s'écrièrent à la fois le baron et sa fille, c'est vous, Léonard?

— Moi-même et si j'ai pris, pour me présenter ici, un chemin qui n'est pas celui de tout le monde, il ne faut pas m'en faire un crime, monsieur le baron; impossible de traverser cette foule braillante, qui ne parle de rien moins que de tuer, piller et même incendier; j'ai du suivre une route plus originale que facile, et par bonheur j'arrive à temps. Il s'agit de partir, et vivement; la porte est solide, elle tiendra bien jusqu'au moment où nous serons loin; mais voilà du sang, qui donc est blessé?

Claudie lui montra la baronne, plus semblable à une morte qu'à une vivante:

— Corne de bouc, s'écria-t-il, quel contre-temps! Il n'est pas possible d'emporter une blessée par les chemins que nous devons prendre, comment allons-nous faire?

— Crois-tu donc, dit Palussac, que ces gens-là, s'ils savent qui je suis, s'ils apprennent que cet hôtel m'appartient et non pas à un étranger, crois-tu donc qu'ils iront jusqu'au pillage?

— Parfaitement, dit Léonard; quand la foule est en délire, elle ne connaît plus de frein ; elle a pillé l'hôtel de Concini, qui est à côté, la voilà qui force la porte de celui-ci, elle est d'autant plus excusable qu'elle vient de voir entrer tout à l'heure le capitaine Lorenzo et son acolyte Piétro, et qu'il ne lui était pas difficile de les reconnaître pour des Italiens. Voyons, que décidons-nous ? le temps presse.

— Emmenez mademoiselle, dit Claudie, je resterai avec monsieur pour soigner cette pauvre dame que l'on ne peut abandonner ainsi, son frère qui est là voudra bien, je pense, nous aider un peu.

— Ah ! il est là son frère, dit Léonard en apercevant Lorenzo qui restait toujours caché dans son rideau, et surveillait par une fente ce qui se passait dans la rue. Eh bien ! s'il a un peu de cœur, il peut détourner le danger qui menace sa sœur et toute la maison. Il n'a qu'à sortir bravement, on le poursuivra, et cette volte-face nous permettra de mettre la blessée en sûreté.

— Bien obligé, fit Lorenzo, ce serait me jeter dans la gueule du monstre, et toute mon agilité ne me servirait de rien, je suis encore plus en sûreté ici, j'y reste.

— Vous pouvez alors vous vanter d'être la cause de la mort de plusieurs, dit Léonard ; allons, mademoiselle, venez, je vais essayer de vous emmener.

— Il a raison, ma fille, dit le baron, suis-le, tu n'es ici d'aucune utilité.

— Oh ! mon père, je vous en supplie, permettez-moi de ne pas vous quitter, dit la jeune fille en se rapprochant de Palussac.

— Mais, monsieur, s'écria Claudie, n'entendez-vous pas la porte craquer de toute part ? Elle va céder, c'est certain, la place de mademoiselle n'est pas ici, ordonnez-lui de partir, Léonard peut encore franchir avec elle le mur du jardin, le lieutenant Piétro et tous les domestiques se sont enfuis par-là.

— Tais-toi, tais-toi, ma bonne Claudie, je ne veux pas m'en aller ; si on massacre ici, nous mourrons tous ensemble, je ne me séparerai pas de mon père.

A peine avait-elle dit ces mots, qu'un bruit effroyable de bois brisé, de jurons, de cris de triomphe, leur apprit que la porte venait de céder sous la poussée humaine.

— Il est trop tard à présent, fit Léonard ; corne de vache, quel guignon ! Allons, il va falloir ferrailler ; c'est le cas ou jamais, monsieur le baron, de sortir du fourreau votre légendaire rapière, jamais elle ne pourra servir meilleure cause que celle d'un père défendant la vie de sa fille. Je pense que M. le capitaine, s'il n'est pas tout à fait abruti par la peur, ne nous laissera pas seuls tirer l'épée ? Il ne doit pas oublier qu'il a sa vie et celle de sa sœur à défendre.

— Ah ! fit Blanche en se jetant à genoux près du meuble sur lequel gisait Albina, quelle cruelle épreuve vous nous envoyez ; Seigneur ! ayez pitié de nous et surtout protégez mon père.

Lorenzo était enfin sorti de son embrasure et venait de se placer derrière le canapé, qui lui servait de retranchement.

— Je reste près de vous, dit-il à la jeune fille, je vous défendrai ; j'aurais pourtant pu m'enfuir avec Piétro, avouez-le, mais je n'ai pas voulu vous quitter. Votre Bernard s'est bien gardé de venir vous protéger et après avoir, par ses pernicieux conseils, déchaîné la fureur du peuple, il s'est tenu prudemment à l'abri, derrière les solides murs du Louvre ; est-ce là la conduite d'un prétendu ou d'un indifférent ?

Quoique Blanche l'écoutât à peine, ces mots ne laissaient pas que de produire sur elle une pénible impression.

Léonard préparait la défense, il avait placé, en travers de la porte qui s'ouvrait en dehors, une table pouvant servir en même temps de fortification et de piédestal, car, en sa qualité de Gascon, il ne renonçait pas à l'idée de prononcer quelques paroles destinées à calmer cette houle humaine.

Le baron, remis de sa passagère défaillance, montrait plus de sang-froid qu'on n'aurait osé en espérer ; il brandissait sa grande épée et s'apprêtait à recevoir les assaillants, comme jadis son ancêtre Rodrigue recevait les noirs païens. Ralph, les oreilles droites, sentait parfaitement l'approche d'un danger ; ses crocs blancs, très apparents dans sa gueule demi-ouverte, étaient sûrement une arme plus terrible que l'épée de son maître.

Les cris et les jurements ne s'arrêtaient pas, c'était une clameur à rompre les oreilles. Cette tourbe humaine se composait de quelques braves gens, francs patriotes et ennemis jurés des étrangers, venus là sur une dénonciation, pour arrêter une parente de Concini et de Léonora, accusée, comme telle, de crime de sorcellerie et de haute trahison ; mais à côté de cette poignée d'honnêtes citadins dévoyés, se trouvait une foule infâme, sortie d'on ne sait où, venant pour piller, voler et tuer au besoin. Qui saura jamais de quels infâmes repaires

sortent, en ces jours de troubles, toutes ces mines hâves et sinis-
tres? Ces êtres sales et déguenillés, habitants de la cour des mira-,
cles, voleurs, assassins et détrousseurs de profession, ne se montrent
qu'aux époques d'émeutes; une fois le calme rétabli, ils se cachent
prudemment, ne sortent que la nuit, sachant par expérience que la
lumière du soleil et la circulation dans les rues paisibles n'est pas
sans danger pour eux.

Le pillage des cuisines n'avait pas demandé grand temps, et la
bande s'était scindée en deux : les plus altérés se ruant sur les portes des caves, et les autres espérant trouver dans les appartements
particuliers un riche butin. Aussi avec quelle furie ceux-là ne mon-
tèrent-ils pas l'escalier de pierre!

Ralph faisait maintenant entendre de terribles grognements, Léonard et le baron avaient bien de la peine à l'empêcher de s'élancer
contre la porte close, se réservant de le lâcher aussitôt qu'un émeutier l'ouvrirait, ce qui du reste ne tarda guère.

Le premier qui mit la main au loquet se trouva, avant d'avoir eu
le temps d'y penser, le cou écrasé entre les solides mâchoires du bel
animal, qui ne lâcha prise que pour faire subir le même sort à un
second assaillant. Aucun d'eux ne s'attendait à trouver derrière cette
porte, si terrible défense; la surprise, la crainte de ces deux épées
tendues vers eux et l'attaque vigoureuse de Ralph, firent reculer le
premier rang; mais la position du baron et de sa famille n'en était
pas moins critique; qu'était-ce, en somme, que deux hommes et un
chien en face de cette houle humaine qui, semblable au flot de la mer,
revient avec plus de force, après s'être un instant reculée!

Mort aux Italiens! livrez-nous les Italiens! tels étaient les cris que
poussaient toutes les poitrines. Léonard voulait parlementer, mais
sa voix se perdait dans le vacarme; déjà la pointe de sa dague avait
entamé la peau de son plus proche assaillant, le baron en faisant
avec sa longue épée une espèce de moulinet, tenait encore les siens
à distance, et la table derrière laquelle ils se trouvaient, les proté-
geait beaucoup, par malheur, un méchant petit marmiton, dont ils
ne se méfiaient pas, parvint à se glisser dessous; il saisit les jambes
du baron, le fit trébucher, ce qui permit aux autres, malgré Léonard
et malgré le chien, de s'emparer du meuble et de le lancer en arrière.

— Je le reconnais, je le reconnais, s'écria le marmiton en voyant
la tête frisée de Lorenzo qui se trouvait en pleine lumière à ce mo-

ment-là; c'est l'Italien que nous cherchons et qui est entré ici tout à l'heure.

Sus, sus, à l'Italien! nous le tenons. Et une douzaine des plus ardents, passant par-dessus le corps du baron qui venait de tomber, fit irruption dans la chambre.

Lorenzo se sentit perdu; lui qui devait, disait-il, sauver Blanche, ne trouva rien de mieux que de se cacher derrière elle; la jeune fille, quoiqu'effrayée au dernier degré, étendit instinctivement les bras pour arrêter ceux qui voulaient se saisir de ce malheureux tremblant et défaillant de peur, qui semblait se mettre sous sa protection.

Elle allait infailliblement être tuée ou renversée, malgré les efforts que Claudie faisait pour l'entraîner, quand un mouvement de recul s'opéra parmi ces furieux. Ralph faisait entendre un hurlement joyeux que Blanche reconnut, était-ce donc du secours qui arriva t? Oui, comme une avalanche qui en s'écroulant renverse tout sur son passage, un jeune homme venait à grands coups d'épée de s'ouvrir un chemin parmi cette fourmilière humaine; en trois bonds, il fut près de Blanche que sa vue calma sur-le-champ.

— Ne craignez plus rien, mignonne, lui dit-il, voilà votre fiancé qui perdra la dernière goutte de son sang avant qu'on ne touche au bord de votre robe.

Le baron était parvenu à se relever, il se rapprocha ainsi que Léonard, et ces trois hommes se tenant bien serrés les uns contre les autres firent, pied à pied, reculer et sortir de la chambre tous ceux qui avaient osé s'y introduire.

Tout à coup Léonard poussa un cri, il venait de reconnaître parmi les assaillants, la figure patibulaire de Carmini qu'il cherchait depuis si longtemps. Le misérable, croyant passer inaperçu à la faveur de l'émeute et à peu près sûr d'impunité, s'était donné le plaisir de dénoncer celle pour laquelle il avait travaillé criminellement et qui, selon lui, n'avait pas suffisamment récompensé ses services, il comptait se payer plus grassement lui-même en la pillant.

— Par la corne du diable, s'écria Léonard, vous cherchez ici des Italiens et vous en avez dans vos rangs! Tenez, ce drôle qui s'enfuit, c'est un traître, un assassin, un gibier de potence, et c'est avec lui que vous frayez? sus à l'Italien, arrêtez le misérable.

La foule, semblable à un troupeau de mouton qui suit le premier chef venu, voyant ce petit homme hardi et vigoureux s'élancer à la poursuite de Carmini, fit de même; l'hôtel fut aussi vite évacué qu'il avait été envahi, et quelque diligence que fît notre Gascon, il n'arriva pas assez vite dans la rue pour aider de ses mains à l'arrestation de Carmini; il l'aperçut se balançant dans les airs, suspendu par le cou à une longue corde, dont l'autre bout était solidement attaché à la plus haute des lanternes.

Quand Bernard vit le dernier émeutier sortir de la chambre, il s'empressa de fermer la porte et courut bien vite à sa cousine, pour lui demander si tant d'émotions ne lui avaient pas été funestes; alors seulement il aperçut la blessée insensible et Lorenzo, qui, assez embarrassé sous son regard, ne savait quelle contenance tenir.

— Que faites-vous-là? s'écria-t-il, quoi vous étiez ici, et au lieu de vous placer devant cette jeune fille, l'épée au poing, vous vous dissimulez derrière elle? Quel nom donne-t-on en Italie à un homme comme vous? en France, nous l'appelons lâche.

Lorenzo avait repris de l'aplomb et de l'audace en voyant la foule suivre une autre piste; il releva la tête au lieu de la baisser.

— Je ne reconnais pas à l'un des complices du meurtre de Concini le droit de parler d'honneur, dit-il en traversant le salon, tel maître, tel valet, le roi assassine, et c'est vous qui dirigez sa main.

— Tu en as menti, s'écria Bernard en s'élançant.

Mais avant qu'il fût arrivé près de Lorenzo, celui-ci était déjà sorti, il avait même pris le soin de tirer la porte derrière lui et venait de disparaître.

La baronne semblait revenir un peu à elle, Claudie dut l'abandonner un instant pour s'occuper de Blanche, que tant d'émotions venaient d'éprouver et qui, à bout de force, de courage, à peu près défaillante, avait besoin de soins immédiats et d'un repos absolu.

### XXV. — Où le lecteur verra que les balles n'arrivent pas toujours à leur destination et qu'un chien est parfois un précieux défenseur.

La tranquillité relative dans laquelle la reine régente vivait depuis la mort de Concini ne dura que peu de temps.

Si le roi, aux premiers jours de son règne, ne sembla pas écouter les conseils qui lui furent donnés contre sa mère, aucun de ceux qui avaient intérêt à éloigner à jamais la régente du pouvoir ne se décou-

ragea ; étant donné la nature facilement manéable du jeune souverain, ses conseillers savaient fort bien que l'idée semée par eux ne
manquerait pas de germer et que, si Louis avait refusé une première
fois de signer l'ordre d'exil contre sa mère que son confident, Albert
de Luynes, lui présentait, il serait le premier, au bout de quelque
temps, à trouver cette mesure urgente.

Il ne fallait pour cela que l'effrayer au sujet d'un complot possible,
entre Marie de Médicis et ses compatriotes dévoués.

La régente, qui, les premiers jours du nouveau régime, s'était tenue
enfermée dans son appartement sans visiter ni recevoir personne,
donna bientôt, à ses ennemis, des armes contre elle-même. Privée de
toute intimité par la mort de sa sœur de lait Léonora et de son confident Concini, sentant son entourage hostile, ou tout au moins indifférent pour elle, se trouvant désœuvrée et abandonnée de tous
depuis qu'on lui avait enlevé le pouvoir, elle ne put vivre bien longtemps dans cette retraite qui était cependant, pour elle, le seul moyen
possible de se faire pardonner sa trop longue tutelle.

Restée Italienne de cœur et d'âme, il lui manquait, autour d'elle,
tous ses compatriotes, aux hommages desquels elle était habituée et
qui, le jour même de la mort de Concini, avaient tous fui le palais,
soit par prudence, soit par ordre du roi.

Bien des fois, dans sa solitude, Marie de Médicis pleura de désespoir et de rage en pensant aux belles années passées; comme tous
les chagrins qu'elle avait eus, pendant sa régence, lui semblaient
maintenant peu de chose en comparaison de l'abandon complet dans
lequel elle se trouvait! La pensée d'Albina lui était souvent venue;
pourquoi cette femme, qu'elle s'était plu à traiter en amie et à combler de bienfaits, ne lui avait-elle pas fait tenir un seul mot de respect ou de dévouement? Sans avoir pour elle l'affection qui l'attachait
jadis à Léonora Galigaï, la reine, qui ne pouvait se passer d'une con-
fidente, la regrettait profondément.

— Albina, près de moi, pensait-elle, serait une consolation dans
ma solitude; bientôt sa présence attirerait d'autres compatriotes, je
formerais ainsi un noyau d'amis dévoués et j'aurais une petite cour,
dans la cour; peut-être même, avec un peu d'habileté, serait-il possible de reconquérir une influence, capable de balancer celle d'Albert
de Luynes, mon principal ennemi.

Dans cette disposition d'esprit, elle rédigea une missive qu'elle scella de son sceau et qu'elle confia à un messager, dont elle croyait être sûre, pour qu'il la remît, lui-même, aux mains d'Albina.

Le messager ne dépassa pas les portes du Louvre, et la missive fut lue par Luynes, au conseil du roi. Il fut décidé que la présence de la reine-mère au palais du Louvre était un danger pour la sécurité du royaume, et l'ordonnance qui l'exilait à Blois fut signée séance tenante.

Le même jour, le baron de Palussac reçut et lut, avec désespoir, un ordre du roi lui enjoignant d'avoir, ainsi que son épouse, à quitter Paris sur-le-champ; ils pouvaient séjourner en Gascogne ou en tout autre province française; seule la ville de Blois lui était interdite.

Cet ordre avait été signé à la suite de celui qui exilait la régente. Bernard, retenu ce jour-là près de son grand-père, qu'une grave indisposition mettait à deux doigts du tombeau, n'en eut connaissance qu'après le départ du baron.

Ce départ précipité s'effectua sans que personne, rue Tirechape, en pût être prévenu. Albina, à peine convalescente de l'affreuse blessure reçue le jour de l'émeute, se sentit prise d'une terreur si grande, d'une crainte si violente d'emprisonnement, qu'elle trouva urgent d'obéir de suite à cet ordre d'exil et fit faire, en quelques heures, les préparatifs indispensables. Une litière, assez grande pour elle et Blanche, fut trouvée comme par enchantement; deux mulets chargés des quelques objets de valeur oubliés par les pillards, et trois chevaux pour le baron, Claudie et Lorenzo, furent prêts avant la tombée de la nuit, et c'est au moment où la lune se levait à l'horizon, que la caravane, complétée par deux valets chargés de conduire les deux mules, se mit en route.

Il est facile de comprendre ce qu'il en coûtait à Blanche de quitter Paris sans avoir dit adieu à son vieux parent, sans avoir revu Bernard depuis la terrible journée de l'émeute, et sans avoir demandé à l'abbé Vincent sa bénédiction.

Claudie, en faisant les préparatifs de départ, avait en vain guetté Léonard; il n'était pas venu rôder dans la rue ce jour-là, retenu près du marquis mourant et lorsque, le lendemain, il accourut pendant que le malade prenait un instant de repos, il trouva la maison fermée, les volets clos, et les voisins interrogés ne purent rien répondre, si ce n'est que tous les domestiques, sauf deux palefreniers, avaient

été congédiés, et que M. le baron, avec sa famille, était parti la veille
au soir, sans que personne sût de quel côté il se dirigeait.

Mille exclamations, empruntées aux espèces variées des bêtes à
cornes, passèrent entre les lèvres du Gascon; il ne comprenait rien
à ce départ, ressemblant à une fuite, il maudissait Claudie de n'avoir
pas su le faire prévenir et il s'en revint, tout courant, conter la chose
à Bernard, qui en fut si troublé et si désespéré, qu'il ne put prendre
sur lui de cacher son tourment à son aïeul; le pauvre marquis pensa
mourir de chagrin en apprenant le départ de sa chère fille, de grosses
larmes coulaient sur ses vieilles joues ridées et sur sa barbe blanche
et lorsque Bernard, désespéré de lui avoir causé cette peine, cherchait à lui donner l'espoir de revoir Blanche bientôt, lui assurant
qu'il allait se mettre à la recherche du baron, qu'il le déciderait à
faire bénir sur-le-champ leur mariage, et qu'il lui ramènerait la jeune
marquise, le vieillard branla la tête, puis répondit :

— Non, mon fils, non, je m'en vais; je vais rejoindre tous ceux
que j'ai aimé et pleuré, que la volonté de Dieu soit faite; je ne verrai
pas votre union, mais je la bénirai de là-haut. Ayez toujours croyance
et respect, mon fils, et quelles que soient les peines que Dieu vous
réserve, promettez-moi de n'oublier jamais que vous êtes chrétien;
vous vivrez sur la terre pour vous purifier; on peut devenir saint dans
le monde, et vous avez au ciel un père, une mère, un aïeul qui
prieront pour vous.

Quelques heures après, le bon marquis rendait le dernier soupir
entre les bras de son petit-fils et de l'abbé Vincent, vraiment édifiés
d'une mort si chrétienne.

.   .   .   ,   .   .   .   .   .   .   .   .   .   .   .   .   .   .

Dans quelle résidence le baron allait-il conduire sa famille il n'en
savait absolument rien; l'affolement causé par ce départ précipité
et l'écroulement de toutes ses espérances, le rendait inapte à prendre
une décision, et lorsque les palefreniers chargés de conduire le
bagage vinrent à la porte de Paris lui demander vers quel point de
la France ils devraient se diriger, Palussac ne trouva rien autre chose
à répondre que ces mots :

— Marchez devant vous jusqu'à la première ville que vous rencon-
trerez, nous verrons ensuite.

Le hasard les amena à Chartres, où ils arrivèrent après avoir
voyagé toute la nuit. Tous avaient grand besoin de repos; Albina,

le visage demi-caché sous l'emplâtre qui dissimulait sa blessure, était plus nerveuse que jamais.

— Madame, lui dit le baron, avez-vous réfléchi durant le trajet que nous venons de faire? avez-vous fait choix d'une demeure?

— J'ai réfléchi, mais je n'ai encore rien décidé, fit-elle.

— Voilà ce que je vous propose, reprit-il; la reine-mère est exilée; par crainte sans doute de quelque mouvement en sa faveur on la sépare de ses amis; la seule ville qui nous soit interdite est celle justement qui lui est assignée; ma situation est donc absolument perdue, nous avons été pillés, le peu d'argent comptant et les bijoux qui nous restent ne peuvent nous faire vivre longtemps dans les hôtelleries; mais les propriétés que je possède en Gascogne sont considérables et nous pouvons y vivre, en attendant que les événements se dessinent mieux, trouvez-vous cette combinaison possible?

— Certainement non, s'écria Albina, et je n'ai aucune envie d'aller m'enfermer dans quelque vieux castel enfumé, où je périrais très sûrement d'ennui; du reste, ces propriétés, ces châteaux ne vous appartiennent pas, ils constituent l'héritage de Blanche, et je ne puis accepter de vivre à ses dépens. Ah! si son mariage avec mon frère Lorenzo était accompli, ce serait bien différent, à vous, d'en presser le dénouement.

— Oh! nous en sommes loin, dit vivement Palussac, l'idée qui vous était venue pouvait être bonne quand votre frère avait à offrir à ma fille, en compensation de sa fortune, un grade et un avenir brillant; mais à présent, Lorenzo n'est qu'un étranger sans patrimoine, sans position, sans crédit. En outre, Blanche n'a jamais manifesté beaucoup de sympathie pour lui; trouvez donc bon que ce projet, très vague du reste, tombe dans le plus profond oubli; ma fille a été fiancée à son cousin, Bernard est très riche, très bien en cour, c'est un avenir superbe pour Blanche et peut-être pour moi; elle sera donc marquise de Limoux-Palussac.

— C'est ce que nous verrons, s'écria l'Italienne, qui avait eu bien de la peine à écouter jusqu'au bout la tirade du baron, le dernier mot de tout ceci n'est pas dit, comme vous le croyez, Monsieur. En attendant, je refuse absolument de m'enterrer en Gascogne, je tiens à ne pas m'éloigner de Marie de Médicis; si tous ses partisans et ses amis pensent ainsi, nous n'avons peut-être pas dit adieu à toute chance de succès.

18

— Mais si nous entreprenons quoi que ce soit en faveur de l'ex-régente, dit Palussac, c'est nous mettre en rebellion ouverte contre Sa Majesté; il me semble pourtant qu'un soleil levant présente toujours plus d'avantages à l'intrépide voyageur, qu'un jour à son déclin.

— Cela dépend, dit sèchement Albina, on a vu des nuages orageux obscurcir les plus brillants soleils et des crépuscules aussi lumineux que certaines aurores. Inutile de discuter plus longtemps. Ma qualité d'Italienne m'attache forcément à Marie de Médicis, et lorsque je serai remise de ma blessure, je trouverai bien le moyen de visiter ma souveraine; pour cela, il ne faut pas nous éloigner trop de Blois, nous allons nous rendre à Angers, de là nous préparerons nos batteries.

— Ah! madame, madame, vous allez m'entraîner dans quelqu'intrigue qui, je le crains, tournera mal pour nous.

C'est tout ce que le baron trouva à répondre. Accoutumé à obéir aveuglément à sa dominatrice épouse, on peut déjà s'étonner qu'il ait montré en cette occasion, et à propos du mariage de Lorenzo, une volonté opposée à la sienne. La sœur et le frère eurent ensemble une longue conversation à la suite de laquelle l'intrigant jeune homme se montra plus assidu que jamais auprès de Blanche, ne cessant de l'entourer, pendant ce voyage, de mille petits soins qui eussent paru, à la jeune fille, bien doux venant d'un vrai ami, mais qui lui semblaient odieux, étant donné surtout les insinuations perfides contre Bernard dont ils étaient accompagnés.

Ce que Concini avait été pour la reine-mère, Albert de Luynes le fut pour Louis XIII, c'est-à-dire un ami, un favori, qui, sous les dehors du plus profond dévouement pour son roi, ne pensait absolument qu'à sa fortune personnelle.

Les princes, les grands seigneurs avaient tous applaudi à la chute de l'Italien, chacun d'eux espérait qu'il serait fait droit à son nom, à son titre et qu'il approcherait assez près du monarque pour se faire octroyer, sinon une part dans le gouvernement même, tout au moins une situation, un bénéfice, une sinécure enfin.

Quel désappointement quand on vit que le nom seul du favori était changé, mais non pas la manière d'agir! L'audace de Luynes semblait encore dépasser celle de son devancier; il commença, d'abord, par se faire mettre en possession de tous ses biens et de toutes ses charges, il exerça dès les premiers jours sur le roi, une autorité qui ne laissa pas celui-ci maître de sa propre volonté.

La mort du maréchal de Montmorency laissait vacante la charge de connétable de France, Luynes se l'adjugea, et cet homme, dit un de ses contemporains, qui ne savait pas ce que pesait une épée, reçut de la main du roi et en présence des princes et des grands du royaume, une épée de connétable, dont la garde et le fourreau étaient enrichis de diamants et de pierreries valant plus de trente mille écus. Aucun ami du roi, s'il lui semblait influent, ne trouvait grâce devant lui, il l'éloignait le plus vite possible, et c'est ainsi que Bernard de Palussac, dont l'amitié pour Louis XIII lui portait ombrage, fut désigné pour faire partie de la suite du maréchal de Bassompierre, envoyé lui-même comme ambassadeur en Espagne, pour le même motif.

Bernard accepta avec bonheur ce déplacement. Depuis la mort de son grand-père, depuis le départ de Blanche, le pauvre jeune homme menait l'existence la plus triste du monde; seul dans cette vieille maison de la rue Tirechape, n'ayant pour serviteur que Léonard (la vieille Jacqueline ayant suivi de près son cher maître), il se sentait parfois si désespéré, qu'il appelait de tous ses vœux un combat, une bataille, dans laquelle il pût, tout en servant son roi, courir les chances d'une mort glorieuse ; cette pensée ne durait pas longtemps par bonheur, ce n'est pas à son âge qu'on peut désespérer de la vie; les dernières paroles de son grand-père lui revenaient à la mémoire, il se rappelait la promesse qu'il lui avait faite quelques instants avant sa mort, il redevenait chrétien, il se résignait, et bientôt cet acte de soumission à la volonté de Dieu lui rendait son courage et sa confiance; oui, il retrouverait sa fiancée, son père ne pouvait la tenir éternellement enfermée! Quelque jour elle lui écrirait ou lui ferait dire dans quelle ville elle habitait! Autour de lui, personne pour le soutenir dans les moments où sa solitude lui semblait trop amère; le bon abbé Vincent, qui l'avait visité souvent aux premiers mois de son deuil, venait de quitter Paris, appelé par son zèle dans la petite cure de Châtillon-lès-Dombes. Sa situation dans la famille de Gondi lui semblait trop douce, l'admiration profonde et l'amitié que M^{me} Emmanuel de Gondi lui témoignait, effrayait son humilité :

— Je ne puis faire ainsi mon salut en carrosse, disait-il, il me faut aller évangéliser et secourir les pauvres et les petits. C'est surtout à ceux qui sont simples, à ceux qu'aucune lumière n'est venue éclairer, que nous devons montrer le flambeau de la foi.

Il quitta Paris à la fin de juillet 1617, et à peine eut-il parlé deux fois à ses nouveaux paroissiens, que tous se sentirent envahis par cette charité qui se reflétait si bien sur le saint visage de leur curé. Il eut, en quelques jours, organisé des visites de charité, ayant pour but le soulagement des malheureux ouvriers que la maladie et la misère noire rongeaient ; toutes les plus nobles dames de la ville et des environs voulurent faire partie de cette nouvelle association ; leur pieuse collaboration donna des résultats inespérés, et lorsque six mois après, l'abbé Vincent, rappelé par M. et Mme de Gondi et par le R. P. de Bérulle, quitta Châtillon-lès-Dombes pour reprendre sa place dans la famille du général des Galères, il eut la consolation de laisser dans cette petite ville qu'il avait trouvée empoisonnée de calvinisme, une institution sublime, qui devait bientôt se propager de paroisse en paroisse et qui, de nos jours, est encore florissante : l'Institution des dames de charité.

Il est difficile de dire à quel point l'exil de Marie de Médicis à Blois lui pesait, elle n'avait pas renoncé à l'idée de ressaisir le pouvoir, et le désir de tenter quelque aventure était chaque jour excité par ceux de ses anciens amis qui pouvaient l'approcher.

Malgré la défense formelle du roi, la reine recevait souvent une visite mystérieuse : c'était une dame voilée et masquée, qui sous le prétexte d'un pèlerinage, s'introduisait dans la ville et apportait à Marie de Médicis les nouvelles de la province. L'Anjou et le Poitou se remuaient, disait-elle, ils n'attendaient plus que le consentement de la reine pour se lever en masse et lui faire une armée, capable de tenir tête à celle du roi ; dans ces conditions, Sa Majesté pourrait traiter d'égal à égal avec Louis XIII, demander le renvoi de Luynes, son propre rappel à Paris ; le palais du Luxembourg qu'elle avait fait construire n'était-il pas tout prêt pour la recevoir ? Une fois au cœur de la capitale, son influence se ferait vite sentir et le roi, privé de son conseiller et ami, se montrerait trop heureux de venir se placer de lui-même sous l'égide maternelle.

C'était plus qu'il n'en fallait pour lever tous les scrupules que Marie de Médicis pouvait avoir, la visiteuse insinuant avec habileté, que cette révolte n'était pas dirigée contre le roi, mais seulement contre son favori ; cependant les moyens d'exécution manquaient encore, et la dame mystérieuse avait fait déjà plusieurs fois le trajet d'Angers à Blois, sans obtenir de la reine d'autres promesses que ces mots : « Avant de tenter quoi que ce soit, il faut trouver un chef qui, par son nom et son autorité, puisse rallier nos partisans et les mé- contents, soit catholiques, soit protestants, peu importe, pourvu qu'ils soient en nombre et décidés à obéir. »

Albina, car nos lecteurs ont deviné sans doute le nom de la visi- teuse, Albina s'en retournait à Angers, fort mécontente de voir que tout son zèle n'aboutissait à aucun résultat.

— Ah, se disait-elle, si j'avais pour mari un autre que ce molasse de baron, quelles belles cartes je tiendrais en main ! avec la moitié seulement de ce que je possède d'énergie et de savoir-faire mon mari pourrait se mettre demain à la tête des partisans de la reine, et tenir en échec les armées du roi ; mais rien à espérer avec le baron, il ne sait que gémir du matin au soir sur la perte de son ancienne splendeur ; il serait même tout disposé, si je n'y mettais bon ordre, à faire volte-face et à passer dans le parti du jeune roi. Comme les qualités qu'on apprécie dans un temps peuvent se changer en défauts plus tard ! J'ai épousé le baron parce que sa nature indécise m'assu- rait le gouvernement de la maison, c'était énorme pour moi de n'avoir qu'à pousser, vers les honneurs, un homme qui trouvait tout simple de ne penser à rien par lui-même ; à cette heure, il faudrait au con- traire qu'il eût une volonté déterminée, de l'audace, du courage, enfin tout ce qu'il n'a pas. Ah ! que ne suis-je l'homme et lui la femme !

Les regrets d'Albina ne servaient à rien. Palussac, navré des événements de ces derniers mois, ne se montrait plus aussi soumis aux ordres de sa femme, il ne quittait guère sa fille, repris peut-être par un reste d'amour paternel, mais surtout effrayé de l'obstination qu'Albina mettait à la vouloir faire épouser à son frère. Non, décidé- ment, il ne permettrait pas qu'elle devînt la femme de cet Italien sans patrimoine. Bernard valait cent fois mieux ; elle lui avait été fiancée du reste on ne pouvait revenir là-dessus, Bernard était très riche, son avenir s'annonçait brillamment, aucune hésitation n'était pos- sible. Et à chaque nouvelle tentative, la terrible Albina s'était heurtée à un refus, sinon très catégorique, du moins assez sérieux pour la mettre en fureur ; quant à Lorenzo, il ne parlait de rien moins que de tordre le cou à son beau-frère, et on pense bien que les intermi- nables tête-à-tête qu'il avait avec sa sœur n'étaient pas faits pour calmer leur mécontentement réciproque, né de cette pensée que la fortune de Blanche, leur dernier espoir, allait peut-être leur échapper bientôt.

C'est au milieu de toutes ses discussions de famille que le baron eut la pensée de faire savoir au marquis le nom de sa résidence; Bernard lui répondit en annonçant la mort de son grand-père et sa nouvelle situation près du maréchal de Bassompierre; il devait le rejoindre en Espagne dans quelques mois, et se proposait de demander au roi la permission de passer par Angers, afin de présenter ses hommages au baron et à sa cousine. Léonard serait alors libre, à cette époque-là, de rester près de son ancien maître si bon lui semblait.

Le nouveau régime, le gouvernement par trop personnel d'Albert de Luynes, avait fait naître un grand nombre de mécontents; tous n'étaient pas aussi mou que le baron, et ce chef qu'Albina voulait donner aux révoltés, se trouva choisi un jour, sans qu'elle eut voix au chapitre; c'était le vieux duc d'Epernon. Il fallut bien s'incliner devant cette personnalité indiscutable : ami du défunt roi Henri IV, soutien de Marie de Médicis au temps de sa régence, il lui était plus facile qu'à tout autre de réunir les quelques partisans qu'elle pouvait avoir encore dans le royaume; trois cents gentilshommes vinrent bientôt se grouper autour de lui et le déléguèrent près de la reine à Blois, pour conférer sur les moyens à prendre en vue d'une évasion possible.

La reine, déjà entretenue dans des idées de rébellion par sa compatriote Albina, crut réellement que la majorité des Français était pour elle; le plan d'évasion fut arrêté, et environ un an après son arrivée à Blois, Marie de Médicis descendit une nuit par une échelle de corde, tendue de sa fenêtre à une plate-forme ; cette première descente s'opéra sans difficulté, mais il restait encore à franchir un long trajet, il fallait à l'aide d'une seconde échelle descendre de la plateforme en bas et au moment où la reine mit le pied sur le premier échelon branlant, le cœur lui manqua.

Les ténèbres l'environnaient, l'échelle se balançait, un vertige la prit.

— Brienne, Brienne, cria-t-elle à l'un des seigneurs qui l'aidait dans cette périlleuse descente, cette échelle branle, je n'en puis plus, j'ai peur.

— Madame, il n'est plus temps, répondit-il, il faut en finir.

Deux exempts, sur un ordre de Brienne, enveloppèrent la reine de leurs manteaux et la firent glisser jusqu'en bas; là un carrosse l'attendait, et quelques heures après elle était au milieu de ses partisans, parmi lesquels se trouvaient Lorenzo et Palussac, qu'Albina avait enfin décidé à suivre le duc d'Epernon.

Bernard n'avait pas encore rejoint le maréchal de Bassompierre en Espagne, lorsque la nouvelle de la fuite de Marie de Médicis, du château de Blois, arriva à la cour.

C'était une guerre en perspective, ou tout au moins une succession d'escarmouches, et le roi qui, en temps de paix, avait consenti assez difficilement déjà au départ du jeune de Palussac, lui intima l'ordre de le différer, voulant attacher cet ami d'enfance à sa personne, pendant tout le temps que dureraient ces troubles intérieurs; mais il n'y eut pas de véritable bataille, les troupes du roi assiégèrent un instant la ville de Luzarches, et tout de suite on parla de la paix.

Il fallait, pour arrêter les conditions de cette réconciliation, un personnage qui ne fût hostile ni à la reine-mère, ni au favori, dont le roi n'avait pas l'intention de se séparer.

Ce fut l'évêque de Luçon, le futur cardinal de Richelieu, qu'on choisit.

Il y eut près de Tours, chez le duc de Montbazon, beau-père de Luynes, une entrevue entre Marie de Médicis et Louis XIII, elle fut plus affable de part et d'autre qu'il n'était possible de l'espérer. On fit à Tours de grandes fêtes en l'honneur de cette entrevue, et, en se quittant, la mère et le fils se prodiguèrent de si tendres protestations d'amitié, que le favori en prit ombrage et se promit de ne plus laisser, à l'avenir, le roi seul avec sa mère.

Le traité, signé le 30 avril 1619, accordait à l'ex-régente trois places de sûreté et la province d'Anjou; elle fit son entrée solennelle dans la ville d'Angers, le 6 octobre de la même année, et ce fut en vraie souveraine qu'elle prit possession du gouvernement qui lui était accordé.

On peut facilement se rendre compte de la joie d'Albina! elle se voyait déjà jouant près de Marie de Médicis le rôle que sa cousine Léonora avait joué jadis Palussac lui-même, ressaisi par l'espérance et par ses idées de grandeur, se montra plus chaud partisan de la reine que sa femme ne pouvait d'abord l'espérer; il accepta même le commandement d'une troupe d'archers, qui gardait la petite place forte, située près des Ponts-de-Cé, à une lieue environ d'Angers;

Lorenzo, repris sans doute d'une grande affection, pour son cher beau-frère, ne le quittait pas plus que son ombre et s'institua, de lui-même, son premier lieutenant.

Blanche, presque toujours seule dans l'hôtel qu'habitait son père, se consolait de cet abandon par la prière et les travaux féminins, dans lesquels elle excellait. Sa seule compagnie était la fidèle C aucie et le bon Ralph, elle ne voyait plus sa belle-mère, presque toujours de service près de la reine, et la présentation qu'elle redoutait jadis ne lui fut pas imposée. La raison en est qu'Albina, défigurée par l'accident qui lui était arrivé rue de Tournon, ne se souciait que fort médiocrement de se montrer à ses côtés, ayant cette jeunesse en fleur, cette grâce et cette pure beauté dans leur plein épanouissement.

Après la paix signée et le bel apanage laissé à la reine, on pouvait croire qu'elle et ses partisans se tiendraient en repos, il n'en fut rien, au contraire; la reine n'avait pas obtenu le renvoi de Luynes, la façon de gouverner de ce favori ne s'améliorait pas, tout ce qu'il y avait de mécontents en France accourut grossir la petite armée d'Angers, les chefs se multiplièrent aussi, beaucoup trop même, car tous voulaient commander et pas un seul obéir.

Les ducs d'Epernon, Rohan, Vendôme, La Trémouille, prétendaient au suprême commandement; il en résulta, naturellement, des tiraillements tels que les émissaires du roi, envoyés par lui pour rapporter ce que faisaient tous ces turbulents, assurèrent à Sa Majesté qu'en se présentant avec une petite armée, il vaincrait, presque sans combat, cette troupe mal instruite des choses de la guerre et surtout mal dirigée.

C'est ce qui arriva; après quelques engagements où les soldats de la reine-mère furent toujours repoussés, le roi arriva jusqu'aux portes d'Angers; il s'arrêta devant la petite place forte des Ponts-de-Cé, où se trouvaient réunies les meilleures troupes de Marie de Médicis.

Le roi ordonna au marquis de Créqui de s'avancer avec quelques régiments pour faire une reconnaissance et s'assurer des forces que renfermait la citadelle; Bernard accompagna le marquis en qualité de courrier destiné à venir porter au roi les nouvelles qu'on apprendrait.

Justement le duc de Bellegarde, qui commandait les troupes de la reine, était absent; il venait de se rendre à Angers, près de Marie de Médicis, pour lui demander ses instructions. Les troupes du roi s'avancèrent donc sans aucune résistance jusqu'aux remparts de la

petite place; des coups de mousquets furent tirés, une grande terreur
s'empara des troupes de la garnison, ce que voyant, celles du roi, au
lieu d'une simple reconnaissance, se mirent à attaquer les murs;
quelques coups de canons furent tirés, le duc de Retz, en l'absence
d'ordres de la reine, ne crut pas possible de se défendre, il donna le
signal de la retraite.

Créqui était bien loin de s'attendre à une victoire si facile, il fit
attaquer le dernier retranchement, tandis que les fuyards rentraient
à Angers, dans le plus grand désordre.

Le baron de Palussac, nous devons le reconnaître, n'avait pas été
des premiers à fuir; il n'avait pas assez de génie militaire pour organiser une solide défense et pour rallier autour de lui ceux que la
panique faisait fuir, avant même d'avoir combattu; mais on lui avait
confié la garde d'un bastion et il s'y maintint avec une poignée
d'hommes, aussi longtemps qu'il fût possible de le faire. Lorsqu'enfin
les murs s'écroulèrent autour de lui, il fallut songer à la retraite; il
fit passer tous ses soldats les premiers, leur ordonnant de traverser
la Loire sur les ponts, pour gagner vivement Angers. Il sortit le
dernier de la citadelle.

En cette circonstance, il se montra digne du noble sang qui coulait dans ses veines.

Lorenzo ne le quittait pas; tout en se tenant prudemment à l'abri
des projectiles, il ne perdait pas son beau-frère de vue. Sa face,
plus pâle que d'ordinaire, ses yeux, plus sombres et plus faux que
jamais, auraient sans doute engagé à la méfiance un meilleur observateur que ne l'était Palussac, il se serait demandé pourquoi ce
Lorenzo, si pressé de fuir le danger, restait ce jour-là exposé à la
mousquetade et surtout s'arrangeait toujours de façon à se tenir à
deux pas derrière lui; mais le baron, tout occupé de l'échec qu'il
remportait dans son premier fait d'armes, ne pensait nullement à se
poser ses questions, il s'en revenait à Angers, derrière sa petite
compagnie et ne s'apercevait de rien.

Bernard de Palussac entré un des premiers dans la ville, déjà
abandonnée, s'était trouvé un instant seul, son ardeur de vingt ans
l'avait entraîné loin des troupes du marquis de Créqui; après avoir
tiré quelques coups de pistolets, il venait de recharger son arme,
quand il vit une poignée d'hommes s'enfuir sur le pont, et derrière
ces hommes le baron qui semblait protéger leur départ.

Le cœur du jeune homme fit un bond dans sa poitrine.

— Seigneur! murmura-t-il, pourquoi permettez-vous que le père de celle que j'ai choisie se trouve dans les rangs ennemis! Quelle horrible chose que la guerre civile, la guerre fraternelle. Mais je ne me trompe pas, c'est Lorenzo que j'aperçois derrière mon cousin? Celui-là n'est pas un frère, c'est un ennemi, un étranger. Ah! s'il m'était défendu de lui chercher querelle pour un motif de haine personnelle, je pense qu'il m'est bien permis maintenant d'attaquer un rebelle, un ennemi du roi.

Et en disant ces mots, Bernard s'engagea sur le pont, pressant le pas pour gagner un peu de terrain; il espérait interpeller Lorenzo et l'engager à mettre l'épée à la main. Animé par le combat, l'odeur de la poudre, la singularité de sa situation, le jeune homme ne se rendait pas bien compte du motif qui le faisait agir; il croyait, de très bonne foi, que ce duel n'était qu'un loyal combat entre un défenseur du pouvoir et un révolté.

Il n'y avait pas de temps à perdre, les troupes royales allaient se mettre à la poursuite de ces derniers fuyards; Bernard s'élança, voulant être le premier à les rejoindre et à laisser au baron, par son combat avec Lorenzo, le temps de se sauver; il ne les perdait pas de vue et tout, dans la manière de l'Italien, le comblait d'étonnement.

Tout à coup, il vit Lorenzo désigner du doigt à Palussac un endroit du parapet qui venait d'être démoli par un boulet, le baron s'approcha pour regarder, et tandis qu'il se penchait sur la rivière, Bernard aperçut, avec épouvante, le fourbe Italien qui dégainait son poignard et le levait par derrière, pour en frapper son beau-frère. Sans hésitation, sans réflexion, le jeune marquis ne voulant pas laisser s'accomplir, sous ses yeux, un crime si abominable, arma son pistolet, visa Lorenzo et fit feu; c'était le seul moyen de sauver la vie du baron.

Hélas! comme si le diable, incarné dans la peau de l'Italien, eut deviné le coup qui le menaçait, le traître fit un mouvement, se baissa, la balle dirigée vers lui vint frapper le baron, traversa son crâne et celui qui voulait l'assassiner fut éclaboussé de son sang avant d'avoir pu baisser sa main armée du poignard. Un double cri et la chute du cadavre dans la Loire, lui apprirent que le baron était mort.

Il se retourna vivement, vit Bernard, dont le pistolet fumait encore et qui, terrifié de l'épouvantable malheur dont il était l'auteur, se cramponnait à la balustrade pour ne pas succomber à son émotion.

A ce moment, une vingtaine d'archers du roi apparur ent d'un côté, tandis que Léonard, à la recherche de son jeune maître, arrivait de l'autre. L'Italien vit que le danger allait devenir pressant, il bondit comme un tigre, rejoignit les fuyards qui étaient déjà loin et se perdit dans leurs rangs.

Léonard n'avait pas assisté à la première partie de ce drame, mais il avait vu le baron choir dans la rivière à la suite du coup de pistolet de son maître. Les chevaux hérissés d'épouvante, doutant de sa raison, il s'approcha du jeune homme et voulut l'interroger; Bernard, à moitié fou de désespoir, les yeux hagards, reconnaissant à peine son valet, finit par articuler difficilement ces mots :

— Va-t'en près d'elle, va la protéger contre eux; pauvre petite, que je viens de faire orpheline, ah! mon Dieu, quel crime, c'est horrible.

Et comme Léonard insistait et lui adressait de nouvelles questions :

— Va près de Blanche, va la sauver, le temps presse; tout ce que j'ai lui appartient, dis-lui que je... que je... non, ne lui dis rien de moi, misérable, misérable que je suis, ah! ma pauvre fiancée! mon pauvre amour!

Il fit un signe énergique à Léonard qui lui obéit, l'âme bouleversée, se demandant si tout ceci n'était pas un affreux cauchemar.

Dès midi, la nouvelle de la défaite s'étant répandue dans la ville d'Angers, les premiers soldats qui avaient quitté les Ponts-de-Cé, ne manquaient pas, pour faire excuser leur fuite, d'exagérer le mal, de raconter l'escarmouche avec les plus sanglants détails. Ce fut le duc de Vendôme qui, avec grande émotion, vint apprendre à la reine l'insuccès de sa petite armée.

— Ah! Madame, s'écria-t-il, plutôt que d'avoir à vous entretenir d'une si triste mésaventure, je voudrais être mort.

— Monseigneur, lui répondit Albina qui se trouvait près de Marie de Médicis, si vous aviez eu cette volonté, vous n'aviez qu'à ne pas quitter le lieu où vous pouviez le faire.

Cette sortie rendit le duc fort penaud, et il s'en fut sans ajouter un seul mot, la reine était désolée :

— Que va-t-il advenir de moi, disait-elle, cet échec ruine toutes nos espérances; je n'ai plus de ressources qu'en l'évêque de Luçon, lui seul peut encore réconcilier la mère et le fils.

C'est ce qui eut lieu en effet; grâce à l'intermédiaire de ce grand politique, le traité de 1619 fut confirmé de nouveau, et la regente ne perdit rien des avantages qu'il lui octroyait.

Cependant Claudie, qui avait entendu d'une des fenêtres les cris et les exclamations des Angevins à l'annonce de la défaite, était descendue aux informations, elle remonta bientôt, dissimulant mal l'inquiétude qu'elle ressentait. Blanche n'eut qu'une question à lui poser pour comprendre la gravité du moment.

— Mon père, est-il en danger?

— Hélas! Mademoiselle, qui le sait! M. le baron se trouve evidemment au milieu de la mêlée, puisqu'il participait à la défense des Ponts-de-Cé; mais tout le monde ne meurt pas dans un combat, témoins ceux qui ont fui de là-bas et encombrent les rues.

— Ah! Claudie, Claudie, s'écria la jeune fille en larmes, j'ai le pressentiment qu'un grand malheur va me frapper.

— Ne vous laissez pas abattre, Mademoiselle, dit la brave fille, et ne croyez pas aux pressentiments, c'est de la superstition, M. le baron reviendra bientôt, peut-être plutôt que vous ne le pensez.

— Non, Claudie, non, le malheur est sur moi, je le sens. Mon Dieu ayez pitié de mon père!

En ce moment, Ralph, qui depuis le matin s'attachait aux pas de sa jeune maîtresse, fit entendre un hurlement si lugubre, que Blanche et la servante poussèrent un cri d'effroi en joignant les mains; tout en gémissant, le noble animal, dressé sur ses pattes de derrière, cherchait à caresser la jeune fille, lui prodiguant toutes les marques de la plus grande affection, on eût dit qu'il voulait la consoler de la douleur qui allait fondre sur elle.

La pauvre enfant eut de la peine à se débarrasser du bon chien, elle y parvint cependant en se réfugiant dans une tourelle, qu'elle avait transformée en oratoire. Ralph se coucha dans la chambre de la jeune fille en travers de la porte de la chapelle, qu'il ne franchissait jamais.

Claudie ne pouvait tenir en place, elle montait, descendait espérant toujours qu'un messager, envoyé par le baron, apporterait de ses nouvelles; enfin, elle entendit le marteau de la porte cochère retentir violemment, elle se précipita sans laisser le temps aux autres domestiques d'ouvrir.

Lorenzo, taché de sang, passa comme une flèche devant elle sans lui adresser un seul mot; il s'élança dans l'escalier. Tous les détours de la maison lui étaient connus, il marcha immédiatement vers la partie habitée par Blanche; sans même frapper, il ouvrit la porte de la chambre, elle n'y était pas, mais se doutant qu'elle priait dans son oratoire, il traversa la grande pièce et se dirigea de ce côté. Il fit seulement alors attention à Ralph, qui le regardait avec des yeux de bête féroce, la gueule entr'ouverte, les dents à l'air.

— Arrière, vilaine bête, arrière, dit-il en voulant passer.

Mais le chien venait de flairer le sang de son maître, dont les vêtements de l'Italien étaient tachés, il se ramassa sur ses quatre pattes, et d'un bond prodigieux lui sauta à la gorge. La douleur ne fit pas perdre à Lorenzo sa présence d'esprit, il sortit son poignard et l'enfonça jusqu'à la garde dans le ventre du chien, qui poussa un hurlement de douleur et s'abattit sur le tapis.

Sans prendre le temps d'étancher le sang qui coulait de la morsure reçue, Lorenzo ouvrit brusquement la porte de l'oratoire. Blanche priait et pleurait, elle se releva au bruit, la vue de cet homme sanglant lui fit pousser un cri d'effroi, elle s'appuya au petit autel pour ne pas choir.

— Je vous fais peur, lui dit-il, ce sang vous épouvante, c'est celui de votre père mêlé au mien; le baron est mort.

— Mon père, mon père, sanglota Blanche en se laissant tomber à genoux.

— Oui, reprit l'Italien, votre père n'est plus, vous êtes sans protecteur, nul maintenant ne pourra vous soustraire à votre destinée; vous deviendrez ma femme prochainement.

— Retirez-vous, dit Blanche avec un retour d'énergie, vous insultez à ma douleur, j'ai encore, de par le monde, un défenseur qui viendra à mon secours.

— Vous voulez parler de Bernard, s'écria Lorenzo, un assassin! un traître!

— Taisez-vous, je vous ordonne de sortir.

— Je ne sortirai pas sans vous dire ce que vous devez apprendre. Savez-vous par qui votre père vient d'être frappé? Savez-vous le nom de son meurtrier? Je vais vous le dire, ce nom que vous tremblez d'entendre, oui, vous chancelez, vous avez deviné, c'est Bernard, le meurtrier, c'est Bernard, qui de loin a visé votre père. Epouserez-vous maintenant l'assassin de votre père? Appellerez-vous à votre aide celui qui vient de vous faire orpheline? Répondez, commettriez-vous un pareil sacrilége?

— C'est faux, c'est faux, murmura Blanche à demi-pâmée, vous mentez.

— Ah! je mens, s'écria Lorenzo en saisissant le poignet de la jeune fille et en le secouant avec rage, quelle preuve vous faut-il de plus que celle de son sang, dont je suis couvert? J'étais près de lui, pour le défendre, votre digne fiancé lui a brisé la tête d'une balle et son cadavre roule dans les flots de la Loire.

— Seigneur, Seigneur, ayez pitié de moi, gémit Blanche. Mais c'est impossible ce que vous dites, je vous ordonne de vous retirer.

— Je ne sortirai pas avant que vous ne m'ayez promis de me croire, avant que vous ne m'ayez promis d'écouter mes vœux.

— Jamais, jamais, je vous méprise, vous me faites horreur.

La fureur de l'Italien croissait de minute en minute, il avait compté sur un désespoir et une faiblesse, il se trouvait en face d'une fermeté qui l'irritait au dernier point.

— Plutôt que de vous voir la femme de cet assassin, s'écria-t-il en portant la main à son poignard, je vous tuerais moi-même avec joie.

— Approchez, s'écria Blanche en se redressant et en saisissant le grand crucifix de bronze qui ornait l'autel, osez approcher et voilà mon Dieu, qui prêtera secours à la pauvre orpheline, c'est lui qui me défendra.

Lorenzo rugit de rage, à moitié fou, il s'élança l'arme à la main, une douleur effroyable lui fit lâcher tout à coup le poignard : Ralph, tout pantelant, avait retrouvé encore un peu de force pour se traîner jusque-là, il s'était soulevé avec peine, avait saisi cette main armée contre sa maîtresse et venait de la briser dans sa mâchoire; puis, épuisé par ce suprême effort, il retomba inerte. Dieu ne permettait pas que l'orpheline eut à défendre elle-même sa vie.

La porte s'ouvrit de nouveau, Claudie et Léonard accouraient. Le valet gascon, obéissant aux ordres de Bernard, s'était empressé d'accourir, mais l'Italien avait de l'avance sur lui; avec un aplomb extraordinaire, ce misérable vit quel parti il pouvait tirer de la présence de Léonard; maîtrisant sa douleur, il repoussa le cadavre du chien et s'avançant vers le Gascon :

— Je venais annoncer à la signora la mort de son père, dit-il, elle doute de ma parole, parlez, est-il vrai que le baron soit mort d'une balle tirée par la main de Bernard?

Léonard, épouvanté de la confirmation qu'on lui demandait, baissait la tête sans rien dire et tremblait malgré lui. Blanche haletante se rapprocha :

— Parle, parle, lui dit-elle, il a menti, n'est-ce pas? Bernard ne peut être le meurtrier de mon bien-aimé père?

Mais Léonard se taisait toujours.

— Ce silence est assez éloquent, dit Lorenzo, je vous laisse, signora, cet homme parlera quand je n'y serai plus.

— Léonard, Léonard, est-ce vrai, supplia Blanche en joignant les mains ?

Le pauvre Gascon ne put articuler un son, il éclata en sanglots; Claudie tomba à genoux en pleurant. Quant à Blanche, elle n'eut pas la force de dire un mot. Ces larmes étaient un aveu, elle étendit les mains, et, sans un cri, tomba sur les marches de l'autel, les bras en croix, comme une jeune martyre.

## XXVI. — Miserere Nobis.

Lorsque Blanche eut surmonté cette faiblesse, résultat de ses terribles émotions, elle n'eut plus qu'une pensée, qu'un désir : partir au plus vite, quitter cette maison où elle allait se trouver sans défense, sous la domination d'une marâtre et d'un intrigant.

Dans toute la ville d'Angers, il lui était difficile de trouver une famille amie à laquelle elle pût demander un refuge; il lui fallait donc quitter ce pays et se hâter, pour ne pas laisser aux deux Italiens le temps de mettre des entraves à son projet; si cette fuite ne réussissait pas, elle retombait plus que jamais entre leurs mains et, pour elle, la mort était mille fois préférable à l'union qu'on voulait lui imposer.

La même pensée était venue à Léonard et à Claudie. Avant tout, il fallait soustraire leur jeune maîtresse à la tyrannie dont elle allait être l'objet. Quand la pauvre enfant eut assez de force pour exprimer sa volonté, elle trouva ses dévoués serviteurs prêts à lui obéir sur-le-champ.

La première de toutes les précautions était de ne pas attirer l'atten-

tion, d'éviter avec soin les routes qu'encombraient les troupes des
deux partis; par conséquent, il ne fallait pas songer à se servir d'une
litière; Léonard, toujours très expéditif, eut bientôt trouvé trois bons
chevaux; on prit des vêtements et de grands manteaux de couleur
sombre, et les deux femmes dissimulèrent leurs traits sous d'amples
capuchons noirs.

Grâce au désarroi dans lequel se trouvait la domesticité de l'hôtel,
il fut très facile à Claudie de faire sortir sa jeune maîtresse sans que
personne ne l'aperçût. Léonard attendait les deux voyageuses dans
une petite rue voisine; il les mit l'une et l'autre en selle et d'un saut
enfourcha son cheval.

— A Paris ou à Dax? demanda-t-il lorsqu'ils eurent franchi la porte
ouest d'Angers.

— A Paris, dit Blanche; là est le tombeau de ma mère, là seulement je pourrai trouver quelque adoucissement à ma douleur.

— La maison vous attend, fit Léonard. Les vieux murs, les grands
arbres du jardin seront pour vous d'anciens amis.

— Le passé est mort pour moi, répondit la jeune fille. Ni maison,
ni jardin, ni parenté, je ne veux me rappeler de rien. Le souvenir de
ma mère restera seul dans mon cœur comme celui d'un ange gardien
qui a veillé sur mon enfance et je la prierai pour qu'elle intercède au
ciel en faveur de mon père.

— Cependant, insista le Gascon, ce malheureux M. Bernard...

— Tais-toi, oh! tais-toi!... s'écria Blanche en joignant les mains.
Ne t'ai-je pas dit que tout était mort pour moi? Paix à ceux qui ne
sont plus! J'irai chez M<sup>me</sup> de Maignelais, ajouta-t-elle après avoir
refoulé ses larmes; elle a recueilli près d'elle des damoiselles dési-
reuses de renoncer au monde, elle ne refusera pas de recevoir une
pauvre orpheline dont la mère était son amie.

N'eussent été les douloureuses morsures de Ralph et la fièvre
qu'elles lui occasionnaient, Lorenzo se fût mis à la poursuite de
Blanche lorsqu'il apprit sa fuite le lendemain; mais il n'y fallait pas
songer: sa gorge déchirée, sa main broyée lui causaient des douleurs
contre lesquelles il lui était impossible de réagir.

Dire la rage d'Albina quand elle sut le départ de celle qu'elle croyait
si bien tenir en son pouvoir serait chose difficile; elle pensa mourir
de fureur. Sous cette poussée de colère, le flot de sang qui lui monta
à la face rompit sans doute une fibre déjà attaquée par la blessure

reçue jadis, se répandit sur cette face couturée, en prit possession et transforma à tout jamais en une figure rouge et bourgeonnée, ce visage autrefois si beau et si pâle.

En perdant sa beauté, elle perdit toute son influence; la reine, dont le cœur n'avait jamais été bien tendre, ne put souffrir sous ses yeux ce masque rouge et grimaçant, cette taille, jadis si majestueuse, courbée et déformée avant l'âge par les chagrins et les soucis. Elle lui fit tenir une jolie somme et l'invita à regagner, le plus vite possible, son pays natal.

Et tandis qu'Albina et Lorenzo, plus envieux et plus haineux que jamais, quittaient la ville d'Angers, tandis que Blanche s'acheminait vers la demeure de celle qui devait désormais lui tenir lieu de mère, un cavalier morne et désespéré traversait toute la France et franchissait les Pyrénées; la diversité des sites, les beautés du pays qu'il parcourait, la nouveauté de ce qu'il voyait en Espagne, rien ne pouvait le distraire de ses lugubres pensées.

Il était allé se jeter aux pieds du roi, le malheureux Bernard; il l'avait supplié de lui rendre sa liberté; il ne voulait plus tenir l'épée ou tirer un pistolet contre ses compatriotes, il voulait s'en aller sur-le-champ hors de France, essayer de fuir ses souvenirs, ses pensées, qu'il devait, hélas! emporter partout avec lui.

Et le roi qui l'aimait réellement, qui, au milieu de tant de courtisans intéressés, avait su distinguer cet ami vrai, le roi pleura en l'embrassant, désolé de perdre ce compagnon d'enfance. Cependant, touché de son désespoir, il le laissa partir en l'assurant que si le séjour en Espagne lui devenait à charge, il n'aurait qu'à le lui faire savoir, que toujours Bernard de Palussac trouverait à la cour une situation dont les honneurs seraient capables de le consoler de tous ses chagrins. En cela le roi se trompait : il est des chagrins que les plus grands honneurs ne feront jamais oublier, et celui du jeune marquis de Palussac était de cette sorte.

Il n'avait pas même cherché à faire savoir à Blanche par suite de quelles circonstances il s'était trouvé le meurtrier de son père; à quoi bon! le fait sanglant, terrible, n'en existerait pas moins, et il ne pouvait que bénir sa cousine de le considérer comme mort; puisque le seul sentiment qu'elle pût désormais ressentir pour lui, vivant, était un sentiment d'horreur.

Si l'éminent cardinal de Richelieu illustra par son génie politique

19

le règne de Louis XIII, Vincent de Paul, au point de vue humanitaire, catholique et philanthropique, l'illustra plus encore.

Parmi tant d'œuvres qui immortalisèrent le nom de ce saint si humble et si modeste, nous citerons l'œuvre des Missions de campagne dont l'inspiration lui vint en Picardie dans un de ses voyages avec la famille de Gondi, œuvre féconde en conversions s'il en fut; l'institution des Missions étrangères, si florissante de nos jours et qui enrôle chaque année des centaines de jeunes gens désireux de porter la lumière de la foi aux contrées lointaines et barbares; enfin l'œuvre des prisons, des galères, et, pour couronner tant de sublimes créations, la congrégation des Sœurs de charité.

M. Emmanuel de Gondi, général des galères, avait sous sa jurisprudence, non seulement les forçats, mais encore tous les autres condamnés qui, entassés à la conciergerie, attendaient l'ordre du départ. Jusqu'au jour où Vincent de Paul fut les visiter, personne ne s'était avisé que ces misérables achevaient de se pervertir dans l'affreuse promiscuité qui leur était imposée.

Il semblait qu'en perdant le bonheur en ce monde, ces malheureux eussent perdu également tout espoir pour l'autre. En descendant vers eux, on se croyait plutôt au milieu d'une bande d'esprits infernaux qu'avec des chrétiens pour les crimes desquels le Christ est mort et qui, jusqu'au dernier soupir, ont le droit d'espérer dans sa miséricorde et son pardon.

Touché de compassion, l'âme remplie de pitié, Vincent de Paul, en quittant la Conciergerie, accourut à l'hôtel de Gondi; son ardent désir de soulager ces misérables lui fit trouver des paroles éloquentes. Il exposa au général des galères et à Mᵐᵉ de Gondi le plan qui venait de jaillir spontanément de son cerveau : il louerait un immeuble bien aéré, on y transporterait les forçats, on les soignerait, on les évangéliserait et, quand l'heure de partir pour les galères sonnerait, au lieu de révoltés, on n'aurait plus à transporter que des coupables repentants et soumis.

Il sut communiquer son émotion à ses deux auditeurs. Le général adopta son projet, en parla à son frère le cardinal-archevêque de Paris, qui, considérant dès ce jour cette œuvre-là comme sienne, fit un mandement pour enjoindre aux curés et prédicateurs d'avoir à exciter la charité des fidèles en faveur d'une si sainte entreprise.

A peine Vincent de Paul eut-il loué une grande maison près de Téglise Saint-Roch que nombre de grands seigneurs et de dames de la noblesse rivalisèrent de zèle entre eux : les vêtements, les provisions arrivèrent en abondance et l'on put bientôt transporter les prisonniers dans cette nouvelle et saine installation.

En très peu de temps il obtint des améliorations merveilleuses : plus de jurons, plus de désespoir, plus de blasphèmes. Il n'était bruit, dans tout Paris, que d'un si prompt et si beau résultat.

Le roi Louis XIII envoya une somme pour les prisonniers et créa pour Vincent de Paul la charge d'aumônier royal.

Parmi ses plus utiles collaboratrices, M^me de Maignelais peut être citée au premier rang ; chaque jour, les forçats qui souffraient recevaient sa visite et le nombre était grand de ceux que la maladie retenait au lit.

Il fallut bientôt songer à se pourvoir de filles de service. Il se greffa donc sur cette œuvre-là une autre œuvre non moins belle, non moins parfaite : celle des filles de charité, servantes des pauvres.

Parmi les jeunes filles ou les jeunes femmes avec lesquelles Blanche de Palussac devait vivre chez M^me de Maignelais, se trouvait M^lle Legras ; elle était veuve, mais conservait cependant cette dénomination, son mari n'ayant pas été d'une assez haute noblesse pour que sa femme portât le titre de dame.

Elle s'était éloignée du monde, des fêtes, des réunions, et se trouvait heureuse dans cette demi-claustration. C'était une femme tout à fait supérieure et Vincent de Paul la distinguait parmi toutes les autres; il pensa que Blanche ne pouvait avoir de meilleure directrice dans le chemin de la vertu et la lui recommanda tout spécialement.

Dès son arrivée à Paris, la jeune orpheline était venue se jeter dans les bras de M^me de Maignelais qui la reçut avec la tendresse la plus exquise; Vincent de Paul, prévenu par elle, ne tarda pas à venir voir et réconforter la pauvre enfant.

En entendant cette voix paternelle, la pauvre Blanche croyait revenir de plusieurs années en arrière alors que, toute enfant encore, assise aux pieds de sa chère maman, elle écoutait le bon prêtre parler de ses frères souffrants, comme il les appelait. Des larmes abondantes coulaient sur son visage en pensant à ce temps, si loin déjà, où tant d'affections et de bons exemples l'entouraient; toutes ces tendresses avaient disparu les unes après les autres; la seule qui survécût et sur laquelle elle espérait appuyer sa faiblesse était jus-

tement, par la fatalité des choses, celle qu'il fallait renier et chasser
à jamais de son cœur!

Elle se mit à genoux devant Vincent de Paul, le suppliant de diriger sa vie. Les biens qu'elle possédait, les années que Dieu lui laisserait passer ici-bas, sa santé, sa beauté, sa jeunesse, elle voulait
tout consacrer aux pauvres, elle voulait se faire volontairement leur
sœur et leur garde-malade.

Ce fut donc à M\ue Legras que Vincent confia cette timide postu-
lante. Elles devinrent bientôt amies, édifièrent leurs compagnes par
leur zèle charitable et leur indulgente piété et se promirent de ne
jamais se séparer.

Quand les travaux que nécessitaient tant d'œuvres à organiser ne
laissaient pas le temps à Vincent de Paul d'aller visiter ses associa-
tions en province, c'est M\ue Legras qu'il envoyait à sa place; elle
était alors toujours accompagnée par Blanche et souvent même par
d'autres dames ou damoiselles de son rang.

— Ces voyages, dit un des plus éminents historiens de saint Vincent de Paul, ces voyages ressemblaient à de véritables missions:
M\ue Legras faisait aux personnes de son sexe des conférences pieuses, et elle les faisait si bien que les hommes se dérangeaient de
leurs occupations pour venir l'entendre. Elle assemblait les jeunes
filles le dimanche pour leur donner de bons conseils et leur faire
saintement passer ce jour de repos. Plus d'une fois elle ramena de
ses voyages de braves filles des champs, pieuses et dociles, habi-
tuées à soigner les malades et qui, touchées par ses bonnes paroles
et son exemple, formèrent le noyau de la congrégation des sœurs de
charité. En venant habiter avec M\ue Legras, elles quittèrent le costume du pays où elles étaient nées pour prendre uniformément celui
des paysannes de l'Ile de France: robe grise et grande cornette que
les sœurs de charité portent encore de nos jours.

Blanche et M\ue Legras laissèrent également de côté les vêtements
du monde et revêtirent, elles aussi, l'habit de servante. Ces pieuses
femmes n'étaient au début que trois ou quatre, et Vincent les appelait: « la petite pelote de neige. »

Il leur faisait des conférences qui ont été conservées et, en les
lisant, on voit qu'elles étaient faites en vue de donner à cette institution cet esprit droit et juste, cette allure simple et dégagée, cette
manière d'agir que les générations suivantes ont su tant apprécier.

— Vous aurez, leur disait-il, pour monastère ordinaire une maison de malades; pour cellule une chambre de louage; pour chapelle l'église de la paroisse; pour cloître les rues de la ville ou les salles d'hôpitaux; pour clôture l'obéissance; pour grille la crainte de Dieu, et pour voile la sainte modestie.

Elles passaient au milieu du monde, ces servantes des pauvres, en provoquant partout des cris d'admiration; nul vœu ne les retenait encore; leur volonté seule les astreignait aux travaux les plus grossiers et les plus rebutants.

Des jeunes filles des meilleures familles vinrent bien vite grossir cette petite pelote de neige. Non seulement la maison habitée par les forçats fut desservie par ces filles de charité, mais les malades de l'Hôtel-Dieu en virent venir bientôt quelques-unes, le panier au bras, leur apportant de petites douceurs que de bonnes âmes les chargeaient de distribuer.

Blanche sentait peu à peu, dans de si charitables occupations, le désespoir des premiers jours se transformer en une douce sérénité; le vide laissé dans son cœur par tant d'affections brisées, se comblait lentement; l'amour des pauvres, la douceur de ses nouveaux devoirs ne lui laissaient pas le temps de s'apitoyer sur son triste sort.

... Bien des années se passèrent dans ce postulat volontaire et ce ne fut que le 25 mars 1634, jour de la fête de l'Annonciation, que Vincent de Paul permit à M<sup>lle</sup> Legras et à ses compagnes de se consacrer par vœu au célibat, à la pauvreté et à l'obéissance.

Que d'événements s'étaient succédé pendant ces quinze années!

Léonard, en revenant d'Angers, retourna rue Tirechape, garder la vieille demeure des Palussac, et Claudie, plus attachée que jamais à sa jeune maîtresse, ne voulut pas la quitter. Mais lorsque Blanche se fit servante des pauvres, pouvait-elle conserver une servante pour elle-même? Claudie se vit dans la nécessité de retourner près de Léonard, et, comme tant de peine, tant d'événements dramatiques et de deuils l'avaient vieillie plus tôt qu'elle ne le pensait, elle se trouva suffisamment rassise pour accorder à son compatriote cette main ridée à laquelle il prétendait depuis tant d'années.

Le jeune couple aux cheveux gris resta rue Tirechape jusqu'au jour où une lettre de Bernard vint annoncer qu'il vendait tous ses biens; il fit tenir à M. et à M<sup>me</sup> Léonard une somme assez forte pour enlever tout souci à leur vieillesse; Blanche, de son côté, leur fit don d'une petite ferme située près de Dax et ils s'en retournèrent soigner réciproquement leurs douleurs avec l'aide du beau soleil de leur pays natal.

— De Bernard, on n'entendit plus parler. Qu'était-il devenu depuis la réalisation de toute sa fortune? Blanche, fidèle à la promesse qu'elle s'était faite, ne pensait jamais à lui que dans ses prières : les prières des morts.

Vincent de Paul avait reçu une lettre d'adieu, datée d'Espagne, une lettre désolée, triste à pleurer, dans laquelle on sentait cette âme torturée, restée chrétienne pourtant, se débattre contre le désespoir et la tentation de la mort. Une réponse, comme le bon prêtre en savait faire, lui avait été renvoyée sur-le-champ; mais, depuis, pas une nouvelle lettre n'était venue; toutes les démarches faites n'avaient amené aucun résultat. Bernard avait disparu.

Le jour même de sa profession, Blanche voulut remplir son rôle de garde-malade. Était-ce donc une raison parce que Dieu avait daigné accueillir ses vœux et recevoir ses serments pour que les malheureux en souffrissent?

La veille au soir, il était arrivé un nouveau convoi de malades et Blanche, qui passait cette veillée dans la retraite, n'avait pu les recevoir et leur donner les premiers soins.

Lorsqu'après la cérémonie de sa profession, la jeune religieuse arriva rue Saint-Honoré, Vincent de Paul l'y avait devancée.

— Ma fille, lui dit-il, nous avons plus que jamais besoin de votre douce influence; parmi les prisonniers arrivés hier au soir, il en est un, fort malade, qui ressemble à un possédé bien plus qu'à un chrétien; ni les menaces, ni les promesses ne peuvent le calmer, il blasphème le saint nom de Dieu, il se débat, on a dû l'attacher sur son lit dont il est tombé plusieurs fois cette nuit, et le séparer des autres malades que ses cris fatiguent; les gardiens n'osent l'approcher, et quand j'ai voulu tout à l'heure lui adresser quelques paroles de paix et l'encourager à prendre une drogue ordonnée, il a grincé des dents et, pour toute réponse, m'a craché au visage.

— C'est bien, mon père, j'y vais, dit simplement la jeune sœur.

Le nouveau malade, épuisé par les cris et la colère, dormait quand elle entra dans la pièce qu'il occupait seul; elle considéra tristement ce visage maigre et ridé qui conservait, même au repos, une expression de fureur; ses joues creuses, ses cheveux grisonnants et coupés courts, comme ceux de tous les prisonniers, ne lui rappelaient aucun souvenir, pourquoi donc alors ne pouvait-elle détourner les yeux de ce visage ravagé? était-ce parce que cet homme ne ressemblait en rien aux forçats qu'elle était habituée à voir, tous gens de basse extraction, grossiers et du plus vulgaire aspect, tandis que celui-ci, quoique portant sur la face la marque du crime, n'était pas commun, ses mains fines n'avaient jamais dû travailler; sa main, devions-nous dire, car la gauche seule paraissait; il tenait la droite cachée dans sa poitrine.

Pendant son sommeil, il ne se reposait même pas; des sons étranglés sortaient de sa gorge; il était agité par des mouvements nerveux et aurait certainement roulé de son étroite couchette par terre, sans les sangles qui le retenaient fortement attaché par la ceinture.

Une contraction plus violente que les autres le réveilla et son premier mot fut un juron qui fit pousser à sœur Blanche une exclamation encore plus surprise qu'indignée. Elle se rapprocha et fixa longuement les yeux du misérable. Il la regarda aussi, mais sa fureur, au lieu de céder devant ce doux visage, ne fit que redoubler.

— Que viens-tu faire ici, nonnette du diable, hurla-t-il en écumant, quel besoin as-tu de me dévisager ainsi; arrière, arrière, per Bacco, tu veux donc me jeter un mauvais sort?

— C'est lui, plus de doute, c'est lui, murmura la jeune religieuse en se signant et en joignant les mains.

— Que marmottes-tu là, insipide béguine, poursuivit le forçat, ne peux-tu me laisser mourir en paix? ni prêtre, ni religieuse; je veux rendre, dans toute la beauté du crime, mon âme à Satan et non à Dieu.

Une horrible quinte de toux vint interrompre ses blasphèmes.

Blanche tomba à genoux près du grabat, la tête dans ses mains.

— Lorenzo, dit-elle d'une voix douce, est-ce au moment où vous allez bientôt comparaître devant votre Juge du Ciel que vous l'insultez ainsi?

— Qui m'appelle? qui sait mon nom? est-ce toi, nonnette, qui caches ta figure sous les ailes de ta coiffe? comment sais-tu mon nom, puisque j'en ai changé depuis tant d'années.

— Depuis plus d'années encore je prie pour vous, Lorenzo, je prie pour que le ciel vous pardonne les fautes que vous avez pu commettre et le mal que vous m'avez fait.

— Blanche! vous êtes Blanche de Palussac? s'écria l'Italien, ah! il ne manquait plus à mon tourment que de vous voir surgir à ma dernière heure pour me reprocher les crimes que j'ai commis envers vous!

— Je ne vous reproche rien, fit doucement la jeune femme, et si vous vouliez vous réconcilier avec Dieu, il vous pardonnerait comme je le fais moi-même, mon frère; mais je n'ai pas mission de vous absoudre, il faut vous confesser au bon Père Vincent, voulez-vous le voir?

— Non, non, c'est inutile, ce qui est fait est fait, n'en parlons plus.

Blanche n'insista pas, elle se mit en devoir de préparer une potion et une tisane qu'à son grand étonnement le malade but sans faire de résistance; il était calme et tranquille, et comme ses liens le gênaient, la jeune sœur obtint du gardien la permission de les enlever; alors il lui sourit, et lui montrant sa main droite dont les doigts étaient déformés :

— Quelles dents il avait, votre Ralph, dit-il, c'était un rude défenseur, j'étais à moitié fou ce jour-là, vous souvenez-vous?

— Je ne me souviens que d'une chose, c'est que nous sommes tous frères et enfants de Dieu.

— Terrible journée, reprit-il, et dont le souvenir me hante comme un cauchemar.

Il ne dit plus rien, la suivant toujours des yeux dans ses occupations de garde-malade; quand elle eut tout rangé, elle se dirigea vers la porte.

— Ne vous en allez pas, cria-t-il en joignant les mains; si vous sortez, je vais retomber dans ma fureur et mon désespoir.

Elle se rapprocha de lui et voulut lui expliquer que ses devoirs l'appelaient près des autres prisonniers.

Alors le bandit la supplia, les larmes aux yeux, de ne pas l'abandonner, il voulait lui faire sa confession, lui dire tous ses crimes et ne consentit à recevoir l'abbé Vincent, qu'à la condition qu'elle assisterait à ses aveux. Quelque répugnance qu'elle éprouvât à cette pensée, la sainte fille songea qu'elle ne pouvait, pour un motif personnel, empêcher cette âme de se laver de ses fautes; Vincent de Paul fut prévenu.

Hélas! par quelles terribles émotions la pauvre Blanche ne passa-t-elle pas quand ce misérable s'accusa de l'assassinat de la baronne! s'il n'était pas la main qui avait frappé, il était la volonté qui l'avait dirigée.

Prosternée au pied du lit, elle faisait tous ses efforts pour ne pas écouter; mais elle entendait tout, car Lorenzo élevait la voix, et à chaque crime nouveau, il lui demandait :

— Voilà ce dont je suis coupable, me pardonnez-vous ?

Elle inclinait la tête avec un signe affirmatif, ne pouvant prononcer un mot.

Elle eut un instant de révolte en apprenant qu'il avait levé son poignard contre son père et que c'est, en voulant sauver ce dernier, que Bernard s'était rendu homicide.

— C'est trop, mon Dieu, c'est trop, murmura-t-elle en se détournant.

Mais la foi et la soumission lui revinrent.

— Pardonnez-lui, Seigneur, pardonnez-lui, rien n'arrive que par votre volonté et je vous bénis d'avoir permis que Bernard fut seulement malheureux, mais pas coupable.

Elle s'absorba dans ses prières et n'entendit plus le reste que vaguement. Le malheureux, haletant, étranglé par les progrès rapides que faisait le mal, continua sa confession:

En quittant Angers, sur l'ordre de la reine, il s'était dirigé vers le Midi avec sa sœur, mais des discussions n'avaient pas tardé à survenir entre eux, ils s'étaient séparés, elle, pour revenir à Paris où il ignorait ce qu'elle avait pu devenir, lui, pour aller faire de la contrebande en Espagne. Il aurait vécu ignoré dans ce métier lucratif, sinon honnête, si le malheur n'avait voulu qu'il rencontrât un jour Bernard et deux valets qui rentraient d'Espagne en France; sa haine s'était réveillée, la crainte que cet ancien rival ne vînt rejoindre et épouser Blanche lui inspira l'idée d'en finir; il s'adjoignit quelques compagnons auxquels la vue du sang ne faisait pas peur et tendit dans la montagne, au jeune de Palussac, un piège qui réussit à merveille : les deux valets furent tués et le maître précipité dans un ravin d'où personne n'est jamais revenu. Par malheur, Lorenzo ni ses camarades ne purent résister au désir de s'emparer des chevaux et des habits des valets, c'est ce qui les perdit.

Lorsqu'ils voulurent tirer quelque argent de ce butin, les belles bêtes et les harnachements furent reconnus pour avoir appartenu à un seigneur attaché à l'ambassade de France ; on fit des recherches, les cadavres des valets furent retrouvés et Lorenzo, comme chef de la bande, fut arrêté; mais, étant de nationalité étrangère, on l'envoya à Paris pour être jugé. Les intempéries de la saison et les mauvais traitements des gardiens pendant la traversée de toute la France, lui donnèrent cette maladie de poitrine qui ne lui laissait que le temps d'avouer ses fautes avant de mourir.

— C'est tout, dit-il en râlant, mais avec un soupir de soulagement; Blanche, me pardonnez-vous encore ?

Il fallut que la jeune religieuse fît un violent effort pour prononcer ces quelques mots :

— Mon frère, Dieu prendra votre aveu en pitié, il vous pardonnera, je n'en doute pas; mourez en paix, celle qui fut Blanche de Palussac vous pardonne.

Elle sortit sans bruit, laissant le moribond avec le saint prêtre; quelques instants plus tard, le coupable Lorenzo paraissait devant le tribunal suprême, il devait le salut de son âme à celle qui deux fois orpheline par ses crimes, était venue, comme un ange envoyé du ciel, lui apporter le pardon et l'espoir.

Elle était occupée près de ses autres malades quand Vincent de Paul passant près d'elle lui dit simplement :

— Prions pour lui, ma fille, et bénissez le Seigneur qui vous a permis de ramener une brebis au bercail le jour même de votre consécration.

. . . . . . . . . . . . . . . . . .

Ce fut tout à fait par hasard que Vincent de Paul, passant sur le Pont-Neuf, remarqua, un jour d'hiver, une sorte de bohémienne, coiffée d'un mouchoir aux couleurs vives et vêtue d'oripeaux plus bizarres que gracieux. Cette femme s'était fait une sorte d'abri dans un coin du terre-plein, tout contre une baraque exploitée par un saltimbanque.

Elle grelottait, la malheureuse; son visage difforme et bleui par le froid faisait peine à voir. D'une voix enrouée, elle cherchait à attirer les passants, leur offrant de dire leur bonne aventure, de leur prédire richesse et fortune, de lire dans leur passé et dans leur avenir. Personne ne répondait à ses appels et il en était sans doute ainsi depuis plusieurs jours, car la pauvresse, irritée par la souffrance, s'écria en montrant le poing :

— Maudit sois-tu, pays où il faut mourir de faim et de froid! maudite sois-tu, reine sans cœur et sans entrailles, qui laisses geler à quelques pas de ton palais celle que tu choyais jadis quand elle était belle !

Vincent, en entendant cette femme gémir de la sorte, se rapprocha et, quelque répulsion que lui produisissent ce visage difforme, cet œil dur et envieux, il lui adressa doucement la parole en lui offrant de la secourir; la malheureuse, à bout de ressources, exténuée de besoin, laissa de côté son air arrogant pour remercier cet humble prêtre, vêtu si grossièrement et qui lui parlait avec tant de douceur.

Quand il revint le lendemain, il fut étonné de voir un groupe près de la place occupée par la pauvresse; on y discutait beaucoup, on y gesticulait. Il s'approcha, demanda ce qui se passait, et la foule s'ouvrit respectueusement devant le saint prêtre que tous les malheureux connaissaient; sur un vieux tapis qui lui servait de lit, la bohémienne était étendue sans vie, le froid et les privations avaient fait leur œuvre.

Vincent eut un serrement de cœur.

— Pauvre femme, soupira-t-il, si à ta dernière heure tu as élevé ton cœur vers Celui qui pardonne, tu es en paix maintenant, tes souffrances te seront comptées.

Il interrogea les bâteleurs du terre-plein sur cette bohémienne et apprit qu'elle exerçait la profession de sorcière et tireuse de bonne aventure depuis plusieurs années, ayant eu autrefois, disait-elle, des jours de grandeur. De temps en temps, un Italien, nommé Piétro, venait lui apporter une petite somme, mais un jour, il l'avait prévenue qu'il partait pour son pays.

Depuis, elle était devenue tout à fait misérable.

Vincent, en regardant la morte, vit qu'elle portait au doigt une alliance, seul objet de quelque valeur dont elle n'avait jamais voulu se séparer.

Dans cette alliance, il lut ces mots gravés à l'intérieur : Henri de Palussac, Albina, décembre 1616.

## Epilogue.

Plusieurs historiens s'accordent à dire que Louis XIII aurait été d'une très robuste santé sans le régime débilitant et les soins exagérés auxquels ses médecins l'astreignaient.

Ces historiens sont entrés dans des détails que nous croyons devoir omettre ici, mais qui font aisément comprendre pourquoi Louis XIII était toujours si triste, si affaibli et de si lugubre humeur.

Il ne se sentait pas la force de prendre en main les affaires de son royaume, il lui fallait un ministre qui s'occupât de tout; après Albert de Luynes, mort en 1621, ce fut Richelieu, et si la France gagna à cet échange d'un intrigant remplacé par un homme d'Etat, le roi, lui, n'y gagna ni gaîté, ni bien-être.

Aussi, plus taciturne que jamais, le roi abandonna-t-il tout e gouvernement à son premier ministre, ne s'occupant que de chasse, de pêche et des quelques exercices physiques que son habituelle lassitude pouvait lui permettre.

Il devint plus mystique, restant de longues heures à méditer, aussi loin du bruit, au milieu de la cour, qu'un ermite peut l'être au fond de sa retraite.

Il était dans une de ces dispositions d'esprit quand, un jour, un gentilhomme de garde vint lui remettre une missive au cachet armorié.

— Pourquoi me dérange-t-on, dit le roi avec humeur, mon ministre n'est-il pas là pour expédier les affaires de l'Etat?

— Sire, répondit le nouveau venu, cette missive n'a rien à démêler avec les choses de la politique, paraît-il; celui qui m'a prié de la remettre aux mains de Votre Majesté est un gentilhomme qui se dit l'ami de Léon XIII.

— Un ami, dit le roi en souriant tristement, en ai-je donc encore? Ceux que j'aimais sont tous morts, ou disparus, ou bien on les a chassés.

Cependant il se décida à rompre le cachet; aux lignes qu'il lut, ses joues se colorèrent un peu, ses yeux brillèrent.

— Qu'il vienne, dit-il vivement, qu'il vienne sur l'heure; ah! il est vivant, grâces soient rendues au ciel, voilà enfin un être qui m'aime pour moi et non pour les faveurs que je pourrais lui faire.

Il l'attendit en marchant fiévreusement de long en large; les courtisans, voyant cela, se retirèrent au fond de la galerie pour dévisager le nouveau venu dont l'annonce seule agitait à ce point Sa Majesté, si indifférente d'ordinaire.

Le personnage qui passa près d'eux leur était à tous parfaitement inconnu, il avait dû être jadis assez grand, mais sa taille, un peu voûtée et sa maigreur lui donnaient un aspect rachitique; son nez busqué et long, ses cheveux presque blancs l'auraient fait prendre au premier moment pour un vieillard.

Il alla s'agenouiller devant le roi et lui prit la main pour la baiser, mais Louis se recula vivement, en prononçant ces mots :

— Imposteur, vous êtes un imposteur !

L'étranger se leva alors et osa regarder en face Sa Majesté, ce regard le fit reconnaître.

— Ah ! mon pauvre Bernard ! c'est bien toi, dans mes bras, mon ami, dans mes bras. Voilà donc ce que le désespoir et la souffrance ont fait de ce jeune marquis, si vaillant et si beau cavalier !

— Le cœur est encore plus vieux que le corps, Sire, dit Bernard, je suis une ruine vivante qui bientôt ira s'écrouler dans quelque monastère ignoré, mais avant de disparaître à jamais, j'ai voulu revoir une fois encore Votre Majesté, baiser la main du roi, mon ami d'enfance, et lui dire que, dans la retraite où je veux aller mourir, je ferai des vœux pour son bonheur et sa brillante royauté.

— Ah ! Bernard, que viens-tu parler ici de mon bonheur et de ma royauté ? Mon bonheur ? je suis le plus triste et le plus abandonné des hommes ; ma royauté, le roi s'appelle Richelieu ; arrives-tu donc de quelque antre obscur, pour ignorer ces choses ?

— Oui, Sire, justement.

Et en quelques mots, Bernard le mit au courant de tout ce qui lui était arrivé : son projet de retour à Paris, son attaque dans les Pyrénées, sa chute au fond d'un précipice si profond, qu'il serait mort sans le secours d'un chevrier, sa longue convalescence dans la cabane du pauvre pâtre et son retour à Paris. Là, aucun de ses amis ne l'avait reconnu, il s'était informé et avait appris indirectement tout ce qui concernait celle qu'il avait tant aimée. Que ferait-il maintenant dans ce monde où rien ne l'attirait ? Son parti était pris, il verrait Vincent de Paul, lui soumettrait ses idées et son désir de réclusion ; peut-être, dans un monastère oublierait-il !...

Hélas ! son grand chagrin était de penser qu'il ne pouvait être utile ici-bas à personne.

— Comme tu te trompes, Bernard, dit le roi, tu as un grand devoir à accomplir, un devoir tout de dévouement et d'affection.

— Qui donc peut avoir besoin de mes services et de mon amitié, Sire ?

— Ton roi, Bernard.

— Ah ! Sire.

— Je suis malade, mon ami, seul, délaissé et souvent j'appelle la mort à mon secours ; veux-tu redevenir mon compagnon d'autrefois, mon camarade, mon soutien dans mes peines ? Je fais appel à ton dévouement, au dévouement légendaire de ta famille pour la mienne. De leur épée tes ancêtres défendaient les miens, moi, je te demande, par ton affection, de défendre ton faible roi contre les tristesses, les chagrins et la solitude. Refuseras-tu? Bernard de Palussac veut que son nom meure derrière les murs d'un couvent, il veut vivre comme n'étant plus sur la terre; Bernard de Palussac sera satisfait; ce nom glorieux ne sera plus jamais prononcé, le monde ne connaîtra pas le grand seigneur, mais seulement le dévoué au roi, le compagnon de toutes ses heures. Les uns l'appelleront bouffon, les autres fou, moi je l'appellerai mon ami et je lui devrai les seuls moments de bonheur que je passerai ici-bas. Ne me refuse pas, je t'en conjure, prends pitié de moi.

— Ah! Sire, s'écria Bernard ému aux larmes du désespoir de son souverain, vous êtes le maître et je suis tout à vous, qu'il en soit fait comme vous le désirez!

Quelques jours après, il n'était plus question, parmi les courtisans, que du nouveau favori; son nom était dans toutes les bouches, on l'appelait l'Angely. On le disait gentilhomme et de haute noblesse, mais personne ne savait d'où il venait. Le roi l'aimait profondément et ne retrouvait un peu de gaîté que dans sa compagnie. Il était intelligent, instruit, ne laissait jamais une phrase sans réplique; parfois même il répondait d'une façon assez mordante pour que ceux des grands seigneurs qui avaient eu l'intention de le molester n'y revinssent pas. Plusieurs essayèrent de s'en faire bien venir à l'aide de riches présents, il acceptait l'or en disant :

— Merci pour ceux qui n'en ont pas.

Et le soir même, sœur Blanche recevait une bourse contenant le double de la somme donnée par le courtisan, avec ces simples mots :

Pour les pauvres prisonniers.

Priez pour lui!


FIN.

# TABLE

———

(289)

FIN DE LA TABLE.

Limoges. — Imp. E. ARDANT et Cⁱᵉ.

CAMILLE FLAMMARION

# LA TERRE

# LA LUNE

ET

# LE SOLEIL

EXTRAIT

DE L'ASTRONOMIE POPULAIRE

LIMOGES

IMPRIMERIE EUGÈNE ARDANT ET Cⁱᵉ, ÉDITEURS.

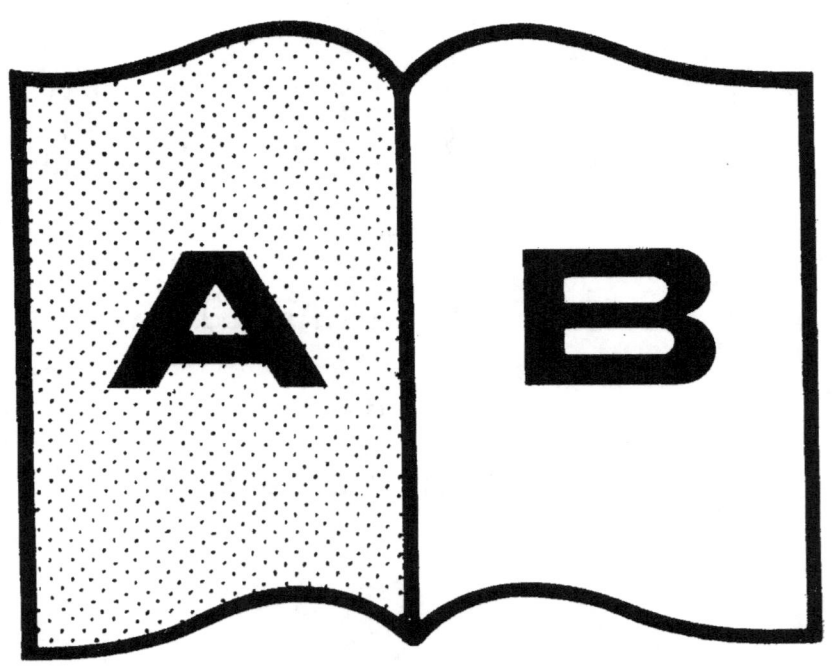

Contraste insuffisant

**NF Z 43**-120-14

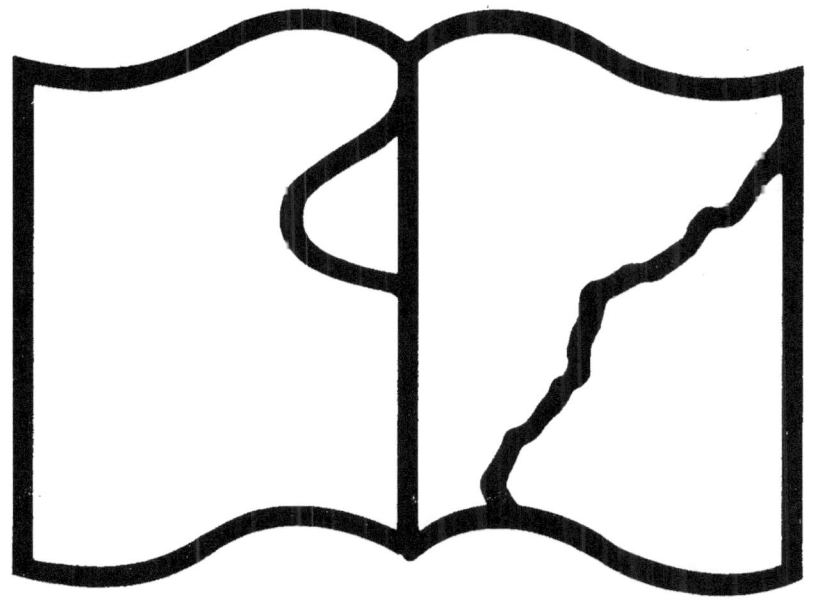

Texte détérioré — reliure défectueuse

**NF Z 43**-120-11